DÖDENS RÄTTVISA

EN KUSLIG MORDMYSTERIEROMAN

DS TOMEK BOWEN – BRITTISK DECKARTHRILLER
BOOK 1

JACK PROBYN

CLIFF EDGE PRESS

KAPITEL
ETT

V inden piskade honom i ansiktet och blåste slingor av hans toviga, dammfärgade hår i ögonen. Omkring honom var ett oändligt mörker, endast brutet av ljusen från husen till höger om honom och de blinkande röda positionsljusen från flygplanen ovanför. Tystnaden avbröts då och då av det dånande ljudet från jetmotorerna. Varje gång de passerade tycktes de suga åt sig mer ljus.

Han hade blivit tillsagd att vänta på exakt den här platsen.

Vid exakt den här tiden.

Men det hade redan gått en kvart och han började tro att hon inte skulle komma. Eller, ännu värre, att någon annan var på väg. De. *Dem.* Polisen.

Koloniområdet kunde bara nås från ett håll. Om han blev omringad skulle det vara kört. Han skulle vara ett lätt byte. Ett rådjur instängt framför en exekutionspluton. Och den här gången, med hans förflutna, skulle de med största sannolikhet inte tveka att trycka av.

Om så var fallet skulle han sträcka upp händerna och välkomna metallbitarna som slet hans kropp i stycken.

En kvart blev snabbt en halvtimme, och han fortsatte att vänta. Nervös. Svepte in sig hårdare i jackan, gjorde roliga figurer med andedräkten som bildade imma framför ansiktet. Drömde om hennes små, nätta händer mot sin kropp. Känslan av hennes mjuka, vackra hår mellan sina fingrar.

Han var inte den enda som blev upphetsad: hans lilla soldat, som han gillade att kalla den, stod redan i givakt.

Hungern inom honom brann. Hårdare och snabbare än den någonsin hade gjort. I sju år hade han tvingats vänta. Sju år, tvåhundratretton dagar innan han kunde uppleva befrielsen, euforin, njutningen. Sju år innan han kunde påminna sig själv om hur det kändes att ha makt över en liten flicka.

Sju år för länge.

Han kunde inte vänta längre. *Tänkte* inte vänta. Hungern inom honom var helt enkelt för stark. En burapa som slet i gallret.

Hans penis stod kvar i givakt. En lojal vaktpost, redo och beredd att utföra kungens befallning utan minsta dröjsmål.

Området var så mörkt att han inte kunde se urtavlan på sin klocka. Snart skulle flygplanen sluta lyfta för natten och han skulle tvingas vänta i tystnaden.

I mörkret.

Stod han emot vinden.

Drömmande, föreställande sig, fantiserande.

Och så hörde han ett ljud. Det kom från ingången till koloniområdet. Prasslet av löv. Små, nätta fötter som trampade sönder den torra marken runt omkring dem. En röd kappa som vajade i vinden. Det var dags. Hans stund. *Hennes* stund. Den han hade fantiserat om så länge. Angelica hette hon. Vackra, söta Angelica. Han såg hennes profilbild framför sig. Ett foto av en sjuårig flicka med ett sprudlande leende – ett leende mot honom – framför en simbassäng. Klädd i baddräkt. Simpuffar på de smala armarna som inte hade åldrats tillräckligt för att utveckla några muskler eller något fett.

Små, smala armar som skulle vara lätta att knäcka om hon gjorde motstånd eller om han kände att han behövde utöva mer kontroll.

Det var det som det handlade om. Kontroll. Alltid kontrollen.

Hittills i sitt liv hade han kunnat kontrollera allt. Sin utbildning. Sin karriär. Sitt jobb. Intrycket han gjorde på andra människor.

Men när han hade suttit inne, instängd inom sin fängelsecells fyra väggar, fången med djuren han hade kallat sina rumskamrater, hade han inte haft någon kontroll. Han hade känt sig vilsen, maktlös.

Det var dags att ändra på det.

Han lyfte på huvudet och sneglade på gestalten vid ingången till koloniområdet.

Men det var inte den han förväntade sig. Det var inte gestalten av ett litet, blygt barn. Istället var det en mycket större gestalt, en silhuett mot mörkret. Som blockerade ingången.

Hans första tanke var polisen. De hade hittat honom. De hade slutligen hunnit ikapp honom. Igen.

Men när han såg den svaga glimten av månskenet på bladet i gestaltens hand visste han att han hade fel.

Så jävla fel.

KAPITEL
TVÅ

Tretton år hade dörrhandtaget till Tomeks lägenhet varit ett gissel i hans liv, ända sedan den dag då han först flyttade in. Det hade stått på hans att-göra-lista sedan dess, och ändå var han, som med allt som krävde praktiskt arbete, för lat för att fixa det. Så i stället fortsatte han att svära och förolämpa den livlösa tingesten varje gång nyckeln kärvade eller fastnade.

"Jävla idiotgrej."

"Behöver du en hand?" frågade Molly bakom honom, medan hon stack in handen under hans skjorta bakifrån och kittlade hans skulderblad lekfullt.

"Det lär jag göra om en minut."

Med några fler stånk och stön, och några väl valda ord som hans äldre granne längre ner på gatan hade fått hjärtinfarkt av, bände han upp dörren och ramlade in. Inne i lägenheten var det ett kaos. Han visste att han skulle få sällskap i kväll, men han hade inte brytt sig om att städa. Erfarenheten hade lärt honom att det ändå gjorde liten skillnad för kvällens utgång.

Han slängde nycklarna i soffan och gick raka vägen till köket. Där hittade han en flaska vitt vin som hade legat på kylning i kylen sedan innan han gick. En sådan han hade förberett tidigare, på bästa Blue Peter-manér. Anthea Turner hade varit stolt. Han tog två vinglas, följt av en näve is från frysen, och hällde upp i glasen.

"Varsågod", sa han, när han räckte över glaset.

"Försöker du göra mig full?"

"Jag *behöver* inte göra någonting."

"Du låter självsäker."

"Har jag tolkat några signaler fel?"

Det hade han inte, och det visste de båda. Deras första dejt på lika många månader. Deras relation hade börjat online, som man träffar de flesta nuförtiden, och han hade ägnat de senaste veckorna åt att bygga upp till den här stunden. Hon var lite yngre än dem han brukade dejta, men det räckte inte för att avskräcka honom. Hon verkade mogen, intelligent och rolig. Och om det var något han behövde mer än sex, så var det att få skratta. Det dröjde inte länge förrän båda delarna infriades. Inom tjugo minuter hade de sjunkit ner i soffan; de pratade, drack, slipade ner stelheten och filade gradvis bort den sexuella spänningen mellan dem. Molly hade tagit första steget. Hon lutade sig över kudden och kysste hans läppar. Mjukt, varsamt, varmt. Och sedan befann de sig i sovrummet, begravda under lakanen, kroppar och lemmar intrasslade i varandra.

Och sedan rasade allt. En mur mellan dem.

Hans mobil. Som ringde på nattduksbordet.

"Strunta i den", hade han sagt till Molly, som hade blivit distraherad för ett ögonblick. "Om det är viktigt ringer de igen."

Problemet var att han visste att det *skulle vara* viktigt. Och att de skulle ringa igen. Faktiskt flera gånger tills han svarade. Det var nästan midnatt, vilket innebar att det bara fanns en person det kunde vara. Jobbet. Den samling människor han kallade sina kollegor. Som störde honom. Som berättade att något hemskt hade hänt. Att människans mörkare sida hade visat sig.

Igen.

När telefonen ringde för femte gången var de båda helt nakna. Vem det än var i andra änden var envis, det fick han ge dem. Ett namn dök genast upp. DI Tony Hunt.

Tydligt distraherad av det ständiga skallret mot nattduksbordet drog Molly sig ifrån honom och grep telefonen åt honom.

"Om du inte svarar, gör jag det."

Det skulle verkligen röra om i grytan, tänkte Tomek. Det skulle Tony inte gilla. Den medelålders mannen hade sällan pratat med en kvinna under fyrtio, och Tomek kunde föreställa sig reaktionen, stammandet när han lyssnade till Mollys mjuka men förföriska röst.

Han var frestad att låta henne göra det.

Så det gjorde han.

"Hallå?" svarade hon. Väntade. "Han är lite upptagen just nu. Åh, du behöver prata med honom? Jag lämnar över honom."

Motvilligt tog Tomek telefonen.

"Någon får fan vara död."

"Det kan du ge dig på, Tommy boy." Den enfaldiga, frustrerande rösten hos en man som försökte låta tjugo år yngre än han var fick blodet lämna Tomeks penis och rusa i de dunkande ådrorna i hans huvud. "Tyvärr att störa, men det har skett ett mord. Ett koloniområde vid Southend Airport. Tror du att du kan stoppa tillbaka din lilla medlem i byxorna och komma hit?"

"Jag kommer så fort jag kan."

"Bra. Hon låter verkligen trevlig, förresten. Tror du att du kan få den här att hålla längre än en helg?"

Tomek dolde grimasen bakom sitt leende. Det sista han ville – eller behövde – var relationsråd från Tony Hunt.

KAPITEL
TRE

När Tomek kom fram, hade man rest en serie strålkastare i koloniområdets fyra hörn, som lyste upp salladshuvuden, potatis och andra egenodlade grönsaker i en spöklik vit ton. Lamporna var så starka att Tomek kunde se in i porerna på alla i närheten, sprickorna och fårorna i deras ansikten. De enskilda grässtråna på marken. Det fanns ingenstans att gömma sig, inget sätt att skyla sina känslor för dem. Och alla såg ut som en blandning av trötta, sömnbristdrabbade och deprimerade.

Ett stilla regn hade börjat falla, och blötte snabbt upp den hårda jorden. I mitten av koloniområdet försökte ett team kriminaltekniker, klädda från topp till tå i vita och blå overaller, resa ett kriminaltekniskt tält över den döda kroppen. I bakgrunden kvävde det öronbedövande ljudet av jetplan som steg mot himlen all samtalston.

Tomek fann kommissarien i samtal med en uniformerad polis vid den inre avspärrningen.

"Och vad är det här för tid att dyka upp, sergeant?"

"Långt efter din läggdags", svarade Tomek. "Och min."

"Vi skickar väl ut ett meddelande till alla brottslingar, va? Inga mord efter midnatt."

"Gör gärna det. Jag behöver min skönhetssömn."

"Och det gör din unga dam också, av allt att döma. Tro inte att jag inte vet hur lång tid det tar att ta sig hit från din lägenhet, Tomek."

Tomek visste inte riktigt hur han skulle svara på det. Ja, han hade tagit god tid på sig. Ja, han hade varit medveten om brådskan. Men den döda kroppen skulle ingenstans, och av allt att döma skulle inte han heller det. Det fick han ta itu med i morgon.

Efter att ha klätt sig i kriminaltekniska overaller ledde Tony Tomek längs gångarna på koloniområdet och in i det kriminaltekniska tältet. Runt den nakne mannen stod tre kriminaltekniker, en kriminalteknisk platschef och en fotograf. Det fanns knappt plats för fyra, än mindre för de sju som nu trycktes mot varandra.

Tomek kastade en blick ner på den avlidne. Han låg där, bar, blottad för världen och vädret, berövad sin värdighet. Halsen var uppskuren, bladet begravt så djupt att lite ben syntes. Bröstet var täckt av en blodblomma, omgiven av dussintals hål som perforerade bröstkorgen och buken, som små kirurgiska snitt. Ordet "fitta" hade ristats i hans bröstmuskler med versaler, som om gärningspersonen oroade sig för att handstilen inte skulle vara läsbar. Precis under det fanns deras mästerverk. Offrets penis och testiklar hade massakrerats och, värre, avlägsnats. Tomek fann dem instoppade i offrets mun, den slaka penisen hängande över underläppen. Som en kanon som stack ut genom ett hål i ett skepps försvar.

"Stackars karl", viskade Tomek för sig själv.

"Förhoppningsvis var han död innan det där hände honom", instämde Tony. "Jag kan inte själv föreställa mig värre smärta."

"Vem hittade honom?"

"En man och en kvinna. De är utanför på parkeringen. Jag behöver att du tar deras vittnesuppgifter snart."

"Okej. Hur länge har han legat här?"

"Hans blod är fortfarande vått. Och kroppen är fortfarande varm. Så inte länge."

Tomek stannade upp och tänkte. Han granskade kroppen igen, den här gången med blicken mot mannens huvud. En kriminaltekniker hukade bredvid honom, kameralinsen i handen svävade centimeter från penisen. Den mest ovärdiga fotosession Tomek någonsin sett.

"Var är hans kläder?"

"Inte här", svarade Tony sardoniskt. Tomek kände honom tillräckligt väl för att förstå att han försökte vara rolig, men det föll bara platt och blev lite tragikomiskt. Som en förälder som drar ett opassande skämt för en tonåring.

"Vi har genomsökt området, men utan framgång", avbröt en röst bakom ett munskydd. Den kom från hörnet av tältet. Veronica Isles. Den kriminaltekniska platschefen, ansvarig för hela insatsen ur bevisinhämtningssynpunkt. "Min bästa gissning är att gärningspersonen tog dem. De var så vänliga att lämna kalsonger och byxor runt hans fötter, dock." Tomek nickade att han förstod. "För att inte tala om skorna. Ifall han skulle behöva sticka."

Han gled förbi en kriminaltekniker och hukade vid offrets huvud. På var sida om det låg två dokument. Till vänster, en kopia av offrets körkort. Till höger, ett dokument från Hans Majestäts fängelseväsende. Tomek lutade sig närmare för att inspektera dem och matchade ansiktet på körkortet med ansiktet framför honom.

"Ser ut att vara han", sa han. "Bortsett från det extra bihanget, förstås." "Så klart", ekade Tony.

"Mr Timothy Rosenthal, född 18ᵉ juni 1985", sa han, den här gången riktad till den döde utan att förvänta sig svar. Han brukade finna det trösterikt, en vana han utvecklat som uniformerad polis. Från början för att dämpa skräcken och de plötsliga känslor han upplevt efter att ha sett sitt första lik, hade han nu integrerat det i sitt sätt att hantera döden. Att tala med dem gjorde dem mänskliga på något vis, gjorde dem verkliga. Oavsett vad de hade gjort för att förtjäna det öde som drabbat dem.

"Vad gjorde du för att förtjäna det här, va? Någon tyckte verkligen inte om dig."

Han fann svaret i dokumentet på andra sidan av Timothys huvud. Mannens brottsregister. Fälld för våldtäkt, sexuella övergrepp mot barn, innehav av barnpornografi och tidelag. Det var inte ofta Tomek blev så äcklad att han valde att inte tala med de döda. Bara i extrema fall.

Det här var ett av de tillfällena.

"Är den där laminerad?" frågade han, utan att vända sig till någon särskild.

"Japp."

"Laminerar folk fortfarande nuförtiden? Jag trodde det bara var något för skolor och sjukhus."

"Jag slår vad om att han har hamnat i ett par sådana genom åren."

"Ja", svarade Tomek. "Och jag slår vad om att om du inte är försiktig så hittar vi dig i en av dem."

"Dra åt helvete", fräste Tony.

Tomek ignorerade kommentaren och reste sig. Tony gav lika bra som han fick, om inte mer. Liksom alla andra på kriminalen i Southend. De var ett gäng rötägg som inte skulle se malplacerade ut i en fånguppställning själva. "Åtminstone vet vi vem han är och var han bor. Det gjorde våra liv tusen gånger enklare", konstaterade Tomek. "Har vi några ledtrådar om vem gärningspersonen kan vara?"

"Kriminalteknikerna hittade några fotspår där borta." Tony pekade på en liten jordfläck vid Timothy Rosenthals vänstra hand, markerad med en gul kon. "Men det här är ett koloniområde. Det kan vara vems som helst. Och marken är väldigt torr så vi kanske inte får någon bra träff."

"Och där trodde jag att de gjorde oss en tjänst."

"Var vore det roliga i det?"

Det hade i så fall blivit en tidig kväll, det visste han. Han var trött och kämpade för att inte gäspa var trettionde sekund. Munskyddet hjälpte till att dölja det, men så fort han tog av det för att tala med nyckelvittnena var han chanslös. Han borde inte ha tagit det där andra glaset vin.

Vin var *aldrig* ett bra val.

Herr och fru Telford, eller Mark och Fiona, som de ville bli kallade, var ett par i sena fyrtioårsåldern. Klädda i kläder som fick dem att se ut som om de just hade dödat en man – i sina knälånga anoraker med kepsar neddragna över ögonen – blev Tomek genast misstänksam mot dem. Men han var beredd att höra vad de hade att säga.

"Jag antar att den självklara frågan", började Tomek, "är vad ni gjorde här, mitt i ett koloniområde, mitt i natten?"

"Nå, vi..." började Mark, med rösten på väg att spricka under trycket.

"Ja?"

"Vi var ute och gick", sköt Fiona in.

"Mitt i ett koloniområde... mitt i natten?"

"Tja... Vi... Vi gillar nattluften. Det är mycket svalare här ute. Mycket renare." Av tonfallet framgick det tydligt att hon inte trodde på sig själv. "Och vi gillar stjärnorna!" la hon till som en eftertanke.

Tomek såg rakt igenom det. "Och den verkliga anledningen till att ni var här?"

Paret blossade om kinderna och såg på varandra, som två skolbarn som tagits på bar gärning med att kyssas bakom cykelskjulet.

"Tja..."

Om Tomek hörde det där ordet en gång till var han redo att ge mannen en örfil.

"Vad var det?" började han. "*Corrie* var slut, och ni blev sugna på lite grävande på lotten? Det tror jag inte—"

"Dogging..."

"Förlåt?"

"Dogging. Vi... kommer hit för att..."

"Men lägg av. Ni skämtar. Dogging. På allvar? Här?"

Paret drog sig undan ännu mer. Han var ingen att döma; deras relation var deras relation, deras sexuella intressen var *deras* sexuella intressen – men han kunde tänka sig bättre platser att bli närgångna på. Någonstans utan jord, kyla, gräs, blommor, risken att bli sedd. Men viktigast av allt, någonstans utan jord.

"Det här är ett populärt ställe i doggingkretsarna", sa Mark, med en antydan av stolthet.

Doggingkretsarna. Som om det vore en prestigefylld grupp människor, där de höll årsmöte och delade ut priser vid årets slut.

Och priset för Årets Dogger går till...

Med stor möda kvävde Tomek ett fniss genom att gäspa. Tyvärr hade han den här gången ingen mask att gömma sig bakom.

"Det här är en hotspot för folk... folk som oss", fortsatte Mark. "De kommer hit för att det ligger avskilt, det är väldigt få människor i närheten och planen som flyger över gör att man kan skrika hur högt man vill."

Herregud.

Tomek hade väntat sig det svaret från Fiona, men inte från Mark. Mark hade överraskat honom med den där lilla pärlan av ärlighet.

"Det var glädjande att höra", svarade han. "Och under er romantiska sammankomst i kväll, råkade ni se vad som hände med vår vän där borta?"

Paret såg på varandra, som för att be den andra om tillåtelse att vara ärlig. Något som, i Tomeks ögon, ingen av dem behövde. De hade redan visat hur öppna de var.

"Nej, kort sagt." Mark kliade sig nervöst i nacken. "Han var redan sådan när vi hittade honom. Så fort vi såg i vilket..." han pausade för att hitta rätt ord, "*skick* han var, ringde vi er."

"Hörde ni ingenting?"

Ett skak på huvudet.

"Såg ni något?"

Ett till skak.

"Utmärkt. Nåväl, jag behöver ta avtryck av era skor, och be er komma in till stationen i morgon så att någon kan ta ett fullständigt förhör, om det går bra?"

Båda nickade sitt bifall, och Tomek ledde dem till en av kriminalteknikerna. Han lämnade åt henne att hantera detaljerna. Ett jobb han var tacksam över att han inte behövde göra längre. När han vandrade tillbaka till brottsplatsen hittade han kriminalkommissarie Tony Hunt i samtal med rättsläkaren. En man i tidiga femtioårsåldern och nära pension, han var lika glad över att bli utkallad till en brottsplats mitt i natten som Tomek var över att lämna en ung kvinna i sin säng. Inte bara för att han saknade hennes beröring, utan för att hennes sista ord innan han hade gått hade gjort honom illa till mods.

"Är du inte orolig att jag ska stjäla från dig?" hade hon frågat.

Han hade skrattat till, och svarat: "Jag är polis. Om du gör det kommer jag att hitta dig, och jag kommer att döda dig."

Men han hade bara skämtat.

Och det hoppades han att hon också hade.

KAPITEL
FYRA

Senare samma morgon blev Tomek glad när han vaknade i en lägenhet där alla hans saker låg där han hade lämnat dem. Efter att ha kommit hem under småtimmarna – sedan han snabbt blivit överflödig på odlingslotten – hade Tomek smugit på tå genom dörren och krupit ner i sängen bredvid Molly. Under timmarna därefter, medan han sovit som en självisk liten bebis, hade brottsplatsansvarig och Tony Hunt väntat på rättsläkarens utlåtande, fortsatt sin genomgång av platsen och sedan säkrat lotten, och lämnat en ung polis med den otacksamma och tråkiga uppgiften att stå vakt tills det var dags för nästa stackare att ta över vid lunchtid.

Klockan var sju när Tomek rullade ur sängen och in i duschen. På några minuter var han tvättad, torkad, påklädd och redo att gå. Men hans gäst hade andra planer. Att ligga kvar i sängen, till att börja med. Försvinna in i det gåsfjädrade täcket med 10,5 tog som han hade lagt en förmögenhet på hos The White Company. Han kunde knappast klandra henne – det var kanske det skönaste han någonsin sovit i, och vissa morgnar hade han själv svårt att komma upp – men nu var inte rätt tid. Han hade ett mord att utreda. Och ingen kunde säga emot en död pedofil som fått kuken upptryckt i munnen.

Tomek knuffade henne försiktigt. "Hallå. Vakna."

Hon rörde på sig, stönade, rullade över till andra sidan och borrade ner huvudet ännu djupare i kudden. Han förstod att det här inte skulle bli lätt.

I en sekund övervägde han att lyfta upp henne och bära ut henne ur lägenheten. Men som en man några veckor på fel sida av fyrtio litade han inte lika mycket på ländryggen som för tio år sedan. Visst tog han fortfarande hand om sig själv. Löpning varje morgon före jobbet, träning på gymmet då och då, spel i CID:s fotbollslag på helgerna. Men åldrandets krämpor höll på att smyga sig på. Och motionen var bara en kur för att dämpa effekterna av hans vana att ta en social drink efter jobbet och de långa passen fastklistrad bakom en datorskärm. Han blev inte yngre, men å andra sidan blev ingen annan det heller.

"Hallå," sa han igen, den här gången petade han till henne lite hårdare. "Jag måste till jobbet. Du behöver gå. Jag kan ringa en taxi."

Så snart insikten om att hon blev utslängd sjönk in, vände Molly sig mot honom. "Fick du vad du ville och nu ska jag ut?"

"Det är jobbet. Inget jag kan göra åt det. Jag ringer en taxi."

"Men du sa att du kanske inte behövde gå in."

Tomek letade i minnet efter när han skulle ha sagt det. Han kom inte på det.

"Det är en sån grej," svarade han. "Det hör till jobbet."

Fem minuter senare, efter att ha i all hast rafsat ihop sina grejer och utan att vara helt säker på att hon fått med allt, hoppade Molly in i en taxi. Innan han sa hej då räckte han henne en tjuga och sa att han skulle skriva till henne, men att utredningen i sin tur skulle diktera när.

När hon väl var säkert en bit nerför gatan och risken var obefintlig att hon skulle komma tillbaka, låste Tomek lägenhetens ytterdörr och gick mot stationen.

———

Utredningens högkvarter skulle ha sin bas i en låg, anspråkslös byggnad, ett stenkast från Southends Magistrates' och County Courts, mitt i centrum. Hemmet för Essex CID låg på andra våningen, i byggnadens östra flygel. Det var inte mycket, men det var hemma. Tre rader skrivbord sträckte sig från ena änden av lokalen till den andra, med tre kontor avskärmade av glas från golv till tak längs bakre väggen. Ett för Detective Chief Inspector. Ett för Superintendenten. Och det tredje för Detective Inspector Tony Hunt. Med någon sorts mirakel hade inspektören lyckats krångla till sig ett eget krypin, ett rum för sig själv. Troligen lika bra det, med tanke på att lagmoralen var som högst när han inte var där och drog sina meningslösa skämt och ansträngde sig till det yttersta för att bli omtyckt.

När Tomek först kom dit hamnade han dock i den olyckliga situationen att stå i det första kontoret. Hemvisten för Detective Chief Inspector Nick Cleaves. Nick var en man på fel sida femtio, skallig, kort och med en röv i storlek med magen. En sån som hade jobbat i snart trettio år i kåren och inte gjort något för att dölja det.

Tomek fann honom sittande i sin stol, stirrande på datorskärmen.

"Du ville träffa mig, sir?"

Nick suckade tungt, som om Tomek hade stört honom mitt i något viktigt, trots att det var Nick som själv kallat till mötet.

"Sätt dig, Tom."

Tomek gjorde som han blev tillsagd och ställde kaffet han hade gjort vid maskinen på skrivbordet.

"Jag pratade med Tony," började Nick. "Han sa att du kom sent i går kväll."

"Försenad, sir."

"Var det något viktigt?"

"Inte särskilt," svarade Tomek. "Det händer inte igen, sir."

"Du får hoppas det. För din egen skull. Jag kan inte fortsätta försvara dig så här, Tom. Så många gånger som jag borde ha serverat dig kulorna på ett fat... Det är inte ens roligt."

"Jag skulle inte drömma om att skratta åt dig, sir."

En suck till. Tyngre den här gången. Ljudet, tillsammans med den stadiga uttömningen av hela hans kropp, hade blivit synonymt med Nick i största allmänhet. Det var en del av hans karaktär, hans personlighet. Tomek hade kunnat berätta världens bästa nyhet, och han skulle ändå ha reagerat likadant som om man talat om för honom att han hade förlorat ett spel på hästarna. Det var en konstant på kontoret, och Tomek älskade det. Han hade alltid undrat om Nick led av något lungproblem, men till slut insåg han att mannen bara inte trivdes där han än befann sig, när som helst. De två hade arbetat ihop i över ett decennium, ända sedan Tomek hade gjort intryck som polisassistent under en mordutredning som rörde en vän till honom. Sedan dess hade Tomek hittat nya och innovativa sätt att pröva Nicks tålamod – och deras relation.

Nicks ansikte förvreds. Något låg och skavde, och det syntes tydligt att det höll på att spränga sig ut. Tomek väntade på vad det var.

"Varför fortsätter du så här?" frågade han.

"Fortsätter hur, sir?"

"Hoppar från relation till relation?"

"Jag förstår inte vad det har med något att göra."

"Ren nyfikenhet. Något jag alltid undrat. Är det för att du aldrig har älskat något mer än du älskar dig själv? Att du aldrig har kunnat ge dig själv fullt ut till någon?"

Tomek tvekade innan han svarade. Han hade inte väntat sig att samtalet skulle bli så djupt och personligt. Inte alls. Särskilt inte så här tidigt på morgonen. Kanske var det Nicks tur att pröva *hans* tålamod.

"Jag blir lätt uttråkad," ljög han.

Sanningen var att han visste exakt vad hans problem var. Att han var för rädd för att släppa in någon. Att han inte kände sig värd kärlek. Att känslofällan slog igen som en björnfälla när det blev för intensivt. I sina tidigare relationer, de få gånger han hade tillåtit sig att vara helt sårbar, hade han blivit illa behandlad och krossad, en följd av vad han tyckte att han förtjänade. Så det var bara rättvist om han gjorde det mot någon annan innan de hann göra det mot honom.

Nick grymtade, med en min som antydde att han inte trodde ett ord av vad Tomek sa. Deras partnerskap var sådant att de enkelt såg rakt igenom varandra.

"Vi har en ny DC som börjar i dag," fortsatte Nick. "Nu på morgonen. En stjärna från Met-polisen. Hon kommer med varma rekommendationer, och av det lilla jag har pratat med henne är hon sugen på att sätta full fart från start. Som straff för att du kom sent i går vill jag att du presenterar henne för teamet. Bryt isen och få henne att komma till rätta."

"Du vill att jag ska vara hennes IT-support, sir?" Mungipan ryckte till på Tomek.

"Kristus nej. Inte efter vad du gjorde förra gången."

Tomek skrattade för sig själv och mindes gången då Nick hade bett honom ändra en inställning på telefonen och han i stället hade ändrat sms-inställningarna så att varje gång Nick skrev "Nick" i textfältet ändrades det till "Nasty Nick".

"Hur länge ska hon vara hos oss?" frågade Tomek.

"På lång sikt, vad jag har hört. Vilket betyder att du får uppföra dig. Jag vill inte att du skrämmer bort henne med dina historier om det här skithålet."

"Southend må vara ett skithål, sir, men det är vårt skithål. Och vi är stolta över det."

Nick svarade med en föraktfull blick och vände sedan uppmärksamheten mot klockan.

"Hon är här snart. Du har tjugo minuter. Jag kallar till genomgång klockan nio, så vara klar till dess."

Tomek förde handen till tinningen i en honnör. "Aye aye, kapten!"

═══

Han hittade henne väntande i byggnadens entré några ögonblick senare. Hon stod med tyngden på ett ben, axelväskan hängande vid höften, med ryggen mot honom. Ett paraply av brunt hår föll mellan skulderbladen, och en lång marinblå kappa slutade några centimeter ovanför anklarna.

"Konstapel Hamilton?"

Hon snurrade runt på stället och vände sig mot honom, håret hann ifatt ansiktet strax efter.

"DS Tomek Bowen," sa han och räckte fram handen.

Hon tog den. "Rachel. Trevligt att träffas, sir."

"Detsamma. Bra resa hit?"

"Så bra den kan bli. Tågen är mycket lugnare ut från London vid den här tiden på morgonen."

"Det får du se upp med. Jag har blivit strandsatt ett par gånger. Särskilt mitt i natten. De är inte så pålitliga som de vill få en att tro. Fast vi har en plats i städskrubben som blir rätt bekväm beroende på hur trött man är."

"Jag är inte främmande för att behöva sova på kontoret," sa hon.

"Bra. Då passar du in direkt. Ska vi?"

Med en nick och ett leende gav Rachel honom klartecken att presentera henne för teamet en trappa upp. På väg upp sprang de på Tony. Efter en snabb introduktion, så kort som möjligt, ledde Tomek henne genom dörrarna högst upp i trapphuset och började den långa promenaden tvärs över byggnaden.

"Vi kallar honom Ljumme Tony," sa han.

"Jaha." Intonationen i hennes röst antydde att hon ville veta varför men var för rädd för att fråga.

"Han har en märklig grej med sitt kaffe: han väntar tills vattnet i vattenkokaren har svalnat så att han inte bränner pulvret. Och som om inte det vore nog kan han ändå inte dricka det varmt, så han häller i ungefär en gallon mjölk så att det blir rumstempererat. När det väl når hans läppar har det varit dött i ett par dagar. Därav namnet."

"Jaha."

Tomek kunde ana domen i hennes röst. Och i ansiktet.

"Vi har ett annat smeknamn på honom också. Men jag är säker på att du kan gissa vilket."

Hon tvekade.

"Läste du någonsin parrim i skolan?"

Och då föll poletten ner.

I slutet av korridoren gick de genom ett par dubbeldörrar och in i gruppens huvudkontor för grova utredningar. Navet. Under den korta tid Tomek varit ute hade resten av teamet droppat in, med en blandning av bävan och förväntan inristad i ansiktena. Starten på en ny stor utredning var alltid laddad, en smältdegel av känslor.

Inget går upp mot en varm introduktion för att lugna läget.

"God morgon, allihop," utropade Tomek och viftade med handen för att få allas uppmärksamhet. "Jag vill presentera DC Rachel Hamilton, som ansluter till oss från storstan där borta." Han pekade mot ett fönster med havsutsikt, i helt motsatt riktning från London. "Vi har hört mycket gott, så nu är det dags att sätta det på prov."

Genast reste sig teamet och hasade sig fram. En del stelt, andra självsäkert. Totalt var de åtta i styrkan, inklusive Tomek. En Detective Inspector, i form av Ljumme Tony. Nästa steg ner på näringskedjan var Detective Sergeant Sean Campbell, en reslig karl, byggd som ett tegelhus, som Tomek betraktade som sin närmaste vän. De hade avancerat tillsammans och tillbringat större delen av karriären ihop, så det var inte mer än rätt att de umgicks mycket även utanför jobbet.

"Vi brukar kalla honom Sean Kingston," sa Tomek när de presenterade sig.

"Inte bara för att jag är lik honom," tillade Sean och fick Rachels hand att försvinna i sin.

"Utan för att han inbillar sig att han kan sjunga som honom också. Och lyssnar på honom varje gudagiven minut."

"Jag tycker inte det är något fel på lite nollnolltals-R'n'B," sa Rachel med ett leende. "Jag har varit känd för att lyssna på det då och då."

"Ni två kan ju hitta ett eget litet tyst rum då," sa Tomek, innan han presenterade Rachel för nästa i gänget.

DC Chey Carter.

"Chey här var den senaste tillskottet i teamet tills du dök upp. Han är också yngst. Gick med när han var en liten knodd. Nästan direkt ur livmodern."

"Vilket betyder, naturligtvis, att jag blir hackad på en del," sa Chey när han kom fram och sköt upp designerglasögonen längre upp på näsan. "Och jag får alla skitjobb som ingen annan vill göra. Men det gör mig inget. Allt är en del av lärandet, antar jag!"

Chey hade alltid haft en positiv och, helt ärligt, dum syn på hur han behandlades i teamet. Men ingen annan tänkte ändra på det.

"Chey är lite som en hund," tillade Sean. "Allt är lek och skoj för honom. Och han är bara glad att få vara här."

Rachel gav honom ett medkännande, moderligt leende när hon presenterade sig för honom. "Vad är ditt smeknamn då?"

"Du lär dig snabbt," sa Tomek. "Jag tror du kommer trivas fint här. Chey, vill du ta den här, kompis?"

Chey tvekade inte. "Chey-enne Peppar," svarade han, oförmögen att torka bort leendet. "För att jag är hetsig när jag behöver försvara mig."

"Och för att han fiser mycket," tillade Tomek. "Hans mamma gör en grym tikka masala. Sitt bara inte bredvid honom när han har en med sig."

"Tack. Det ska jag ha i åtanke."

Nästa var Detective Constable Anna Kaczmarek. En erfaren utredare med över tjugo år i tjänst, lika formidabel som underhållande. Trippel ordpoäng var hennes namn, på grund av hennes svåruttalade efternamn och mängden poäng du skulle få om du spelade det i ett parti Scrabble.

Efter henne kom Oscar Perez, ännu en Detective Constable med ungefär lika lång tjänstgöring.

"Vi kallar honom Kapten Faktiskt," viskade Tomek i Rachels öra när han smet vidare.

"Varför?"

"För att du måste vara absolut, till hundra procent, entydigt, utan minsta tvekan säker på vad du än pratar med honom om, för chansen är stor att han redan kan det. Och om du har mage att säga något fel inför honom, då..." Han blåste pruttljud genom läpparna. "Din begravning, det är allt jag säger."

"Nu blev jag sugen på att testa honom."

"Gör det på egen risk. Ingen av oss kommer vara där för att rädda dig. Vi har blivit stuckna av samma gadd flera gånger."

Med den varningen ordentligt planterad i Rachels huvud presenterade Tomek henne för den sista på listan. DC Nadia Chakrabarti. Hon var fyra månader gravid, och alla på kontoret visste det. Hennes roll som HOLMES 2-ansvarig gjorde att hon slapp röra sig så mycket, men det hindrade henne inte från att bli frustrerad på alla som gjorde det, när de flyttade sig från skrivbord till skrivbord och trängde förbi henne tjugo gånger om dagen.

"Ingen anledning att resa dig," sa Tomek sarkastiskt och lade en hand på Nadias axel.

Hon gav honom en blick som skickade tusen dåliga omen hans väg, men han skakade bara av sig det.

"Trevligt att träffas," sa hon till Rachel. "Vi skulle faktiskt behöva några fler kvinnor här inne, om jag ska vara ärlig. Om jag måste höra en konversation till om fotboll kastar jag mig nog ut genom fönstret."

"Ingen idé med det," sa Oscar "Kapten Faktiskt" Perez från skrivbordet bredvid. "Från den höjden kommer du högst att bryta ett ben. Och även då kan du sluta med bara en spricka i bästa fall."

"Vill du att jag knuffar dig över kanten så kan vi testa?"

Oscar ville inte det, och svarade med att vända sig bort från samtalet. Han om någon visste när man skulle släppa Nadia. Nu var inte en sådan gång.

"Det är ett nöje att träffa er också," sa Rachel och räckte fram handen mot sin nya kollega. "Jag kan inte vänta på att få jobba med er allihop."

"Detsamma."

När presentationerna var över visade Tomek henne till hennes skrivbord i rummets hörn.

"Platsen är röjd, och allt är rensat från hårddisken," sa Tomek. "Sist vi hade här var känd för att titta på barnporr."

Blicken i hennes ansikte sa honom att hon inte fattade skämtet.

"Jag drar ibland ett skämt när jag träffar nya människor."

"Som en försvarsmekanism?"

"Om du vill kalla det så."

"Jag tror det är vad en terapeut skulle kalla det. Har du funderat på att sätta dig ner med en? Du skulle få valuta för pengarna."

Tomek svarade inte. I stället gav han henne en blick som talade om att samtalet var över. Hon kunde inte veta, men det gjorde inte mindre ont för det.

"Jag..." började hon. "Förlåt, om jag—"

"Det är lugnt. Inget att be om ursäkt för. Nu låter jag dig komma i ordning." Han kollade på klockan. "Och om tre minuter ska vi in i incidentrummet för morgonmöte."

Precis när han steg därifrån ropade hon tillbaka honom.

"Alla andra verkar ha ett smeknamn, men inte du. Kan jag anta att det är du som hittar på dem?"

"Bara de bra. Jag låter dig räkna ut vilka som är vilka." Tomek stannade upp och lät blicken svepa över kontoret, betraktade kollegorna vid sina skrivbord med en känsla av stolthet. Han vände sig mot Rachel, med ett leende. "Jag har några. T-Bone, för att jag gillar min biff. Tommy the Tit, av uppenbara skäl. Men favoriten är Teflon Tommy. För ibland fastnar inte skiten."

KAPITEL
FEM

Teamets genomgång hölls i spaningsrummet, en liten avkrok på kontoret. Det var knappt stort nog för att alla skulle få plats, så ett par av kriminalassistenterna och civilanställda stödpersoner tvingades hänga i dörröppningen. DCI Nick Cleaves humör hade sjunkit några pinnhål på humörstegen sedan Tomek senast pratade med honom, och enligt hans föga blygsamma mening såg Nick ut som sju svåra år. Vilket betydde att de hade en kort, kärnfull genomgång framför sig.

"Timothy Rosenthal", sa Ljumme Tony och smackade upp ett polisfoto av mordoffrets ansikte på en whiteboard, fastklämt med en självlysande gul magnet. "Offret. Hittades cirka 23.30 på en kolonilott nära Southend Airport." Ett foto till, en ny smack. "Han hittades halvnaket, mitt på en gång genom odlingslotterna. Mördaren hade varit nog anständig för att lämna hans kalsonger och byxor runt anklarna, tillsammans med skor och strumpor. Däremot var de inte generösa när det gällde hur de dödade honom. Den exakta dödsorsaken är fortfarande oklar, men vår gissning är antingen en skåra i luftstrupen eller de femton knivhuggen i buken och bäckenet. Eller så finns det ett tredje alternativ."

Ett foto till, en ny smack. Den här gången drog närbilden av Timothy Rosenthals penis som hängde ur hans mun fram ett kollektivt flämtande från teamet – och ett undsluppet skratt – när den visades på whiteboarden.

Och sedan det sista fotot som fulländade bildserien. Den hjärtevärmande hälsningen som hade lämnats på Timothys bröst.

"Kan man säga att mördaren var en nära vän till offret, chefen?" frågade Chey. "Om så är fallet får jag kanske se upp med mina egna. Se till att de inte gör sådär mot mig på en svensexa eller nåt."

"Inte riktigt."

"Måste du alltid driva med allt?" flikade DC Rachel Hamilton in. Den stränga minen signalerade avsmak över hur offret behandlades.

"Inte i vanliga fall", sa Elake Nick och klev in. Han drog ner polisfotot av Timothys ansikte och granskade det. "Det är en del av vår bearbetning. Men när du får veta vad den här mannen gjorde och var kapabel till, så blir det på sätt och vis begripligt."

"Och vad gjorde han för att förtjäna... *det där?*"

Ljumme Tony svarade: "För sju år sedan dömdes och fängslades Mr Rosenthal för våldtäkt, sexuellt övergrepp mot barn och innehav av en ofantlig mängd barnpornografi."

"Glöm inte tidelag", la Tomek till.

"Ja. Tack för den, sergeant."

Rachels fördömande vissnade genast, och hon sjönk ihop i stolen. Hon knep ihop läpparna och tittade på någon – vem som helst – i skaran, i hopp om att någon skulle säga något.

Någon hörsammade hennes rop. Men det var inte det svar hon hade hoppats på.

"Ser ut som en peddo." Kommentaren kom från Sean på andra sidan rummet. Han satt lågt i stolen med armarna i kors.

"Vad betyder det ens?" frågade Tony.

"Du vet. När någon ser ut som en peddo."

"Nja, nej. Fortfarande inte."

"Allt jag säger är: när du går förbi någon på gatan, eller snubblar över deras profil på Facebook, och du omedelbart tänker, du ser ut som en barnförgripare. Om jag gick förbi honom på gatan skulle jag förmodligen tänka att han har en plats högst upp i registret."

"Du är ett rövhål", sa Nadia, med handen på sin växande mage. "Du kan inte bara gå runt och säga att folk ser ut som pedofiler."

"Uppenbarligen säger jag det inte i ansiktet på dem. Jag bara *tänker* det. Jag skulle på riktigt vara ett rövhål om jag sa det till dem personligen."

Ljumme Tony, med en hand höjd till salut, tystade rummet och allt prat om pedofiler, "peddo" och ofredare upphörde. Till Tomeks lättnad var det glädjande nog inte hans mun som försatt honom i trubbel den här gången. Den hade en vana att säga vad den tänkte, oftast vid de mest opassande tillfällena. Men den här gången höll han inte med om någonting som hans vän hade sagt.

"Jag tror det är bäst för alla om vi kommer tillbaka på spåret. Vad säger ni?" började Tony. När inget svar kom fortsatte han. "Timothy hittades med sitt körkort och ett utdrag ur belastningsregistret prydligt placerade bredvid ansiktet. Det är uppenbart att mördaren ville att vi, eller den som hittade honom, skulle veta varför han blivit dödad. Det är viktigt. Vad gäller bevis säkrade på brottsplatsen har vi väldigt lite att gå på. Ett par skofavtryck togs, men eftersom marken har varit så torr på sistone kan vi inte avgöra om de är mördarens, offrets eller nyckelvittnenas som hittade honom. Det finns inget mordvapen, och det fanns inga bilar vid brottsplatsen, förutom våra, SOCO:s och vittnenas. SOCO fick dock ut några hårstrån med DNA. De kör dem i labbet och vi borde få resultaten om ett par veckor."

"Du har inte berättat det bästa än, chefen!" ropade Tomek från bakre delen av rummet. "Personerna som hittade honom är ett par doggare, och kolonilotten de hittade honom på är, citat, slut citat "en hotspot för dogging"."

Ett skrattkör ekade genom spaningsrummet. Tomek blev förvånad över att se ett snett, lite generat leende på Rachels läppar. Han började redan gilla henne, och han hoppades att hon började gilla teamet. De hanterade död, våldtäkt, mord, pedofili och en hel kaskad av andra mörka och nedslående fall dagligen; det var inte mer än rätt att de fick skämta och skratta åt saker, samtidigt som de gick på den tunna grå linjen av respekt och gav den där den var förtjänt. I de flesta i teamets ögon var respekt dock inget som Timothy Rosenthal hade gjort sig förtjänt av. Efter att kort ha nämnt för teamet att offrets plånbok hade stulits, och att de skulle behöva hålla koll på hans stulna kredit- och betalkort, urartade samtalet snabbt i mer pladder. Och inte av den bra sorten.

"Allt jag säger är", började Sean, "de här människorna går inte att hjälpa. De är sjuka. De har en sjukdom. Och den går inte att bota. Man ser det på nyheterna hela tiden – i samma stund som de släpps från fängelset är de tillbaka i sina onda, gamla vanor. Och vad gör man med en häst som har en sjukdom som inte går att bota? Man skjuter den. I huvudet."

En bedövad tystnad spred sig i rummet. Tomek visste att hans vän var frispråkig, men aldrig så här. För ett ögonblick undrade han om det fanns någon del av Seans historia han inte kände till som på något sätt var kopplad till Timothys brott. Hur som helst gjorde det honom, och alla andra i rummet, lätt obekväma. När Seans ord fick sjunka in hos resten av teamet anade dock Tomek ett tyst samtycke bland dem. Ingen var modig nog att säga det, men det faktum att de inte sa något alls talade om för honom att de höll med.

Tomek, å andra sidan, kunde inte ta in ett sådant påstående. Och till hans förvåning – och irritation – kunde inte Tony heller det. Det var första gången de två var överens om något, och inget var märkligare än att gemensam moral förenade dem.

"Om du dödar dem, är du då lika illa ute som dem?" hade Tony frågat. "Tänk om det begåtts ett misstag och de blivit felaktigt dömda? Vi hade dödsstraff i det här landet och det avskaffades. Liksom kemisk kastrering. Föreslår du att vi tar tillbaka det för sådana som Timothy?"

Innan situationen hann övergå i en hetsig diskussion klev DCI Cleaves in, och suckade högre än alla i rummet hann prata. Om det någonsin funnits en man som kunde säga mycket med väldigt lite, var Elake Nick sinnebilden av det. Vecken på hans kala huvud, i kombination med frustandet genom näsborrarna, hade kraft nog att tysta en arena. Som när kungen höjer ett glas på en mottagning.

Alla blickar vändes mot honom.

"Ni har lyft några väldigt bra poänger, och i de flesta fall lutar jag åt att hålla med er, men vi har alla ett jobb att göra. Och det är att hitta mördaren. Oavsett om ni håller med om moralen i det eller inte har den här personen tagit ett liv. Och det strider mot alla lagar vi är satta att skydda, okej? Så jag vill inte höra mer om den här vedergällningen ni tycks sukta efter. Det är inte läge för Batman att kliva ut ur mörkret och göra vårt jobb åt oss. Vi får betalt för det, det gör inte han."

"Men Batman var miljardär, chefen", avbröt Oscar. "Om vi alla hade de där pengarna skulle vi säkert göra vad vi ville när vi ville."

Tomek grimaserade när Nicks kraftigt svordomsbemängda svar ekade i rummet. Orden var hårda men nödvändiga. Hur intelligent Oscar än var betydde det ingenting när det kom till sunt förnuft.

KAPITEL
SEX

B land det sista Tony gjorde innan han upplöste gruppen var att dela ut uppgifterna. Han gick runt i rummet, en efter en, och bockade av på en checklista. Och listan över uppgifter som Tomek såg fram emot krympte snabbt. Till slut, efter att ha tilltalats sist, när ingen annan var kvar i rummet, fick han dras med den banala och, ärligt talat, juniora uppgiften att göra dörrknackning längs Timothy Rosenthals gata. Ett jobb för kriminalassistenter och uniformerade poliser. Inte för en kriminalinspektör. Han visste att det var Tonys sätt att ge igen för att han varit sen kvällen innan. Och det hindrade honom inte från att gå och klaga hos Nasty Nick så fort genomgången var avslutad. Om Tony kunde gnälla för sin chef, så kunde han också det.

Han fick ge sig.

Enligt kommissarien var Tony utredningens operativa spjutspets, och därmed basta. "Om han säger åt dig att sätta dig, hålla käften och böja dig framåt, så gör du det", hade Nick sagt, och Tomek hade inget svar.

Och så hamnade han i Prittlewell, en av de trevligare delarna av Southend-on-Sea. Undantaget var armadan av polisbilar som omringade Timothy Rosenthals gata och förstörde känslan i området. En forensisk grupp hade kommit en timme tidigare och redan börjat genomsöka Rosenthals tillhörigheter. Om de hittade något av intresse som kunde visa var han hade varit före sin död, vem han hade träffat, varför han hade träffat dem och vad han planerade efteråt, så beslagtogs det och kvitterades in i bevisförrådet. Tomek klev ur bilen och lät blicken vandra upp och ner längs gatan. Bostadsområde. En blandning av fristående bungalower, smala radhus och någon udda kombination av de två. I slutet av gatan låg Priory Park, en stor grön yta med flera bowlinggreener, en fiskesjö, muromgärdade trädgårdar och ett museum: Prittlewell Priory. Ett byggnadsminne i högsta klass. Ursprungligen byggt på 12:e århundradet, var det områdets fokuspunkt och lockade ofta fotografer och naturentusiaster.

Motvilligt pressade Tomek sig bort från bilen och gick mot den uniformerade polisen som stod utanför huset. Det var en brottsplats och måste behandlas som en sådan.

"Morgon", sa den unge konstapeln, som knappast såg äldre ut än i tjugoårsåldern, om ens det. Tomek gillade dock inte att gissa. Alldeles för många gånger hade han gjort misstaget att gissa fel på någons ålder, alltid för högt. Det hade satt honom i klistret ibland, och han insåg snart att inget gott kom ur det.

Tomek presenterade sig och visade sin tjänstelegitimation. Han skrev in sig i loggen och räckte tillbaka pennan.

"Har du varit här länge?"

"Min sergeant skickade ner mig för ungefär två timmar sedan, chefen. Jag var här innan teknikerna kom."

Det syntes. Skorna på den unge mannens fötter såg inte ut att vara de bekvämaste, och han hade redan börjat lägga mer vikt på ena foten än den andra. Stackars jäkel hade en lång dag framför sig.

Det hade Tomek också. Och den hade bara börjat.

Barmhärtigt nog började det bättre än han hade väntat sig. Just som han sa hej då till den uniformerade polisen och önskade honom en snabb och behaglig dag svängde en familjebuss in på uppfarten till huset bredvid. Ur klev en prydligt klädd kvinna med rufsigt hår. Hon såg ut att ha bråttom och, när hon skyndade till bakluckan, ignorerade hon honom. Trots hans avmätta, nästan lite obekväma handvinkning.

"Ursäkta?"

Inget svar. Hon stack in händerna i bagaget och kom några sekunder senare ut med diverse återanvändbara kassar stora som resväskor. Först när hon stängt och låst såg hon honom stå där, med händerna i fickorna, och kände sig som en man som ville sälja henne något.

"Jag tänker inte köpa något", sa hon.

"Det tror jag att du precis gjorde." Tomek pekade på kassarna med varor, men hon såg inte det roliga i det. Han började undra om han höll på att tappa humorn, charmen. Det var dagens andra skämt som föll platt. Kanske var det dags att byta strategi.

"Vem är du?"

"Tom", sa han och tog ett steg fram med handen utsträckt. Så snart han insåg att hon inte kunde ta den, sänkte han huvudet och suckade. Djupt. Och kanaliserade sin inre kommissarie.

"Och vad vill du, Tom?"

"Ett snack, om det är okej?"

"Mamma sa alltid åt mig att inte prata med främlingar. Och om du inte ser det, så har jag lite bråttom just nu."

"Det borde inte ta lång tid."

"Varifrån då?"

"Polisen."

Det fick henne att stanna upp. Hon hade sakta hasat sig mot ytterdörren, som om han vore någon sorts snuskhummer som lockade henne närmare.

"Vad har hänt?" frågade hon.

"Kan vi ta det här inne? Jag kan hjälpa dig med kassarna."

Vilket han fogligt gjorde. Motvilligt lastade kvinnan över ett par kassar på honom och han bar in dem i huset. Vardagsrummet, så långt han såg, var rent och prydligt. Köket däremot var det inte. Tallrikar och bestick kantade diskhon, medan kritade teckningar och blanketter satt på kylskåpet och andra lediga ytor. Tomek letade efter en plats att ställa kassarna.

"Har du barn?" frågade han när han plumsade ner lasten på en yta vid diskhon.

"Inte jag, nej. Min inneboende. Hon har en dotter. Sju, på väg att bli sjutton."

"Jag förstår."

"Du då?"

"Jag är varken sju eller sjutton."

Och inte ens trettiosju, en ålder han brukade kunna skryta med för inte så länge sedan (och komma undan med att låtsas vara ännu längre). Men nu när de grå stråna hade börjat dyka upp hade han insett att han inte längre kunde passera som någon han inte var. Han lurade ingen, och det fanns ingen mängd skägg- eller hårfärg som kunde övertyga dem om motsatsen.

"Jag menade om du har barn?" frågade hon.

"Åh. Nej. Inte min grej. Har aldrig varit något fan. De är..."

"Äckliga?"

"Ja. Äckliga. Det är ett ord för dem."

"Säg det. Jag älskar henne och allt, men stöket är *överallt*."

Det var inget han kunde relatera till, så han log och nickade artigt. Han hade förstås erfarenhet av barn, men han hade aldrig varit förtjust i dem så som vissa var. Det var inte hans livsmål att skaffa ett. Han var nöjd med hur allt var. Förutom just nu. Just nu höll det snabbt på att bli en ren skitshow. Ett exempel på hur man inte skulle prata med en annan människa, än mindre en kvinna eller ett vittne. Det var något med den här kvinnan som gjorde honom nervös, avväpnad. En känsla han inte var van vid, främmande för honom.

Han harklade sig, i hopp om att lite av hans fattning skulle komma upp (och inte kräkas).

"Din granne, Timothy Rosenthal", började han. "Brukade du prata med honom? Kände du honom särskilt väl?"

Hon stannade med kylskåpsdörren i ena handen och ett äggpaket i den andra. "Pratar någon med sina grannar nuförtiden? Vi har alla blivit eremiter. Jag också. Min pappa, han kunde säga namnet på alla som bodde inom en radie på tre kilometer. Det var en generationsgrej. Nuförtiden pratar ingen med någon längre!"

"Nä. Så du kände honom inte, alltså?"

Hon såg på honom som om svaret var självklart. Som att han just bett henne räkna ett plus ett.

"Vi såg knappt varandra. Jag är alltid ute, och jag tror inte att han var hemma särskilt ofta heller."

"Hur är det med din inneboende?"

"Inte vad jag vet."

"Var är hon just nu?"

"Jobbar. På en skola. Lärarassistent."

"Och du?"

"Inte lärarassistent, nej", sa hon med ett kort leende. Kanske hade han inte tappat det ändå. "Jag driver min egen butik. En skoluniformsbutik."

"Smart."

"Vad då?"

"En lärarassistent som har en dotter i skolan, och en vän som driver en skoluniformsbutik. Tar hon provision för varenda en hon skickar?"

"Om hon gör det får jag en rejäl räkning den dag hon skickar den."

Det här var bra, bättre. Samtalet flöt friare. Bekvämare. Självsäkrare. Nu återstod bara att göra jobbet han fick betalt för.

Om det ändå vore så enkelt.

"Förlåt, jag uppfattade inte ditt namn", sa han.

"Katie i förnamn. Norton-Downs är dubbelnamnshelvetet som mina föräldrar prompt tyckte att jag skulle belastas med som barn."

"Prova att ha ett utländskt namn", sa han. "Det är skoj och gamman tills den vita unge du tyckte var cool visar sig vara rasist."

"Små skitstövlar, eller hur?"

Han småskrattade. Det var de verkligen. Små skitstövlar. Hela bunten. Eller, som hans mamma brukade kalla dem, avskum. *Oblech.*

Han kände hur deras våglängder började närma sig varandra.

"Lyssna", började han och stack handen i fickan. "Om du kommer på något – ett samtal ni kan ha haft, något du kan ha hört i förbifarten, något du kan ha sett – så är det bara att ringa mig. Jag går att nå när som helst, så länge det inte är mitt i natten."

"Du har fortfarande inte sagt vad det handlar om. Vad är det meningen att jag ska ha sett eller hört?"

Jävla idiot. Självklart hade han glömt att ge henne alla detaljer. Han hade gått så vilse i sig själv att han glömt hur man gjorde sitt jobb. Han behövde ut härifrån – från platsen som sög ur honom fattningen och självförtroendet som ett svart hål – och tillbaka till det han var bra på. Trots att förhöret gick uselt kände han hur småpratet lyfte några nivåer. Det jämnade ut sig. Uppmuntrad av det bestämde han sig för att spela sitt sista kort.

"Kanske kan jag berätta det en annan gång. På ett trevligare ställe än det här. Om du är intresserad har du mina uppgifter."

Med det gick han. Och för första gången på länge, efter att ha pratat med en attraktiv kvinna, kände han en rännil av svett rinna nerför nacken.

KAPITEL
SJU

D et var brukligt, i början av en mordutredning, att Tomek och Sean firade med en pint (eller tre) öl på Fork and Spoon, en pub i Leigh-on-Sea som, trots namnet, inte serverade någon mat. Det enda på menyn (om man nu kunde kalla det så) var den nyligen installerade varuautomaten i hörnet som erbjöd gästerna överprissatta påsar chips och energidrycker för de nyktra förarna. Pubägaren, som Tomek hade känt i fler år än han ville minnas, hade fått ett erbjudande om en ny affärsmöjlighet och skördade nu frukterna.

"En dag kommer den här grabben in, du vet, och säger att han kan fixa så att vi båda tjänar pengar."

"Det säger dom allihop, Jim."

"Ja, men han är ju seriös, eller hur?"

"Hur ska jag kunna veta det? Av det du har sagt ringer redan varningsklockorna."

"Nå, vänta bara tills du hör resten. Den här grabben kom in, du vet. Sa att vi kan tjäna pengar. Stora pengar. Riktiga stålar. Först var jag liksom skeptisk och så. Precis som du. Men när han väl började prata fattade jag att han var nåt på spåren. Han hade allt här uppe." Jim slutade tappa upp Tomeks öl och knackade sig vid tinningen. "Så du fattar, så här funkar det: jag tar hyra av honom för utrymmet som automaten behöver, sen tar jag provision på månadsförsäljningen. Allt han behöver göra är att köpa in varor och fylla på. Finns inget mer för mig att göra än att ta emot pengarna. Det är win-win för oss båda."

"Och vem av er två går bäst ur det här?" Tomek var, som Jim helt riktigt påpekade, skeptisk. Men pinten i handen dämpade misstankarna.

"Tja, det är femtio–femtio, förstår du. En investering. Jag breddar mig, Tom! Man måste hänga med i den nya värld vi lever i nuförtiden. Kundflödet i det här stället är inte vad det brukade vara."

Tomek lyfte pinten till läpparna igen och tog en klunk. "Så du väljer alltså att skinna dem som håller din verksamhet flytande på ännu mer pengar?"

Jim ville inte höra på det örat. Så dumt sagt. Efter ett svamlande svar räckte Tomek över pengarna och bar de två pintarna till bordet. Han såg att Sean satt tillbakalutad i stolen och scrollade på Twitter.

"Vad säger dom?" frågade Tomek.

"Det vanliga. Bedrövlig start på säsongen. Det ser ut som att vi redan hamnar i en nedflyttningsstrid."

"Redan? Vi är bara sex veckor in i säsongen. Det är september, för fan. Det är långt kvar."

Det var inte bara brukligt att gå till puben i början av en stor utredning – för de visste inte när de skulle kunna ta sig dit nästa gång – det var också brukligt att se West Ham spela sina bortamatcher. Sean och Tomek hade båda säsongskort och gick på alla hemmamatcher när de kunde. Men när det gällde bortamatcherna hade de ibland ingen lust att resa genom halva landet bara för att se sitt kära lag bli överkört med tre eller fyra noll. Särskilt när det fanns mördare och våldtäktsmän som behövde gripas.

"Jim berättade om sin nya affärsmöjlighet."

"Jaså?"

Tomek återgav historien nästan ordagrant. Sean fnös till.

"Nästa gång börjar han väl prata krypto, den där dumjäveln. Säga åt oss att köpa bitcoin och se till att vi investerar allt i Ethereum eller vad det nu heter."

"Det är det jag oroar mig för. Inte att han ger sig in i det, utan att jag ska vara dum nog att lyssna på honom. Du vet hur de där intellektuella rovdjuren är, de som ger sig på de obildade och dumma."

Sean log snett i samförstånd. "På tal om rovdjur, hur gick det för dig tidigare?"

Dörrknackningen hade, som väntat, varit bedövande tråkig och utsiktslös. Katie hade haft rätt: ingen kände någon, och ingen hade hört talas om Timothy Rosenthal. Det var som om han aldrig ens satt sin fot på gatan. Och därför kunde ingen säga om han hade gått för att träffa någon, gått ut på en öl eller fått för sig att promenera genom en kolonilott den natt han dog.

"Jag antar att det enda bra som kom ur det är att ingen visste vem han var, annars hade någon av grannarna kanske kommit åt honom tidigare," sa Tomek till slut.

"Det hade gjort våra liv enklare."

"På tal om grannar, jag träffade en tidigare. Har inte kunnat sluta tänka på henne sedan dess."

"Fick du hennes nummer?"

"Hon fick mitt." Tomek tog upp mobilen och kollade skärmen.

"Så nu kommer du sitta och stirra på den där och vänta på att den ska ringa."

"Verkar så."

"Store Tomek Bowen... har äntligen mött sin like."

Det stämde. Det hade han. Katie Norton-Downs, med sitt dubbelnamn med bindestreck och smittande skönhet, sin skarpa affärsnäsa och sina åsikter om barn, hade tyngt hans tankar sedan han först träffade henne. De kraftfulla blå ögonen. Den slående, skarpa näsan. De breda men fasta axlarna. Hennes kvicka munläder, personlighet, humor. Han anade att hon var en kvinna som visste vad hon ville i livet, och hon visste hur hon skulle få det.

Han hoppades att ringa hans mobil var en av dem.

Men samtalet kom inte. Under hela matchen, som slutade 1–1 mot Crystal Palace, kollade han ständigt mobilen och försökte med ren vilja få den att ringa eller plinga till med ett nytt meddelande. Han undrade om hon gjorde sin hemläxa på honom, genom att kolla hans sociala fotavtryck och närvaro på nätet, eller om hon bara spelade svår. Hur som helst gjorde det bara att han ville ha henne ännu mer.

KAPITEL
ÅTTA

Tomek bodde i ett ombyggt hus med två sovrum som hade renoverats till två lägenheter. Båda med ett sovrum, vardagsrum, kök och badrum. Allt en ensam man behövde och lite till. När han först tittade på objektet hade han haft valet mellan övervåningen och bottenvåningen. Han hade valt det bättre alternativet – där uppe – och hade varit nöjd sedan dess. Den enda nackdelen med att bo ovanför grannarna var att komma hem full efter en kväll på puben med Sean eller resten av teamet. Skrapa nyckeln mot dörrlåset. Dunka den i väggen. Stappla uppför trappan med blytunga fötter. Även om han inte hade druckit så många, kändes trappan alltid som en oöverstiglig uppgift. Som att bestiga Everest.

I kväll var det likadant.

Han klev in i vardagsrummet och lade nycklarna på IKEA-byrån. Liksom resten av möblerna såg den slitna svenska ytan gammal ut och i behov av ett byte, men det var ett stort (för att inte tala om dyrt) jobb, och ett han inte var beredd att ta sig an riktigt än. Han skulle lägga till det på listan över saker som antingen behövde lagas, bytas ut eller slängas. På andra sidan vardagsrummet stod en liten skog. Ett urval av hans favorit- och mest älskade krukväxter. Var och en med sitt eget namn.

Store Ken, benjaminfikusen.

Dudley, dracenan.

Gandhi, fredskallan.

Freya, monsteran.

Var och en med sina egna krav. Några krävde för mycket vatten, andra fick inte nog. Och dem kunde han förmå sig att mata oftare än han matade sig själv. Han behandlade dem, märkligt nog, som sina barn. Han pysslade om dem när de behövde det. Gav jorden näring, rengjorde krukorna, klippte bort döda eller döende blad.

Men hans verkliga stoltheter stod på fönsterbrädan. De här växterna hade inga namn. De var för speciella för den sortens hedersbetygelse. Det var hans bonsaiträd. En kinesisk alm, över femtio år gammal och stor som en toastol, samt en ficus som var omkring sextio centimeter hög. Båda hade köpts av samma ägare (till saftigt pris) på en bakluckeloppis, och sedan dess hade Tomek känt sig skyldig att sköta dem ordentligt och grundligt.

Som om de vore barn.

Barn med små bruna armar och livligt gröna händer. Barn som inte svarade emot och som visste vem som bestämde. Den sortens barn han kunde stå ut med.

Inte barnen med tjocka, knubbiga armar och händer och en skärande skrikröst. Dem stod han inte ut med.

Dessa däremot – Store Ken, Dudley, Gandhi, Freya och de två bonsaiträden – de var hans barn.

När han hade vattnat klart krukväxterna gick han bort mot den breda fönsterbrädan vid det stora fönstret ut mot gatan. Bland bonsaiträdens armar såg han ett par strålkastare som var riktade mot honom. Samma strålkastare som han hade sett när han stannade utanför huset. Antagligen ingenting. Antagligen någon som väntade på en hämtning eller avlämning. Men möjligen något annat, något mer hotfullt.

Medan han låtsades hålla sig sysselsatt med träden, vattnade dem och trimmade deras blad, höll han ett öga på fordonet. I mörkret var det svårt att urskilja förarens drag.

Tio minuter gick med mer beskärning och mer vattning. Ändå stod bilen kvar.

Något med situationen gjorde honom olustig. Som om han blev iakttagen. Håren i nacken reste sig, och den paranoida känslan i magen blev värre.

Han tänkte en stund på vem han hade gjort illa. Vem han hade retat upp. Men sedan gav han upp när han insåg att listan var för lång. Bittera exälskare. Förkrossade anhöriga till dem han hade satt dit. Och till och med dem han faktiskt hade satt dit. Han brukade inte vara rädd, men han övervägde att ringa Sean. Höra en röst. Ha någon att prata med. Men då visste han vilket svar han skulle få.

"Smickra inte dig själv. Alla är inte lika besatta av dig som du tror."

Ett klassiskt bästa-kompis-svar. Ett som var typiskt för deras relation.

Så i stället grep han efter mobilen, öppnade kameran och gjorde sig redo att ta bilden så diskret som möjligt. Utan att tänka på det hade han lämnat blixten på, och det stora vita ljuset, som kändes nästan lika starkt som solen, bländade honom när det speglades i fönsterrutan. När han öppnade ögonen igen var fordonet borta. Och fotot han hade tagit var inte mer än en suddig fläck.

KAPITEL
NIO

J ag går. Igen. Det är så sådant här alltid börjar. Går. Nåväl, inte gå gå. Mer som att gå, fast snabbare. Glappet mellan att gå och att jogga. Halvjogga?

Hur som helst rör jag mig snabbare än jag brukar. Michał väntar på mig. Vill inte göra honom besviken. Och mamma. Hon väntar på oss båda. Middag. Kan inte minnas vad – vi åt ju inte ens någonting den kvällen – men jag vet att vi måste vara tillbaka i tid.

Skolan är slut, så det måste vara efter 15.30. Men det var riktigt mörkt. Som mitt i natten, det var inte så tidigt. Polisen sa att de blev uppringda strax efter 17.00. Mrs Trundle ville prata. En gång till. Om mitt beteende. Alltid mitt beteende. Aldrig någon annans. Aldrig någon annans fel.

Tillbaka till Michał.

Jag minns att jag gick längs gatorna. Det är mörkt, och det är några ungar i närheten som går åt olika håll. Grupper av dem. Vänner.

Det är livligt. Det är mycket trafik. Tutan som vrålar åt andra, ljudet av däck som rullar över asfalten. Jag måste korsa vägen. Det tickar på, mer tid för att Michał ska stå och vänta. Mer tid då jag inte är där, där för att skydda honom.

Jag kommer fram till en rondell. Den rondellen före parken. Inte långt nu. Där ligger Magnet-butiken. Kebabstället. Och off-licensen. Ännu mer livligt nu. Några av ungarna från skolan har gått hem, bytt om och kommit ut igen. De är alla på cykel, pratar och leker. Förmodligen röker de, men jag *minns inte att jag såg någon rök. Jag känner igen dem. Ricky Farleaves i årskurs åtta. Marcus Wilson, också årskurs åtta. Sedan är det Ross Allingham, årskursen under, men han låtsas vara äldre än han är. Den här gången är deras ansikten knivskarpa. Och deras cyklar. Jag minns deras cyklar.*

Tillbaka till Michał.

Sträckan från off-licensen till parken är livlig. Mycket trafik. Deras ljus bländar mig när de kör förbi. Alla möjliga nyanser av gult och vitt. Varje lämnar en fläck på min näthinna. Den där stora röda pricken som man aldrig blir av med när man stirrar in i solen.

Parken däremot är annorlunda. Nästan totalt mörker. Det är tända lampor vid några av ingångarna och borta i hörnet, men inget annat. Lampan ovanför mitt huvud när jag går in är mörkorange. Det står en soptunna rakt framför mig. Hundskit och skräp överallt. Sedan stannar jag och letar efter Michał. Han är inte där han borde vara. Jag lyssnar. Jag hör honom inte, hör inte hur han smyger sig på mig. Det blåser, och jag väntar mig att han ska hoppa fram mot mig, så jag andas tungt. Fort.

Jag tittar åt vänster. Ingen där. Åtminstone inte vad jag kan se. Inte för att någon klev fram.

Åt höger. Fortfarande mörker. Men konturer den här gången. Svarta rörelser mot svart.

Och sedan klipper det.

KAPITEL
TIO

F öljande morgon, efter att ha återgett sin mardröm på sidan, gav sig
Tomek ut på en löprunda. En vanlig del av hans morgonritual; han
avverkade 10 km på rekordtid. Under timmen. Han bearbetade tankarna i
huvudet. Sållade bland bilderna av parken och mörkret, sköt dem åt sidan
för att låta dem jäsa, lät den undermedvetna delen av hjärnan sila dem.
Höstvinden var bitter, bet sig in genom shortsen och understället, gnagde
på låren och skrämde de känsliga delarna till underkastelse. Men han bet
ihop. Beslutsam. Tills han kom till slutet av Southend Pier – lite över 5 km
från hans hem – och stannade upp för att blicka ut över
Themsenmynningen som brusade under hans fötter. Han stannade vid
punkten som markerade åttio procent av sträckan; en liten, konformad
lampa som markerade platsen där hans vän hade mördats. Kastats över
pirens kant med ett rep runt halsen. Lämnad att dö, kvävandes till döds.
Dinglande i vinden. Tomek hade varit först på plats. Som ung polis skulle
han hålla sig lugn och klar i huvudet, men han var någon annanstans. Och
när han väl kom tillbaka, ville han slå sönder något, slå någon, tända eld på
piren och gå vilse i lågorna. Det var hans första *riktiga* möte med döden i
uniform och det väckte en hunger, en vilja att jaga förbrytare in i det bittra
slutet. En vilja som, medgivet, hade börjat falna. Något han desperat ville
hitta igen. Ett sätt var att hedra sin vän, att besöka platsen där han dött för
att påminna sig om vad han kämpade för.

Gott mot ont.

Den energin tog han med sig till kontoret och strax efter att han kommit dit befann han sig i insatsrummet. Hela teamet var där, redo att diskutera gårdagens händelser. Nasty Nick, hack i häl av Tepid Tony, kom in i rummet och ställde sig längst fram.

"God morgon, allihop", började han. "Jag litar på att ni alla är utvilade, för vi har mycket att ta tag i i dag."

"Absolut", fyllde Tony i. Han tog över stafettpinnen från Nick och gned händerna, ärmarna på hans två storlekar för lilla kavaj åkte upp över underarmarna. "För det första vill jag ha en uppdatering från er alla om hur långt ni kommit." Han vände dem ryggen och pekade mot whiteboardtavlan längst fram i rummet. Högst upp på tavlan stod utredningens kodnamn: Operation Highlander. Under det satt två bilder på samma man, med hans namn över huvudet. I mitten av tavlan fanns ett stort frågetecken. Tony tryckte en whiteboardpenna mot tavlan. "Rachel, du kan börja i stället."

Rachel harklade sig innan hon började. "I går pratade jag med Timothy Rosenthals offer. Han dömdes för våldtäkt mot två kvinnor, Emma Argyle och Sophia Wainwright, samt ett barn, Elodie Smith. Emma och Sophia var båda i tidiga trettioårsåldern när han attackerade dem. Emma Argyle tog sitt liv kort efter att utredningen var färdig, och Sophia är för närvarande i Wales och besöker sina föräldrar, där hennes körkort och bankkort är registrerade. Jag har kollat ANPR, och det stämmer."

"Hur är det med deras familjemedlemmar?" frågade Tony och klottrade ned namnen medan Rachel talade.

"Sophias föräldrar är i Wales, så det utesluter väl det..."

"Hur är det med Elodie? Hur gammal var hon när han våldtog henne?"

"Hon var tolv. Ett barn. Knappt kommit i puberteten." Rachel tog ett ögonblick för att samla sig, bläddrade i sina anteckningar. "Hon har en äldre bror, Mason. Han var på bio med en tjej kvällen då Timothy dog. Biljetten i hans plånbok bekräftar det, och jag har pratat med personalen på bion – en av dem minns att Mason och tjejen var där."

Tony nickade. "Mycket bra. Snyggt och effektivt." Sedan vände han uppmärksamheten mot Chey, som ansvarade för att samla in och granska övervakningsfilm från området kring odlingslotterna. Gatuvideo, hemövervakningskameror, alltihop. Som yngst i teamet tillhörde han den generation som är van att stirra på en skärm femton timmar om dagen och mer än gärna gör det, så uppgiften föll sig naturlig.

"Fick tag i ett par personers Ring-dörrklockor, men inget substantiellt. Bara en sekvens av ett par som rastade hunden och till slut gick in i ett hus som fortfarande syntes i bild."

"Hur är det med Timothys bil?" frågade Tony. "Han måste ha kört dit."

Chey skakade på huvudet och drog sedan handen genom håret för att reparera skadan på sin perfekta frisyr. "Ingenting, chefen. Jag har honom när han lämnar hemmet och kör mot odlingslotterna, men inget efter det."

"Hur är det med infarten till själva lotten? Det finns bara en väg in och ut därifrån."

"Filmen räcker inte så långt på färden. Det sista vi ser är att han svänger av vid den närmaste rondellen. Alla kameror i området är riktade mot flygplatsen."

"Har du kollat flygplatsens kameror?" frågade Tomek.

"Inte än."

"Sätt upp det som en åtgärd för i dag, tack", sa Tony, med en ton som gjorde klart för alla att det var han och bara han som fick ställa frågorna. "Någon har tagit hans bil och kört runt med den fritt sedan hans död. Den finns där ute någonstans."

"Som utanför mitt hus."

En liten, nästan ohörbar flämtning svävade genom rummet. Som om Tomek just hade presenterat svaret på en omöjlig, hundra år gammal mattegåta.

"Vad sa du, Tomek?" Nu var det Nasty Nicks tur att ge sig in i leken. "Såg du bilen?"

"Jag kan inte vara säker. Men det såg ut som det."

"När?"

"I går kväll. Ute på min gata. Strålkastarna var på och den bara stod där. Jag försökte ta en bild, men..." Han tog upp telefonen ur fickan och förstora miniatyrbilden i kamerarullen.

Tony tog telefonen och flinade. "Vad är det där? Om frugan och jag någonsin bestämmer oss för att gifta oss igen, påminn mig om att aldrig be dig vara fotograf. Jag har sett hundar ta bättre bilder."

Tomek ryckte tillbaka telefonen och räckte den till Rachel, som sträckt ut armen, ivrig att få se. "Åtminstone kan jag ta bättre bilder än du kan sköta mordutredningar."

Det var ett tamt slag från hans sida. En stadig två och en halv på förolämpningsskalan. Men han tyckte det var befogat. Fast så fort han sagt det visste han att följderna skulle bli hårda. De kanske inte blev omedelbara, men de skulle bli oundvikliga. En jägare som låg på lur på att den intet ont anande zebran skulle kliva in i skottlinjen. Länge sa Tony ingenting. Övervägde, kalkylerade. Ett svar värdigt tiden det tog att kläcka det. Han måste se till att det blev perfekt – den sista kommentaren innan Nick klev in och satte punkt för grälet.

Tomek gjorde sig beredd.

"Såg du vem som satt i bilen?" frågade Tony.

Den laddade tystnaden föll platt.

"Nej."

"Synd. Du borde haft någon annan där. Du är ju inte så bra på att känna igen ansikten, eller hur?"

Tomek behövde inte mycket. Det krävdes inte mycket för att sträcka sig över till Tony och ta honom i skjortan. Det krävdes inte mycket för att skrämma skiten ur sin överordnade. Tomek var kanske kortare – några centimeter – men det han saknade i längd tog han igen i bredd och muskler. Tyget i Tonys kostym darrade under hans grepp, ändå fortsatte Tony att le oförskämt. Självgott. Det bara kastade mer ved på elden i Tomeks mage.

Inom några sekunder kom Sean, med sina imponerande 193 centimeter, och kastade sig emellan och särade på dem. Han knuffade undan Tomek några steg utan ansträngning och höll Tony fast mot väggen, skyddad bakom en mur av muskler och ännu mer muskler. Resten av teamet stod och gapade. I jobbet såg de våld varje dag, men inte internt. Inte mellan två kollegor. Tomek såg hur det glimmade av upprymdhet i Cheys blick.

"Vad i helvete håller du på med?" DCI Cleaves kom stormande, vreden låg i ansiktets veck.

"Ingenting, chefen."

"Va?"

"Ingenting."

"Det ser inte ut som ingenting."

Tomek kastade en blick mot Tony; flinet satt kvar. "Bara en liten dispyt, det är allt."

"Måste jag ta bort dig från det här ärendet? Slut för dig innan det ens har börjat?"

"Nej, chefen. Förhoppningsvis inte. Det ska inte hända igen."

"Vilken del är hoppfull där, Tomek? Att jag inte sparkar ut dig ur den här utredningen eller att du och DI Hunt inte ryker ihop?"

Tomek svarade inte. Svaret, lika mycket som frågan, var retoriskt. Bäst att hålla tyst.

"Om jag får säga en sak, chefen", började Tony, men tystades genast av en blick och ett rött, spindelådrigt finger som pekade åt hans håll.

"Du är ingen helgon i det här heller, Tony. Spela inte oskyldig." Han pekade på en stol åt Tomek att sätta sig på. "Behöver jag påminna er om vad vi har att göra med här? Om du inte vill vara en del av den här utredningen, fine. Jag kan ordna så att du jobbar nätter på enheten för försvunna personer. Men om du vill vara kvar, så hjälp mig Gud, då får ni ordning på er skit. Båda två."

Tomek gav Nick en lätt nickning när han slog sig ned på en stol längst bak i rummet, så långt från Tony som möjligt (om än tyvärr inte tillräckligt långt). Blodet i hans ådror hade börjat sjuda och sakta ner när han lät andningen återgå till normal takt. Det var inte ofta han hade sådana utbrott. Han såg sig själv som timid, men Tonys kommentar – den beräknade elakheten, den råa illviljan bakom – hade knuffat honom över kanten. Orsaken till hans mardrömmar var välkänd för flera i teamet (med undantag för Rachel, av uppenbara skäl), och de visste alla att det låg i Tjernobyls avspärrade zon av ämnen att diskutera. Tony hade gått över gränsen, och han hade blottat en mörkare sida hos Tomek som han inte gillade, och helst slapp se, alltför ofta.

"Nu när det är ur vägen", började DCI Cleaves och harklade sig, "går vi vidare. Jag vet hur frustrerande de här mordutredningarna kan vara, men om ni börjar hacka på varandra blir det en väldigt ogästvänlig miljö för alla. Det enda jag ber om är att ni uppträder snyggt." Nick talade till hela rummet, men alla visste vem det var riktat till. "Var var vi?"

"Sean", svarade Tony utan att tveka. "Vad grävde du fram i går?"

När han återvände till sin plats sa Sean: "Två intressanta bevisföremål togs i beslag i Timothy Rosenthals bostad. En laptop och hans mobiltelefon."

"Tog han inte med den när han åkte till odlingslotterna?"

"Jag gissar att han inte gjorde det. Kanske kände han personen han skulle träffa."

"Eller så ville han inte bli spårad på något sätt", fyllde Rachel i. Hennes röst utstrålade lugn. Och Tomek kände hur han slappnade av när han hörde den. Hans insats på mötet var över.

"Så han var där för att kanske göra något, eller träffa någon, som han visste att han inte borde?" frågade Nick för att få det klarlagt.

"Vad var det jag sa", sa Sean. "De här människorna går inte att hjälpa. Han hade varit ute ur fängelset i bara ett par veckor och var redan igång igen."

"Nu räcker det", sa DCI Cleaves med en avvärjande hand. "Om han lämnade huset utan sin mobiltelefon tyder det för mig på att han antingen skulle göra något som hans övervakare inte hade blivit så glad över, eller att han skulle träffa någon han inte ville att andra skulle känna till. Hur som helst ringer det varningsklockor hos mig. Har vi någon aning om vem han kan ha varit på väg att träffa?"

"Det kan finnas någon", svarade Sean. Nu var det hans tur att leta i sina anteckningar. Han gjorde det varsamt, som om varje papper var ett hårstrå i en kvinnas ansikte. Tomeks hemliga smeknamn på honom var den Snälle Jätten. Enorm, avskräckande, skrämmande ful, men inuti mjuk som egyptisk bomull.

"Fynd på Timothy Rosenthals laptop pekar på en relation med en Mr Gary Kershaw. En del av er känner kanske igen namnet. Andra kanske inte. Det lilla krypet är en ökänd barnförgripare och sexualförbrytare. Jag är rätt säker på att han sprungit in och ut ur polishus hela sitt liv, och ändå lyckas han alltid slingra sig ur saker. På Timothy Rosenthals laptop hittade vi meddelanden på WhatsApp mellan de båda, där de diskuterar ett möte – och även hur de skulle ordna fram en liten flicka."

"Jag trodde WhatsApp var för mobilen?" frågade Nadia som, fram till den stunden, inte hade sagt något. Trots att hon var några år yngre än Tomek var hon lika teknikkunnig som DCI Cleaves, som envisades med att markera meningar på datorn medan han läste dem.

"Faktiskt kan du ha det på vilken enhet som helst", sa Kaptenen, Oscar. "Mobil, surfplatta, dator. Det funkar likadant, bara olika sätt att kommunicera."

"Ja tack, Oscar", sa Tony. Vecken i hans ansikte antydde att han inte uppskattade sidospåret samtalet tagit. Och, hur ogärna Tomek än medgav det, gjorde inte han det heller. Hittills under utredningen hade teamet lyckats demonstrera en brist på brådska eller empati. Visst, de gillade att snacka. Men att tappa fokus och prata om trivialiteter som WhatsApp var varken professionellt eller produktivt.

Det gick honom dock inte förbi att hans tidigare utbrott kanske hade varit den största störningen av dem alla. Som följd beslöt han sig för att vara tyst.

"Hittade ni inte samma meddelanden på hans telefon?" frågade Kapten Faktiskt.

"Nej. Inget spår av WhatsApp på hans mobil. Bara en skrivbordsversion."

"Ännu mer suspekt."

Tony höll rummets uppmärksamhet genom att klottra anteckningar på whiteboarden. När han tog ett steg tillbaka syntes orden "WhatsApp", "Gary Kershaw", "bil", "liten flicka?" och "möte", understrukna flera gånger.

"Frågan vi måste ställa oss är vem som ligger bakom det här?" sa Tony och tänkte högt. "Gärningsmannen visste var Timothy Rosenthal skulle vara, och när. Det var kanske någon han litade på. Någon tillräckligt smart för att stjäla hans bil och komma över hans information. Någon som hade ett horn i sidan till honom. Eller kanske någon som visste vem han var och vad han hade gjort."

"Har vi övervägt att det kan vara fler än en person bakom det här?" frågade Tomek tyst från bakre raden.

Till en början verkade ingen höra honom. Först när han ställde frågan igen, lite högre, svarade någon.

"Varför säger du det?" frågade Rachel och vred sig bakåt mot honom.

"Bilarna, de fortsätter att gnaga i mig. Någon måste ha kört dit, och att de sedan skulle stjäla bilen efteråt går inte ihop. Var tog gärningsmannens bil vägen? Bara något att ha i åtanke. Om de inte gick – men då borde övervakningskamerorna ha fångat det."

Alla blickar vändes mot Chey. "Jag går igenom det igen i dag. Ser om jag missat något."

"Bra", sa DCI Cleaves. "Nadia, lägg till det på åtgärdslistan, tack. Tomek, jag vill att du åker hem till Gary Kershaw och ser vad han vet om vårt offer. Men först vill jag se dig på mitt kontor. Och ni andra får era uppgifter av Tony."

KAPITEL
ELVA

"Två gånger på två dagar, chefen. Jag börjar tro att jag måste flytta in." "Försök inte vara rolig med mig, Tomek. Vad handlade det där inne om?"

"Du vet precis vad det handlade om, chefen."

"Ja. Men du kan inte bara ge dig på ett högre befäl så där."

"Jag blev provocerad."

"Det gör det inte rätt."

"Det gör det inte fel heller. Nödvärn."

Nasty Nick suckade tungt. Samtidigt sjönk hela kroppen ihop. "Du kan inte hävda nödvärn, Tomek, och det vet du. Du var ute på hal is i går. Och i dag började den isen spricka. Du måste verkligen reda ut det här, kompis. Jag vet vad som hände med din bror och att allt det där är tungt för dig, men kom igen ... Du är vuxen. Jag skulle förvänta mig att någon med din erfarenhet – inte bara i jobbet utan i *livet* – kan hantera en liten ful kommentar lite bättre."

"Varför är inte DI Hunt här och får en utskällning också?"

"Det kommer han att vara, oroa dig inte. Jag ville bara ta itu med dig först." Nick drog handen över sin blanka flint och masserade blodådrorna ovanför öronen. "Du gör livet besvärligt för mig, kompis. Jag avskyr att säga det."

"Redan? Vi har ju knappt hunnit börja."

"Det där har du bara dig själv att skylla. Ibland måste man ta ansvar för sina handlingar, grabben."

Visst, det lät enkelt i teorin. Men i praktiken var det svårt, och något han aldrig tidigare hade behövt göra.

"Vad behöver du av mig i dag, chefen?"

"Att du håller dig borta från trubbel. Det är en lika bra start som någon."

"Det låter inte så svårt. Får jag övertid för det?" Tomek gav honom ett fräckt flin.

Det uppskattade han inte.

"Dra åt helvete."

KAPITEL
TOLV

G ary Kershaw bodde i ett kommunalt bostadsområde i Basildon.
Tomek kände området väl. Sean bodde ett par kvarter bort och bjöd
ofta över Tomek på en öl eller två medan de kollade på fotboll. Ibland var
hemmets bekvämligheter bättre än att vara omgiven av femtio medelålders
män inklämda i en liten pub, svettandes över varandra och andandes sin
härskna andedräkt rakt i ansiktet på folk.

Tegelhusen i området låg tätt, som LEGO-bitar ställda sida vid sida. En
trio barn på cyklar drällde mitt i gatan, lutade mot styrena, fast beslutna att
irritera bilister, medan en annan grupp barn studsade en fotboll mot en
tegelvägg. Det var skoldag, och Tomek undrade varför de inte satt framför
en lärare. Förmodligen för att de inte gillade det, inte *trodde* på det. Att
deras tid gjorde mer nytta med att hänga på gården, till ingen nytta för
någon. Han undrade om det fortfarande skulle vara så om de visste att de
bodde tjugo meter från en sexualförbrytare.

När han klev ur bilen och gick mot Gary Kershaws hus insåg han att de
redan visste: skräp, krossade flaskor, bortslängda hushållsprylar som trasiga
cyklar, soffkuddar och annat bråte hade drivit ihop utanför Kershaws
ytterdörr. Det såg ut som ett knarkhak, övergivet och oanvänt. Som kronan
på verket hade ordet PEDDOFERATU sprayats på tegelväggen i fet,
skarprosa bokstäver. Om det fanns minsta oklarhet om vems hem det var, så
raderade graffitin den snabbt. Gary Kershaw var områdets avskum, och alla
verkade veta det.

När Tomek närmade sig fastigheten började barnen på cyklar ringa runt honom, som gamar som kretsade över ett byte.

"Se upp, mister", ropade en av dem, med en röst några oktaver över puberteten. "En peddo bor i det där huset."

Tomek stannade vid trottoarkanten. "Borde inte du vara i skolan?"

"Kanske. Men vi hänger här, eller hur. Nån måste se till att den där runkfläcken inte går i närheten av en."

"Och om han gör det?"

Den unge mannen var på väg att stoppa handen i fickan, men en annan, som anade Tomeks yrke, hejdade honom. Den unge mannen log, ett stänk av oskuld och charm fladdrade över ansiktet, och sa: "Vi skulle ringa polisen, så klart. Det är det rätta att göra."

Tomek log snett och pekade på graffitin. "Råkar du veta vem som är skyldig till det här?"

"Nej, herrn. Jag vet ingenting om det. Ingen av grabbarna gör det. Det bara fanns där en morgon."

"Är du säker?"

"Ja, herrn. Det vore det rätta att säga till er om jag visste. Men det gör jag inte."

"Och dina vänner där borta?" Tomek nickade mot killarna som fortfarande lekte med bollen.

"Nä. Ingen av dom kan läsa eller skriva."

"Så det är bara du?"

"Smartast i klassen."

"Där du borde vara nu, eller hur?"

Pojken vilade underarmarna över styret. "Som jag sa, nån måste se till att den här peddon inte går nära skolan."

"Hur vet du att han är..." Tomek funderade på rätt ord att använda inför ett barn. Men ångrade sig. Det var ingen idé att försöka linda in det. "Hur vet du att han är en peddo?"

"Alla vet här. Allmän kännedom, eller hur. Man behöver inte va nåt geni för att fatta det heller."

Och jag gissar att du tycker att du är ett sånt, va? tänkte Tomek för sig själv.

"Det är alltid nån som kommer hit", sa den andre pojken. Han var mindre, klenare, men lät lika förpubertal som den första. "Nån som ser proper ut. Officiell, som *du*. Ibland försöker vi fråga henne vad hon gör här, men hon säger inte mycket. Hon bara sätter sig i bilen och kör iväg. Hon tror hon är rädd för oss av nån anledning, men hon fattar inte att vi bara försöker skydda våra morsor och syrror."

Morsorna var deras minsta bekymmer. Det var systrarna och döttrarna som behövde skyddas runt Gary Kershaw. Tomek hade läst hans gripandeprotokoll innan han åkte hit, och det var ingen trevlig läsning. Och han visste vem pojken syftade på. De senaste fem åren hade Gary Kershaw fått månatliga besök av en frivårdsinspektör, utsänd för att försäkra sig om att han skötte sig och höll sina kroppsdelar borta från ställen där de inte hörde hemma. Tomek hade känt igen namnet – en formidabel kvinna som inte tålde något trams, vid namn Cathy – och undrade om hon var den enda kvinnan i Gary Kershaws liv som inte fruktade honom.

Han vände sig från pojkarna och gick mot huset, tog sig genom minfältet av skit. Han knackade två gånger och väntade. Dörren öppnades två spända, oroande minuter senare. Framför honom stod Gary Kershaw. Drygt sextio, grånande, med en figur som inte skulle sticka ut på Fork and Spoon, ölkagge, och en nära snaggad stubb som såg ut som om han hade strött salt över hela ansiktet, och hängiga kinder som gav intrycket att ansiktet hade vänt sig upp och ner.

"Herr Kershaw?"

"Att du står här på min trapp betyder att du redan vet svaret på den frågan, kompis."

"Får jag komma in?"

Det var ingen fråga. Och det visste Gary.

Insidan av huset var lika stökig som utsidan. Leriga skor på golvet vid ytterdörren, drivor av take away-lådor som belamrade matbordet, tomma chipspåsar och ölburkar som stod bredvid soptunnan. Kläder hängde över stolsryggar och över soffarmstöden. Och lukten. Lukten var alltid värst. Både på Gary och i huset. Som om han inte hade duschat på veckor och mer än gärna vältrade sig i sin egen skit. Vilket var logiskt, med tanke på vilken typ av beteende han unnade sig. När han stod där och stirrade på hur smutsen bokstavligen bildade skum framför hans ögon på matbordet, kunde Tomek inte låta bli att tänka att lite vandalism kanske skulle liva upp stället. Ge det lite karaktär.

"Jag väntade ingen idag", började Gary, medan han hasade förbi Tomek in i vardagsrummet. Han sjönk ner i soffan, la upp fötterna på puffen i rummet, och återvände med blicken till tv:n. Tomek undrade hur länge han brukade sitta så, med den enda variationen att det ibland var en ölburk i handen i stället för fjärrkontrollen. "Cathy sa att hon skulle komma i morgon. Ingenting om ett besök idag."

"Jag jobbar inte med Cathy."

"Det ser jag. Sättet du bär dig åt. Jag har sett din sort förr. Det är nåt annorlunda med dig jämfört med dom andra. Jag har inte gjort nåt fel."

"Ingen har sagt att du har gjort det."

"Varför är du här annars?"

"För att ställa några frågor."

"Jag har svarat på många i mina dagar."

"Kanske gör det inte ont med några till."

"Du kan försöka. Men mitt program börjar bli bra nu."

Tomek undrade hur lång tid han hade innan han helt tappade Garys intresse. Minuter? Eller var det en fråga om sekunder?

"Det handlar inte om dig", sa han.

Det verkade fungera. Ett ögonbryn fladdrade. En subtil antydan till nyfikenhet.

"Det gäller din polare."

"Jag har inga."

"Vi har skäl att tro något annat." Tomek letade efter en laptop i vardagsrummet, men såg ingen. "Timothy Rosenthal. Känner du igen namnet?"

Den här gången registrerades chock i Garys ansikte. Ögonen vidgades och pupillerna blev större. Rörelsen var minimal, men synlig för Tomeks tränade blick.

"Vet inte om jag känner igen det. Vad ska han ha gjort?"

"Inget som sätter hans namn på hederslistan, det är säkert. Är du helt säker på att du inte har hört talas om honom?"

"Ringer inga klockor."

"Vad sägs om förrförra natten?"

"Vadå med den?"

"Var var du?"

"Här."

"Och gjorde...?"

"Det jag alltid gör." Han pekade mot tv:n för att understryka poängen.

Inte runka till bilder på småbarn?

Eller det på riktigt.

"Kan någon styrka det?"

"Japp."

Tomek väntade på att Gary skulle utveckla, men han visste att det var lönlöst. Gary Kershaw skulle göra det så svårt som möjligt. Under åren hade han byggt upp en naturlig ovilja mot att svara på frågor, och nu fick Tomek uppleva den fullt ut.

"Spenderade du natten med någon?"

"Jag har inte haft nån här på evigheter. Vem tror du vill besöka ett ställe som det här?"

Ett intet ont anande barn som inte visste bättre dök upp i tankarna, men han bet sig i läppen.

"Dom där ute kan gå i god för mig."

"Vilka där ute?" frågade Tomek.

"Men såg du inte följet av ungar på cyklar där ute? Är du blind eller bara en skitsnut?"

"Ingetdera."

"Dom har stått utanför mitt hus hela dagen, varje dag, och sett till att jag inte går nånstans."

"Undrar varför..." viskade Tomek, precis hörbart över tv-ljudet. Efter att ha pratat med barnen där ute var det föga förvånande att han inte misstrode Gary alls. Det var fullkomligt logiskt att han hade varit hemma hela natten, satt i husarrest av ett gäng trettonåringar på glid.

"Kan inte göra nåt åt dom, alltså", sa Gary. "Men om dom tror att dom kan bli av med mig, då misstar dom sig grovt."

"Jaså?"

"Att jag bor här betyder att dom inte kan dra heller. Ett par gånger har jag sett ett hus här bli till salu, men så fort spekulanterna får reda på att nån som jag är granne, så får dom kalla fötter och hittar nåt trevligare."

"Du är inte sugen på att flytta själv?"

"Kan inte, ens om jag ville."

Tomek var inte här för att diskutera senaste nytt på bostadsmarknaden. Han var här för att utreda ett dödsfall.

"Berätta om Timothy Rosenthal."

Gary sa ingenting. Fortsatte titta på sitt program.

"Vi vet att du har pratat med honom på WhatsApp."

Fortfarande inget svar.

"Vi vill veta vad han gjorde förrförra natten."

"Varför?"

"För att han blev mördad."

Genast tystnade Gary. Han vände bort blicken från skärmen och tittade ut på sin lilla ursäkt till trädgård. Längst in i den lilla ytan stod ett skjul, tilltufsat och fallfärdigt. Tomek undrade vilka hemligheter som dolde sig där inne, men utan husrannsakan hade han ingen rätt att leta efter dem.

"Nån... nån dödade honom?" Rädsla lades som en hinna över Garys ord, och Tomek kunde nästan höra hur knuten i hans mage drogs åt.

"Det stämmer. Och vi hoppas att du kan berätta vad han gjorde kvällen han dog."

"Jag..." Gary svalde överraskningen och sorgen. "Han sa att han skulle träffa någon. Men sa inte vem. Jag..."

"Hur gammal var hon?"

Långsamt, trevande, vände Gary på huvudet mot Tomek. Hans ögon hade blivit ihåliga, nästan genomskinliga. Och när han tittade in i dem kände Tomek en gnutta medlidande med mannen. Han hade förlorat en vän – en jävligt störd och lömsk vän, ja – men ändå en vän.

"Han sa att han skulle träffa en gammal vän. Det var allt han sa. En gammal vän. En del av mig antog att det var nån han hade jobbat med, eller nån han kände från förr – eller från tiden inne – men jag frågade inte."

"Medan den andra delen av dig antog att det var nån yngre?"

Gary nickade utan att bryta ögonkontakten. Herregud.

"Pojke eller flicka?"

"Flicka. Timothy gillade inte småpojkar."

Till skillnad från Gary som, enligt sitt eget gripandeprotokoll, föredrog både och.

Tomek ville inte tänka på konsekvenserna av det Kershaw hade sagt. Om Timothy Rosenthal hade gått för att träffa en minderårig flicka, blev utredningen mer komplicerad. De letade inte bara efter mördaren – eller mördarna – utan också efter den lilla flicka som hade använts för att locka honom till sin död.

"Vet du vem som kan ligga bakom?" frågade Tomek. Det var långsökt, men en fråga han måste ställa.

Gary skakade på huvudet. Som väntat.

"Om du kommer på något, hör av dig."

"Nåt som vadå?"

"Nåt som sticker ut. Folk som kommer förbi, hänger på gatan. Nån som skriver till dig. Sånt."

Tomek räckte mannen sitt visitkort och vände sig för att gå. Han kom så långt som till dörrmattan innan han ropades tillbaka.

"Är jag säker, detektiv?"

Tomek öppnade dörren och tittade ut mot lekplatsen på andra sidan gatan. Pojkarna som passade bollen mellan sig hade flyttat dit, medan de två killarna på cyklar fortsatte att cirkla runt huset. De fick syn på Tomek i dörröppningen och ropade till honom, men han hörde inte.

"Jag skulle inte oroa mig om jag vore du", sa Tomek till Gary. "Knasigt nog, om någon skulle vilja skada dig, tror jag de där ungarna skulle vilja vara först i kön."

KAPITEL
TRETTON

Vid mitten av eftermiddagen hade solen börjat sjunka, och Leighs gatlyktor hade redan börjat lysa upp trottoarerna. Den kustnära staden, rik på arv och historia, var delad i två. Old Leigh, berömd för sin tusenåriga fiskeindustri, låg på vattenbrynet med gott om pubar, restauranger, fiskaffärer och båtvarv – och en liten strandremsa. Sedan fanns Leigh Broadway, den mer moderna, urbana delen av staden. Här låg butiker, barer, fristående restauranger och kaféer – massor och åter massor av kaféer – var och en med sin egen charm. Tomek hade kallat den här platsen hem i trettiofem år, ända sedan hans mamma och pappa flyttade honom och hans bröder från Polen i jakt på ett bättre, mer fruktbart liv. Sedan dess hade Tomek utforskat varenda avkrok, kört på varenda väg och upplevt allt som staden hade att erbjuda. Det var hans tillflyktsort, och han kunde inte föreställa sig att bo någon annanstans.

Efter flera timmars nedskrivning av sina anteckningar och rapporterandet av allt till Nick hade Tomek begett sig in till stan. Enligt schemat som Tepid Tony hade satt ihop hade han eftermiddagen för sig själv. Problemet var bara att det betydde en tidigare start i ottan, följd av stenhårt jobb under helgen.

Han bestämde sig för att använda tiden klokt. I morgon var hans mammas födelsedag. Han visste inte hur gammal. Han hade slutat räkna. Och gratulationskort som påminde henne om åldern brukade aldrig vara en bra idé.

En isande vind slet genom huvudgatan och piskade rockslagen mot benen. Han dök in i närmaste presentbutik och köpte ett födelsedagskort och några blommor. På väg ut smet han förbi en hemlös man på gatan och fortsatte mot hemmet. Tio minuters väg till fots.

Han tog sig ända till gatans slut, sedan stannade han.

Först hade han inte varit säker på om han verkligen hade sett henne eller om det bara var inbillning. Men när han saktade in och tittade igen insåg han att magkänslan hade varit rätt. Sedan tittade han upp och såg skylten, "*Too School for Cool*", och visste att han var på rätt ställe.

På andra sidan skyltfönstret, som gick av och an och plockade noggrant i ordning, fanns Katie. Katie Norton-Downs. Kvinnan som inte lämnade hans huvud. Kvinnan som såg ännu vackrare ut än första gången han såg henne.

En stund stod han där och stirrade genom rutan, omedveten om vinden som piskade honom i ansiktet och horderna av fotgängare som hasade förbi, frustande ilsket när de tog sig runt honom. Sedan, när insikten lade sig över honom som ett moln in från havet, tog han ett steg framåt och lade handen på dörren. Då märkte han att handflatorna var svettiga. Svettiga trots kylan. Svettiga av nerver.

Han tryckte till och klev in.

När dörren slog igen bakom honom tystnade den visslande vinden och allt som återstod var ljuden av Katie som rörde sig i butiken. Han tog ett ögonblick för att ta in allt. Väggarna med svarta och grå kavajer som hängde på krokar, hyllorna med skor, ställen med skjortor, pikétröjor, kjolar och byxor. Allt ett barn behövde inför sin första skoldag.

"Så hur funkar det här då?"

Hans plötsliga utrop överrumplade henne. Sedan mötte hon honom med ett leende.

"Fäster du skolans märke på kavajen eller har ni dem redan på lager där bakom?"

"Jag syr fast det", sa hon, och hennes ögon lyste under lysrören. Sedan föll blicken på blommorna i hans händer. "Är de...?"

"Till dig? Nej! Förlåt." Han sänkte dem vid låret. "De är till min mamma. Hon fyller år i morgon. Jag är på väg dit nu."

"Och du ville köpa en skoluniform som present?"

"Det vore konstigt..."

"Ja. Du har rätt. Förlåt. Du överrumplade mig. Jag väntade mig inte att se dig."

"Jag väntade mig inte heller att springa på dig. Fast..." Han gjorde en paus. Lät meningen hänga i luften. Lät henne haka upp sig på den. "Du ringde aldrig."

Katie sköt en hårslinga bakom örat. "Väntade du på att jag skulle göra det?"

"Jag satt vid telefonen hela kvällen. Bästa kvällen i mitt liv, faktiskt."

"Jag kan bara föreställa mig hur besviken du var."

"Vad säger du om att gottgöra det genom att låta mig bjuda dig på middag?"

"Är det tillåtet?"

"Allt är tillåtet. Det beror bara på om man kommer undan med det."

"Det låter som något någon med dåligt inflytande skulle säga."

"Jag kan vara väldigt övertygande när jag behöver. Jag är ledig från jobbet, om det får dig att känna dig mer bekväm med erbjudandet."

Katie funderade ett ögonblick. Hon skyndade bakom disken och lade klädesplaggen hon bar på en stol. Hennes rörelser var eleganta, säkra. Det syntes tydligt att hon lade ned stolthet och omsorg i sitt arbete.

"Var? När?"

"Vilken tid slutar du i kväll?"

"*I kväll*?"

"Det var det jag sa."

"När jag är färdig med allt här, har åkt hem och gjort mig i ordning blir det inte förrän vid åtta."

"Perfekt. Jag hämtar dig då."

"Du har fortfarande inte sagt vart..."

Tomek vände henne ryggen och började gå mot utgången. "Det blir en överraskning. Jag hoppas att du gillar fisk..."

KAPITEL
FJORTON

Tomeks föräldrar bodde ute mitt i Essex landsbygd, knappt en timme från hans hem i Leigh-on-Sea. Efter en framgångsrik karriär som byggledare, där han tjänade sina miljoner på att bygga hus åt folk som inte behövde dem, hade Tomeks pappa föreslagit att han och mamma skulle flytta bort från det kosmopolitiska, fartfyllda livet vid kusten och njuta av en andra andning mitt i ingenstans. Det var allt väl och bra, och Tomek var glad för deras skull nu när de var lyckligt pensionerade, men enda problemet var att det var ett jävla krångel att ta sig dit. Smala, slingriga landsvägar hindrade honom från att köra så fort som han ville. Särskilt när han hade bråttom. De var olycksdrabbade och krävde i onödan livet av otaliga hjortar och grävlingar.

Det var nästan klockan fem när han svängde upp vid sina föräldrars herrgårdslika villa med fem sovrum, fyra badrum och två vardagsrum, belägen i världens rövhål, mittemot en gård, med knappt någon täckning. Varför två personer som nästan var sjuttio behövde ett så stort utrymme, och så många sovrum, övergick hans förstånd. Om de inte ordnade swingerfester varannan kväll kunde han inte föreställa sig att gästrummen kom till användning. Och de var några år ifrån att bli inkontinenta, så antalet badrum i huset kändes också för mycket.

Den enda fördelen med så många tomma rum var när de höll i födelsedags- och nyårsfester. Stora på drickat (de var ju en polsk familj, det följde liksom med passet), och ännu större på matlagning, var de ökända i trakten för att ordna de bästa tillställningarna. Festprissar, gamla vänner, kollegor och avlägsna släktingar samlades från när och fjärran för att fira.

Hans pappa, Perry, öppnade dörren för honom. Trots att han var i sextioårsåldern var ramen fortfarande bred och stadig, muskelminnet i armar, rygg och axlar hade aldrig avtagit. Tomek hade ärvt sin fars fysik och gjorde sitt bästa för att hålla den i skick. Men jobbets krav hindrade honom från att besöka gymmet så ofta som han hade velat.

"Kul att se dig, grabben", sa han.

"Detsamma."

De kramade om varandra kort, och sedan hasade Tomek in i huset.

"Hon är i köket och förbereder maten."

"Till sin egen födelsedag?"

"Du vet hur hon är."

Det visste Tomek. Köket var hans mammas domän, hennes slott. Och hon var både kung, drottning och fé. Ingen fick gå in när ugnen var på eller när soppor och buljonger kokade. Gjorde man det, blev man snart stolt ägare till en röd strimma på armen. Ibland också på bakhuvudet.

Vid några tillfällen hade Tomek och hans bröder lagt upp strategier och planerat sina räder tillsammans. De kom fram till att de kanske fungerade bättre som ett team, om än marginellt, om det inte vore för gnabbet och knytnävsslagen. Han mindes ett särskilt tillfälle. Allt de ville ha var en stor påse *paluszki*, tunna salta brödpinnar som var en stapelvara i den polska kosten. Men så fort deras mamma satte sin fot i det köket var det som om hon blev en polsk version av Bruce Lee. Ingenting gick förbi henne. Hon hade den mirakulösa förmågan att när som helst få 360-graders syn, och hennes lemmar verkade förlängas som på Elastigirl i *Superhjältarna*. Ingen var säker, men det hade inte hindrat dem från att försöka. Deras två huvudsakliga metoder för intrång var antingen att storma in allihop på en gång och riskera att förlora en man eller två i efterdyningarna, eller så rusade en av bröderna in och offrade sig medan de andra länsade skåpen och kylskåpen. Som yngst föll det oftast på Tomek att riskera sig själv för att de andra skulle klara sig. Ett mandomsprov, kallade de det. Förbannat smärtsamt, tyckte han själv.

"Stannar du länge?" frågade Perry Bowen.

"Kan inte, tyvärr. Har en dejt i kväll."

"Ännu en?"

"Ja."

"Den här är annorlunda, det känner jag."

Perry lade handen på hans rygg och fick Tomek att stanna tvärt.

"Det är leendet i ditt ansikte, grabben. Jag har aldrig sett den blicken förut. Men säg inget till din mamma. Det triggar bara igång henne." Och det ville han inte.

"Och bra där med blommorna. De ser fantastiska ut. Ge dem till mig bara."

Tomek räckte buketten till sin pappa och såg honom gå in i köket. Så snart dörren slog igen bakom hans pappa väntade Tomek. Samlade sig. Lät fingrarna följa kanterna på kortet han hastigt hade skrivit på instrumentbrädan några minuter tidigare.

Beredd tog han ett steg framåt och öppnade dörren. Som väntat stod hans mamma Izabela, kvällen före sin födelsedag, och bankade nötköttet så det lydde med en kavel. Hon gjorde *rolada*, en traditionell polsk rätt. Inlagd lök, gurka och korv inrullade i nötköttet, med en laddning *kluski*, en samling kulor av potatismos kokade i vatten. En födelsedagspresent i sig. En av hans favoriter. Även om han hade provat den på olika restauranger, och till och med bemödat sig att göra den själv, smakade ingenting som när hans mamma gjorde den.

Hans mamma bar förklädet runt nacken, och ärmarna på tröjan var uppkavlade till armbågarna. På näsan satt ett par tunna glasögon, och håret såg lika välvårdat ut som alltid. Hon var en kvinna som tog hand om sig, och som före detta ägare till en nagelsalong visste hon hur man gjorde. Tomek hade stor respekt för sina föräldrar. De var båda självskapade, framgångsrika människor. Efter att ha åkt till Polen på en svensexa hade hans pappa blivit kär och stannat där. Sedan fick de tre barn i ganska tät följd och insåg att livskvaliteten och de ekonomiska utsikterna i England var mycket bättre och mer gynnsamma, så de flyttade allihop dit för att börja om. Det hade inte varit lätt i början – han hade fått höra att det fanns månader när de levde på lite till ingen mat – men de höll i. Och nu skördade de frukterna.

"*Cześć, Mama*", sa Tomek. Han hasade närmare och gav henne en puss på kinden. "Hur mår du?" När hon inte svarade lade han till: "Jag har ett kort till dig."

"Tack", sa hon. Kall som alltid. Trots att hon bott i landet i långt över fyra decennier fanns accenten kvar.

"Du hade inte lust att låta pappa laga maten den här gången?"

"Nej."

"Kanske till din sjuttioårsdag, då."

"Om han överlever så länge."

Tomek gick till diskhon och tog sig ett glas vatten. "Förlåt att jag inte kan vara här i morgon. Det har dykt upp en grej på jobbet. Vi kommer ha fullt upp hela helgen."

"Det är okej."

"Ser du fram emot det?"

"Inte särskilt. Ingen gillar att bli äldre."

"Har du allt klart?"

"Jag tror det."

"Bra." Tomek tog en klunk för att fylla tystnaden. Han fasade ofta för att komma hit själv, utan storebror Dawid som sällskap. Han lättade inte bara på stämningen, han var också ett bra skydd, en perfekt storleksbror att gömma sig bakom. "Vilken tid kommer Brady-gänget i morgon?"

"Kalla dem inte det."

"Okej. Familjen Flinta, då."

"*Przestań*. Sluta. Varför måste du vara så oförskämd?"

"Det var bara en fråga, mamma."

En fråga som drog det lite för långt. Men han var inte redo att erkänna det.

"Du ska alltid säga något roligt. Alla vill inte skratta och skämta hela tiden."

"Men det är okej när Dawid kallar dem så? Bara inte när *jag* gör det." Tomek kastade kortet på bänken, äcklad. "Inget är någonsin bra ..." Han hejdade sig, oförmögen att säga slutet på meningen. I stället harklade han sig och vände sig till sin pappa. "Jag kom hit i god tro, med goda avsikter. Börjar önska att jag inte hade det."

"Språket!" ropade hans mamma. Hon slog kaveln i bänken och blängde på honom.

"Av allt jag just sa är det det du reagerar på? Mitt förbannade jävla språk."

"Okej då!" Perry klappade i händerna, prickade hål på tystnaden och stämningen, och ställde sig mellan dem. Den enda som någonsin lyckats mildra och avväpna spänningen i Tomeks och hans mammas kantiga relation. "Tror all den här stressen tar på oss. Det gör oss ingen nytta.

Tomek, du har säkert en lång körning hem. Och du vill hinna hem i tid till din dejt i kväll."

Tomek, som insåg att det var honom pappan pratade med, svarade slappt. "Ja. Ja, du har nog rätt, pappa."

"Jag följer dig ut."

Izabela vände åter uppmärksamheten mot nötköttet. "Det var fint att träffa dig, mamma", ropade han till henne. Sedan: "Åh, och jag mår bra, tack för att du frågade."

De nådde ytterdörren på några få steg. Ilska och raseri bubblade under ytan på Tomek. Han grep tag i handtaget och höll hårt, som om han var rädd för att släppa. Hans pappa lade en bekräftande hand på hans rygg, mjukare än han hade väntat sig av en byggjobbares händer.

"Hon är stressad", sa han.

"I trettio år?"

"Du vet hur hon är så här års."

"Ja. Och jag vet hur du är. Och hur Dawid är. Inget i jämförelse med henne. Jag vet inte vad mer jag kan göra."

"Hon söker fortfarande, vännen. Det gör vi alla. Förr eller senare ..."

"Hennes önskan går i uppfyllelse och jag är borta."

"Säg inte så."

"Jag tar ett steg närmare och går nu. Hur låter det?"

Inget svar.

"Bra att se dig, pappa. Som alltid. Ta hand om dig. Och hälsa Dawid och ungarna från mig."

Hans pappa besvarade leendet. "Yabba dabba doo ..." Sedan stängde han dörren.

KAPITEL
FEMTON

Tomek hade behövt en distraktion. En kraftfull sådan. Och när han klev in på The Grove, en medelhavsrestaurang högst upp på kullen med utsikt över Themsen, hittade han den hängande på sin arm. Efter att ha lämnat sina föräldrars hus hade Tomek skyndat hem, duschat, bytt om, hämtat upp Katie och kört henne dit. På den korta stund hon varit hemma från jobbet hade hon lyckats hitta en blazer i garderoben och en skjorta och ett par snygga jeans att ha till. Det var enkelt, nedtonat, och ändå tyckte han att hon var vackrare och mer slående än vissa av de kvinnor han tog ut som hade på sig betydligt mindre. Under bilfärden hade hon varit i toppform och tog genast bort hans tankar från hans fullständiga katastrof till relation med familjen. Och nu när han satt vid bordet, med utsikt över floden, med glittret från Kents ljus som gnistrade i fjärran, med ett ölglas i handen, tryckte han tankarna på sin mamma och pappa ännu längre bak i huvudet. De var det sista han ville tänka på när han hade Katie framför sig.

"Jag är glad att du äntligen tog mod till dig och bjöd ut mig", sa hon och smuttade på sitt vin. Den röda läppstiftsfläcken mörknade under skuggan vid glaskanten.

"Någon var tvungen. Jag såg inte att du plockade upp telefonen inom kort."

"Jag har haft fullt upp."

"Och du tror att en mordutredning är lika lätt som att torka sig i röven?"

"Det skulle jag inte veta."

"För att du aldrig har torkat dig, eller...?" Tomek höjde ena ögonbrynet flirtigt.

"Det finns mycket jag aldrig har gjort. Men det där är verkligen *inte* en av dem. Vad tar du mig för?" Om hon blev stött av hans kommentar märkte hon det inte. Tvärtom kände han att hon gillade det.

"Förhoppningsvis vet jag exakt vad jag ska ta dig för i slutet av kvällen. Och vart."

"Hoppar du redan fram till andra dejten?"

Tomek log snett och tog en klunk öl. "Jag har redan planerat både bröllop och begravning."

Det han däremot inte hade planerat för var hur fullt det skulle bli på restaurangen. De hade kommit efter åtta, vilket enligt hans mått var tidigt men sent enligt de flesta andra, hade han räknat ut. Men det hade varit tomt när de kom, och inom tio minuter var de omgivna av familjer på båda sidor. Fyra vuxna. Sju barn. Tomeks mardröm. Det var illa nog att stå ut med Dawids trillingar, tio år gamla, som gnällde och beklagade sig hela tiden. Tjatade om iPaden, tjatade om att få titta på TV, klagade på att en bror hade slagit sin syster. Det var kaos, och nu måste han lyssna på mer än det dubbla alldeles bredvid.

"Det här var ju toppen", sa han sarkastiskt till Katie, som en ursäkt. "Jag hade väntat mig att det skulle vara lugnare."

"Äsch. Vad spelar det för roll när man har god mat, gott vin, fin utsikt och ännu bättre sällskap?"

Maten de hade beställt kom inom några minuter. En biff till Tomek och hummern till Katie.

"Kan jag få en pommes?" frågade hon, med gaffeln redan i handen, redo att sno.

"Tyvärr, nej. Om du ville ha pommes skulle du ha beställt det."

"Oartigt."

"Jag är väldigt beskyddande när det gäller min mat. Särskilt kött på en fredag."

"Varför?"

"Det är en familjegrej. Inget kött på fredagar."

"Men resten av veckan är okej?"

"Enligt katolicismen – och min mamma – är det det. Liksom en hel del annat tvivelaktigt."

"Vad är poängen med det?"

Tomek ryckte på axlarna. "Något med botgöring. Eller Jesus. Det är oftast något av de två."

"Så du är en from man, då?"

"Långt ifrån. Men mina föräldrar är rätt stela med sånt."

"Så du är tonårsrebellen som proppar i sig kött när mamma och pappa har sagt nej."

"Glöm inte smygandet ut. Och nattdrickandet."

Det hade blivit mycket sånt i hans ungdom. För mycket, hade hans bror sagt. Men allt hade haft en anledning. Ett uppror. Ett rop på hjälp. Liksom allt annat i hans liv.

"Berätta om din butik", sa han och gafflade in en tugga pommes i munnen. "Jag är fascinerad."

"Det gör åtminstone en person. De flesta tycker bara att det är konstigt."

"Jo då, det är det. Jag menar, jag skulle aldrig ha gissat att skoluniform var en kassako – jag har alltid trott att det köps och säljs direkt via skolorna – men om det finns en lucka på marknaden..."

"Inte så mycket en lucka. Snarare en... liten öppning. Du vet springan man har på en spargris? Ungefär så stor. Jag blir inte miljonär på det, men räkningarna blir betalda. Och jag får lite extra ovanpå att göra vad jag vill med. Dessutom är jag min egen chef, så jag får göra vad jag vill, när jag vill."

"Det är rätt starkt nu för tiden." Tomek beundrade henne verkligen och höjde glaset mot henne. "Medan jag ibland verkar ligga nära botten av en väldigt lång hackordning."

"Har du aldrig tänkt klättra på den berömda stegen?"

"Om de låter mig."

"Vad menar du med det?"

Tomek visste inte hur han skulle svara. Att det var på grund av hans egna misstag, hans egen självviskhet, hans egen idioti, som hindrade honom från att göra något meningsfullt av sin karriär.

"Berätta om *ditt* jobb", sa hon till honom. Nu var det hans tur.

"Vad vill du veta?"

"Alla blodiga detaljer."

"Ju blodigare desto bättre?"

"Det kan man väl säga. Har ni kommit någon vart med utredningen om min granne?"

"Du vet fortfarande inte vad han heter?"

Katie rodnade. "Är det hemskt av mig?"

"Det gör dig till en hemsk människa. En av de värsta jag har träffat, faktiskt."

"Du är inte så märkvärdig själv." Hon gav ifrån sig ett litet fniss. Precis så att han hörde. Lekfullt.

"Ibland tror jag att mina chefer känner likadant."

"Jaså?"

"Vi tycker olika om mycket. Särskilt i det här fallet. Till exempel..." Tomek tvekade. Hur mycket skulle han dela? Hur mycket *kunde* han dela?

"Till exempel, om du visste att Timothy var, säg, pedofil och våldtäktsman, och någon mördade honom just därför, hur skulle du känna då?"

Katie höll glaset svävande vid hakan, överrumplad av frågan. "Jag skulle säga bra. Bra jobbat."

"Ser du, jag är annorlunda. Jag tycker inte alls att det motiverar att döda honom. Det är aldrig rätt att ta ett liv."

"Hur kan du säga så?" Hon såg stött ut och sänkte glaset. "Om det är så, och han har gjort det du just sa att han har, då har han berövat någon *deras* barndom, *deras* vuxenliv – *deras* liv. De måste leva med det som hänt tills de dör. Det han har gjort är mycket värre."

"Jag tror att det är annorlunda för kvinnor", sa han, och ångrade sig genast. "Sånt här händer *er*. Jag står utanför. Jag kan aldrig veta hur det är att få det att hända mig."

"Men du kan veta hur det är när det händer någon du älskar."

Tomek funderade på det en stund. Om han satte sig i sin mammas skor och något hade hänt henne, hur skulle han känt då?

"Jag antar att du har rätt", sa han utan att binda sig.

Katie rörde sig lite, tog ett ögonblick för att samla sig. Samtalet hade uppenbart retat upp henne, och Tomek kände sig dum för att han redan hade kört in en kil mellan dem.

"Nå, vi är inte ett dugg närmare att hitta jäveln som gjorde det i alla fall, så just nu är allt bara akademiskt."

"Är det därför dina chefer inte gillar dig?" frågade hon, tillbaka i det lekfulla. "Jag kan verkligen förstå varför."

"Ibland känns det som att de är ute efter mig. Som när jag kom hem till dig häromdagen, de skickade bara mig som straff för att jag var sen."

"Tur att de gjorde det." Hennes ögon glittrade när hon satte glaset mot läpparna. "Allt händer av en anledning."

Vad den anledningen än var, hoppades han att den snart skulle hoppa fram och göra sig omöjlig att missa. Efter att de hade ätit upp varmrätterna gled samtalet över till Katies familj, ett ämne hon hade minst lika svårt att prata om som Tomek. Hon kom från en militärfamilj. Hennes pappa hade tjänstgjort i försvaret och därför hade hon hoppat från stad till stad. Hon och hennes mamma hade utvecklat ett nära, nästan systerligt band som följd. Tills hennes död för nästan tio år sedan.

"Pappa tog det inte särskilt bra", sa hon. "Han körde sig själv till vansinne med saker att göra. Det var avsaknaden av någon att prata med som verkligen knuffade honom över kanten."

"Oj."

"Han tog livet av sig ett par år senare. Den jäveln lämnade mig verkligen i skiten."

"Det gör mig ledsen att höra."

Katie dröjde med svaret. Hon var uppenbart förlorad i sina tankar, kanske frammanade bilder av mamma och pappa. Av lyckligare, trevligare tider.

"Man undrar ju vad meningen är, eller hur?" sa han. "Kärlek. Livet. Familj. Relationer. Vänskaper. Alla sviker en förr eller senare."

"Men åtminstone har de fostrat dig, och för det kan du bara vara tacksam för de bra stunderna."

Nu var det Tomeks tur att tystna. Han blev introspektiv och tänkte på det som hänt några timmar tidigare. Grälet, hur hans mamma hade pratat med honom. Deras relation låg nära botten, vilket betydde att det bara fanns ett håll att gå.

Upp.

"Är du okej?" Katie sträckte sig över och lade sin hand på hans. Den första kroppskontakten för kvällen. "Ditt bröst har inte rört sig på ett tag, och jag är orolig att du håller på att få en stroke."

"Om jag gör det, så är jag nöjd med att det här blir det sista jag ser."

Det var pinsamt, superpinsamt, tio av tio på pinsamhetsskalan, men det fungerade, och det fick Katie att rodna.

"Jag mår bra. Det fick mig bara att tänka på mina föräldrar och min familj."

"Lever båda?"

Tomek nickade.

"Då har du tur. Och det ska du påminna dig om varje dag. Är du nära dem?"

Det var frågan. Räknas det om svaret bara är femtio procent? Var han redo att berätta vad som hade hänt? Han hade delat historien med kollegor och vänner förr, men inte hela historien, inte på länge. Inte sedan terapeuten som hade försökt hjälpa honom efter den där natten, efter att mardrömmarna hade börjat.

"Får du mardrömmar?" frågade hon.

"Ibland", sa han. "Inte hela tiden. Det är slumpmässigt. Det verkar inte finnas någon tydlig utlösare."

"Vad handlar de om?"

Tomek drog djupt efter andan. Sammalade sig. Nu kör vi. Ingen återvändo nu. Dags att dela. Problem halverat, och allt det där.

"Jag var nio och min mellanbror hade just börjat på högstadiet. Han var elva. Våra skolor låg nära varandra i Hadleigh, och eftersom mamma och pappa jobbade sent kunde de inte alltid hämta oss. Så de bestämde att vi skulle gå hem tillsammans. Dawid, min storebror, var tillräckligt gammal för att gå med sina vänner och han ville inte ha något med oss att göra. Dessutom var han med i massor av aktiviteter efter skolan, så han kom hem när han ville. Men inte Michał och jag. Vi var fast med varandra. Han gillade det inte, men jag tyckte det var fint. Jag hade inte många vänner i klassrummet, på grund av språkbarriären, och jag hade ingen av mina bröder på skolgården. Så jag var ensam mycket. Mina eftermiddagar, när jag gick med M, var de enda bra delarna av dagen."

Tomek stirrade rakt framför sig, omedveten om Katies rörelser och snabbt krympande leende.

"Men en dag gick det bara snett. Jag vet inte vad som hände. Jag har försökt lägga pusslet ända sedan dess." Ännu en paus. Han svalde djupt. Bordsskivan framför honom blev mer och mer dimmig tills den bara var en suddig fläck och hade ersatts av samma mörker som han såg i sina mardrömmar. "Jag skulle träffa honom i parken efter skolan, precis som vanligt. Det var vår mötesplats. Parken. Borta från skolan så att hans vänner inte skulle se honom. Jag brydde mig inte. Det var som det var. Men av någon anledning blev jag sen. Inte mycket, kanske en halvtimme, fyrtiofem minuter. Läraren behövde prata med mig – mitt uppförande i klassrummet – så jag sprang för att komma till honom. Jag ville inte hålla honom väntande, och jag visste att mamma skulle vara rasande på oss om vi blev sena."

Vid det här laget hade större delen av restaurangen, särskilt de två familjerna på varsin sida om dem, tömts. De hade ätit, stökat ner och gått.

"När jag kom till parken visste jag att något var fel. Jag kunde inte se honom. Vanligtvis väntade han på mig vid ingången, men den här gången var han inte där. Så jag gick in och, efter en stund, började jag höra ljud från gungorna. Jag tittade, men det var för mörkt för att se exakt vad som pågick. Hjärtat rusade. Men jag gick dit. Då såg jag två personer stå lutade över min bror. Han låg där, medvetslös. Död. Hans ansikte hade sparkats sönder. Han hade blivit slagen med tegelstenar. De hade tänt eld på hans skor och anklar. Sprutat blekmedel över hela ansiktet. Det var..."

Tomek pausade. Bilderna i hans huvud hade stannat så fort han gått in i parken; resten av historien hade berättats utifrån minnet. Från orden i hans huvud som han hade malt om och om igen oräkneliga gånger.

Nästa sak Tomek lade märke till var Katies beröring. Hennes hand på hans. Varsam, nästan flyktig.

"Tomek, jag är så ledsen. Jag kan inte... jag kan inte föreställa mig hur det måste ha varit för dig."

"Jag gick hos en terapeut i några år efteråt. För att hantera och förstå mardrömmarna. Men det fungerade inte."

"Hittade de någonsin vem som gjorde det?"

Tomek nickade. "De grep en kille i årskurs tio, tre år äldre än Michał. Tydligen tyckte han bara att det var en rolig grej att göra. Att slå ihjäl min bror var en rolig grej att göra." Han skakade på huvudet i förtvivlan. Det var länge sedan han senast hade tänkt på Jason Cartwright. Och ännu längre sedan han senast hade sett honom. Flinande från andra sidan bordet.

"Jag trodde du sa att två personer var inblandade?"

"Det är här det blir jobbigt."

"Jobbigt hur då?"

"Av någon anledning slog min hjärna av direkt och låste in de tankarna, de bilderna av det jag såg. Jag tror att jag var i sådan chock att jag inte kunde bearbeta dem, och det har jag aldrig riktigt kunnat. Som följd har jag aldrig kunnat identifiera den andra personen. Och bevisen som hittades på brottsplatsen tydde på bara en gärningsman. Så polisen, i och med att de följde den blinda tron på en nioårig pojke, trodde inte på mig. Och vad som är värre är att inte heller min mamma gjorde det. Sedan den natten har vår familj varit splittrad. Min mamma skyllde på mig – och fortsätter att skylla på mig än idag. Hon tycker att det är mitt fel att han dog. Om jag bara hade varit där fem minuter tidigare kanske jag hade räddat honom."

"Det är fruktansvärt. För allt du vet, om du hade varit där tidigare, så kanske de hade gett sig på dig också. Och då hade hon förlorat två barn."

Tomek ville inte svara på det. Ibland hade han undrat samma sak, om det hade varit värre...

Han fortsatte: "Hon vägrar fortfarande att se mig i ögonen eller ha ett riktigt samtal med mig utan att någon annan är i rummet. Allt för att jag sa att det fanns en andra gärningsman. Hon håller fortfarande fast vid hoppet om att de ska hitta honom. Att *jag* ska hitta honom. "Hon letar fortfarande", säger min pappa. Letar efter avslut. Och jag är den enda som kan ge henne det. Men det har gått trettio år, och jag är fortfarande inte närmare att få fram ansiktet på den andre pojken som dödade min bror. Jag har sett honom – jag vet att jag har sett honom." Han petade sig vid sidan av huvudet. "Det är bara låst här någonstans, i den här skitdåliga hjärnan."

"Var inte dum. Var snäll mot dig själv. Inget av det som hände är ditt fel. Du ska inte skuldbelägga dig själv. Det fanns inget du kunde göra. Och om din mamma inte kan älska dig för den du är, då tycker jag uppriktigt sagt att du inte ska bry dig om henne."

"Hur då? Hon är min mamma. Hon gav upp allt för att stötta oss när vi växte upp."

"Och se hur hon behandlar dig. Som om du inte fanns."

Det fanns tider när han, strax efter mordet, hade tänkt på att inte finnas. Övervägt det. Alltså, *verkligen* övervägt det. Att hänga sig, skära handlederna i badkaret, rymma hemifrån och aldrig komma tillbaka. Om han inte fanns längre, kunde han inte göra sin mamma upprörd. Om han inte kunde göra henne upprörd, kunde hon bli lycklig igen. Som hon hade varit innan han kom in i deras liv.

Kanske klokt nog bestämde han sig för att behålla den biten för sig själv.

När kvällen, och deras dejt, till slut tog slut, ledde Tomek ut Katie ur restaurangen med henne på sin arm och gick henne till sin bil. Det var klar himmel, och stjärnorna på natten blinkade ovanför deras huvuden, som ett tecken på hopp om en ljusare dag. De påminde honom om ett citat han en gång hade läst:

När det regnar, leta efter regnbågar. När det är mörkt, leta efter stjärnor.

Ibland var det lättare sagt än gjort.

På vägen tillbaka till Katies hus körde Tomek försiktigt. Trots att han bara hade tagit en drink var han medveten om att han hade dyrbar last i bilen (dyrbar last som nu kände till hans mörkaste hemlighet), och han ville se till att hon var säker. När han rullade upp framför hennes hus var det efter midnatt. På något sätt hade de pratat bort hela kvällen, lärt känna varandra. Och i slutet av den var han förtjust i henne. Hennes charm, hennes hållning, hennes intelligens, hennes elegans. Allt med henne. Vilket var varför, när hon hade frågat om han ville följa med in på te eller en nattfösare, hade han tackat nej. Han ville inte förstöra det genom att kasta sig in i något, göra något som de båda senare kunde ångra.

"Dessutom", hade han sagt, "vill vi väl inte vakna av att din väns dotter knackar på dörren, eller hur?"

På det hade hon gett honom en lekfull smäll på armen och sedan kysst honom på läpparna. Det var allt han fick i kväll. Och det var mer än han behövde.

När han småsprang tillbaka till bilen passerade han Timothy Rosenthals hus. Beslutet hade fattats tidigare under dagen att evakuera fastigheten och använda resurserna bättre någon annanstans. De hade redan samlat in allt de behövde, och platsen ansågs inte längre vara en brottsplats. Ändå fanns rester av polisens närvaro kvar; små bitar av bortkastat polisband fladdrade slappt i vinden; smutsiga stövelavtryck, ordnade i en enkel rad in och ut genom ingången, smutsade ner uppfarten; och en enda gul bevismarkör hade lämnats vid ytterdörren.

Ytterdörren.

Till en början hade Tomek inte registrerat vad han sett. Han hade haft fel. Markören hade stått inne i huset snarare än utanför. Vilket betydde att SOCO- och uniformsteamen i sin brådska hade glömt att låsa.

Antingen det eller så hade någon brutit sig in.

Han kunde inte tro att hans kollegor hade varit så inkompetenta att de lämnat efter sig oreda, glömt en bevismarkör och glömt att låsa dörren. Visst, av vad han hade förstått var ingen av dem särskilt pigg på att lägga så mycket resurser på att hitta mördaren, särskilt när det var någon de ansåg hade gjort rätt sak, men det här tog lättjan ett steg för långt.

Vem som än var ansvarig skulle få sitt huvud på en påle.

Han tog ett steg framåt. Försiktigt, varsamt.

Och då hörde han det. Ljudet av fotsteg, rörelser. Inifrån.

Det finns tillfällen då en polis hamnar i situationer som taget ur en film, och Tomek hade haft sin beskärda del. Men om det var något han hade lärt sig – och något han nu stod mitt i – så var det att all rationalitet, allt logiskt tänkande och omdöme, försvann. Han borde ha ringt någon för stöd. Vem som helst. Katie. Nasty Nick. Sean. Rachel. Till och med Tepid Tony. Men hans sinnen hade blivit fokuserade, närsynta i sin avsikt: att ta reda på vad som pågick.

Han visste att Timothy Rosenthal inte kunde ha kommit tillbaka från de döda. Det vore löjligt. Han hade *sett* kroppen. Liggande där med kuken i munnen. Men det hindrade inte den irrationella tanken från att smyga sig in i huvudet. Skulle fallosen vara kvar, eller hade den trillat ur?

Svaret var något av en besvikelse.

Alldeles framför honom, framåtlutad över matsalsbordet, bläddrandes i en mapp med dokument, stod en maskerad gestalt. Lång, smal och gänglig. I ett ögonblick undrade Tomek om han hade klampat in på Tony. Sedan insåg han att gestalten bakom skidmasken hade mörkare ögon.

Han kände inte igen dem.

"Vem är du?" frågade Tomek.

"Vem fan är du?"

Rösten kände han inte heller igen. Han blev inte förvånad längre. Det hade blivit ett inslag i hans liv.

"Jag är polisen. Vem är du och vad gör du här?"

Så snart Tomek hade nämnt just det ordet, *polisen*, grep gestalten ett glasunderlägg i skiffer från bordet och kastade det mot Tomek. Det första han kände var ett lätt stick i tinningens kant, följt av en kraftig stötvåg som gick genom huvudet. Skifferbiten slog i golvet med en smäll och sprack över ytan. Innan Tomek hann samla sig rusade angriparen mot honom, slog vilt med en knytnäve och träffade Tomeks haka. När han hade återfått kontrollen – inte bara över balansen, utan också över stoltheten – och öppnat ögonen, var gestalten borta. Och världen hade blivit röd.

Han tänkte ge sig av i jakt, men visste att han inte skulle komma särskilt långt. I middagskläder hade han haft större chans att vinna ett OS-guld.

KAPITEL
SEXTON

G ary Kershaw hade aldrig varit särskilt bra på att följa råd. Eller reglerna för den delen. Särskilt inte när de kom från polisen. Vem fan trodde de att de var, som skrämde honom sådär, konfronterade honom i hans eget hem? Det var rent förtal och fullständigt löjligt. De kunde allihop ruttna i helvetet.

Han var inte helt säker på när hans böjelse för små pojkar och flickor först hade börjat. Kanske hade det varit runt puberteten. En onaturlig dragning hade börjat ta form till dem som var yngre än honom. Han var inte kräsen. Ibland var det pojkar, andra gånger flickor. Den som var sötast, och den som gav honom mest uppmärksamhet.

Det var det som var avgörande. Det var det som drog honom till dem från första början. Visst, de hade sitt fina hår, sina vackra ögon, sin mjuka hud, orörd av världens smuts. Men det var uppmärksamheten han gillade. Och makten. Så snart de började prata med honom kände han sig som en gud. Kapabel till sådant han dittills bara hade tänkt på.

Hans första sexuella möte med en minderårig hade ägt rum i skogen. Margaret hette hon. Eller Maggie, som hon ville bli kallad. Han var femton, och hon var bara tio. Fem års åldersskillnad, och det märktes. De hade gått en promenad, hand i hand. Pratat. Fått varandra att slappna av. Självklart hade han vetat vad som skulle hända, men det hade inte hon. Han hade kunnat döda henne och hon hade inte sett det komma.

Men det gjorde *han*. För han hade makten.

Till en början började det med en beröring. Hans hand under hennes tröja. Bara för att känna av läget. Och när hon inte hade protesterat eller kämpat emot hans närmanden, hade han tagit det till nästa steg, och nästa. Tills han till slut hade tvingat in sin penis i hennes mun och sagt åt henne att suga.

Deras lilla hemlighet.

För alltid.

Som höll i sig än i dag.

Sedan dess hade hans metoder blivit smartare, lömskare, mer diskreta. Problemet han stod inför numera var det avgrundsdjupa åldersgapet. Och allmänheten, som nu var mer påläst och medveten om riskerna med att lämna sina barn i en äldre mans vård, hade hindrat honom från att agera på sina impulser.

Och så upptäckte han Internet. I synnerhet sociala medier och det mörka nätet. De var fulla av människor som han. Annorlunda. Inte onda, inte monster som medierna och alla andra framställde dem som. Annorlunda.

Ibland skrev flickorna och pojkarna till honom, ibland var det tvärtom. De behövde någon att prata med, någon att anförtro sig åt. Han lät dem mer än gärna göra det.

Ibland ville de träffas. Ibland skickade de fotografier på sig själva till honom, halvnäck. Hastigt tagna, eftersom de var rädda att deras föräldrar eller syskon skulle komma på dem. Det spelade ingen roll för honom. Han sparade allihop. Lagrade på en hårddisk, undanlagda till ett senare tillfälle.

Den som polisen aldrig hade lyckats hitta.

I kväll hade han redan gjort i ordning utrustningen. Kameran stod på stativ vid sängens fotända. Den dolda videoinspelaren på bokhyllan. Vattenflaskorna och glasen med läsk, redan spetsade med alkohol och Rohypnol (en metod han hade tvingats lägga till i sin ritual när åldersgapet hade ökat). Och de sprillans nya lakanen som skulle vara förstörda på morgonen.

Som väntade på dem när de kom hem.

Han satt mitt i en närliggande park, i sin bil. Räknade ner minuterna tills han såg henne och öppnade dörren åt henne.

När hon till slut kom ut ur skuggorna, ensam, kände han blodet rusa till sin penis, och han var frestad att fråga henne om hon ville röra vid den redan nu. Men det skulle förstöra nöjet. *Hans* nöje.

I stället hade han släppt in henne, skruvat ner radion och kört därifrån. Övertygad om att ingen hade sett dem. Det var mitt i natten, och alla som var ute hade lika mycket att dölja som han. Och de där jävla ligisterna utanför hans hus skulle inte vara något problem heller. Det var långt efter deras läggdags, och han hade inte sett dem innan han gav sig av.

Flickan var mindre än han hade väntat sig. Men sötare. Mycket sötare. Hennes hår var mörkbrunt, och ögonen en ännu djupare nyans av svart. Ändå såg de ungdomliga ut, livliga, fulla av liv och oskuld. Allt han gillade bäst. Hon hade strumpbyxor och en söt jeanskjol som slutade några centimeter ovanför knäna. På överkroppen bar hon en vit blus under en röd parkas.

"Det är kallt ute, eller hur?" sa han till henne.

"Ja."

"Vill du att jag ska höja värmen?"

"Okej."

Så det gjorde han, i hopp om att hon skulle ha tagit av sig parkasen när de kom fram till hans hus.

Det hade hon inte. Men, till hans stora förtjusning, spelade det ingen roll. Han hade haft rätt om tonåringarna. De syntes ingenstans. Och området var dödstyst. Märkligt, för en fredagskväll. Kanske var de allihop ute på stan någonstans. Söp sig fulla och hamnade i slagsmål, medan han gjorde sig redo för en natt av nöje och förfall med en sjuåring.

Fem minuter efter att han släppt in henne i sitt hem hade Gary Kershaw erbjudit flickan två att dricka. En läsk, den andra starkare. Hon hade inte tagit emot någon av dem.

Konstigt. Flickorna han brukade ta med hem brukade kasta sig över det. Som att ge godis till ett barn. Kanske var hon blyg, nervös.

Men det var okej. Det kunde han hantera. Han fick bara plocka fram lite av den gamla charmen.

Innan han hann börja ringde dock dörrklockan.

Det plötsliga, höga ljudet fick honom att hoppa till. Han väntade sig ingen, så han bestämde sig för att inte öppna. Men de gav sig inte. Det ständiga ljudet började så småningom gå honom på nerverna. *Jävla envisa småjävlar*, tänkte han.

"Stanna här, okej? Jag ska se vad de vill och jag är tillbaka om en minut, okej?"

Flickan sa ingenting när han stängde dörren bakom sig och gick nerför trappan.

När han öppnade ytterdörren visste han inte vad han skulle förvänta sig. Men det var inte gestalten med uppdragen huva framför honom, som höll en kniv och riktade den rakt mot hans strupe. Det sista han tänkte på, innan bladet skar över hans hals, var den där förbannade kriminalaren som hade besökt honom tidigare samma dag.

KAPITEL
SJUTTON

Tidigt nästa morgon anlände Tomek till Gary Kershaws hus med en huvudvärk från helvetet. Inte ens en potentiellt dödlig dos aspirin och paracetamol kunde stilla smällarna från både Mike Tyson och Muhammad Ali som bankade mot insidan av hans skalle.

"Ditt eget fel att du gav dig in i något du inte borde ha gjort", sa DCI Cleaves bredvid honom.

"Det är nog det snällaste du har sagt till mig, chefen."

"Det blir bara värre härifrån, eller hur?"

Tomek var inte säker på om han syftade på huvudvärken, deras relation eller liket framför dem.

"Jag tror han får mer sympati än jag." Tomek pekade på mannen som hade mördats på ett lika blodigt sätt som Timothy Rosenthal. Precis som Timothy hade Gary fått halsen avskuren, kläderna stulna, körkortet och ett utdrag ur belastningsregistret placerade bredvid huvudet, och hans penis hade skurits av och tryckts in i munnen. Allt var detsamma utom att det inte fanns några hål i kroppen och att inskriften på bröstet saknades.

"Hur mycket är du beredd att satsa?" frågade Nick.

"En tia?"

De skakade hand på det och hasade sig runt kroppen.

"Vem hittade honom?" frågade Tomek.

"Hans frivårdsinspektör."

"Har det stora röda varningsmeddelandet gått ut till alla pedofiler och våldtäktsmän i området, eller?" frågade Sean och klev in i vardagsrummet. "Nu kommer de att gömma sig allihop."

"Eller så var det för att hon skulle komma," sa Tomek. "Han sa till mig i går att hon hade ett besök inplanerat." När ingen av männen svarade fortsatte han: "När tror vi att han dog?"

"Någon gång under de tidiga morgontimmarna. Blodet är fortfarande vått i heltäckningsmattan, så mycket är det." Rättsläkaren, Christina Ferryman, var klädd i en mörkblå skyddsoverall. Christina hade, fram till för några månader sedan, kallats Chris. Tills hon hade kommit ut som transperson. Nu förberedde hon sin könskorrigerande operation. Och i den frågan hade hon Tomeks fulla stöd. Men det kunde inte alla andra säga.

"Vilken tid blev du klar hos Timothy Rosenthal?" frågade Nick.

Tomek letade i minnet. Tiden, liksom det mesta som hade hänt efter att DC Hamilton och ett gäng uniformerade poliser hade dykt upp, var ett töcken. Han var dock ganska säker på att han hade lämnat Timothy Rosenthals hus, fortfarande med en kall kompress hårt pressad mot huvudet, strax efter ett på natten.

"Vilket betyder att han kan ha blivit dödad kort därefter", sa Tomek, mer för sig själv.

"Vad har det för betydelse?" frågade Sean.

"Det vill säga att den som var i huset, den som slog ner mig med ett jävla glasunderlägg, kan ha gått direkt hit och mördat honom."

"Men jag trodde du sa att han vevade lite med armarna och att en felriktad knytnäve träffade dig i ansiktet."

"Det har jag aldrig sagt."

"Det stod i Rachels rapport."

Tomek himlade med ögonen. Nu skulle alla veta att han blivit nedslagen av en man med geléarmar.

"Det här ser ut att vara gjort av någon som vet hur man övermannar en annan man", tillade DCI Cleaves.

"Sant. Men han väntade sig inte att jag skulle vara hos Rosenthal. Jag väntade mig inte heller att han skulle vara där. Men här... hade han gjort det förut. Han visste vad han gjorde. Det var mer beräknat, förberett. Jag tror inte man kan hävda att han inte redan hade planerat att hugga av den stackarens kuk och trycka in den i munnen på honom."

Nick räckte fram handen mot Tomek. "Du är skyldig mig den där tian."

"Va?"

"Du kallade honom precis för stackare. I mitt digra ordförråd faller det under rubriken sympati. Du förlorade just ditt eget vad."

"Dra mig baklänges."

"Hosta upp."

Tomek slog undan sin chefs hand. "Du får den när jag har kontanter."

"Jag har aldrig sett dig ha kontanter i hela mitt liv."

"Just det."

En skarp klapp fick dem ur balans och tvärstoppade samtalet. Alla tre vände sig mot Christina, som stod med händerna pressade mot varandra.

"Mina herrar, tycker ni inte att vi ska återgå till huvudnumret?"

"Matinéföreställningen eller kvällsföreställningen?"

"Det blir ni som står för kvällsföreställningen om ni inte skärper er."

Christina vände, lämnade vardagsrummet och ledde dem till sovrummet. På väg ut var det något som fångade Tomeks blick. Inte en särskild pryl. Snarare matsalens disposition. Renligheten. De saknade ölburkarna. De saknade snabbmatslådorna. Det var som om Gary hade anlitat en städfirma under timmarna mellan Tomeks besök och hans död. *Kanske hade han förberett sig för frivårdsinspektörens ankomst*, undrade han.

Där uppe fann de två kriminaltekniker som gick igenom sovrummet. Den ena la ett knippe hårstrån i en bevispåse medan den andra pudrade ett par dricksglas på nattduksbordet.

"Vad är betydelsen av det här?" frågade Christina, som om rollerna hade bytts.

Tomek granskade innehållet på nattduksbordet. Ett tomt godisomslag och två glas cola. "Han var en törstig man."

"Eller så hade han besök", lade Sean till.

"Ni tar prover i vilket fall, eller hur?" Frågan var riktad till kriminalteknikerna, men det tog en stund innan de reagerade.

"Absolut. Det är redan gjort."

"Utmärkt", sa DCI Cleaves.

När de var klara med rundturen i huset – och hade skämtat om hur mycket det skulle kunna gå för på Rightmove – klev de ur sina skyddsoveraller och lämnade brottsplatsen. Nick behövdes tillbaka på stationen, så han skulle åka, medan Tomek och Sean skulle stanna kvar och genomföra dörrknackning.

Tomek övervägde att tjafsa emot men visste vad svaret skulle bli. Att han tack vare sitt tidigare arbete längs Timothy Rosenthals gata betraktades som expert. Att han kunde riva av dem och vara klar inom en timme.

Det var gott och väl, men när han såg ut över myllret av vittnen framför sig behövde han inte några finniga tonåringar som berättade det han redan visste. När han förberedde sig för att tala med sitt första vittne, fick han något i ögonvrån. En liten pojke, högst tio år, som sprejmålade ordet "Paedophile" på sidan av Gary Kershaws bil. Tomek såg sig omkring, oförstående över att ingen hade reagerat. Till slut visslade han åt en uniformerad polis, som lufsade över, och sa: "Är det ingen som tänker göra något åt honom?"

Nickande skyndade polisen över och stoppade pojken mitt i ordet. Han hade bara kommit till "Peeda" och stavat fel. En del av Tomek kände sig dum för att ha avbrutit honom, medan en annan del tyckte det var lika bra att han inte hann skriva klart, för ju fortare de grep honom desto fortare kunde de skicka tillbaka honom till skolan där han skulle få lära sig stava det rätt.

Med det avklarat vände Tomek uppmärksamheten mot någon han kände igen. Pojken från dagen innan. Han med cykeln och alla fickorna. I dag hade han en annan utstyrsel, en utan fickor som kunde fälla honom om polisen bestämde sig för att visitera.

"Du råkar inte veta vad som hände?" frågade Tomek.

"Nä, mannen. Men jag säger inte att det är nåt dåligt heller. Det skulle hända nån dag."

"Vad gjorde du i går kväll?"

"Knullade din morsa."

"Jaha."

"Och sen gick jag raka vägen och la mig. Såg ingenting, hörde ingenting. Skulle önska att jag hade gjort det ändå. Hade älskat att se det där."

Nej, det hade du inte, tänkte Tomek. Han tänkte på sin egen bror. Hur det hade påverkat honom i mer än ett avseende.

Han beslöt att pojken slösade med hans tid och gick vidare till en man som stod några meter bakom honom. Han hade ett örhänge i varje öra, en guldkedja runt halsen och en ljus regnrock som hängde som ett tält över axlarna. Han hette Murray och var den lille pojkens pappa.

"Vad gjorde du i går kväll?"

"Inget. Kollade på teve."

"Gick du inte ut? Såg du ingen?" Tomek kunde nästan känna alkoholen i hans andedräkt.

"Det där livet sysslar jag inte med längre. Jag har lämnat det bakom mig."

"Så du såg inte vad som hände här?"

"Nej. Men jag svär att jag såg något märkligt."

Tomeks intresse väcktes.

"Jo. Jag svär att jag såg en liten tjej kliva ur hans bil och gå in med honom."

"Och du vet vem den här mannen är? Du vet vad han har gjort tidigare?"

"Klart."

"Och du tänkte inte ringa oss?"

"Jag försökte. Men det var ingen som svarade."

För att de hade fullt upp med mig och jävla Salladsnävar.

"Du tänkte inte stoppa honom? Eller ingripa överhuvudtaget när du trodde att en liten flicka kunde vara i fara?"

Murray dröjde med svaret. Tomek såg hur mannen försökte räkna ut ett svar som inte skulle inkriminera honom. Då nådde en pust av gräs hans näsa, och han insåg sanningen. Om, som han misstänkte, Murray och hans familj drev någon sorts narkotikaverksamhet hemifrån, var det sista de ville ha en massa poliser som nosade runt i området – och i hans vardagsrum. Synd för honom att de var där ändå. Tomek tackade mannen för hans tid, gjorde en anteckning om att lämna adressen till narkotikaroteln och drog sedan Sean åt sidan.

"Snubben där borta påstår att Gary tog med sig en minderårig hem i går kväll."

"Såna här typer... Jag sa ju det, de är sjuka, kompis." Sean skakade på huvudet. "Efter att du hade berättat för honom vad som hänt Rosenthal gick han ändå och gjorde det där. Svinet förtjänade allt han fick."

"Hur som helst måste vi ta reda på vem den där lilla flickan är och var hon är nu. Jag har en oroande känsla av att den som gör det här använder henne som lockbete för att få typer som Timothy Rosenthal och Gary Kershaw att krypa fram ur sina gömställen. Och det är bara en tidsfråga innan någon annan går på det."

KAPITEL
ARTON

Två vägar ledde in i polisstationen i Southend. Och två ut. Den ena mynnade rakt ut på den stora förgården där domstolarna låg åt vänster och kommunens kontor åt höger. Den andra vägen var den mindre kända ingången, reserverad enbart för tjänstgörande poliser. Den använde de oftast om de behövde föra in en fånge eller en gärningsman från gatan och inte ville att allmänhetens nyfikna blickar skulle se det. Den andra ingången var Tomeks favorit. Dels var den enklare att nå (han gillade inte idén att gå runt hela byggnaden i onödan), dels hade den en sluttande ramp. En sluttning han älskade, för hans knän var inte vad de en gång varit.

Som väntade på honom, lutad mot tegelväggen, stod Abigail Winters från *Southend Echo*. Tidningen hade funnits sedan slutet av sextiotalet och var ansvarig för att gräva fram några av Essex mörkaste hemligheter samtidigt som den lyste redaktionellt på många av områdets framgångar. Tomek hade känt Abigail i åratal, deras relation nittiofem procent affärer, fem procent nöje.

"Du vet att du inte får vara här", sa han, inte imponerad. Det var en oskriven regel att journalister skulle vänta på sitt scoop på andra sidan byggnaden.

"Så där hälsar man inte på en gammal vän", sa hon. "Dessutom, är inte regler till för att bryta?"

"Brytas", rättade han. "Och det blir det inte, om du inte vill tillbringa eftermiddagen med mig i ett förhörsrum."

Hon öppnade munnen och lät tungan blixtra till. "Jag kan komma på värre sätt att tillbringa min dag."

Tomek var inte på flirthumör. Det var däremot hon, helt klart. Vanligtvis hade han nappat direkt. Men inte nu. Inte med den obarmhärtiga smärtan i huvudet, inte med två döda "pedos" som han skulle skipa rättvisa åt, inte med Katie som snurrade runt i hjärnan på honom som en plastbit som flyter i havet – osänkbar, oförstörbar.

"Lyssna", började han, "jag har inte mycket tid. Vad behöver du?"

Han såg att hans tvärhet hade sårat henne, men det brydde han sig inte om. De nittiofem procenten hade nu blivit nittiosex.

"Insidesinformation."

"Om vad?"

"Dubbelmorden."

"Vilka då?"

"Men kom igen, Tomek. Spela inte dum."

"Det gör jag inte. Massor av människor mördas varje dag över hela världen."

Hon stack ner handen i väskan och drog upp en liten anteckningsbok. "Vad sägs om Timothy Rosenthal, hittad död i kolonilotten nära Southend Airport? Eller Gary Kershaw, hittad död i morse i sitt hem?"

Tomek försökte dölja överraskningen i ansiktet, men med föga framgång.

"Låter som att du vet allt du behöver. Vad ska du med mig till?"

"Allt jag inte redan vet. De saftiga bitarna. Minst ett citat. Det är du skyldig mig."

"Inte fan är jag det. För vad då?"

Abigail tvekade innan hon svarade. Tomek visste varför, vad, när och var. Men han ville inte erkänna det för sig själv.

"Min chef gav mig så mycket skit efter den där kvällen", sa hon.

"Och det är jag ledsen för."

"Ledsen för kyssen, eller ledsen att *du* blev påkommen?"

Tomek övervägde innan han svarade. Han ville inte göra henne upprörd, men oavsett vilket, blev inte utfallet detsamma? En örfil, en missnöjd blick, kanske till och med en visklek om honom på redaktionen. Sånt kunde han hantera. Men det han inte klarade av var att såra någons känslor i onödan.

"Jag är ledsen att jag aldrig klev in och förklarade", sa han. "Om du hade sagt till mig kunde jag ha berättat för honom vad som hände."

"Jag behöver inte din hjälp, Tomek. Jag kan ta hand om mig själv."

"Förutom när du behöver ett citat från en stilig och ibland miserabel detective sergeant?"

Hon såg inte det roliga i det. Det kunde han knappast klandra henne för.

"Lyssna", sa han och plockade fram sin inre DCI Cleaves igen med en tung suck. "Det finns inte så mycket mer att veta. Båda offren var före detta fångar."

"För vad?"

"Våldtäkt. Pedofili. Barnpornografi. De var ett brott ifrån att hamna i rekordböckerna. Riktigt vidriga grejer. Och sättet de dog på var ännu värre."

"Vissa skulle hävda att det var rättmätigt."

"Det är precis vad alla andra verkar tycka."

"Vilka?"

"Teamet. Det är bara två av oss där uppe som tycker att vi ska lägga seriös kraft på att hitta mördaren. Och jag gillar inte sällskapet."

Så fort han hade sagt det insåg han att han inte borde. Och glimten i Abigails ögon talade om för honom att, allt sammantaget, borde han nog inte ha gjort det heller. Utan att märka det hade han just gett henne citatet hon behövde. Och det var inte ett han kände sig bekväm med att försvara.

Uppmuntrad av sin fullträff vinkade Abigail adjö och styrde stegen mot bilen. När hon var utom synhåll gick Tomek in i byggnaden och tog sig till spaningsrummet. Där inne satt några av teamets seniora medlemmar, minus DS Sean Campbell, som hade blivit ombedd att övervaka brottsplatsen i Gary Kershaws hem. Längst fram stod DCI Cleaves och DC Anna Kaczmarek. Som presskontakt var det hennes jobb att underlätta och bevaka kommunikationen med medierna. Hon var länken mellan vad teamet visste och vad allmänheten visste.

"Bra att du är här", sa Nick till Tomek när denne som siste man kom in. "Anledningen till att jag kallat er är att, om du inte märkte det på vägen in, så är asgamarna tillbaka. En av dem tog sig till och med runt på baksidan och försökte ställa mig några frågor."

Nu kände sig Tomek förolämpad, förnedrad, som en klass A-idiot. Abigail hade fått honom att känna att han var den enda hon ville ha information från. I verkligheten gjorde hon bara sitt jobb. Och han hade svalt det med hull och hår.

"Jag och DC Kaczmarek har diskuterat vår plan för Operation Highlander. Vi vill ha en mediablackout så länge som möjligt. Ju striktare vi kan kontrollera informationen, desto bättre. Inget går ut, hör ni?"

Åh, fan.

Nu hade han verkligen satt sig i skiten. Han insåg att han redan var ute på hal is, och att en enda fel andning skulle räcka för att få isen att brista, så Tomek bestämde sig för att hålla tyst. Det fanns ingen garanti att Abigail skulle trycka hans ord. Inte heller att hon skulle namnge honom som källa. Kanske panikade han i förväg. Men han gillade inte oddsen.

"Varför väljer vi den här linjen, chefen?" frågade Tepid Tony långsamt. Även om det var en mening med få ord hade den redan lyckats tråka ut Tomek.

"Jag tror inte det är någon hemlighet att vissa här inne tyst samtycker till vad den här mördaren gör. Jag vet att det inte är rätt att säga det högt, men jag ser det här som en trygg plats, och om jag får veta att det inte är det, så vet jag vem jag kommer att gå på." Uttalandet var inte riktat mot Tomek, men det kändes ändå som ett personligt angrepp. Det ironiska var att Nick hade rätt. Han kände Tomek alltför väl. "Glöm inte att vi bara är en grupp på tio. Föreställ er ramaskriet om orden "självtagen rättvisa" hamnade ute på den världsvida webben? Det skulle bli uppror. Alla och deras hund skulle ge sig ut och jaga pedofiler och våldtäktsmän. Inte bara i Essex. Överallt. Den här personen skulle ge gemene man idén att de har rätt att mörda någon för att de är kriminella."

"Vi kan alltid använda det som en rekryteringskampanj", sa Tomek. "Låter som en bra marknadsföringstaktik för mig. Vi skulle må bra av några fler kroppar."

"Första tjänsten: detective sergeant."

Tomeks ansikte sjönk ihop, medan de andras drogs upp i leenden.

"Roligt."

"Inte lika roligt som du blir utan jobb. Kom ihåg det."

"Ursäkta, chefen." Ljudet kom från dörröppningen. Tomek vände sig om för att se vem som kommit in. Det var DC Hamilton.

"Är det viktigt, Rachel?" frågade DCI Cleaves med en suck. "Vi är mitt i ett krismöte just nu."

Hon dröjde i öppningen. Hennes oerfarenhet – och en lätt bävan – inför Nasty Nick lyste igenom. "Det gäller det ni pratar om, chefen. Media." Tomeks hud blev kall, magen knöt sig och arslet knep ihop. Han väntade. Lyssnade. Bad att hans ord inte redan hade lagts ut på Twitter eller någon annan social medieplattform han inte var medlem i.

"Vad är det?" Nick blev snabbt otålig.

"Har du någonsin hört talas om en kille som heter Jimmy Hunter?"

Rummet tystnade, vilket besvarade hennes fråga.

"Han är en sociala-medier-profil online. Egentligen tror jag att termen numera är influencer. Men om det stämmer måste vi verkligen hoppas att han inte får nys om vad som pågår."

"Gå vidare, tack."

"Right. Förlåt. Enligt hans Facebook-sida är Jimmy Hunter en pedofiljägare. Han sätter upp lockbeten; låtsas vara små flickor, tar kontakt med gubbar och pedofiler på nätet. Sedan låter han dem grooma honom – *henne*, den lilla flickan han låtsas vara – och när de bestämmer träff, dokumenterar han allt."

"Herregud", sa Nick och korsade armarna över bröstet. "Vad folk hittar på."

"Han har över 10 000 följare, chefen."

"Ska det imponera på mig?"

"Tycker du inte att det är många? Hans videor får miljontals visningar. Om han får veta om Timothy Rosenthal och Gary Kershaw kan han bryta nyheten före oss."

"Struntprat."

Tomek räckte upp handen. Det var inget han hade gjort sedan skolbänken, men av någon anledning kände han sig manad. "Ursäkta om jag låter riktigt trög när jag säger det här, chefen, men vad pratar ni om egentligen?"

"Förlåt?"

"Varför pratar ni om hans följare och visningar? Borde inte huvudproblemet vara att han groomar de här männen medan han låtsas vara små flickor. Tänk om han faktiskt använder minderåriga flickor när han träffar dem?"

Polletten trillade ner. "Åh, jag förstår. Ja. Kanske har du rätt." Han vände sig mot DI Hunt. "Tony, jag behöver att du flaggar upp Jimmy

Hunter i ditt team och ser om någon kan prata med honom. Se vad han vet."

"Uppfattat."

"Under tiden tänker jag ställa uniformerade poliser utanför vardera brottsplatsen tills vidare. Vi kan inte ha en repris på i går kväll. Stackars Tomek har inte många hjärnceller kvar att förlora."

Det lockade fram några skratt. Framför allt från DI Hunt. På Tomeks bekostnad. Som alltid.

"Tack, chefen. Lustigt att den utan hjärnceller just var den som pekade ut problemet med Jimmy Hunter. Vet inte vad det säger om resten av er."

Nick svarade inte. I stället avfärdade han rummet och skickade i väg dem.

KAPITEL
NITTON

Tomeks första anhalt efter mötet var att prata med Cathy Sharpe. Gary Kershaws frivårdsinspektör hade skickats till stationen för att skriva en vittnesutsaga. Tomek var den lycklige som fick ta emot den. DC Nadia Chakrabarti hade tilldelat honom uppgiften i HOLMES 2, vilket betydde att han inte hade något att säga till om.

"Trevligt att se dig igen, utredare", sa hon när han klev in i förhörsrummet.

"Detsamma. Jag tog ett glas vatten till dig. Tänkte att du kunde vara törstig."

"Du vet vad man säger, att titta på döda kroppar *är* törstigt arbete."

Tomek hade aldrig kunnat läsa av Cathy. Hon talade djupt, mjukt, nästan monotont och utan variation. Det gjorde det otroligt svårt att avgöra om hon skämtade eller var allvarlig. I alla lägen. Som en följd närmade sig Tomek deras samtal med en viss bävan och rädsla. Rädsla för att säga fel sak och inte ens märka om han gjort det.

"Berätta om det där", sa han och slog sig ner mitt emot henne.

"Från början?"

"Helst, ja. Jag vet inte hur man skriver en berättelse baklänges, eller från mitten."

Cathy tog en klunk vatten och andades sedan ut djupt, nästan hånfullt. "Jag skulle träffa honom i morse. Ett av våra tillsynsbesök. Han har haft det kämpigt på sistone, och jag har velat ta igen med honom men inte haft tid."

Tomek kände igen känslan. Budgetrestriktioner och besparingar gjorde att alla i offentlig sektor jobbade på knäna. Och det fanns inget ljus i slutet av tunneln.

"Fan ta Tories, om du frågar mig", sa hon i förbifarten och fortsatte sedan: "Jag vet att han inte är en frisk man. Jag vet att han har sina brister..."

Brister? Mannen var pedofil. Det var ingen brist. Det var ett haveri av högsta dignitet. Tomek förstod inte hur det någonsin kunde rättfärdigas. Det var tydligt att Cathy hade en nivå av empati han inte delade – och aldrig skulle göra.

"Men han är en sjuk man. Jag har gjort mitt bästa för att hitta hjälp åt honom. Jobb. En stabil inkomst. Men han lyssnar inte. Han är min mest besvärliga klient. Och det är ett mirakel att jag har hållit ut så länge."

"Om du inte hade gjort det, vem vet när vi hade hittat honom?" svarade han.

"När stanken blev outhärdlig, skulle jag tro."

Det var sanning. Och hur många fler lik kunde det ha blivit sedan dess?

"Så du knackade bara på dörren, och sen då?"

"Tja, uppenbarligen svarade han inte, eller hur? Annars hade det varit rätt knäppt. Nej... han lägger en nyckel under dörrmattan, så jag låste in mig. Sedan hittade jag honom där."

"Och när skulle du säga att du senast pratade med honom?"

Hon tvekade, letade i minnet och bläddrade bland olika klienters akter i huvudet. "Tidigare i veckan. Måndag tror jag det var."

"Ungefär fyra dagar innan han dog, då." Tomek nickade när han gjorde överslagsräkningen i huvudet. "Och nämnde han något om att träffa en vän eller en gammal kollega eller bekant den här veckan?"

Cathy skakade på huvudet.

"Och var det något annorlunda med bostaden som du lade märke till?"

"Det var rent. Onormalt rent. Han är en lat jävel i bästa fall, men jag har aldrig sett det så."

"Så du skulle säga att det var olikt honom?"

"Det skulle jag, ja. Tror du att han skulle träffa någon?"

Tomek svarade inte. I stället styrde han samtalet vidare. "Nämnde Gary någonsin en man som heter Timothy Rosenthal för dig?"

Cathy sökte i minnet igen. Den här gången grävde hon djupare bland deras tidigare samtal. Tomek visste att det var mycket begärt (han kunde knappt minnas detaljerna från samtalet han och Sean haft på puben häromkvällen), men han hoppades att hon kunde ge en inblick i hur långt Timothy och Garys relationer sträckte sig – sådant de kanske inte skulle kunna hitta på deras respektive hårddiskar.

"Förlåt, utredare", sa hon. "Men han pratade inte så mycket. Och om han gjorde det så var det definitivt inte om Timothy."

"Känner du igen namnet?"

"Klart jag känner till namnet. Han är en av mina klienter."

En koppling. Det var kanske inte mycket, men det fanns en koppling mellan de två offren. I huvudet hade han försökt hitta en. Fram till nu hade han inte kommit förbi det uppenbara; att de båda hade dödats för att de var dömda våldtäktsmän och pedofiler. Dåliga människor som, enligt någons uppfattning, förtjänade att dö. Men det förklarade inte hur gärningsmannen hade känt till deras identiteter eller adresser.

Det var då deras samtal skiftade. Helt plötsligt hade Cathy gått från vittne till möjlig misstänkt till någon som möjligen försvårat rättvisans gång. Hon kanske inte var den som dödade dem, men hon kunde ha vetat vem som gjorde det. Eller åtminstone lämnat deras uppgifter vidare till någon som kan ha vetat vad som hade ägt rum.

"Har du något emot om jag går ut en stund?" Tomek reste sig ur stolen utan att vänta på svar. "Jag kan hämta ett till glas vatten om du vill?"

Tomek stängde dörren mjukt bakom sig. Om han gjorde det högre riskerade det att störa tankarna i hans huvud och få dem att skingras. Han behövde en stund att tänka, att bearbeta kaoset i huvudet. Innan han lät en enda tanke glida iväg skyndade han upp till spaningsrummet och hittade DC Nadia Chakrabarti vid sitt skrivbord, med en flaska Diet Coke i ena handen medan den andra varsamt knappade på tangenterna.

"Precis den jag letar efter", sa han till henne.

"Med tanke på att ingen annan är här antar jag att jag är den *enda* du letar efter."

"Du är min en och enda, Nadia. Och glöm aldrig det."

"Vad vill du?"

"Cathy Sharpe. Det visar sig att hon är frivårdsinspektör för både Timothy och Gary. Jag vill att hon läggs till på åtgärdslistan. Någon måste ta reda på mer om vilka hon känner, om hon har några kopplingar till..." Tomek hejdade sig. Självklart hade hon kopplingar till dåligt folk. Hon jobbade med dem på heltid. Hon skulle inte ha några svårigheter att hitta en dömd mördare som kunde döda både Timothy och Gary om hon behövde det. Kanske i utbyte mot en positiv rekommendation, en hjälpande hand med en bidragsansökan.

Men vad hade hon att vinna på det? På den frågan hade Tomek inget svar. Inte än.

Sedan insåg han att han hade låtit Nadia vänta.

"Få bara någon att kolla upp henne. Se om hon känner någon särskilt intressant."

"Vet Tony om det här?"

"Inte än. Du kan få äran att berätta det. Jag vet att du har en svag punkt för honom, särskilt efter—"

"Våga inte nämna—"

"Julfesten."

"Din idiot. Dra åt helvete nu."

Tomek blixtrade med ett fräckt leende och gick tillbaka till förhörsrummet. Innan han gick in kom han på att han hade glömt vattnet och skyndade efter ett glas.

"Förlåt att det dröjde", sa han till henne.

"Är allt bra?"

"Absolut. Aldrig bättre. Jag måste dock fråga var du var i natt?"

"Förlåt?"

"Var du befann dig i natt. Mellan midnatt och klockan två."

"Jag sov."

"Kan någon bekräfta det?"

"Min smartwatch." Hon höjde handleden och tog av sig sin Apple Watch. "Den säger att... under de tiderna var jag precis på väg in i REM-sömnen."

"Och natten då Timothy Rosenthal dog?"

Hon kollade igen. Den här gången hade hon inget svar.

"Jag hade inte på mig den då. Men jag sov också."

Tomek antecknade. Hon kunde mycket väl ha talat sanning, men det uteslöt inte att hon hade lämnat över uppdraget till någon annan. Någon mer rutinerad. Och det förklarade verkligen inte varför Salladsnävarna, som Tomek nu kallade honom, hade varit inne i Timothy Rosenthals hem. Teorin att fler än en person var inblandad fick allt mer tyngd i hans huvud.

Tomek tackade henne för tiden, nämnde att hon behövde stanna i trakten ifall ytterligare frågor dök upp, och lät henne sedan gå.

KAPITEL
TJUGO

Dunkandet i huvudet hade nästan nått punkten där det skulle svartna för ögonen. Obönhörligt och illasinnat. Det hade gått flera timmar sedan han senast drack vatten eller tog något mot smärtan, och det började gå ut över hans arbetsförmåga. Sen förmiddag och tidig eftermiddag hade varit ett segt slit. Bara att fylla i vittnesblanketten hade tagit en timme, och det hade tagit honom och DC Chey Carter ännu längre tid att gå igenom timmar av övervakningsfilm som teamet lyckats få fram från Gary Kershaws olika grannar. Till slut hade de hittat en stillbild på en ung flicka i röd kappa. Det var allt de hade. Inget före, inget efter. Stillbilden var suddig och flickan på fotot hade ryggen mot dem. Men det var åtminstone en början och ett steg i rätt riktning. Att stirra på skärmen timme ut och timme in verkade ha förvärrat huvudvärken, och trots att han erbjudits skjuts till sjukhuset (där han skulle få vänta minst sex timmar innan någon tittade på honom) tackade han nej. Det hindrade honom inte från att klaga på det var tionde minut.

"Du är så typiskt karl", sa Nadia.

"Jag trodde du sa att jag var unik."

"Du kan vara lite av båda. Ett unikt rövhål, och ett typiskt mansrövhål. Så då är du väl bara ett rövhål dygnet runt."

"Jag visste att det fanns en anledning till att jag gillar dig, Nadia", svarade Tomek. "Du är inte rädd för att säga som det är. Och det respekterar jag. Din man är en lycklig man."

Hon fnös och rullade med ögonen. "Börja inte ens om *det där* rövhålet."

Framåt eftermiddagen, när kvällen började mörkna, avtog lyckligtvis huvudvärken också, och han kände sig motvilligt redo för uppgiften han fått tidigare. Den han hade skjutit upp så länge han kunde: att tala med ett av Gary Kershaws våldtäktsoffer, medan Sean och Rachel pratade med de andra.

Innan han gav sig av hade Tomek läst igenom fallhandlingarna för att friska upp minnet. Han ville inte se förvånad ut när han bad henne återge dem för vad som måste ha varit femtioelfte gången.

Harriet Montgomery bodde på andra sidan Southend i Shoeburyness, nära vattnet. Tjugo år gammal bodde hon fortfarande hos sina föräldrar och skämtade om det när de slog sig ner.

"Hyrorna är så dyra nuförtiden, det är omöjligt att hitta något. Därför bor jag fortfarande hos mamma och pappa. De tar inte ut någon hyra och jag kan spara allt jag tjänar och lägga undan det."

"Bra gjort."

"Jag oroar mig för min generation ibland, för alla är inte lika lyckligt lottade som jag. Alla har inte samma kärlek, stöd och grundtrygghet som jag har."

Nej, det gör de verkligen inte.

Medan hon pratade lekte hon med fingrarna och pillade på sina perfekt manikyrerade naglar. Det syntes tydligt att hon var uppskakad, grubblade och oroade sig för vad hon skulle säga. Tomek lät henne prata och lugna sig på sitt sätt.

"Jag menar inte att skryta eller så", sa hon.

"Det tycker jag inte att du gör. Vi har en kille på stationen som fortfarande bor hemma. Fast jag tror att det är för att hans mamma har honom i husarrest. Men du har rätt, det är inte lätt."

Det hade inte varit lätt för Tomek heller när han var yngre, när han jobbade dygnets alla timmar för att ha råd med bolånet, snålade med maten bara för att hålla jämna steg med betalningarna. Men han hade offrat, och han hade kommit ut på andra sidan.

"Om jag klarar det finns det hopp för alla."

Ett ljud kom från köket bakom henne. Harriets mamma höll på att laga middag åt familjen, vilket gav Tomek knappt en halvtimme att ställa sina frågor och ge sig av.

"Förlåt att jag kom oanmäld", började Tomek och, med en liten sänkning av tonläget, styrde han över samtalet till sakfrågorna. "Men vi ville prata med dig innan du hör något på nyheterna eller ser något på nätet."

"Nu gör du mig orolig."

"Det gäller Gary Kershaw."

Tomek väntade medan chocken över namnet avspeglade sig i Harriets ansikte. Höjda ögonbryn, vidgade ögon. Sedan föll blicken mot golvet.

"Jag har inte tänkt på honom på flera år."

"Det kan jag tänka mig. Tidigt i morse hittades han död i sitt hus. Han hade mördats av någon som vi tror ger sig på sådana som honom."

"Du kan kalla det vid sitt rätta namn." Den där elden, den där hårdheten, var tillbaka i hennes ögon när hon mötte hans. Samma hårdhet som inte hade avslöjat att hon visste varför han kom. Samma hårdhet som hade hjälpt henne ta sig igenom det som hänt. "Han är våldtäktsman och barnförgripare. Och om du frågar mig fick han precis vad han förtjänade."

"Vi ville bara göra dig uppmärksam innan det kommer ut i nyheterna. Och varna för att ditt namn kan dras upp. Det är osannolikt, men vi ville förbereda dig."

"Jag uppskattar det, tack."

"Och tyvärr måste jag fråga ..." Här kom det. Den del han hade bävat för. "Var du befann dig i går natt, mellan midnatt och klockan två."

"Skojar du med mig?"

"Förlåt. Verkligen. Men det är en del av vår utredning. Rutinförfrågningar."

"Jag är ett offer. Hans offer. Vet du vad han gjorde mot mig?"

Det visste Tomek, men han anade att han skulle få höra det igen.

"Jag var ett barn när han hittade mig. Han hade spanat på mig i parken utanför mitt hus, utanför min skola. Han *valde ut* mig som om jag vore ett husdjur i en djuraffär. Fattar du hur sjukt det är? Sen ... och sen gjorde han det han gjorde."

Tomek var glad att hon skonade honom från de blodiga detaljerna. Han visste inte om han skulle klara av dem en andra gång.

"Skulle du kunna svara på frågan, Harriet? Bara så att vi kan utesluta dig."

"Jag var här, okej? Hemma. Sov. Med min mamma och pappa och—"

Just då flög vardagsrumsdörren upp och en liten flicka, inte äldre än sju – ungefär samma längd och kroppsbyggnad och med samma hårfärg som flickan på fotot – hoppade in i vardagsrummet och upp i Harriets knä. Tomek tittade en gång till och smög i fickan upp fotot av flickan i den röda kappan.

"Mamma, jag är hungrig!" sa hon.

"Jag vet, älskling. Mormor lagar det nu. Varför går du inte in i köket och ser om hon behöver hjälp?"

Flickan hoppade ner från Harriets knä och sprang genom vardagsrumsdörren, och hennes långa bruna flätor fladdrade när hon försvann. Harriet, med minen hos en mamma som alltid plockar upp efter sin dotter, stängde dörren efter henne. Tomek behövde ett ögonblick för att bearbeta vad han sett och hört.

Mamma. Den lilla flickan var Harriets dotter. Antingen hade det utelämnats i akten, eller så hade det aldrig kommit upp. Och så lade han ihop ett och ett.

"Förlåt", började han. "Men jag måste fråga. Din dotter ... är hon—?"

"Resultatet av min våldtäkt? Ja. Jag blev gravid med Grace när jag var tretton. Ja."

"Vet hon ..." Tomek hade svårt att hitta orden. Han hade till och med svårt att förstå vad som hade hänt Harriet och hennes familj. Hur mycket hon måste ha tvingats offra genom att föda så ung. Allt på grund av vad Gary Kershaw hade gjort.

"Hon vet inte, nej. Och jag planerar inte att någonsin berätta det, så jag skulle uppskatta om du inte nämnde hans namn när hon är i rummet."

"Självklart. Absolut."

Harriet vände sig mot köksdörren. Hennes uttryck sjönk och rösten blev allvarlig. "Ibland undrar jag om hon kommer att bli som honom. Inte så mycket i beteendet, utan till utseendet. Hans drag. Hans ögon. Sådant. Jag har inte kunnat få bort bilderna av hans ansikte ur huvudet sedan den där natten. Jag tror inte att jag skulle stå ut om hon var upp i dagen lik honom."

Av den korta skymt han fått av Harriets dotter var Tomek nästan säker på att hon inte behövde oroa sig.

"Vet ... eller, rättare sagt, *visste* Gary om det?"

"Absolut inte. Och nu behöver han aldrig få veta."

Ett svagt snett leende spred sig över hennes ansikte.

Det bekymrade honom. Och förde honom tillbaka till utredningen.

"Du svarade inte på min fråga förut. Vad gjorde du i går natt?"

"Vi sov. Jag, mamma, Grace, pappa och ..."

Harriet hejdade sig när hon räknade upp listan i huvudet.

"Vem saknades?"

Det dröjde en stund innan hon svarade igen. "Min bror. Donovan. Han ... han sa att han skulle ut, men jag vet inte vart."

"Och han bor här?"

"Han är bara arton. Får inte jag tag i en lägenhet, får han definitivt inte det."

"Vet du var han är nu?"

Harriet skakade på huvudet. "Jag har inte sett honom på hela dagen. Jag har mest varit på jobbet, men han kommer och går. Du vet hur ungar i den åldern är. Festar, går på klubb."

"Du är ju i samma ålder."

"Knappast. Jag har fått bli vuxen, och fort. Jag kan inte göra samma saker som han, inte med en sjuåring som fortfarande vill sova i mitt rum för att hon blir rädd på natten."

"Sov hon hos dig i natt?"

"Nej, men ..."

"Om jag ger dig mitt kort, kan du lämna det till din bror och be honom ringa mig? Jag vill gärna få möjlighet att prata med honom."

Tomek räckte över ett visitkort. Harriet granskade det och lät tummen glida över de skarpa kanterna. "Jag ska försöka komma ihåg det", sa hon.

"Tack för hjälpen", sa han. Då ropade Harriets mamma från köket att middagen skulle vara klar om fem minuter. Tomek tog det som tecken att ge sig av. När han reste sig stack han handen i fickan och tog fram fotot av flickan i den röda kappan. "Du känner inte igen det här, va?"

Harriet kastade ett öga över fotot, betydligt mindre noggrant än hon hade gjort med hans visitkort. "Nej, tyvärr. Jag känner inte igen vare sig flickan eller kappan. Förlåt."

Tomek log artigt och gick ut. På yttertrappan vände han sig mot henne och sa: "Jag vet att det inte är min sak, och jag vet att jag inte har någon rätt att låtsas veta vad du går igenom eller hur din vardag ser ut, men så länge du fortfarande har dina föräldrar som älskar dig och gör allt för dig, försök att vara ung vuxen ett tag. Jag var också tvungen att växa upp fort, men jag hade inte den varma, omhändertagande relationen med mina föräldrar som du har. Och jag fick inte uppleva så mycket av nattlivet när jag var yngre. Jag fick inte skapa minnen som de flesta av mina klasskompisar gjorde. Jag tror att om du låter bli, kan du komma att ångra det, som jag har gjort."

Det var därför han tog igen det i mitten till slutet av tjugoårsåldern – festade, gick på klubb, låg runt – och till viss del gjorde det fortfarande vid fyrtio.

"Som sagt", fortsatte han. "Bara något att fundera på. Och glöm inte att be din bror ringa mig."

KAPITEL
TJUGOETT

N är Tomek hade kommit till slutet av sin första pint kände han hur huvudvärken nästan försvann. Nästan tjugofyra timmar efter att den hade börjat.

"Skit i paracetamol, skit i ibuprofen – allt det där tramset. Den riktiga huvudvärkskuren är en hederlig pint i slutet av dagen."

"Skål för det," instämde Sean.

De slog glasen mot varandra. Nästa runda var Tomeks, och han gick upp till baren för att beställa en pint till åt dem var. När han väntade plingade telefonen. Ett sms från Katie, som frågade när hon kunde träffa honom nästa gång. Medan han funderade på ett svar drog ett leende över hans ansikte. Nu stod det ett–ett. Han hade varit först med att ta initiativ till deras första dejt, och nu tog hon kommandot över den andra. Det gillade han. Han ville ta saker till nästa nivå. Hela morgonen, eftermiddagen och kvällen hade hon funnits i bakhuvudet. Hur han hade lämnat det hemma hos henne. Hur han hade förbannat sig själv för att inte ta steget han så desperat ville ta. Men det hade varit rätt. Det var ingen brådska. Och det skulle vara nyttigt för honom att gå fram i en långsammare, mer stillsam takt.

När ölen ställdes framför honom, med skum som rann ner längs kanten, tryckte han på skicka och stoppade telefonen i fickan. Saken var klar. Följande kväll. Samma tid. Annan plats. Bara de två. Lite tystare och mer intimt den här gången. Inga skrikande ungar eller föräldrar.

"Vad ler du åt?" frågade Sean. Den lyckliga jäveln hade haft tid att åka hem och byta om innan han gav sig ut igen.

"Bara Katie," svarade Tomek och försökte tona ner entusiasmen i rösten. Och misslyckades.

"Vad säger grannflickan?"

"Vi ska träffas i morgon kväll."

"Om jobbet tillåter."

"Så klart."

"Du får vara försiktig med den här, Tom. Bli inte så distraherad att du börjar missa jobbet. Vi vill inte ge Nasty Nick ännu en anledning att sätta åt dig."

"Du får det att låta som att han har en pärm eller något."

"Det har han. Och jag har sett den. Den är större än ditt hus."

Tomek skrattade bort det och drack av sin öl. Med lite tur skulle huvudvärken vara borta till morgonen och då skulle han hinna ut på en löprunda.

De tillbringade de nästa tio minuterna med att prata om utredningen och höll rösterna låga så att inga gäster i närheten skulle råka höra dem. Ämnet var känsligt, och han ville inte att någon med anlag för våld, eller en böjelse för att jaga pedofiler och våldtäktsmän, skulle få några idéer.

Sean använde den tiden till att berätta om sin dag. Hur han hade varit och pratat med Gary Kershaws första offer. En kvinna som nu var i tidiga fyrtioårsåldern. Hur Gary hade varit en familjevän, hur han hade manipulerat henne, hur han hade tvingat sig på henne. Och hur han hade gjort samma sak med hennes bror. Det var pederastin som hade fått hans handlingar att framstå som normala. Om det bara hade hänt henne, skulle hon ha sagt något, gått ut med det, ropat ut det från hustaken. Men eftersom det hade hänt dem båda, hade det normaliserats, *en sådan där sak.* Det var först när deras pappa hade tagit Gary på bar gärning med dem båda som hon insåg hur fel hon hade haft. Och hur mycket smärta Gary hade orsakat deras familj.

"Förutom det fanns det inget mer att gå på. Inga spår, inga andra vittnen. Den stackars kvinnan bodde ensam, och hela hennes familj var död. Fram till för några år sedan var det bara hon och hennes bror. Men när han dog blev hon den enda. Och, om jag ska vara ärlig, jag kan inte se att hon skulle ha något med morden att göra. Tyvärr tror jag inte att Nasty Nick kommer att gilla min rapport i morgon. Tid... bortkastad."

Sean drack ur sin öl och slog ner glaset i bordet, frustrationen bubblade över.

"Har du märkt att Nasty Nick inte har varit så hemsk på sistone?" fortsatte Sean.

"Tala för dig själv. Jag är ett möte ifrån att folk ska tro att vi går i äktenskapsrådgivning."

"Den stackars, stackars kvinnan," sa Sean och skakade på huvudet. Sedan stannade han upp, stirrade ut i tomma intet. I ett ögonblick trodde Tomek att han höll på att få en hjärnaneurysm. Men när han viftade med handen framför vännen i ansiktet kom Sean tillbaka till rummet.

"Är allt okej där, kompis?"

"Ja," sa han. "Bra."

"Det ser inte så ut."

"Det är inget, bara... Jag har något att berätta."

Tomek började bli orolig. Han fruktade det värsta. Kanske var hans vän döende, att han hade en obotlig sjukdom. Eller att han skulle lämna jobbet och flytta ut på landet.

"Är du bög?" sa Tomek skämtsamt. Hans försvarsmekanism slog till för fullt. Han brukade märka att skämt eller olämpliga kommentarer under pinsamma och oroande stunder lugnade honom. Tyvärr gällde det inte alltid för alla andra i rummet.

"Det kan du drömma om. Jag skulle vara ett kap."

"Vilken man som helst skulle ha tur som fick dig."

En kort tystnad föll mellan dem och fick dem att dra sig tillbaka ett par snäpp. Tomek väntade, med andan i halsen.

"Jag har träffat någon..."

Tomek brast ut i skratt och vred sig i stolen, med händerna över bröstet.

"För helvete, mannen. Du gav mig nästan en hjärtattack på riktigt. Jävla *Jag har träffat någon*. Jag trodde du hade drabbats av det Stora C:et. Men det här är väl mycket värre. Det Stora F:et. Det stora förhållandet..."

"Håll käften. Du är på väg åt samma håll med Katie."

"Kärleken verkar på mystiska sätt, Sean. Jag bara retas, din dummer. Nå, vem är hon? Vem är den olyckliga tjejen?"

Sean svalde och tog fram telefonen. "Du har hört talas om henne. Jobbat med henne, till och med."

"Det är inte Triple Word Score, va?"

"Var inte äcklig."

"Rachel?"

"Nej. Någon annan."

Till slut fick Sean ur sig namnet, och det dröjde länge – längre än det kanske borde – innan Tomek registrerade det.

Abigail Winters. Årets journalist 2017 på *Southend Echo*. Till en början visste Tomek inte hur han skulle reagera. Hans första tanke var på kyssen de hade delat, och hur fin den hade varit. Flyktig, passionerad, ett ögonblick snabbt delat men aldrig riktigt bortglömt. Om han hade glömt kyssen var irrelevant. Det som verkligen spelade roll var om Sean visste.

Han valde sina nästa ord med stor omsorg.

"Det är ju toppen, kompis. Grattis. Jag är glad för din skull."

"Skål, polarn. Jag uppskattar det. Vi har bara varit på ett par dejter, men jag tror att det kan bära, du vet."

Ett brett, glänsande leende blommade upp i Seans ansikte. Det var första gången Tomek hade sett honom så lycklig. Bortsett från den gången Tomek hade tagit honom till London Dungeon på halloween. Sean hade, ända sedan han var barn, fascinerats av skräckfilmer och alltid gått på halloweenfester. Och av någon anledning som var Tomek obegriplig betraktade han London Dungeon som den heliga graalen av skräck och fasa.

"Jag vet att ni två har haft era svårigheter," började Sean. "Men jag skulle verkligen behöva ditt stöd i det här. Det här är nytt för oss båda."

"Självklart, kompis. Absolut."

Så han kände inte till kyssen. Bara kylan och gnabbet som följde efter. Tomek bestämde sig för att inte nämna den. Det var inte viktigt, och inget gott skulle komma ur det.

"Jag tänkte till och med att vi kunde gå på dubbeldejt...?"

"Vill du att jag tar med min sämre hälft, DCI Cleaves?"

"Jag tänkte mer i stil med Katie, men vad som nu faller dig i smaken."

Det var ett intressant förslag, ett han behövde fundera på. Och förstås stämma av med henne. Han var inte så pigg på tanken att sitta mitt i en kärlekstriangel, men om Abigail var tillräckligt förnuftig för att hålla det för sig själv, så var han det också. Och om alla spelade sin roll, vad var skadan?

"På tal om Nasty Nick," började Tomek, "har du deklarerat det för honom än? Något i hans natur får mig att tro att han kan ha något mindre aptitligt att säga om intressekonflikten."

"Det samtalet ser jag inte fram emot."

"Hur mycket har du berättat för henne?"

"Inte mycket."

"Men tillräckligt?"

"Ja. Så jag undrade också, hur många chanser har du kvar? För ju mer han hatar dig, desto mindre kommer han att hata mig när jag berättar det."

"Så du väntar bara på att jag ska sabba något?"

"Typ så. Det borde inte dröja för länge, eller hur?"

På det hela taget tyckte Tomek inte att Sean var särskilt långt från sanningen.

KAPITEL
TJUGOTVÅ

Tomek fick veta hur nära sanningen han låg morgonen därpå. Nasty Nick hade kört över Tepid Tonys beslut att hålla ett möte klockan 8.00 och hade i stället skickat ett meddelande till alla som var involverade i Operation Highlander med krav på att de skulle vara inne till sju. Ännu en dag, ännu en missad löprunda. Sms:et hade kommit strax efter fyra på morgonen, vilket innebar att Nick knappt hade sovit alls. Vilket också betydde att han skulle vara ännu mer på krigsstigen.

När Tomek först kom in på kontoret hade han tänkt hålla sig undan. Men när DCI Cleaves följde honom till hans plats förstod han att det inte skulle gå.

"Du är sen."

"Nej, det är jag inte. Den är 06.55."

"Tjohoo. Du är sist här. Vilket betyder att du är sen."

Tomek bet sig i läppen.

Han bet ihop tills mötet började. DCI Cleaves började med att dela ut morgontidningen. Ett exemplar var. Öppnade på insidan. Sedan lade han upp samma artikel i projektorn längst fram i rummet. Innan Cleaves var klar med att skicka runt tidningarna hade Tomek börjat läsa. Det tog honom inte lång tid att förstå varför mötet över huvud taget hade kallats. En klump växte i halsen.

Rubriken löd: *Polisen bryr sig inte om pedofilmördaren.*

Under stod artikelns författare. Men det visste han redan. Abigail Winters.

"Någon", sa Nick, "har fullständigt struntat i vad jag och DC Kaczmarek sa till er i går. Och ingen lämnar det här rummet förrän vi har en bekännelse. Någon måste ta på sig den här totaljävla härvan nu direkt."

Tomek ville inte höra det här, så han stängde av och riktade uppmärksamheten mot artikeln.

På torsdagsmorgonen hittades kroppen efter en sexualförbrytare, nyligen frigiven efter att ha avtjänat ett sjuårigt straff för våldtäkt, död i sitt hem i Basildon. Offret hade också gripits och dömts för sexuella övergrepp mot barn på åttiotalet och nittiotalet. Denna yrkeskriminelle är det andra offret som drabbats av ett liknande öde samma vecka.

"Jag vill att ni alla tänker riktigt noga på vilka ni har pratat med de senaste tjugofyra timmarna", fortsatte Nasty Nick i sin kvävande monolog. "Det räcker med en antydan för att de ska hugga tänderna i det och blåsa upp det, visst. Men det här..."

Tomek fortsatte att läsa.

Rykten börjar spridas om att en självutnämnd rättsskipare, verksam i hjärtat av East Essex, har börjat göra polisens jobb åt dem. Kanske är det ett jobb de själva är för rädda för att göra. Det hindrar dem dock inte från att instämma i det mördaren gör. En källa nära utredningen påpekade att det bara fanns ett par medlemmar i mordutredningsgruppen som "tycker att vi borde lägga ner seriös kraft på att hitta mördaren", vilket antyder att mördaren gör dem, och alla andra i länet, en tjänst. Dessa människor är ett hot mot samhället, en fara för våra kvinnor och barn. Och om polisen eller rättsväsendet inte är villiga att befria dessa människor från deras sjukdomar från första början, kan allmänheten inte hållas ansvarig för att ta saken i egna händer.

Tomeks kropp kändes kall. Frånkopplad. Tusen mil från hans sinne och själ. Med en vag doft av lime som stack längst bak i näsan. Abigail hade kanske inte pekat ut honom vid namn, och hon hade kanske inte återgett hela hans mening ordagrant, men hon hade spikat igen kistan så hårt hon bara kunde.

"Helt jävla otroligt", fortsatte DCI Cleaves att jämra sig. Tomek lyssnade bara med ett halvt öra – han snappade upp det viktigaste, oftast markerat av ett svärord. "Jag tror inte att ni förstår hur allvarligt det här är. Och om ni inte gör det, så låt mig klargöra att det här beteendet är fullständigt och totalt jävla oacceptabelt."

Tomek återgick till artikeln igen, den här gången med ett skarpare öga. Vid en andra genomläsning märkte han några ord som lät obehagligt mycket som Seans vokabulär: "sjukdom", "ta saken i egna händer". Sådant hans vän skulle kunna ha sagt till henne över en middag, med kuken som kompass och spriten forsande i blodet. Det var inte otänkbart, inte heller osannolikt.

"Vem var det?"

Nick stannade mitt i ljusbilden. Ljuset färgade hans ansikte i olika nyanser av svart och vitt.

"Någon ska ha erkänt det här före klockan åtta, annars blir ni kvar här allihop. Och jag kommer att prata med er en och en."

Tomek blev lite rädd. Han hade aldrig sett Nick så uppretad. När han stirrade på chefen, på jakt efter ådrorna som brukade stå ut i pannan, stannade Nick upp och pekade på honom.

"Tomek. Något du vill säga?"

Tomek bladdrade en sekund, orden föll över tänderna. Han kastade en sidoblick mot Sean, som stirrade på honom hoppfullt, desperat. Nästan för desperat. Hur mycket av det Sean hade sagt till Abigail hade återgetts i tryck? Eller hur mycket av det var hans eget fel?

Snabbt vägde han sina alternativ. Ljuga och riskera att bli avslöjad till slut – och då skulle konsekvenserna bli tiofalt värre. Eller ta på sig det, erkänna, och ta smällen nu.

Innan han svarade svalde han djupt.

"Jag blev tagen på sängen", sa han.

"Vad sa du?"

"Abigail väntade där bak i går. Jag berättade inte så mycket för henne. Jag bara pratade, och hon ryckte det ur sitt sammanhang."

"Vilket sammanhang då? Att du är en fullständigt jävla idiot?"

"Typ så, chefen."

Nasty Nick, som hade fått upp ångan även om Tomek anade att det fanns mycket mer kvar, vände sig mot rummet. "Kan ni ge oss en minut?"

Utan att tveka lämnade Tomeks kollegor tyst sina stolar och gick ut ur rummet. När han passerade gav Sean sin vän en urskuldande, tröstande blick. När dörren hade stängts reste sig Tomek. Han ville inte låta sig skrämmas när han satt ner.

"Sitt", skällde Nick.

Motvilligt gjorde Tomek som han blev tillsagd.

"Vad tänkte du på?"

"Jag tänkte inte."

"Och du tycker att det rättfärdigar det du gjorde?"

"Nej."

"Vi är bara några dagar in, Tomek, och du har berättat för hela världen vad som pågår."

"Jag kan gottgöra det."

"Hur då?"

"Säg vad. Vad du än behöver, jag gör det." Han lät huvudet falla ner i knät. Han hade inte blivit utskälld så här på länge. "Jag har inte råd att bli av med det här fallet."

"Det skulle du ha tänkt på innan du öppnade käften."

"Låt mig förklara."

"Du ska göra betydligt mer än så."

Tomek höjde på ögonbrynet. "Du menar...?"

"Du är kvar på fallet. För tillfället." Han stormade fram mot Tomek och höll ett finger bara centimeter från hans ansikte. "Men jag svär vid Kristus och allt som är stort och heligt: det här är din sista chans. Från och med nu kommer du tidigt till varenda jävla möte – före alla andra. Du lämnar in dina rapporter i tid. Du gör ditt jobb och allas andras. Jag har böjt mig baklänges för dig för många gånger och du fortsätter bara att kasta det i ansiktet på mig. Jag står inte ut med det, Tomek, även om du menar väl..."

Nick hejdade sig innan han sa för mycket. Även om han aldrig hade sagt det, visste Tomek att den buttre jäveln såg honom som en son. De skilde bara tio år i ålder, men inte i mentalitet. Ibland var Tomek lika barnslig, dum och obetänksam som Nicks son, som hade övergett familjen för att gå in i flottan. Efter att ha slutat skolan vid femton, hamnat i fel sällskap och gett sig in i saker som hans pappa hade behövt gripa honom för, hade Robbie Cleaves lämnat sina två systrar att ta hand om deras mamma, som hade sörjt honom ända sedan han packade väskan och drog. Tomek fanns där då, och han hade sett effekten – både synlig och osynlig – som det hade haft på Nick och hans fru. De hade blivit distanserade, åtskilda, och de skuldbelagde både sig själva och varandra. Det hade skapat en giftig relation, och Tomek hade varit den som hjälpte till att laga den, överbrygga klyftan på något sätt. Han var inte helt säker på vad han hade gjort rätt. Bara tittat förbi då och då, skickat en hälsning, sagt hej om han råkade se dem. Han tyckte inte att det var något märkvärdigt, men det tyckte uppenbarligen de, och han hade ingen lust att säga emot.

"Förlåt, Nick", sa Tomek. "Från och med nu säger jag inte ett ord till någon. Jag håller min stora käft stängd."

"Inte så fort, storpojken", sa Nick och daskade honom på ryggen. Ett uns av ett leende återvände i hans ansikte. "Först ska du be offentligt om ursäkt och förklara vad du egentligen menade."

"Något som Tories aldrig klarar av."

"Försök hålla politiken utanför."

"När?"

"Klockan nio. Det är en presskonferens där nere. Vi går ut offentligt med all information – vi har inte mycket till val nu. Så det är bäst att du sätter på dig tänkarmössan."

KAPITEL
TJUGOTRE

Till middagen hade han valt ett av sina favoritställen. La Cocina, en äkta, no-nonsense stekrestaurang. Deras fasta meny med biff och pommes, med en sallad till förrätt och serverad med ett glas rött, var en njutning, punkt slut. Restaurangen hade varit familjeägd i nära femtio år och låg i hjärtat av Southend-on-Sea, undangömd från huvudgatan och den stora genomfarten. Som det enda lite finare stället i en stad som snabbt höll på att bli en av landets sämsta att bo i, var Tomek förvånad över att den hade överlevt så länge. Han tillskrev framgången djungeltelegrafen. De som hade råd fick oftast stå i kö utanför restaurangen och med tom blick titta in genom fönstren medan gästerna innanför mumsade i sig sin utsökta måltid.

"Låt inte knarkarna och fyllona skrämma dig", hade han sagt till henne medan de väntade.

"Vi brukade få dem i Cambridgeshire också, ska du veta. De är inte exklusiva för er."

Som om de vore en ägodel, en vara som folket i Essex var för rädda för att dela med sig av. Som bortskämda barn.

Väl inne möttes de av en pust varm luft. Tomek tog av henne jackan och lade den över ryggstödet på hennes stol innan han lät henne sätta sig. Hon tackade honom, och sedan tog han plats mitt emot. En manlig servitör, klädd i svarta byxor, svart väst och ett vitt förkläde, kom fram. Utan att fråga hällde han upp ett glas vatten åt dem och ställde en tallrik med bröd mellan dem. De beställde sina drycker, och sedan fräste servitören vidare till nästa gäst.

"Påminner mig om min chef", sa Tomek.

"Jag såg dig tidigare."

"Gjorde du?"

"Ja, bara ett klipp. Jag var inne på *Essex Lives* sajt – det var en riktigt seg dag i dag, men å andra sidan är de flesta det – och ditt ansikte dök upp. Jag tyckte du såg stilig ut."

Han hade inte känt så. Presskonferensen hade varit en av de mest pinsamma och skrämmande saker han någonsin hade gjort. Han hade försökt sitt bästa att hålla sig borta från att läsa kommentarer på nätet och kolla vad folket där borta på Twitter hade att säga, men det hade varit svårt. Nu när de hade gått ut offentligt med informationen om Timothy och Garys mord, var det där ute. Ut i etern. För alla att se. För alla att ha en åsikt om. Och det oroande var att den överväldigande majoriteten av dem som kommenterat hade sagt att det var skönt att bli av med dem, att Timothy Rosenthal och Gary Kershaw förtjänade att dö. Att de önskade att det var de som hade gjort det. Sociala mediers polariserande kraft påverkade inte bara unga barns psykiska hälsa, som han hade läst så mycket om, utan hetsade också till våld. Ett skrämmande och okontrollerbart slags våld.

Han försökte att inte tänka på det och i stället iakttog han Katie i det intima ljuset ovanför. I kväll var hon klädd i diskreta vita sneakers, jeans och en blazer. Under den en svart sidetopp. En enkel men elegant look, en som han snabbt började tycka att hon blev ännu vackrare i.

"Synd att du var tvungen att be om ursäkt för det du hade sagt", la Katie till.

"Kanske."

Tydligen fanns det ingen chans att han skulle få glömma jobbet. Det sista han ville diskutera var presskonferensen, men om hon insisterade...

"Du får ha en åsikt", fortsatte hon.

"Inte när man är inom polisen, nej."

"Varför inte?"

"Av samma skäl som på BBC. De vill inte uppfattas som partiska. Jag trodde du sa att du hade sett presskonferensen?"

Katie log snett. "Det gjorde jag. Jag blev bara lite distraherad."

Hennes ben strök retfullt mot hans, gled upp och ner tills han kände hur han blev hård.

"Jag kan inte hållas ansvarig för dina distraktioner, fröken Norton-Downs. Du får allt hålla dem i schack själv."

Hon förde foten närmare hans penis. "Och om jag inte kan?"

Innan han hann svara kom maten. En tallrik med flera skivor biff och ett berg av pommes frites. Medium rare för Tomek, genomstekt för Katie. Utan att vänta högg de in samtidigt som de försökte hålla samtalet flytande mellan tuggorna. De lärde känna varandra mer, ökade graden av flört tills det nästan svämmade över. Den sexuella spänningen hade i kväll varit på en helt annan nivå, och Tomek var upprymd över tanken på att ta med henne hem till sig. Han började se en relation ta form med henne, något han hade varit för rädd för att ge sig in i sedan sin sista flickvän för över tretton år sedan.

"Jag har haft relationer med personer jag har gripit som slutat bättre än med henne."

"Vad hände?"

"Hon var otrogen."

"Jag är ledsen."

"Det är vatten under broarna. Allt händer av en anledning."

Och den anledningen stirrade honom rakt i ansiktet. Den tunna, diskret applicerade eyelinern under hennes ögon, de fylliga, mörka fransarna som förstärkte deras intimitet. Han var nära att dregla.

"Har du någonsin varit otrogen i en relation?"

Frågan slog honom ur balans.

"Går vi in på det redan nu?"

"Det här är faktiskt andra-dejt-nivå, kompis."

"Nej", blev svaret. "Jag har inte varit otrogen."

Och det var sanningen. För han hamnade aldrig i en relation eller situation där det kunde räknas som otrohet. Han ville hålla saker öppna, ömsesidiga.

"Hur är det med dig?" frågade han. "Du är väl ingen liten hemkrossare, va?"

"Den största du någonsin har sett."

Tomek var tacksam för sarkasmen i hennes röst.

Efter att de hade ätit klart tog de en promenad längs strandpromenaden. Den drygt en och en halv kilometer långa asfaltssträckan var full av tonåringar och grupper av ungar på cyklar. Rökande. Drickande. Tonårsmammor som sköt barnvagnar, hoppade från den ena spelhallen till den andra. Högljudda, fulla Essex-killar som gärna tog sig en sup, oavsett veckodag. Stökiga typer som hängde utanför butikerna, med en påse fish and chips i handen. Här och var syntes också något udda par.

När de vandrade förbi nöjesparken Adventure Island, stadens näst mest populära mål (efter världens längsta nöjespir), körde ett gäng på femton trimmade, lågt sänkta bilar förbi. Motorer dånade. Musiken pumpade. Avgasrören spottade. Essex, känt för sin bilkultur, var också hem för den typiske streetracing-killen. Den unge mannen som inte hade något bättre för sig än att ligga i häcken på den framför, tvärnita och hoppas att tjejen de just kört förbi skulle komma springande efter dem (och att snoppen hade vuxit några centimeter under tiden). Det hände förstås aldrig, men det hindrade dem inte från att försöka. På den lilla fritid de hade träffades de, oftast i grupper om trettio till femtio, och kappkörde på övergivna och tomma vägar mitt i natten. Som om de återskapade sina favoritscener ur *Fast and Furious*-franchisen.

Tomek avskydde dem allihop. För det första hade han aldrig förstått fascinationen för en motor eller dess design som något man kunde runka till; och för det andra hade han tappat räkningen på hur många nätter han hade jagat dem, bara för att de finniga tonåringarna skulle köra ifrån och överlista honom i en rondell. Som proffs med utbildning i avancerad körning hade det sänkt hans ego ett snäpp eller två.

När bilarna hade försvunnit fick Tomek Katie att stanna. De gick arm i arm, och han tog av sig sin rock och lade den över hennes axlar.

"Tack", sa hon. "Vilken gentleman."

"Jag tar tillbaka den om du ska vara otacksam."

De stod på en liten pir längs esplanaden och såg ut över Themsens mynning. I kväll var himlen klar, och dussintals ljusprickar stack hål i mörkret. Det milda ljudet av vågor som slog mot sanden hade till slut dränkt motorbullret på andra sidan nöjesparken.

"Det här är nog det mest romantiska jag har gjort", sa han.

"Åh, herregud. Verkligen?"

"Jag vill bara se till att dina förväntningar inte är för höga."

"Allt jag behöver göra är att ställa mig framför dig, lägga dina händer runt min midja, så känns det som att vi är på Titanic."

"Herregud, jag älskar den filmen!"

"Va?"

"Bästa. Filmen. Någonsin."

"Jag... jag... jag hade aldrig kunnat föreställa mig att du gillar den filmen. Aldrig. Inte på miljoner år."

"Tro mig, vännen."

Hon vände sig mot honom. Stirrade in i hans ögon. Han kände hur han gick vilse i dem.

"Jag gillar också att ta bad."

"Lägg av."

"Vadå? De får mig att slappna av."

"Vem är du ens?"

"Åh, du vet. Jag är bara ett fyrtioårigt mansbarn med ett djupt psykologiskt behov av ständig bekräftelse och beundran. Och om jag inte får det slår jag ifrån mig och skadar folk på sätt jag inte borde."

Katies min föll.

"Skämtar bara."

Han hoppades att han hade räddat situationen. Om man gick efter hennes reaktion hade han det.

Leende sa hon: "Det där kan jag ändra på. Du är lite av ett mysterium, eller hur?"

"En ständig överraskning, brukade mamma säga. Och inte alltid på ett bra sätt."

"Åh, jag menar det här på ett bra sätt", sa hon. Och kysste honom. Hårt. Passionerat. Intimt.

Det var första gången de två var nära, fysiska, intima. Och allt kändes rätt. Det perfekta ögonblicket. Hans fingrar rörde sig upp och ner längs hennes kropp, över satintoppen som kändes lika mjuk som hennes hud.

En försmak av det som skulle komma.

KAPITEL
TJUGOFYRA

I mitten av hösten, vilket i regel betydde att det var kolsvart såväl när Tomek slog upp ögonen för att gå till jobbet som när han gav sig ut på sin morgonrunda. Men inte denna morgon.

Den här morgonen behövde han inte vara på jobbet förrän på eftermiddagen. Och han kände definitivt inte för att sticka ut och springa. Inte efter passet han hade haft kvällen innan.

Han mindes inte vad klockan var när de till slut somnade, men det hade varit sent.

"Någon ser väldigt nöjd ut", sa Katie till honom när hon rullade över. Halvnaken låg hon nerkurad under täcket, med duntäcket uppdraget till halsen.

Tomek öppnade munnen för att säga något men kom inte på ett ord. Det brukade inte vara likt honom att tappa talförmågan. Tvärtom. Skrämmande onormalt. Och han var inte säker på att han gillade det.

"Frukost? Jag tror jag har lite ris och bönor i kylen."

"Vilket utbud."

Mer än den förra tjejen fick. Hon fick en taxiresa hem.

Och en uppmaning att ha en bra dag.

"Eller så kan vi stanna i sängen... igen."

"Igen? Var inte i går kväll nog?"

"Tydligen inte."

"Jag vet inte var du får din energi ifrån."

"Jag har inte varit ute och sprungit på ungefär fem dagar. Så det är väl det."

"Tydligen."

Tomek sköt in handen djupare under täcket och lade den på hennes höft.

"Jag kan inte", sa hon och knuffade undan honom. "Även om jag skulle *älska* det har jag en butik att sköta. Minns du?"

"Just det."

"Och du har en mordutredning att driva."

"Just det. Fast det är inte jag som leder den, så..."

"Spelar ingen roll. Mitt *nej* står fast."

Han respekterade hennes önskan och gjorde sig i ordning för jobbet. När han var klar körde han hem henne och åkte sedan tillbaka hem. Han hade lite tid att slå ihjäl. Ett par timmar enligt hans uppskattning. Så han ringde sin pappa. Det hade gått några dagar sedan hans mammas födelsedag, och bortsett från ett sms där han önskat henne en bra dag hade han inte pratat med någon av dem. Samtalet blev kort. Hans mamma var upptagen ute i trädgården, och hans pappa höll på att fixa något i garaget. Alltid fixade han något. Alltid reparerade han något som var trasigt. Tomek undrade ofta om pappan med flit hade sönder saker bara för att ha en ursäkt att tillbringa hela förmiddagen och eftermiddagen i garaget. Han hade troligen gjort likadant om han hade varit gift med sin mamma. Den tanken dröjde sig kvar. Fast inte på ett konstigt sätt. I stället tänkte han på Katie och sin mamma. Hur de var världar ifrån varandra. Hur den ena var snäll, rolig, medkännande. Medan den andra var kall, beräknande och, på många sätt, hjärtlös.

Den gamla sanningen att män valde partner efter sin mor stämde inte i just hans fall. Och *den* tanken fick honom att le.

Leendet blev dock kortvarigt.

När han väl kom in på kontoret hade alla tankar på Katie och natten de delat försvunnit. Hans optimism för dagen, liksom leendet, hade dunstat när han fick veta att han skulle till Derby.

"Timothy Rosenthals stulna bankkort har använts i en bankomat av någon tjugofyra mil bort", sa Tepid Tony till honom. "Och DCI Cleaves vill att *du* åker upp dit."

"Undrar varför", sade Tomek sarkastiskt.

Han visste varför. Bestraffning. En form av tortyr. Den första i en lång rad tråkiga och avlägsna uppdrag som han föreställde sig att utredningsledaren planerat åt honom.

Tomek hade aldrig varit i Derby. Det närmaste han kommit var att köra förbi på väg till Liverpool på en kompis svensexa. Det enda han visste om stället var att de hade ett under medel fotbollslag. När det gällde hans geografiska kunskaper om landet – inklusive Skottland och Wales – var varje stad och ort katalogiserad i hans huvud efter om de hade ett fotbollslag. Om du hade bett honom peka ut var Scarborough låg, hade han kunnat visa det på kartan och säga vad arenan hette. Hans encyklopediska gåva var både kusligt exakt och tämligen värdelös. Utom på quizkvällarna på Fork and Spoon. Enda gången den kom till nytta. Och även då brukade de förlora.

"Vi har CCTV-bilder på den dräggige typen som tar ut pengar ur bankomaten, och vi har skickat det lokala teamet att hitta honom", fortsatte Tony.

Tomek stod inte ut. Först mördningar, och nu dräggige. Det var som ett barn i en vuxen mans kropp.

"Har de hittat honom än?"

"Inte än. Men de är på det. De vet vem det är."

"Borde jag inte vänta?"

"Nej. DCI Cleaves vill att du åker nu."

Tomek ville smälla bort det självgoda leendet från Tonys ansikte. Inte med en enda smäll. Utan tio. Kanske till och med tjugo. Tills den rangliga jäveln inte längre kunde öppna munnen.

"Låter som slöseri med tid, om du frågar mig."

"Inte när Nick säger att du ska göra det."

⸺

Tyvärr hade den rangliga jäveln rätt. När Tomek kom fram till Derby, strax efter lunch, efter en blöt och miserabel färd på M1, hade Derbyshire Constabulary lyckats lokalisera och gripa gärningsmannen som använt Timothy Rosenthals bankkort i bankomaten.

Han hette Martin Emerson, en man i sena tjugoårsåldern, och han påminde Tomek om en äldre version av någon han mindes från lågstadiet. En märklig figur, med långt, tunt blont hår som föll över ögonen och tvingade honom att luta huvudet åt sidan, som om det alltid tyngde ner honom. Av vad han snappat upp under en kort dragning hos Derbyshire Constabulary var Martin Emersons senast kända adress hos föräldrarna, och han hade åkt ut och in i polisens förvar för olika förseelser som lösdriveri och förargelseväckande beteende, och dessutom brukade han befinna sig lite väl nära skolor vid skoldagens slut. Efter att ha letat runt i stan hittade de honom till slut sittande i föräldrarnas vardagsrum, där han läste sina serietidningar.

Tomek steg in i förhörsrummet och drog ut stolen från bordet.

"Har någon frågat om du vill ha något att dricka?" frågade han. "Du har väntat ett tag."

"Har ni någon mjölk?"

"Förlåt?"

"Mjölk."

"Nej, jo, jag hörde det. Men, vadå?"

"Jag skulle vilja ha lite mjölk om ni har."

"Vi har bara vatten."

"Så ingen mjölk?"

"Nej."

"Det var synd."

Det som var synd var att Tomek hade hamnat där över huvud taget. Redan anade han en lång eftermiddag. En som kunde betyda att han inte skulle vara hemma förrän sent på kvällen. Eller värre, tidigt på morgonen. Inte ens utsikten att få en rejäl slant i övertid gjorde det lockande.

Tomek ignorerade mannen, gick ut ur rummet och kom tillbaka med två muggar vatten.

"Jag bad om mjölk."

"Det här är mjölk. Det är Essex-mjölk, där jag kommer ifrån. Vi gör den lite lustig där nere i söder."

"Hmmm."

Martin verkade inte imponerad. Det gjorde två.

"Vet du varför du är här i eftermiddag, Martin?"

"Jag tror det."

"Vill du berätta för mig?"

"Jag förstår det inte, bara."

"Ska vi reda ut det tillsammans då. Varför tror du att du är här?"

"För att jag gjorde det jag skulle. Jag följde instruktionerna."

"Vilka—?"

"Men att göra som man blir tillsagd borde inte betyda att man blir gripen."

"Det beror på vad uppgiften är. Om någon säger åt dig att döda någon och du gör det, betyder det då att du inte ska gripas?"

"Att döda är fel."

"Och det är det också att använda någon annans bankkort. Det är bedrägeri."

Martin sänkte blicken mot knät och började pilla på naglarna. Den totala reträtten fick Tomek att tro att han visste precis att det han hade gjort var fel, men att han gjorde det ändå.

"Var fick du tag på bankkorten, Martin?"

"Brevbäraren."

"Han gav dem till dig?"

"*Hon* gjorde det när *hon* knackade på dörren."

Tomek himlade med ögonen inombords.

"Och var de adresserade till dig?"

"Jag tror det. Jag minns inte. Har ni någon mjölk?"

"Nej. Vi har ingen mjölk. Om de inte var adresserade till dig så—"

"Jag skulle verkligen vilja ha lite mjölk", sa Martin långsamt, fortfarande med blicken i knät. "Det hjälper mig att lugna ner mig. Jag föredrar att dricka den direkt ur kartong. Det smakar bäst då."

Jesus på en cykel, tänkte Tomek när han pausade inspelningen, klev ut ur rummet och skyndade mot receptionen. När han frågade damen bakom disken om de hade mjölk, brast hon ut i skratt och ringde ett samtal. Några ögonblick senare fick han veta att det hade de inte, och att någon skulle behöva gå ut och köpa.

Nästan tio minuter senare hade han den eftertraktade pinten ko-juice och återvände till förhörsrummet.

"Det där är riktigt speciell mjölk, den där", sa Tomek till Martin. "Inköpt enbart till dig."

"Bara till mig?"

"Ja. Jag tänkte att du inte skulle gilla om andra hade druckit ur den."

"Nej, där har du alldeles rätt."

Utan att säga mer rev Martin av folielocket från kartongen och höll den mot munnen. Han lutade huvudet bakåt, hällde vätskan i halsen och drack tills det inte fanns något kvar. En pint mjölk borta, bara så där, innan Tomek hann säga att han hoppades att det smakade. När han var klar suckade Martin högt och ställde kartongen varsamt på bordet, som om den där särskilda drycken skulle vördas, nästan dyrkas.

Lätt förbluffad och misstroende (han hade sett en del i förhörsrum, men inget så bisarrt som det där) fortsatte Tomek förhöret.

"Berätta om brevet som post*kvinnan* gav dig."

Mjölken verkade göra underverk med Martin. Som han hade sagt blev han mer avslappnad. Axlarna sjönk, han sjönk ner i stolen och kunde möta Tomeks blick.

"Jag är inte säker på var det kom ifrån, men jag fick brevet häromdagen. Jag tror att det var i går. Det stod mitt namn på – det minns jag nu. Jag får normalt aldrig något av postdamen. Varje gång hon kommer frågar jag om hon har något till mig. Ibland räcker hon över små lappar som jag öppnar och läser, men de är bara att hon önskar mig en bra dag. Men det här var annorlunda. Jag minns leendet på hennes söta ansikte när hon räckte det till mig. "Titta, Martin!" sa hon. "Du har faktiskt fått post den här gången. Jag gissar att det är jätteviktigt." Och det var det. Det var någons bankkort. Mr T Rosenthal stod det på framsidan av ett av korten. Det minns jag."

"Och vad stod det i brevet? Hur visste du att det var viktigt?"

"Därför att brevet sa att jag hade anförtrotts ett topphemligt uppdrag. Jag skulle ta hand om Mr Rosenthals kort och ta ut femhundra pund allra först i morse när bankerna öppnade."

"Varför?"

"Det stod inte."

"Och vad skulle du göra med pengarna efteråt?"

"De sa att jag fick använda lite av dem. Så det gjorde jag. Jag köpte mina serietidningar och tog dem till parken utanför skolan. Men sen blev det för kallt, så jag gick hem och då hittade polisen mig."

Tomek stannade upp ett ögonblick för att ta in allt Martin sagt och försökte hålla ordning på alla lösa uppgifter. Personen bakom mordet hade stulit Timothy Rosenthals bankkort, postat dem – förmodligen slumpmässigt – till Martin, och väntat på att polisen – *han* – skulle följa upp det. Spåret var en återvändsgränd.

Om inte.

"Har du kvar brevet, Martin?"

"Nej, det tror jag inte. Jag slängde det i soptunnan när jag gick till banken."

"Tror du att det kan ligga kvar?"

Martin ryckte på axlarna. "Det får du fråga sopgubbarna – eller sop*tanter*. Jag vet inte hur deras schema ser ut. Men om du får reda på det, kan du säga till mig, är du snäll? Jag vill gärna veta sånt."

Tomek undrade varför, men orkade inte fråga. Till slut gick han med på att någon från Derbyshire Constabulary skulle lämna över informationen. Det var deras problem nu. Och han hoppades att det blev kvinnan i receptionen. Hämnd för att hon skrattat åt honom som hon gjorde.

"Avslutningsvis", sa Tomek, "såg du något i brevet som sa vem det var ifrån?"

Martin skakade våldsamt på huvudet. Långa testar av hår svepte fram och tillbaka över ansiktet och dolde ögon och näsa.

"Om du ljuger för mig, Martin, så kommer jag att ta reda på det. Det vet du, eller hur?"

"Åh ja. Det vet jag mycket väl. Du är väldigt bra på ditt jobb, herrn. Ni allihop är det. Det är därför jag inte ljuger för polisen."

Tomek avslutade förhöret, och när han lämnade förhörsrummet kunde han inte låta bli att önska att alla bovar och brottslingar var lika ärliga som Martin. Det skulle göra deras liv i polisen oerhört mycket enklare, och det enda det skulle kosta var några liter mjölk då och då.

KAPITEL
TJUGOFEM

R usar. Den här gången springer jag. Betongen under fötterna känns fastare, mer solid. Jag kan lita mer på den här versionen av händelserna än på de andra. Mina ben känns inte som gelé, de känns inte som att de vet vad som ska komma. I stället känns de lika stela och klara som betongen. De vet inte vad som väntar bakom hörnet. Hur skulle de kunna det?

Jag springer ut från skolan. Min väska svajar och slår mot ryggen. Jag hör hur pennor och böcker och min oätna lunch där inne skramlar. Jag svär, fast jag inte får. Jag minns att jag tänkte, Om mamma hörde mig nu, skulle jag få en örfil. Definitivt fler än en.

Himlen verkar ljusare den här gången. Inte mycket, kanske bara några nyanser. Som att titta på de olika pigmenten vid sminkdisken på Boots. De ser alla likadana ut, förbannat lika, men du vet att de är olika, var och en unik. Så ser himlen ut i kväll. Unik. Bättre, klarare, mer hoppfull än jag någonsin har sett den.

Framsteg.

Och sedan faller allt bort igen. Sjunker in i färgskimret. Jag kan inte se pojkarna utanför spritaffären. De är inte där. Jag vet att de borde vara det, men jag kan inte se dem. Det ser ut som om de är inne i butiken någonstans. Och nu lämnar någon Magnet-butiken mittemot. Ett par. De ser ut att gräla. Gnabbas om något.

Vinden blåser kvinnans hår i ansiktet. Hon ser knappt. Mannen stormar iväg till bilen och hoppar in först. Hon kommer strax efter. Sedan kör de ut. När jag korsar utfarten, kommer bilen emot mig. De ser mig inte för att jag är för liten, och de kör en jävla stridsvagn. Nästan två meter över marken. Det här har jag aldrig sett förut.

Var det därför jag kom för sent till Michał? Störde deras ursäkt mig?

Jag säger att det är lugnt – jag är okej – och springer sedan därifrån.

Fortsätt springa.

Fasta, klara rörelser, snabbare och mer i takt nu.

Det känns inte som att det är långt kvar, men det är det.

Och så klipper det.

Jag är i parken. Den är märkbart annorlunda nu, mörkare. Ljuden är mer förstärkta. Jag hör allt jag aldrig har hört förut. Som ljuden från fåglarna. Bilmotorerna, motorcyklarna. Plinget från en cykel bakom mig. Allt det jag aldrig har uppskattat förut. Där, vilse i mitt huvud.

Det tar ett tag innan jag fattar var jag är igen. Min andedräkt ligger som dimma framför ansiktet. Det är kallt, men jag känner mig inte kall. Blodet håller mig varm. Och min jacka. Den som Michał gav vidare till mig. Det är hans jacka, och jag hittade honom död i den.

Snart kommer den att vara täckt av blod.

Och så klipper det.

Den här gången är *den täckt av blod. Hans blod. I mängder.*

Michał ligger där på marken. Hans ansikte är oigenkännligt. Ändå är det tydligare än någonsin.

En vit vätska hänger från hans mun, bubblor bildas i mitten. Först tror jag att det är saliv, men senare får jag veta att det är batterisyra. Och att bubblorna egentligen inte finns där.

Hans ögon är inte längre ögon. De är bara röda hål uthuggna ur hans ansikte. De har petats och tryckts och urgröpts av stången på marken.

Och skräp från teglet och jorden han ligger på täcker hans kropp och blandar sig med blodet på huden. Som kexsmulor strödda över en varm choklad. Smutsigt.

Ljuden har försvunnit. Allt borta.

Förutom ljudet av pojkarna som skriker när de springer därifrån.

Jag försöker lyssna på rösterna, men jag känner inte igen dem. De är för långt borta.

Och Michał är det också.
Skrek han innan han dog? Eller dog han alltför plötsligt?
Jag hoppas kunna svara på den frågan snart.
Men innan jag kan det, klipper det.

KAPITEL
TJUGOSEX

M ardrömmen hade varit mer påtaglig den här gången. Närmare
verkligheten än någonsin. Han visste inte varför, hur eller vad som
påverkade att minnena kom tillbaka så exakt, men han ville ta reda på det.
Han hade en misstanke, men det var en teori som, som varje bra polis visste,
behövde utredas.

Händelserna den där natten hade varit inlåsta så länge, och eftersom
han ofta hade upprepat samma sak om och om igen hade han glömt vad
som var verkligt. Historien hade skrivits och skrivits om otaliga gånger, så
till den grad att han inte visste vad han skulle tro. Ännu längre hade han
inte *vetat* vad han skulle tro.

Sinnet var nyckfullt. Och minnet ännu mer. Människor kunde ljuga för
sig själva när det gällde vissa versioner av händelserna. En liten detalj som
fattades här, en förskönad detalj där. En helt ny detalj nästa gång.

Hans version av händelserna den natt då hans bror dog hade gått
samma öde till mötes. Men nu blev det bättre. Det förändrades. Historien
rättades till.

Och det fanns bara en annan förändring han hade gjort i sitt liv.

Katie.

Han visste inte hur eller varför, men han misstänkte att det berodde på
henne.

H-ordet.

Lycklig. När han tänkte på henne kände han sig varm inombords. När han var med henne blev känslan starkare. Han log varje gång han såg hennes namn dyka upp i mobilen – även om det bara var för att skicka honom ett roligt mem.

För första gången på länge kände han sig lycklig.

Så lycklig att han var beredd att gå upp på vinden och leta fram sin brors jacka. Den som hans bror hade haft på sig när Tomek hittade Michałs kropp. I alltför många år hade han varit rädd för att se den, röra vid den, återuppleva allt i stunden. Tills nu.

Jackan var pytteliten, hälften så stor som hans nu fullvuxna kropp. Torkade blodfläckar täckte framstycket och ärmarna. När han stirrade på den mindes han med kristallklar tydlighet hur han hade hållit sin bror och skrikit. Hans röst hade varit svag, gäll. Michał hade vägt tungt i hans armar och slitit i hans små muskler.

Plagget hade lämnats tillbaka till honom av polisen. När de hade avslutat den kriminaltekniska undersökningen – och inte hittat något annat än Tomeks och Michałs DNA på det – lämnade de gärna tillbaka det. Det var märkligt; Tomek hade inte velat behålla några av Michałs leksaker eller kläder som minnen; i stället hade han velat ha sin brors jacka. Som om han visste att den skulle hjälpa honom att låsa upp hemligheterna i sitt minne trettio år senare.

Han var nära.

Riktigt nära.

Han kunde känna det.

KAPITEL
TJUGOSJU

För första gången i sin karriär ansträngde sig Tomek verkligen för att vara först till morgonmötet. Det var planerat att börja flera timmar före hans pass. Men när han kom till det tomma kontoret, bortsett från Tony, som han inte räknade, förstod han att Nick var någon annanstans, bortrest.

"Tar hand om privata angelägenheter," hade Tony sagt.

Strålande. För en gångs skull hade han gjort det han skulle, och personen han behövde ha där var inte ens tillgänglig. Men kände han Tony – och det var han rätt säker på att han gjorde – visste han att mannen skulle återrapportera. Tomek hade god lust att skicka honom en selfie som bevis på att han faktiskt var där.

Resten av teamet strömmade in på kontoret strax därpå, var och en med en kaffe i ena handen och mobilen i den andra. Det lyste desperation i deras ögon. Utredningen tömde dem. Sedan presskonferensen hade trycket uppifrån ökat och skiten började rulla nedför backen. Om de där uppe inte var nöjda med teamets resultat talades det om att ta in nya medlemmar, hämta hjälp från Metropolitan Police och dessutom från Essexpolisens högkvarter i Chelmsford.

Det ville ingen. Inte ens Tomek. Det fick dem att framstå som svaga, underlägsna, oförmögna att sköta sitt jobb. Något ingen av dem kunde tolerera.

"Tack för att ni kom i morse," började Ljumme Tony. I handen höll han en kopp te. Tomek hade sett honom göra den medan han väntade på att resten skulle dyka upp. Det både plågade och förvånade honom att någon hade så mycket tid över för att göra en kopp te eller kaffe.

"DCI Cleaves kan inte komma i dag, så vi börjar utan honom." Tony pekade mot whiteboardtavlan. Ingenting hade ändrats sedan förra mötet. "Det ser rätt tomt ut, hörni. Jag ogillar att säga det, men jag är inte imponerad. Det finns gott om spår vi kan titta närmare på. Förhoppningsvis har ni något till mig nu."

Tony släppte ordet fritt.

Tomek började. När han hade förklarat för dem att Martin Emerson hade blivit lurad att begå ett brott, sa Rachel: "Den som har gjort det här måste ha vetat vad han hade blivit gripen för."

"Vad menar du?" frågade Tony.

"Ser du inte kopplingen? Två dömda pedofiler och våldtäktsmän har dödats. Martin, så som Tomek beskrev honom, verkar vara på rätt väg. Han är bara inte riktigt framme än. Så i stället för att döda honom gillrade de en fälla och nu har han blivit gripen."

"Så hade jag inte tänkt. Lysande!" Tony skrev Martins namn, tillsammans med en kort beskrivning av det de pratat om, på whiteboarden. Han höll mötet som en lektion där varje elev fick extra poäng för en bra idé.

"Konsekvenserna av det är mycket allvarligare än Timothy Rosenthal och Gary Kershaw," deklarerade Tomek. "Gärningsmannen har inte bara tillgång till tidigare fångars uppgifter, han har också tillgång till polisens filer på något sätt."

"Hur är det möjligt?" frågade Sean.

"Det ska det inte vara," svarade Rachel. "Uppenbart är det bara vi och fängelsemyndigheten som har tillgång till de registren. Läckan kommer från endera av dem."

"Det blir som att leta efter en nål i en höstack," sa Sean.

Det var just det Tomek fruktade.

"DS Bowen," började Tony. "Jag vill att du tar det. Boka ett möte med HMP Chelmsford och hör vad de har att säga till sitt försvar."

"Jajamän, kapten!" Tomek höjde handen i en låtsassalut. "Jag gör det i eftermiddag, chefen."

"Duktig kille. Uppskattas."

Samtalet gled över till Timothy Rosenthals bil. Enligt DC Chey Carter hade en grupp tonåringar hittat den, uppbränd, mitt på en öde parkeringsplats nära Shoeburyness. Tekniska hade gått igenom varenda millimeter av fordonet, men ingen DNA-bevisning hade kunnat säkras.

"Det är svårt att säga när den tändes på. Brandutredarna uppskattar att den förstördes i går kväll."

"Jag undrar varför nu och inte tidigare?" frågade Tomek och tänkte högt.

"Kanske fick de panik. Såg presskonferensen på nyheterna och insåg att de behövde göra sig av med den."

Tomek funderade vidare på det. Tiden som hade gått mellan morden på Timothy Rosenthal och Gary Kershaw hade bara varit två dagar. Två mord i så tät följd. Men sedan presskonferensen för flera dagar sedan hade det varit tyst. Inga nya kroppar. Ingenting. Antingen planerade gärningsmannen nästa dåd mer noggrant, eller så hade han blivit skrämd. Något sa Tomek att det var det förstnämnda. Och om de två tidigare morden hade visat gärningsmannens skicklighet och sinne för detaljer, var han orolig för vad som skulle komma.

"På tal om DNA-bevisning," började Tony, och ignorerade tydligt resten av teamet medan han tänkte ett steg före de andra, "hur går det med gärningsmannen som attackerade DS Bowen?"

Frågan var ett medvetet försök att håna honom, men Tomek tänkte inte bita på. Han tänkte inte ge Tony nöjet att få ännu en anledning att stänga av honom från utredningen.

"Ingenstans, chefen," sa Nadia och vilade händerna på gravidmagen. Mer än någon annan såg hon utmattad ut. Tunga påsar hängde under ögonen, och huden var rodnad av stress. "Jag har kört bevisningen genom systemet ett par gånger, filtrerat olika noder och beskrivningar, men inget."

"Besviket, men åtminstone har vi det registrerat." Tony vände blicken mot tavlan igen, som om han letade efter något mer att ta upp. Och så fick han det. Han gav ifrån sig ett litet utrop när det kom till honom. "Jimmy Hunter. Vår mystiske pedofiljägare. Hur går det med honom?"

"Samma där, chefen," svarade Oscar. I dag hade Kapten Faktiskt valt en tredelad kostym som satt så tajt att han såg ut att vara på väg att komma för sent till ett fyllesnurr på dansgolvet på ett bröllop. "Det verkar som att våra sökningar på Mr Jimmy Hunter inte ger något fruktbart. I praktiken verkar han inte finnas."

"Vad betyder det? Han finns överallt i sociala medier. Jag har sett hans profil."

"Det är hans alias, chefen. Vi verkar inte kunna hitta hans riktiga namn."

"Det här är otroligt. Han är vår huvudmisstänkte—"

"Sedan när då?" frågade Tomek tvärt.

"Sedan jag sa det. Och vi måste hitta honom och ta in honom på förhör så snart som möjligt. Någon där ute måste veta vem han är."

KAPITEL
TJUGOÅTTA

C helmsford. Radions födelseort. Även platsen där Tomeks trassliga relation med kriminalvården föddes. Vid sitt enda tidigare besök på HMP Chelmsford hade han och en kollega varit där som en del av en mordutredning för att tala med en intagen. De hade gjort intervjun, samlat det de behövde och sedan träffat anstaltschefen, Hillary Pointer, efteråt. Tomek däremot, ännu dummare och naivare då än han är nu, hade fällt en kommentar om chefens graviditet. Som inte fanns. Och som knappast någonsin skulle finnas, om hon inte plötsligt började gilla män. Bestört över sin egen idioti hade Tomek snabbt lärt sig att aldrig ställa den frågan igen. Och att hålla sig borta från fängelset så länge som möjligt. Förutom nu. Som tur var upptäckte han att Pointer sedan dess hade försvunnit ur bilden och ersatts av en kvinna som inte hade en aning om vem han var.

"Trevligt att träffas, detektiv."

Kvinnan mitt emot honom, Linda O'Hara, var en spenslig och urholkad figur som påminde honom om hans mormor, som brukade jobba i ett trädgårdscenter. Den djupa bisterheten i hennes ansikte berättade att hon kunde göra mer skada med en sekatör än någon trädgårdsmästare. Hon såg erfaren ut – Tomek visste inte i vad, exakt, men han hade inte för avsikt att ta reda på det.

"Detsamma", sa han och försökte stadga rösten. Allt han såg framför sig var Hillary Pointer med sin stora mage. Och den pinsamt skräckslagna minen i hennes ansikte efter att han hade förolämpat henne. "Jag uppskattar att du tar dig tid att prata med mig. Jag är säker på att ditt schema är rätt pressat."

"Inga problem. Jag har läst lite om det du tar upp i tidningen, och det låter otäckt."

"Djävulskt är ordet jag skulle använda, fru O'Hara. Men alla håller inte med."

"Det har jag hört."

När hon hade sagt det, öppnades kontorsdörren och in klev en man med liknande kroppsbyggnad och resning som Linda. Han bar skjorta och slips och verkade vid första anblick vara en av de administrativa.

"Det här är Jonathan Marquis, vår operativa chef. Han kan svara på alla specifika frågor du har som rör din utredning."

Tomek presenterade sig, utbytte artighetsfraser och skakade mannens hand. Den var svagare än han hade väntat sig. Faktum var att ingen av dem gav intryck av de skrämmande och imposanta typer han hade trott skulle leda en kriminalvårdsanstalt. Han hade halvt om halvt föreställt sig Terminator och Miss Trunchbull. I stället hade han fått Ant och Dec. Men som han strax skulle inse, på den här nivån i näringskedjan var det inte skallens kraft som räknades; det var bettets. Och båda hade ett bett stort nog att fälla en björn.

"Jag måste säga att jag är en aning bekymrad över det här mötet, detektiv", började Jonathan. "Det är en sak att säga att vi är inkompetenta, men en helt annan att säga att vi är korrupta."

"Gärningsmannen får tag på information någonstans ifrån."

"Och har ni uttömt alla andra tänkbara spår?"

"Det finns bara två ställen de kan ha fått tag på den. Via era system eller våra."

"Och ni har kollat era, har ni?"

"Någon gör det – eller har gjort det. Och nu är jag här för att göra detsamma."

"Man säger ofta att rötan börjar inifrån, detektiv."

Tomek kände hur ryggen stelnade. "Ska vi inte lura oss själva här, va? Ert folk är lika mottagligt för sånt som vi är. Om inte mer."

"*Vårt folk*", sa Linda tonlöst. "Vad menar du med *vårt folk*? Din ton förolämpar mig, detektiv."

Ja, det här gick ju bra.

"Vi kan peka finger hela dagen, och jag är säker på att det är något du gärna skulle ägna din tid åt, men inte—"

"Ursäkta?" Den här gången hårdnade Lindas ansikte. Det barkade verkligen åt helvete mycket snabbare än han hade trott. Hans förbannat stora käft fällde honom igen. "Vi är en av de mest underfinansierade och mest osedda verksamheterna i offentlig sektor. Vi har inte tid att bli tilltalade på det här sättet. Vi är alla mycket upptagna. Vi har över tusen intagna i våra celler. Det är överfullt, oroligt och farligt där nere – både för mina anställda och för fångarna – men jag är säker på att vi kan hitta plats för en till om du fortsätter så här."

"Det finns faktiskt plats", avbröt Jonathan och höll blicken fäst vid Tomek.

"Sedan när?"

"En av våra sårbara intagna tog sitt liv i morse."

"Det var tråkigt att höra", sa Tomek och drogs plötsligt tillbaka till verkligheten. Deras gräl var futtigt. Ett liv hade gått förlorat. Och det måste respekteras.

"Under frukosten", fortsatte Jonathan. "Personal gick för att hämta ut honom från rummet men hittade honom hängande där som en bruten gren, stilla, livlös. Tydligen hittade de en lapp i handen på honom."

"Avskedsbrev?" Tomek blev nyfiken på att få veta mer.

"Nej. En tidning. Från i går. På den fanns era två offers ansikten och namn. Under det stod två ord. *Du är näst.*"

Det kändes som om luften slog ur Tomeks lungor.

"Någon skickade det till honom?" frågade han, fast det var uppenbart.

"Vi utreder. Vår misstanke är att det kom inifrån. Det är inte möjligt att det skulle ha missats om det hade kommit med posten. Det hade skannats och beslagtagits."

"Så en intagen skickade det till honom?"

"Du fattar snabbt", sa Jonathan. "Gissar att du är glad att du hamnat i rätt yrke."

Tomeks hand rörde sig en aning – bara en aning – innan han hejdade sig från att trycka upp långfingret i ansiktet på mannen. Den där fånige jäveln drev med honom och det uppskattade han inte. Men det fanns fortfarande en annan strid att utkämpa, och hittills låg han under.

"Vi behöver se en kopia av den där lappen", sa Tomek. "Om den på något sätt hänger ihop med vår utredning ligger den på vårt bord och då måste vi ta över."

"Ni får er lapp när vi har hanterat det internt."

"På samma sätt som ni ska hantera läckan?"

"Det finns ingen läcka, detektiv", sa Jonathan, med lugn och beslutsam röst, och betonade varje ord. "Vi har ett team på tre personer som hanterar våra gästers uppgifter på HMP Chelmsford, och jag kan personligen gå i god för varenda en av dem. Jag kan dem utan och innan. De skulle inte göra något sånt här. Vad skulle de ha att vinna?"

"Förutom ett ekonomiskt incitament?"

Jonathan ryckte på axlarna, som om han inte brydde sig om svaret på sin egen fråga.

"Kanske är de ute efter ryktbarheten som följer med att ha haft ett finger med i spelet när några av landets värsta brottslingar dödas", fortsatte Tomek. "Det ger säkert en ordentlig egokick."

"Är det därför ert team inte bryr sig om att hitta vem det är?"

Tomek hade vetat att den punkten skulle komma upp. Den där artikeln. Den förbannade artikeln som kom tillbaka och spökade.

"De har skickat ut dig på ett meningslöst uppdrag, där du ställer frågor om spår som inte finns."

Tomek himlade med ögonen och tvingade sig att förvandla sin frustration till ett skratt. Det avväpnade dem inte bara, utan förvirrade dem också.

"Du är en rolig man, Jonathan." Tomek reste sig ur stolen och gick mot dörren. Det här hade varit slöseri med tid, och han tänkte inte sitta kvar mycket längre. "Kanske är du inte i rätt jobb trots allt. Du borde kanske satsa på standup. Håll i några humorkvällar framför dina *gäster*. Se hur länge du står ut. Och om du tar dig hela vägen, skicka gärna en inbjudan. Du hittar mig längst bak i lokalen med en stor skylt där det står "fuck you"."

———

På det hela taget hade det gått bättre än Tomek hade väntat sig. Det hade inte varit snyggt, och det hade inte gett mycket. Men det var inte den återkoppling han gav Tony. Han sa till inspektören att kriminalvården skulle titta på det. Och sedan berättade han om självmordet.

"Tror du att det hänger ihop?"

"Om inte, så är det en jävla slump."

"Hur lång tid tar det för dig att ta dig tillbaka till stationen?"

Tomek kollade tiden. Kl. 17.00. När han väl kom ut på A12 skulle det vara rusning.

"En och en halv timme, två om jag har tur."

"Stanna där då. Jag kommer upp med ett team, så tar vi tag i det i kväll."

"I kväll?"

"Jag vill få det här ur världen så fort som möjligt."

"Okej."

"Vi kommer att sitta uppe och jobba halva natten, baby!"

Tomek var nära att kräkas vid tanken på att de två skulle jobba sida vid sida till långt in på småtimmarna medan de löste självmordets mysterium.

Det sabbade också Tomeks kvällsplaner för andra kvällen i rad. Han hade hoppats på ännu en lugn kväll med Katie hemma hos honom. Kanske en film, lite snacks, till och med ett glas vin. Hopkurade i soffan. Nu var han tvungen att skicka hem den vackra tjejen och byta ut henne mot en man som såg ut som Slender Man.

Det var nästan midnatt när Tomek kom hem från fängelset. Han och Tony, tillsammans med de två uniformerade konstaplar som hade följt med honom, hade tagit tidningen som hittats i offrets cell i beslag, genomsökt själva cellen och sedan pratat med alla på avdelningen som haft tillgång till den. Det hade tagit flera timmar, men till slut fick de sitt svar.

Det hade varit ett spratt. Ett spratt som gick snett.

Två av de senaste nytillskotten på anstalten, båda åtalade för rån och misshandel, hade tvingats att göra det av ett av gängen som en del av deras inträdesrit. Det var allt det hade varit. En utmaning, en ritualiserad invigning. De två hade uppenbarligen inte förstått att offret skulle ta sitt liv, men det gjorde dem inte mindre skyldiga. Så de skulle åtalas för dråp.

Utfallet var positivt. Även om de inte kunde stryka några misstänkta från listan, var Tomek lättad över att fallen inte hängde ihop. Han mådde redan uselt över att presskonferensen – den som hade orsakats av hans eget misstag – hade gett gänget idén från början. Det gick inte för honom att inte känna sig delvis ansvarig. Och nu var han rädd att om andra fick samma idé, skulle han vara delvis skyldig till det också. Att inspirera en våg av obarmhärtiga självjustismord bara för att de trodde att polisen inte brydde sig tillräckligt för att stoppa dem.

KAPITEL
TJUGONIO

Tomeks första lediga dag på vad som kändes som väldigt länge. Han kunde inte minnas när han senast hade haft en. Och han hade ytterligare två kvar.

Han brukade inte ha något som sysselsatte honom, förutom att ta en löprunda, ta igen sömn eller hoppet om en fotbollsmatch på kvällen eller dagtid om han hade tur. Men nu när Katie hade kommit in i hans liv kunde han inte tänka på något annat än att tillbringa tid med henne. Det behövde inte vara mycket: kela, titta på teven, promenera längs havet, shoppa i Chelmsford. Bara något annorlunda. Något med henne. Han ville inte erkänna det för sig själv, men det var sällskapet han älskade mest. Att ha någon att prata med; det fanns bara så mycket han kunde säga till sina bonsaiträd innan han insåg att han höll på att bli helt knäpp.

Nu behövde han inte oroa sig för det.

Det var en ovanligt varm och solig onsdag på Leigh Broadway, och det verkade som att varenda kotte och deras mormor hade fått samma idé. Strömma till huvudgatan och göra av med pengar de inte hade på saker de inte behövde. Tomek hade aldrig förstått fascinationen för prylar. Han var en enkel man med enkla, basala (nästan stenåldersartade) behov och kunde använda en splitterny T-shirt i minst fyra år om han var tillräckligt försiktig. Fem, om han verkligen tänjde på det. Katie däremot behövde en ny outfit varje vecka. Eller, i extrema fall, flera. Att driva en butik, förklarade hon, innebar att hon behövde se fräsch och prydlig ut varje dag, ifall en kund kom in och såg att hon bar samma sak i samma vecka. Dessutom fick det henne att må bra, det stärkte hennes självförtroende. Inte för att hon behövde det, hade han sagt till henne.

De gick längs huvudgatan, hand i hand, när hon stoppade honom utanför en liten presentbutik. Den låg några dörrar ner från hennes egen butik, som hon tvingades hålla stängd på onsdagar och torsdagar (för hon behövde sina obligatoriska två vilodagar också). Hon pekade på ett litet hörn av skyltningen i fönstret. En liten bok omgiven av hjärtan stirrade tillbaka på honom.

"Jag har sett den här på sociala medier", sa hon.

"Vad är det?" Han kunde inte dölja oron i rösten.

"En kärleksbok. Tydligen gör den underverk för folks relationer."

"Kommer den få min mamma att minnas hur man älskar mig?"

Hon smackade med tungan och grimaserade. "Jag sa underverk, inte mirakel."

Tomek tog inte illa upp av piken. Han hade faktiskt vant sig. För att inte tala om att det hjälpte om han skämtade om det först. På så sätt gjorde det folk mer bekväma, gjorde det *acceptabelt*. Men Katie var typen som skulle säga det ändå. Det beundrade han hos henne. Hon sa att folk numera var för rädda för att säga vad de egentligen kände, av rädsla för att göra någon upprörd eller förolämpa någon. "Världen behöver fler rövhål", hade hon sagt. Och han hade hållit med.

"Vad gör den?" frågade Tomek och pekade på boken.

"Den gör inte *någonting*. Den ger tips på hur man kan väcka liv i och ge ny energi åt relationen och/eller äktenskapet."

"Är vi redan där? Vi har bara varit på ett par dejter. Jag har inte ens frågat om du vill bli min flickvän."

"Svaret är ja", sa hon rakt på sak.

"Va?"

"Ja. Om, eller när, du kommer dig för att fråga mig, så blir svaret ja."

Tomek tog hinten och frågade henne medan han sörplade på sitt kaffe.

"Så romantiskt", svarade hon. "Det är precis så jag alltid har föreställt mig det."

"Kunde ha gjort det efter sex ..."

"Det där är tragiskt. Jag vill gärna tro att du har lite finess."

Katie fortsatte sedan med att förklara att boken föreslog att par skulle gå på två dejter. En som utgick från den enes intressen, medan den andra utgick från den andres. Tomek fick leta länge efter sitt intresse. Han kunde inte ta med henne till en bonsaibutik; det var tråkigt och segt. Han *kunde* däremot ta henne till RHS Hyde Hall i Chelmsford, men han hade varit där så många gånger att upplevelsen hade bleknat. Och så kom han på det. Det fanns ett ställe. Ett ställe som gjorde honom upprymd varje gång han åkte dit. Ett ställe som var annorlunda vid varje besök.

"En fotbollsmatch." Ivern i rösten fick det att låta som ett pip.

Katie himlade med ögonen. "Män och deras fotboll."

"Det är den stora förenaren. Som öl."

"Men jag gillar varken det ena eller det andra."

"Så du tänker få mig att be dig bli min flickvän och sedan vägra att göra det jag vill göra. Är det här en försmak av vad som väntar?"

"Det kan du ge dig på, baby." Hon slöt sin hand om hans. "Självklart skulle jag gärna gå på en fotbollsmatch med dig. Men det får bli lokalt. Jag är inte förtjust i att åka tåg, och jag är ännu mindre förtjust i London."

"Då blir det Southend FC. The Mighty Shrimpers." Tomek gav henne en kyss på läpparna. "Vad är ditt dejtförslag?"

"Kajakpaddling."

"Va?"

"Det är som att paddla kanot, fast med en annan sorts paddel ... och båten är gjord av plast, inte trä."

"Jag vet vad kajakpaddling är, pucko. Det är bara att du aldrig har nämnt det tidigare."

"För att folk brukar reagera så. Pappa brukade ta med mig och ro på Cam. Efter att jag såg Boat Race på tv blev jag förälskad i det."

Som jag håller på att bli förälskad i dig.

"I Essex finns det massor av ställen. Särskilt på hösten och vintern, när det är dimmigt och kallt. Luften är så frisk..." Hon drog in ett djupt andetag. "Det finns inget som det."

Tomek höll med henne, och tillsammans pusslade de in aktiviteterna i schemat. Kajakpaddlingen skulle komma först – i morgon – men fotbollen fick vänta.

KAPITEL
TRETTIO

Trots neoprenlagret som skulle skydda honom bet kylan i Tomeks hud.

Katie hade föreslagit att ge sig ut på vattnet först på morgonen, när tidvattnet var halvvägs mellan att komma in och gå ut. Tydligen var det då som det var som lugnast. Tomek höll inte med, när han kämpade sig ner i kajaken och nästan tappade balansen och föll ända över ända i vattnet flera gånger. Att svära åt den livlösa tingesten hjälpte inte ett dugg. När han väl satt på plats, instängd i den lilla plastbåten som i en stridsflygares cockpit, brottades han med flytvästen som skar in i nacken och skavde huden. Han hade bara varit på vattnet i två minuter och ville redan upp igen, vevandes med armar och paddel i luften som Bambis ben. Katie däremot var proffs; skicklig, mjuk och elegant i sina årtag över det stilla vattnet. Hon fick det att se enkelt ut. Men för Tomek, med sina breda axlar och ännu bredare höfter, var det allt annat än det. Han borde ha haft överkroppsstyrkan för att bära sin kroppsvikt, men efter några årtag blev musklerna gelé och han bara flöt med längs de många fårorna. Tollesburys våtmarker bjöd på ett av de märkligaste landskap han sett. Platt så långt ögat nådde. Avbrutet av mängder av segelbåtar som stack upp i horisonten, som fjunen i en tonårings ansikte. Ett lågt molntäcke började rulla in från öster och med det föll temperaturen.

Katie låg några hundra meter före. Hon njöt uppenbart. Tomek ville inte vara den som förstörde hennes nöje, så han skärpte till sig och saktade in. Hittade balansen igen. Och mindes vad instruktören hade sagt innan han plumsade i.

"Sakta men säkert vinner man loppet." Det var bara de två, så det fanns verkligen ingen anledning att göra det till en tävling; det låg bara i hans natur. Han tålde inte att vara näst bäst på något. Den näst bästa brodern (vilket hade varit en uppgradering från tredje efter Michals död); näst bäst på idrotten i skolan; näst bäst på polisutbildningen. Han ville stå högst på prispallen och se ner på alla.

Till slut, efter tio minuters slit, kom han ikapp Katie. Inte minst för att hon hade saktat ner. Nu hade musklerna i axlar och armar hårdnat och vant sig vid det ovana rörelsemönstret han utsatte dem för. Och han hatade att medge det, men han började faktiskt trivas.

Allt var så stilla, så tyst. Luften var frisk, med en aning salt. Annorlunda än stranden, annorlunda än luften i Leigh-on-Sea som han vant sig vid. Här var den... mindre tung. Lättare, svävande. Precis som han på vattnet.

"Du börjar få kläm på det här!" ropade Katie när han för ett ögonblick gled förbi henne. De hade tagit sig nerför en av de många rännorna som slingrade sig genom våtmarkerna, instängda av sankmark på båda sidor.

"Jag lär mig snabbt", svarade han. "Lätt, egentligen. Vet inte vad jag var orolig för."

"Sugen på ett race?"

Tomek funderade ett ögonblick. "Vad får vinnaren?"

"Förloraren får laga middag i kväll?"

"Hos mig eller hos dig?"

"Hos dig", sa hon. "Sophie och Caitlin har filmkväll. Jag tror inte de vill att vi stör."

Tomek höll med. Det var det förnuftiga för alla inblandade.

"Så, vad säger du? Blir det ett race?"

Tomek log snett och sänkte huvudet lite. Sedan lade de sig sida vid sida så nära det gick, guppande fram och tillbaka i vattnet.

"Först till den där byggnaden där borta vinner", sa Katie.

Tomek höjde blicken för att hitta byggnaden hon nämnt. Han hade inte sett den först, men där, mitt i våtmarkerna, låg en liten lada eller båthus, byggt i trä och tegel, mitt på en stor gräsplätt drygt hundra meter bort.

"Kör," sa han.

Och så stack de iväg.

Som en häst fullproppad med ketamin var Tomek långsam ur startboxen och tappade balansen när han kastade sig över startlinjen. Men när han väl kom upp i full fart var det redan kört. Katie låg långt före. Tjugo meter framför och ökade. Tjugofem. Trettio. Det var över innan det ens hade börjat. Det verkade som att hon bara hade paddlat på femtio procents kapacitet, och hon hade mycket mer att ge.

Tomek hade inte en chans.

Hon var redan ur vattnet och vadade genom leran när han till slut kom fram.

"Ska vi ta en titt?" flämtade Tomek.

"Vill du inte?"

"Jo... Men..." sa han mellan andetagen. "Ge mig en minut. Jag är helt slut."

"Efter *det där*? Det var ingenting. Du borde prova på Themsen. Det finns en paddelskola jag är med i nere i Westcliff. Nu *det* är tufft."

Han saktade in till stopp, kroppen tippade framåt när han gick på grund i leran. "Min kropp är byggd för rugby eller fotboll, inte det här. Det är över hundra kilo av mig, och nästan ingenting av dig."

"Det handlar inte om hur stark du är", sa hon, redan på fast mark, otåligt väntande på honom. "Det handlar om teknik. När den sitter kan du göra vad som helst."

Tomek kravlade sig ur kajaken med lika mycket grace som en onykter pappa som dansar på en stol och vadade genom leran fram till henne. Han avskydde det irriterande självgoda leendet hon bar. Hon var bättre än honom, och det visste hon.

"Var inte så hård mot dig själv", sa hon hånfullt. "Alla kan inte vara bra på allt."

"Jaså?"

Han drog loss ena foten ur marken och satte den bredvid henne, grep tag om hennes midja och lyfte upp henne. Hennes skrik rullade genom våtmarkerna, men ingen hörde dem. Ingen kunde höra något här ute. Och så släppte han henne på rygg. Rakt ner i leran. Utan att mena det föll han över henne, med händerna begravda i jorden.

De hamnade ansikte mot ansikte. Några centimeter ifrån varandra. Små stänk av lera och gräs smutsade ner Katies hår och kinder, men han brydde sig inte. I det ögonblicket ville han kyssa henne.

Så det gjorde han.

Trots kylan var hennes läppar varma, mjuka. Som en varm omfamning. Han tog det varsamt när deras tungor möttes, vred sig, slingrade sig runt varandra.

När han drog sig undan sjönk hans händer djupare ner i leran.

"Fan, jag sitter fast."

"Åh nej, vi kommer att dö här ute."

Tomek tog kommentaren bokstavligt.

"Allvarligt, du har stött på mördare, våldtäktsmän och pedofiler, och du är rädd för lite lera?"

"Inga kommentarer."

Med ett litet stön bände Katie loss en av hans händer och puttade av honom. När han kommit loss tog hon sig själv upp och tillsammans gick de fram till byggnaden. Det var en enplansbyggnad. Dörren var av trä och började ruttna. Den knarrade när Tomek öppnade den. Som yrkespolis var han den modigare av de två. Han hade erfarenheten hon saknade, och han steg in först.

Båthuset påminde honom om hans sovrum. Stort nog för en dubbelsäng, men inte mycket mer. Insidan var livlös, tom. Förutom en samling seglingsprylar som blivit kvar, övergivna i åratal. Lämnade åt dammet att lägga sig över dem.

"Vad användes det här stället till?" frågade han.

"Ett tillhåll, kanske. Reparationer för båtar på vattnet. Eller så kan det ha använts under kriget som ett vakttorn."

Essex hade spelat en avgörande roll i kampen mot tyskarna under andra världskriget. Särskilt östkusten som, tack vare sin plana, täta våtmark, hade hindrat nazisterna från att invadera. Terrängen var olämplig för människor och fordon, och deras ubåtar hade avslöjats på långt håll, så deras enda väg kvar var från luften. För att bemöta det växande hotet från flyganfall placerades flera torn strategiskt längs kusten. De rapporterade inkommande attacker och såg till att London var förberett i förväg. Av de vakttorn som fanns kvar hade några återanvänts för dagens militära behov, andra hade gjorts om till museer eller sevärdheter, medan andra – som det de stod i – hade lämnats att förfalla.

Tomek kände sig privilegierad som fick stå där. I den lilla kojan som kanske hade skyddat dussintals liv, räddat dem från att dö i en explosion. Att få stå där de verkliga hjältarna en gång stått.

"Fascinerande", sa han, mer för sig själv.

"Visst är det? Essex kryllar av sådana här små ställen."

"Hur kommer det sig att du vet mer om det här än jag? Du är ju inte ens härifrån."

"För att jag har utforskat. Jag kommer ut mer än du. Det är ju inte som att ditt jobb tillåter det."

Dags att byta karriär? Det trodde han inte. Men från och med nu ville han göra en medveten ansträngning för att utforska grevskapet han kallade hem. Gräva fram dess historia, upptäcka dess hemligheter. Men först ville han hem. Bort från kylan och in i värmen. Han hade inte märkt det, men där han stod still hade musklerna slutat arbeta och pulsen gått ner – vilket öppnade dammluckorna för kylan att återvända och bita igenom våtdräkten.

———

Den kvällen, efter två duschar och fyra lager kläder, kände sig Tomek äntligen varm igen. Som straff för att han förlorat racet var det han som skulle laga middag. Som segrare hade Katie önskat sig hemmagjord paella. En av hennes favoriter. Själv var han ingen stor vän av paella och hade aldrig gjort det förut, så Tomek tvingades leta upp ett recept på nätet. Medan han rörde ner riset i köttet hällde han en ohälsosam mängd kryddor i grytan och gick sedan in i vardagsrummet. Katie, klädd i en pyjamas hon tagit med, satt i soffan med en röd pläd över axlarna. Tittade på tv. Varm choklad värmde hennes händer.

"Det dröjer inte länge", sa han och gick sedan till sitt skrivbord på andra sidan rummet. Det lilla bordet vette mot gatan nedanför och var platsen där han ofta gjorde klart sådant han inte hunnit på kontoret. Det var inte ofta han tog hem jobbet, men den här utredningen var annorlunda. Offrens ryktbarhet och nu den ökade aktiviteten kring fallet tack vare nyhetsartikeln och presskonferensen innebar ett ökat tryck uppifrån. Under eftermiddagen hade Tomek tjuvkikat på mejlen ett par gånger och sett några från Tony. Kriminalinspektören efterfrågade uppdateringar om allt – varpå ingen hade något. Den största knuten i utredningen, enligt den Ljumma Mästaren, var att hitta Jimmy Hunter. Karln var besatt av honom och, att döma av ordvalet i mejlen, ville ha hans huvud på en påle. Tony var övertygad om att han var deras huvudmisstänkte, men Tomek var inte lika säker.

"Jag trodde du inte skulle jobba i dag", sa Katie när han öppnade sin laptop.

"Det önskar jag också att jag inte gjorde", svarade han. "Det är bara... Operation Highlander. Utredningsledaren släpper det inte. Tony har fått spader."

"Har ni kommit närmare att veta vem som ligger bakom?"

Ett kort skratt slapp ur Tomeks läppar. "Minns du när jag fladdrade runt med paddeln förut?"

"Ja."

"Se det som en bokstavlig bild av var vi är i utredningen."

"Vill du prata om det? Ibland kan det klarna i huvudet när man pratar igenom saker."

Tomek såg inget hinder i det.

"Efter middagen", svarade han.

Till hans förvåning överträffade hans kulinariska färdigheter hans egna förväntningar. Paellan var utsökt, och han räknade nu rätten till sina favoriter. En han insåg att han kunde förväntas laga oftare framöver. När de var klara lät de disken stå i hon och vände sig mot Tomeks anteckningar. Han uppdaterade henne om allt.

"Vi har ingen klar bild av vem det är. Bara en massa halvdana, tunna gissningar. Gärningspersonen lämnade ingen DNA på platsen, vi har inte mordvapnet och vi vet inte ens var den lilla flickan de använder finns."

"Vilka är era misstänkta?"

Tomek berättade. Om Cathy Sharpe, frivårdstjänstemannen. Om hennes pojkvän som suttit inne, som Chey hade spårat upp på Nadias uppdrag. Om Harriet Montgomery, Timothy Rosenthals offer. Om hennes bror, som inte gick att få tag i mordnatten. Om Jimmy Hunter.

"Har du någonsin hört talas om honom?"

Katie skakade på huvudet. "Kan inte säga det. Jag är inte mycket för Facebook."

"Inte jag heller. Jag borde väl gå med någon gång."

"Förlåt, vad?"

"Jag borde gå med—"

"Du är *inte* på Facebook?"

Tomek skakade på huvudet. Han hade aldrig känt någon lust att slösa enorma mängder tid på att se vad andra höll på med.

"Twitter, Instagram, den där nya..."

"TikTok?"

"Ja. Jag är inte på någon av dem."

"Du är en sådan gubbe att det är otroligt."

"Jag har bättre saker att göra med min tid."

"Som att fånga brottslingar?"

"Precis. Annars är jag rädd att jag fastnar där och glömmer det som är viktigt."

Katie skrattade åt honom och gav honom en puss på huvudet. Som om han var ett barn som fick belöning för att han gjort läxan i tid.

"Okej, gubben", började hon. "Fokusera. Vad vet du mer om gärningspersonen?"

"Just nu är jag inte ens säker på att det är en enda gärningsperson. De verkar ha tillgång till offrens personliga uppgifter – adresserna liksom belastningsregistret. Sånt dyker inte bara upp ur tomma intet. De måste veta var man får tag på dem."

Tomek öppnade mappen han tagit med från jobbet och började gå igenom fallanteckningarna som han och resten av teamet hade skrivit. Var och en hade förberetts av DC Kaczmarek några dagar tidigare och delats runt i gruppen.

När Tomek bläddrade igenom sidorna fastnade något i Katies blick. Hon stack fram handen och petade med fingret på dokumentet. Precis under fotot av Gary Kershaw.

"Honom känner jag igen", sa hon.

"Varifrån?" Oron steg i hans röst.

"Jag svär på att han kom in i min butik häromdagen."

"För skoluniform?"

"Ja."

"Är du säker på att det är han?"

"Alltså, det ser väldigt mycket ut som han."

"Köpte han något?"

"Ja. Allthop. Kjol, strumpbyxor, blazer, skjorta. Han sa att det var till hans barnbarn – hon behövde en ny uniform. Först tyckte jag att det var konstigt, han var en gammal man, men jag ville inte döma."

"Kanske måste du göra det nu", sa Tomek, medan tankarna stack i väg. "När hände det här?"

Katie backade bandet. "Jag tror att det var i fredags."

"Dagen han dog. Den sjuke jäveln..."

Efter Tomeks möte med honom, när han informerat om Timothy Rosenthals död, hade Gary Kershaw struntat i varningen och åkt in till stan för att skaffa sig en skoluniform. Det rådde ingen tvekan i Tomeks sinne om vem den var till. Den lilla flickan som synts på övervakningskamerorna. Tomek rotade i akten och letade fram fotografiet av flickan i den röda kappan.

"Det här är hon... Hon verkar dyka upp vid båda morderierna. Jag tror att vi måste rikta in oss på henne."

Katie såg förbryllat på honom. "Sade du nyss morderier?"

Herregud. Det hade han. Oavsiktligt och utan ironi. Blev han mer och mer lik Tony? Först delade de uppfattningar, och nu använde de samma ord. Han ville inte tänka på det. Om det var så kunde han lika gärna bespara alla besväret och skjuta sig själv.

Tomek ignorerade kommentaren och fortsatte sin tanke. "Hon är nyckeln till det här", sa han. "Den lilla flickan. Hon vet vem som ligger bakom allt. Hittar vi henne, hittar vi gärningspersonerna."

"Var ska du hitta henne?"

Tomek visste inte. Hade han vetat det, hade han inte suttit i sitt vardagsrum och funderat på att skjuta sig själv.

"Har du provat någon av skolorna? Hon måste gå i en av dem. Någon kommer att känna igen henne."

Tomek såg upp på henne, med ögon stora av beundran. Ett ögonblick tittade hon tillbaka, förvirrad. Som om han just hade friat.

"Du är ett geni. Skolorna! Hur kunde vi vara så dumma att glömma dem? Hon måste gå i skolan. Och även om hon tagits ur en, så har folk sett henne. Folk kommer att känna igen henne – och kappan! Du är ett geni. Tack."

"Du kan få betala tillbaka om du vill?"

Tomek behövde inte bli tillsagd två gånger. Inspirerad av den nya insikten hoppade han upp ur stolen, lyfte upp henne från golvet och bar henne till sovrummet. Det var det enda sätt han visste att säga tack – och mena det.

KAPITEL
TRETTIOETT

S krik. *Alltid skrik. Det värsta ljud jag någonsin har hört. Samma skrik som följde mig vart jag än gick.*
Så fort jag gjorde ett misstag. Så fort jag inte diskade ordentligt. Plockade upp min tvätt. Torkade av toalettsitsen innan jag spolade.
Skriken som kommer att stanna hos mig tills den dag jag dör.
Mammas.
Hon har en lång parkas för att skydda sig mot kylan, men den ser mer ut att handla om stil än funktion. Det hade inte tagit henne lång tid att anamma den typiska Essexlivsstilen. Så länge kläderna på kroppen kostade mer än huset, var det lugnt. Du skulle garanterat passa in. Pappa gjorde inte saken bättre. Med alla sina pengar gav han dem till henne och spenderade dem på henne.
Men nog om dem.
Tillbaka till skriken. Skriken är värre den här gången. De gör fysiskt ont i öronen. Så mycket att det ringer i dem efteråt. Jag undrar, är det normalt? *Men jag är för rädd för att säga något. Jag vill inte få en örfil. Mamma håller redan på att ge sig på poliserna när hon försöker få se sin favoritson. Jag tänker inte vara den som står i vägen för henne.*
Hon har gått ner till parken eftersom hon fick panik. När hon inte kunde hitta oss hemma lämnade hon huset för att leta efter oss. På den tiden före mobiltelefoner var hon helt beroende av att folk höll sig till sina planer. Det hade inte dröjt länge förrän hon hade stannat och sett blåljusen. Först hade

hon inte ens känt igen mig. Bara oroat sig för Michał. Michał den Magnifike.

Pappa var på väg, men det gick inte att veta när han skulle komma fram.

Det fanns poliser överallt, dussintals, som svärmade över området. De hade spärrat av ingångarna till parken och enorma strålkastare hade satts upp runt lekplatsen. Ett vitt tält, lika stort som en av skåpbilarna som släppt av poliserna, stod över Michałs kropp. Skyddade honom. Men det var meningslöst.

De rör sig snabbt nu. Mycket rop, mycket diskussion. Någon talar om för de andra vad de ska göra, vart de ska gå, vem de ska prata med, men rösten drunknar i mammas hysteriska skrik. Någon måste få henne att hålla tyst, minns jag att jag tänkte. Polisen måste göra sitt jobb. Jag måste göra mitt. Det var jag som såg allt hända. Jag kan vara den som hjälper dem.

Och sedan bryts det.

Jag sitter i baksätet på en polisbil med pappa. Mamma var för uppriven för att följa med oss och har åkt i en annan bil. Bra. Pappa däremot verkar tyst, samlad, bearbetar allt i tysthet. Vi är på väg till polisstationen. Jag är inte i trubbel, säger de till mig. De vill bara ställa några frågor. Men jag vet redan vad de kommer att fråga, och jag är orolig att jag inte kommer att kunna berätta det jag vet, eller det de vill höra.

Min mage börjar göra ont, knyta sig. Jag har inga ord för det. Jag tittar på pappa, men han tittar bara ut genom fönstret. Så jag gör samma sak, i hopp om att det ska ge mig några svar.

De gulorangea gatlyktorna passerar snabbt ovanför, och jag knackar med fingret varje gång en av dem kommer in i fönsterramen. Tapp, tapp. De kommer tätt. Regnet har börjat. Tungt, aggressivt. Precis som Michałs död.

Jag sluter ögonen och försöker föreställa mig vad som hände. Men det går inte. Drömmar i drömmar finns inte.

Men när jag öppnar ögonen ser jag något.

En gestalt, höljd i svart, insvept i mörker. Står där vid vägkanten.

Bilden skärps.

Och sedan bryts det.

KAPITEL
TRETTIOTVÅ

Tomek öppnade ögonen och vände sig om mot andra sidan, bort från morgonljuset som smög sig in strax efter klockan 8. Katie sov djupt, men det störde honom inte. Han passade på att betrakta henne en stund och sköt upp ögonblicket då han skulle gå upp och skriva ner drömmen i sin dagbok över mardrömmar. Den hade varit tydligare den här gången, blottat scener och uppgifter han aldrig hade sett förut. Men, märkligt nog, hade han ingen brådska.

Svaret på allt stirrade honom rakt i ansiktet. Med ögonen slutna. Så länge hon låg vid hans sida och fanns i hans liv var han övertygad om att drömmarna skulle fortsätta. Och att de skulle komma i strid ström.

Tomek drog täcket av sig och kämpade sig ur sängen. Det var ont om lyx i hans liv. Soffan, stolarna, resten av inredningen i vardagsrummet – allt var blygsamma, billiga småsaker som han hade köpt när han haft möjlighet. Men hans säng ... det var en investering. En han hade grunnat på alldeles för länge. För honom var sömn livsviktig. Om ett särskilt otäckt fall höll honom vaken om nätterna, och han inte sov på sin madrass, hade han lika stor chans att somna som att springa London Marathon under två timmar. Men om han låg i sin säng, nedbäddad under täcket, väckte ingenting honom, ingenting störde. Inget att oroa sig för.

Det enda problemet kom på morgonen. När det var dags att vakna. Det var den största kampen. Särskilt under de här mörka, deprimerande höstnätterna.

Han hade först utvecklat sina dåliga sömnvanor strax efter att Michał hade dött. Mardrömmarna. Mörkret. Den tysta depressionen som han inte hade varit medveten om, som gradvis drog honom djupare och djupare ner i avgrunden. Tills han hade hittat ett svagt ljus i form av en terapeut, som hade påbörjat läkningsprocessen. En läkningsprocess som aldrig skulle bli fullbordad. Maratonmållinjen som aldrig skulle nås. Alltid utom räckhåll.

Men nu fanns det ett ljus i hans liv. Ett starkt, fluorescerande ljus som inte hade funnits där tidigare. Ett ljus som fick mållinjen att verka lättare att nå.

Inom räckhåll.

Och inte nog med att Katie höll på att bli ett ljus i hans privata liv, hon kastade också ett mycket viktigt ljus i en annan färg över utredningen. Utan hennes insikt skulle han aldrig ha fått det genombrott de hade fått kvällen innan. Nu behövde han bara övertyga DI Hunt om att det var ett utredningsspår värt att följa och inte ett enormt slöseri med polisresurser, som han visste att det kunde bli.

Hur som helst gjorde Tomek den morgonen frukost på sängen åt Katie för att tacka henne, efter att han hade skrivit färdigt i sin dagbok över mardrömmar.

KAPITEL
TRETTIOTRE

" God morgon, chefen."

Tomek hade klivit in och hittat Tony vid datorn, stirrande på skärmen, med ögonen på bara några centimeters avstånd från den plastiga rutan.

" "*God morgon... "chefen?*" " sa Tony, drog av sig glasögonen och lade dem på skrivbordet. "Vem är du och vad har du gjort med Tomek?"

"Chefen?"

"Jag tror inte att du någonsin har kallat mig chefen under hela tiden vi har jobbat ihop."

Han ryckte på axlarna. Om han skulle få Tony att tro på sin snilleblixt måste han spela snällt. Han skulle behöva slicka lite röv. Något han aldrig hade behövt göra med Tony. Han föreställde sig att den var benig, utan kött på, och luden. Men det spelade ingen roll. Det var dags att pluta med läpparna.

"Jag är bara på gott humör i dag, chefen. Det är allt."

"Är det det stora L-ordet?"

Tomek tystnade ett ögonblick. "Leda? Letargi? Leprapatient?"

"Kärlek, Tomek. Har du drabbats av det som ungarna kallar en skenande hormonstorm?"

"Ingen har någonsin kallat det så, chefen."

Tomek stängde dörren bakom sig och klev in i rummet.

"Jag hoppades få picka din hjärna om en sak," sa han.

"Det finns inte mycket kvar att plocka i min höga ålder, är jag rädd."

"Hög ålder? Du ser inte en dag över femtiofem."

Ett snett leende smög sig upp i Tonys ansikte. "Din jävel."

Det var inte första gången de fick varandra att skratta. Den första kom häromkvällen, under deras utredning på HMP Chelmsford. Att sitta inlåsta i ett rum tillsammans hade tvingat dem att prata, diskutera, lära känna varandra på en mer personlig nivå. Något de kanske borde ha gjort för flera år sedan. Tomek hade berättat om situationen med sin bror, och Tony hade lyssnat eftertänksamt och uppmärksamt. Han hånade inte, han dömde inte. Han bara förstod. Och till slut hade han bett om ursäkt för sin tidigare kommentar under ett av teammötena. Han hade inte förstått hur allvarligt det som hänt var och hade inte menat att såra. Tomek uppskattade gesten, och sedan gick de vidare till Tony. Mannen var roligare och mer egen än Tomek hade trott. Han hade tillbringat hela sin barndom med att försöka passa in men hamnade alltid i utkanten av sociala grupper. Hans närmaste vän när han växte upp hade varit familjens hund. På ett sätt tyckte Tomek synd om honom. Och han insåg att det förklarade så mycket: de kantiga sociala färdigheterna, de olämpliga kommentarerna, det ständiga behovet av bekräftelse. Efter deras samtal hade han börjat förstå och uppskatta honom lite mer. Han var gift, utan barn, och verkade nöjd med sitt liv. Men Tomek anade en längtan efter mer, något som låg dolt under ytan.

"Vad behöver du picka min hjärna om?"

"Barn", sa Tomek.

"Där kan jag inte hjälpa dig, kompis. Jag är lika infertil som dagen är lång."

Tomek skrattade osäkert. "Jag minns att du sa det. Precis så, faktiskt. Det gäller flickan, hon på övervakningsfilmen."

"Just det."

"I går kväll fick jag den lysande idén att hitta henne i skolan."

Tony funderade en stund. "Du fattar hur många skolor det finns i det här området?"

"Massor, antagligen."

"Och ännu fler barn. För att inte tala om att hon kan gå i skola utanför upptagningsområdet. Canvey, Rochford, ända upp i Colchester. Det nätet är alldeles för brett, är jag rädd. Dessutom lägger vi krutet på att hitta Mr Jimmy Hunter."

"Och hur går det?" Tomek kunde inte dölja föraktet i rösten. Det visade sig att smörandet hade liten effekt.

"Som skit. Vi hittar honom inte, varken för kärlek eller pengar."

"Varför inte lägga tiden på att hitta flickan?"

"Är du medveten om hur mycket resurser det kräver? Vi har inte budget för det."

"Budget hit och budget dit, Tony. Hittar vi flickan, hittar vi mördaren."

"Och hittar vi Jimmy Hunter, hittar vi mördaren."

"Det kan du inte vara säker på."

Tony gnuggade ögonen, djupt försjunken i tankar. "Utsikterna till framgång är betydligt större med Hunter-spåret. Förlåt, kompis."

Tomek tänkte inte nöja sig med ett nej.

"Tänk om jag har rätt och du har fel? Om du kan få det här godkänt av Nick, då får du ta all ära för det."

Värt ett försök.

"Tror du att jag är så billig?"

"Självklart inte. Jag tycker bara att det är något vi måste göra. Alltså, verkligen måste göra. För hon kan vara i fara. Ett barns väl och ve är mycket viktigare än någon som kanske hamnar näst på mördarens lista."

Tonys öron spetsades. "Du ändrar ton."

Tomek var beredd att tänja på sanningen – och på sina egna övertygelser – om det betydde att han fick som han ville. "Tänk så här. När vi går till skolorna kan vi påminna dem om hur viktigt det är att vara säkra på nätet. Att inte prata med någon de inte känner. Ungar använder prylar i allt lägre ålder nuförtiden, och de behöver läras vad man ska och inte ska göra."

"Som att inte prata med pedofiler, till exempel."

"Hej, det var du som sa det. Inte jag. Lysande idé." Tomek höjde händerna i luften, som om han tvättade dem fria från idén. "Kanske du borde ha dem oftare", skämtade han.

"Fräcka jävel."

En annan tanke slog honom. Det var en han hade haft i början av utredningen, men som sedan hade somnat om, liggande längst bak i huvudet som ansiktet på hans brors okände mördare.

"Handlingarna", sa han.

"Vilka då?"

"Utdragen ur kriminalregistret och breven från frivården som hittades bredvid Timothy Rosenthals och Gary Kershaws huvuden."

"Vad är det med dem?"

"De var laminerade."

Tony himlade med ögonen och dunkade pannan i bordet.

"Du och din förbannade laminering. Du är besatt av den."

"Ja, för att *ingen* laminerar längre."

"*Vi* gör det, för fan!" Tony reste sig ur stolen och pekade mot väggen. Tomek hade inte lagt märke till det, men där hängde laminerade papper i olika nålar och andra kontorsprylar.

"De satt inte där häromdagen", anmärkte Tomek.

"Ja visst, jag satte precis upp dem bara för att jävlas med dig. Var inte dum, din sopa. De har alltid suttit där. Du har bara aldrig sett dem förut. Och nu har du gula-bils-syndromet och ser dem överallt."

Tomek suckade och öppnade munnen, men orden kom inte. Det dröjde innan han hade något mer att säga.

"Minns du vad jag sa häromdagen? Det är antingen sjukhus eller skolor som laminerar grejer. Skolor, Tony. Skolor..."

"Ja tack, Tomek." Han gav honom en spydig blick, som om Tomek just hade sagt åt honom att komma ihåg att andas ut. "Du tänker att någon på en skola kan ha något med det här att göra?"

"Kanske."

"Och någon på en skola med ett litet barn, möjligen sju år, med en stor röd kappa..."

"Och lätt tillgång till laminering. Glöm inte lamineringen."

Ännu en påminnelse om att andas. Ännu en oimponerad min.

Tonys tvekan gjorde Tomek så hoppfull att det började synas i ansiktet.

"Är det ett ja?"

Mer tvekan. Sedan: "Jag ska tänka på det. Du får mitt svar före dagens slut."

KAPITEL
TRETTIOFYRA

Till Southend-on-Sea kommuns skoldistrikt hörde fyrtiotvå grundskolor och tjugotvå högstadie- och gymnasieskolor. Sextiofyra totalt. Vilket visade sig vara ett betydligt större antal än Tomek hade väntat sig. Och det området sträckte sig bara till Leigh-on-Sea och omfattade inte Hadleigh, Benfleet, Canvey Island och längre bort. Med de siffrorna sammanräknade talade de om långt över hundra. Och eftersom varje skola krävde minst en person från CID eller en uniformerad polis på plats räknade man med att det skulle ta dem minst en månad att beta av varenda skola ordentligt. Utan en startpunkt, utan någon konkret uppfattning om var flickan i den röda kappan kan ha gått i skolan – om hon ens hade gjort det – hade det snabbt börjat se ut som en dålig idé.

De var nästan en vecka in i "skolrundan", som den kallades, och de hade fortfarande inte kommit närmare att hitta flickan. Tomek hade besökt tio de senaste fem dagarna, pratat med rektorn, olika lärare med barn som gick på samma skola (lyckligtvis var det antalet betydligt lägre och krävde inte lika mycket arbete), och sedan talat till resten av skolan i separata samlingar för att varna dem för riskerna med meddelanden på nätet. Som en del av att få initiativet godkänt av Nick och budgeten fastställd hade Tony sett till att det var icke-förhandlingsbart. De gjorde tydligen nytta för lokalsamhället. Även om det hade varit hans idé började Tomek tycka att den enda nytta de gjorde var för Nicks kvoter. Han hade frågor att besvara, och kunde han slå två flugor i en smäll skulle han se till att göra det.

Nästa skola på Tomeks lista var Kents Hill Primary. Hans gamla hemmaplan.

Byggnaden var mycket mindre än han mindes, och skolgården som en gång (vid elva års ålder) hade verkat enorm och oändlig kändes instängd, det inhägnade området syntes från huvudentrén. Det hade gått lång tid sedan han var där senast. I många år hade han undvikit att köra eller gå förbi den. Hans minnen av platsen var solkade av det som hade hänt hans bror. När han först hade sett namnet på listan hade han övervägt att byta bort det med någon annan. Men han hade bestämt sig för att låta bli.

Det hade gått trettio år. Det var på tiden.

Och det fanns alltid möjligheten att minnas mer om den där natten. Mer än mardrömmarna hade att erbjuda.

Han tog sig in i receptionen. Till höger satt receptionisten, en kvinna som såg ut att vägra lämna sjuttiotalet, uppflugen bakom ett glasfönster. Hon log mot honom och, efter att ha hört varför han var där, hjälpte hon gärna till. Medan hon ringde rektorn vände Tomek ryggen åt henne och tittade på väggen mittemot. Det var ett kollage av klassfoton. Dussintals barn uppflugna på trappsteg, de längsta längst bak, de minsta längst fram, rosiga om kinderna och med uppspärrade ögon, stirrande in i kameran. Skonade och aningslösa inför livets hårda verklighet som väntade. Tomek mindes när hans foto togs. Han var säker på att han hade det hemma hos föräldrarna någonstans. Det hade varit soligt, på sommaren, och de hade alla haft på sig pikétröjor med den lila loggan tryckt över bröstet. Tomek hade blivit tillsagd att stå längst bak. En av de längsta i årskullen. Bildens fokuspunkt. Ändå hade i verkligheten ingen velat prata med honom, ingen hade valt att spela fotboll med honom på lunchen, ingen hade tagit chansen att lära känna honom. I stället hade de mobbat och retat honom.

Tomek lät blicken svepa över ansiktena på barnen som gick upp genom årskurserna. Han kände inte igen någon av lärarna. Egentligen dumt, med tanke på att det var trettio år sedan och många av dem nu antingen var döda eller pensionerade. Tanken gjorde honom ledsen en stund. Men det dröjde inte länge förrän den avbröts.

Vid ingången till aulan stod en kvinna i tidiga fyrtioårsåldern. Rektorn, antog han, på klädseln att döma. Välklädd, med kavajärmarna uppskjuttna längs armarna och ett par stövlar med klack. Kanske väl formellt och sofistikerat för en låg- och mellanstadieskola, men han uppskattade redan hennes professionalism. Han förstod att det här skulle bli kortfattat, snabbt och rakt på sak. Om det skulle bli givande återstod att se.

Efter att ha presenterat sig som Vanessa Parris tog hon honom till sitt kontor bakom receptionsdisken och erbjöd honom en kopp te. Efter att han tackat nej slog han sig ner på en förfärligt obekväm stol av ett grovt, mörkblått tyg som skavde mot huden varje gång han andades.

"Bra att se att stolarna är sig lika sedan jag var här senast", sa han.

"Förlåt", svarade Vanessa. "De enda jag ofta har här inne är elever. De tycker att de är mycket bekvämare än de hårda plaststolarna de måste sitta på i klassrummen."

Vanessa uttryckte sig väl, resultatet av en prestigefylld utbildning någonstans utanför länet. Genast, på sättet hon satt – rak i ryggen, bröstet ut, axlarna bakåt – framstod hon som en kvinna som var stolt över sin position och hade arbetat enträget för att nå den.

"Hur kan jag hjälpa dig i dag, polis?"

Tomek förklarade anledningen till sitt besök. Han fiskade i rockfickan och tog fram fotot på flickan i den röda kappan. "Du råkar inte känna igen den här kappan? Sett den på skolgården, kanske. Något av barnen som haft den på sig när de blir hämtade från skolan?"

Vanessa granskade fotot med samma känsla för detaljer som han anade att hon studerade sina elever med. Metodisk, grundlig.

"Den ser inte bekant ut. Inte håret heller, tyvärr. Jag menar, vi har många flickor på den här skolan med den här hårfärgen. Den är knappast unik."

Det visste Tomek. Det var samma svar han hade fått av alla andra han hade pratat med i ärendet.

"Hur är det med lärare som har egna barn här på skolan? Har ni några sådana?"

Vanessa skakade på huvudet. "De har alla gått vidare nu."

"Lärarna eller barnen?"

"Spelar det någon roll?"

I det stora hela gjorde det inte det.

"Jag är ledsen att fråga ..." började hon lite osäkert. "Men jag känner igen ditt namn ..."

Hon avslutade inte meningen, för Tomek visste att hon inte kunde. Det var ett svårt ämne att närma sig. Han bestämde sig för att hjälpa henne på traven.

"Ja. Det är jag. Nåja, inte *jag*. Det var min bror som dog. Jag var bara den som hittade honom."

Vanessas ansikte blev medlidsamt, och hon gav honom en blick hon hade använt tusen gånger. För att trösta förtvivlade och ledsna barn. För att visa att hon förstod. Ett ansikte som utstrålade empati. Om den var spelad eller äkta brydde han sig inte. Avsikten var det som hjälpte.

"Jag vet inte om du känner till det", fortsatte hon, "men har du sett den nyligen?"

"Sett vad?"

Snälla, säg inte hans kropp. Snälla, säg inte hans kropp.

"Hans bänk."

"Förlåt?"

"Han har en bänk på skolan. Tillägnad honom till hans minne. Visste du inte det?"

Tomek var mållös. Det kändes som om syret hade blåsts ur lungorna och han kunde inte förse hjärnan med det han behövde för att tänka klart. Länge satt han där och stirrade in i kragen på hennes skjorta, omedveten om skriken från barnen som sprang runt på skolgården utanför.

När han till slut kom tillbaka till sig själv insåg han att munnen hade fallit öppen och att en pöl av saliv hade samlats vid tänderna.

"Vill du se den?"

KAPITEL
TRETTIOFEM

T anken på bänken hade knappt lämnat Tomeks huvud när han kom fram till nästa skola på listan. Den här hade han aldrig besökt, men han hade hört talas om den. Southend High School for Girls. Som namnet antydde var det en flickskola i norra Southend med en skola för de yngre upp till elva år och en för de äldre från elva och uppåt. Eftersom Nick hade insisterat på att skydda barnen i Southend hade han tillbringat de senaste två timmarna med att tala till hela årskurser om riskerna och fallgroparna med nätmeddelanden och sociala medier. Han hade ingen flashig PowerPoint eller något manus till hjälp, bara tankarna i sitt eget huvud – påverkade av den utbildning han hade tvingats gå igenom för några år sedan. Det hade tagit ett tag att få till sitt eget upplägg, men när han nådde årskurs elva satt det. Det enda problemet var att de inte brydde sig ett dugg. De var odrägliga, okunniga tonåringar, och när han blickade ut över aulan, med närmare fyrahundra kåta och hungriga sextonåringar som stirrade tillbaka, var han tacksam över att han bara behövde göra det här under en kort period. Han kunde inte föreställa sig att stå ut med det dag ut och dag in. Inte som vissa proffstalare gjorde. Attityden, det ständiga mobilberoendet; då och då såg han några ansikten bli vitblå när de inte särskilt diskret satt och messade kompisar i knäet.

"Jag är säker på att några av er nyligen har sett på nyheterna", började han, "att en mördare är ute och dödar tidigare sexualbrottslingar som dömts för våldtäkt och pedofili. Det jag ville prata med er om i dag är farorna med att prata med människor ni inte känner på nätet."

Tomek bestämde från början att de var tillräckligt gamla för att höra sanningen. De kunde vara okunniga, ja, men de var inte dumma. De skulle se igenom hans daltande, och om han ville förtjäna deras respekt skulle han behöva vara öppen och ärlig med dem om vad som faktiskt kan hända om de inte är försiktiga.

"Båda offren dömdes för grooming på nätet och för att ha haft sex med minderåriga, och av det som hände före deras död tror vi att de skrev med en ung tjej på nätet och skulle träffa henne." Det här var ett sådant tillfälle då han önskade att han faktiskt hade en PowerPoint bakom sig, så att han kunde trycka på en knapp och visa en bild på flickan i den röda kappan. Följt av mer störande bilder tagna på både Timothy Rosenthals och Gary Kershaws brottsplatser. "De här männen är inte ensamma. Det finns dussintals fler där ute som letar efter yngre pojkar och flickor på nätet för att skriva till dem, i hopp om att till slut få träffa dem. De kan verka roliga, ofarliga och trevliga, men det är de inte. Deras metod är att smickra och lura. Kanske går ni igenom en jobbig period med er pojkvän eller flickvän, eller så har ni bråkat med era föräldrar och behöver någon att prata med. Till en början kommer de att framstå som er vän. Men när ni börjar känna er mer bekväma med att prata med dem, och de märker att ni blir mer öppna, då börjar de be om saker. Först kanske det är några bilder på er själva. Sedan kan det gå vidare till videor. Och till slut slutar det med att ni träffar dem och utsätter er för risken att bli våldtagna. De här männen bryr sig inte om vem ni är eller vad ni gör. De vill bara en sak."

För att understryka poängen höll Tomek upp ett finger i luften. Han hade hamnat lite vid sidan av ämnet, men han ansåg att det var nödvändigt. Barnen behövde få veta.

"Om någon tar kontakt med er är det bästa sättet att hantera det att berätta för era föräldrar, vårdnadshavare eller till och med er lärare. De kan hjälpa er att göra rätt. Vid behov anmäls det till polisen, och då tar vi det därifrån. Men enda sättet för oss att få veta är att ni berättar."

Aulan tystnade. Skrapandet av rumpor mot stolarna och otåliga fötter som stampade på golvet upphörde. Om han hade chockat dem eller tråkat ut dem visste han inte. Det enda som betydde något var att de hade lyssnat.

Åtminstone trodde han det.

"Min pappa säger att den som gör de här morden inte förtjänar att åka fast", sade ett av de omogna små ansiktena någonstans i mängden utan att räcka upp handen. Tomek letade efter rösten, men kunde inte hitta den. "Din pappa är en dum man om han tycker så", sade Tomek. Sedan vände han sig till resten av rummet. "Och om någon känner någon annan som säger något liknande, så är de också dumma. Att tanklöst döda en annan människa är inget sätt att skipa hämnd eller rättvisa. Det är därför vi, och rättsväsendet, finns."

En hand for upp i luften. Tomek pekade på den och kände sig som om han deltog i ett avsnitt av *Question Time*. Han hoppades dock att han inte skulle bli attackerad som vissa panelmedlemmar han hade sett falla isär i det programmet.

"Varför har ni inte hittat den som gjorde det än?" frågade rösten.

"Våra utredningar pågår", svarade Tomek. "En mordutredning är en lång och noggrann process."

"Min farsa säger att ni drar ut på tiden så att de hinner döda fler, så att ni slipper göra nåt."

Herregud, tänkte Tomek. *Har allas farsa något att säga?*

"Din pappa vet tyvärr inte vad han pratar om. Har någon frågor om det jag har tagit upp?"

En skur av händer flög upp. Tomek tvekade att välja någon av dem, av rädsla för fler idiotiska kommentarer. Han tog en chansning och valde en tjej på första raden. Det var första gången han faktiskt kunde se en av dem han talade till. Hennes uniform var ett enda kaos – slipsen för kort, kjolen för hög, översta knapparna uppknäppta – och sminket var påkletat.

"Ja?" sade han till henne.

"Hur kommunicerar sådana här människor?"

"Bra fråga. Det finns olika sätt för sexuella rovdjur att ta kontakt med er på nätet. Men oftast gör de det via sociala medier."

"Sånt som TikTok, Facebook, Instagram, Snapchat, Twitter?"

"Ja, precis."

"Är du på någon av dem, sir?"

"Men herregud, Elizabeth, det där kan du inte fråga!" sa en av tjejerna bredvid.

"Det räcker nu, Miss Wheeler", sköt en lärare in från skuggorna längst bak i salen.

"Nej, nej. Det är lugnt", sade Tomek och lugnade aulan med några viftningar innan det hann spåra ur. "Nej", fortsatte han. "Jag är inte på några sociala medier."

Han var redo att gå vidare till nästa fråga när hon fortsatte. "Det var synd. Du hade kunnat glida in i mina DM, sir, och jag hade inte sagt nåt till någon. Det kunde ha varit vår lilla hemlighet."

"Okej, Elizabeth, nu räcker det – kom igen, ut med dig."

Innan flickan ens hade kommit upp på fötter bestämde sig Tomek för att han själv hade fått nog och lämnade scenen till ett crescendo av jubel och tjut.

Jävla tonåringar.

KAPITEL
TRETTIOSEX

"Hur gick det?"
"Ungefär så bra som jag hade väntat mig, om jag ska vara ärlig. Och det säger inte mycket."

Rektor Miranda Hartwell rynkade läpparna medan hon lyssnade, som om hon poserade för en fotografering. Han placerade henne i ungefär samma ålderskategori som han själv och tyckte att hon såg bra ut för den åldern. Präktig, korrekt och kanske lite stel. "Jag beklagar att flickorna inte kunde vara till större hjälp för dig, kriminalare. Och jag är ledsen för det där med Elizabeth. Låt oss ta ett par ord med henne. Det är inte vanligt att de beter sig så. Jag måste erkänna att jag funderade på hur de skulle reagera på en man som du som stod framför dem."

En man som han? Flörtade hon med honom? Sedan hans relation med Katie hade börjat utvecklas hade han knappt ägnat andra kvinnor en tanke. Han hade blivit närsynt, med Katie i fokus och allt annat utbländat.

"Oavsett vem som kom ner för att prata med dem," sa han, i hopp om att tona ned hennes närmanden, "ska de lyssna. Det är viktigt att de lär sig vad som är rätt och fel."

"Säg det du," sa hon. "Jag skäller ständigt på min dotter för att hon sitter vid iPaden för länge. Det är mitt fel, jag vet. Men det är bara så... *enkelt* att räcka över den och gå vidare. De är nöjda, jag är nöjd. Och jag kan äntligen komma vidare med jobbet."

Tomeks nästa fråga hade bränt i honom ända sedan hennes första mening. "Har du en dotter?"

"Ja. Jag är ensamstående förälder." Medvetet eller (som Tomek antog var fallet) omedvetet strök Miranda över sitt ringfinger och tittade på Tomeks på samma hand. "Det har jag varit sedan hon var bebis. Hennes pappa ville inte vara en del av hennes liv och jag lät honom gärna gå."

"Hur gammal är din dotter?"

"Sju. Hon fyller åtta om ett par veckor. Januari-barn. Stenbock. Hon är väldigt självständig..."

"Förutom iPaden."

Miranda skrattade till. "Ja. Förutom iPaden."

Tomeks tankar skenade, och han ville inte avslöja vad som rörde sig i hans huvud. Så i stället lät han blicken svepa genom rummet, på jakt efter ett foto av barnet. Det var första gången han hade pratat med en lärare eller rektor som hade en dotter i samma ålder som flickan i den röda kappan. Men Miranda verkade fast besluten att hålla henne osynlig. Det fanns inga foton, inga teckningar eller minnessaker som dottern gett henne. Inget som antydde att hon ens hade ett hem att gå hem till. Det var inte ovanligt, men Tomek hade väntat sig mer av en ensamstående mamma.

Eller kanske var det just det. Kanske var det den totala avsaknaden av tecken på ett hem som fick varningsklockorna att ringa. Gärningsmannen hade använt ett barn som bete vid morden. Och han hade gång på gång frågat sig: vad är det för mor som gör så? Vad för far? Vad för förälder?

Den sortens som försummade sitt barn och lät henne sitta med iPaden i stället för att bygga band med henne?

Tomek tyckte att det var att dra det lite väl långt. Men varje spår, hur långsökt det än var, var värt att följa om det kunde stoppa en störd och grym mördare från att lägga till fler offer på listan.

"Är det något mer jag kan hjälpa dig med i dag, kriminalare?"

Tomeks tystnad hade skrämt henne. På bråkdelen av en sekund hade hon blivit fåordig, spänd och var redan i färd med att mota ut honom ur rummet.

"Går din dotter på den här skolan?" frågade han, fortfarande som om han förde ett artigt samtal.

"Nej. Hon går på en annan skola. Chalkwell Hall. Inte långt härifrån."

Den stod inte på Tomeks lista, men han antecknade den ändå.

"Något mer?"

Han hade träffat en nerv, och hon ville verkligen bli av med honom. I pressen och på nätet hade han börjat se muttrande från tangentbordskrigarna om att polisen skyddade en av sina egna. Någon som misstänktes vara våldtäktsman eller pedofil. Och genom att inte jaga gärningsmannen lät de det ruttna äpplet inom kåren undkomma eller gå under jorden. Resonemanget var ren rappakalja, men han visste hur långt och övertygande några få röster kunde nå på nätet. Och här stod han, en vuxen man som ställde frågor om hennes sjuåriga dotter.

"Känner du igen flickan på det här fotot?"

Tomek tog fram fotot på flickan i den röda kappan ur fickan och förde det nära Mirandas ansikte. Hon studerade bilden en stund, noggrant. Längre än alla andra han visat fotot för. Antingen försökte hon dölja en skymt av igenkännande i blicken, eller så försökte hon bocka av dragen mot de flera hundra barn i liknande ålder hon såg dagligen. Tomek kunde inte avgöra vilket.

"Nej," svarade hon. "Jag kan inte påstå att jag känner igen henne. Har du en bild på ansiktet?"

"Tyvärr inte..."

Hon spände läpparna och lutade huvudet åt sidan. "Då nej, är jag rädd. Jag... jag tror inte att jag kan vara till så stor hjälp för dig."

Tomek drog tillbaka bilden och stoppade ner den i fickan. "Bra. Tack för din tid. Jag hör av mig om vi behöver dig."

KAPITEL
TRETTIOSJU

Noll nyheter var goda nyheter, som det heter. Utom när man befann sig mitt i en utredning om ett dubbelmord. I just de (och lyckligtvis rätt sällsynta) fallen var noll nyheter dåliga nyheter.

Noll nyheter innebar att utredningen stagnerade. Den gick mot en snabb och obönhörlig död. Som ett klippblock som rullade nedför berget och inte gick att stoppa, och alla i teamet stod längst ner, glodde, fastfrusna på plats. De väntade på att den oundvikliga slängen av depression och trötthet skulle slå till. Det som behövdes var nya ögon, en ny blick på hur saker och ting hade fortskridit. Men tyvärr för Essex-polisen var det inte möjligt. Alla andra utredare vid CID i Chelmsford med omnejd var redan hårt belastade, och det stöd de kunde skicka var inte mycket att hänga i granen.

Stämningen i stabsrummet morgonen efter Tomeks möte med rektorn Miranda Hartwell var dyster. Tomek kunde nästan se kollegornas ansikten speglas i klippblocket när det voltade nerför berget. Det fanns inte ett spår av ett leende, inte ett spår av en bra idé så långt han kunde se. Tomek däremot hade all anledning att vara glad, uppspelt.

"Jag tar väl och drar igång," började han när morgonmötet drog i gång. "Ni ser ut som om ni sett er pappa raka röven med ena benet uppe på badkarskanten. Ylande mot månen. Ingen behöver se det. Inte ens Tony."

Det lockade fram ett litet fniss i rummet, även från Tony, som bara himlade med ögonen och lät Tomek fortsätta. Svårflörtad publik den här morgonen.

"För det första vill jag tacka er alla för ert arbete med skolorna och lärarna. Jag vet att det var mycket jobb, men jag tror att vi kan ha fått ut något av det."

"Vilket betyder att du uppenbarligen gjorde det," sa Rachel. "Så varför berättar du inte vad det är?"

Tomek pausade ett ögonblick. Lite chockad. Han hade aldrig fått en så vass replik tillbaka från henne. Något var på tok.

"En av rektorerna jag pratade med har en dotter i ungefär samma ålder som vår flicka i den röda kappan. Jag kunde inte identifiera henne eller matcha henne mot fotot, men jag vet vilken skola hon går i. Chalkwell Hall." Tomek lät blicken vandra runt rummet. "Vem hade hand om den?"

Ingen räckte upp handen, ingen sa något.

"Någon? Någon? Bueller? Bueller?"

Hans imitation från *Ferris Bueller's Day Off* var högst medioker, men den hade samma effekt som i filmen. Fortfarande svarade ingen.

"Okej, låt mig omformulera det: vem skulle åka till den skolan?"

Den här gången höjdes en liten hand. Teamets minsta medlem.

"Herr Pepper," sa Tomek. "Jag förstår. Och varför gjorde du det inte?"

"Upptagen, chefen."

"Om du vill att vi ska börja kalla dig en Porsche Chey-enne får du anstränga dig lite mer, kompis. För just nu kan det bli tal om en Chey-nge i karriären." Tomek suckade och satte händerna i sidan. Han vägrade tro att han höll på att bli mer och mer som Elake Nick ju fler månader som gick. "Vad gjorde du i stället?"

Chey svalde innan han svarade. "Vi hittade Timothy Rosenthals bil, chefen."

"När?"

"Häromdagen. Jag har utrett det."

Tomek vände sig mot Tony. "Hur kommer det sig att ingen sa det till mig?"

Tony, som suttit med benen i kors, vecklade ut dem och reste sig. "För att Chey kom till mig med det. Du var inte här, så jag tog det. Det var allt."

Trots deras framsteg, ett eller två steg framåt, kände Tomek att han just hade tagit dem tio steg tillbaka. Det var bara en mindre irritation, men

Chey, som kriminalassistent, hade ansvar för att rapportera till Tomek. Och när han gick över huvudet på honom uppskattade han det inte.

"Vad är senaste nytt om bilen?" frågade Tony och tog över samtalet.

"Ingenting, chefen. Den var rejält utbränd och det hittades inte ett spår av DNA på platsen. Kriminalteknikerna har gått igenom varje centimeter, men de kan inte hitta något som visar vem som har kört den hela tiden."

"Hur länge har den stått där?"

"Vi misstänker ett tag. Ett par veckor i alla fall. Sedan dess har det vräkt ner regn, blåst, dimma. Till och med några rävar och fåglar har skitit i den. Att få fram någon bevisning alls var alltid osannolikt."

"Hur var det med registreringsskyltarna?" frågade Tomek.

"Falska. De byttes någon gång efter Timothy dog. Jag har försökt hitta dem via ANPR och CCTV, men de dyker inte upp. Det är som om de vore ett spöke."

"Var hittades den?"

"Mitt i ett industriområde i Tilbury."

"Där hundratals människor jobbar varje dag och kör förbi den?"

Chey ryckte på axlarna. "Det är Tilbury, chefen. Någon skulle kunna knivhugga dig i bröstet och folk skulle ändå vända bort blicken."

Chey hade en poäng, men det betydde inte att samtalet var slut. Eller att hans utredning var det.

"Så någon måste ha dumpat den, bränt upp den, och sedan vad då? Gnuggat sin magiska lampa och försvunnit hem?"

Cheys ansikte förvreds i förvirring.

"Jag frågar hur de tog sig ut från industriområdet och tillbaka till vilket hål de nu bor i utan att någon såg."

"Inte helt säker, chefen. Det finns inga kameror i området."

Tomek himlade med ögonen och suckade inombords. Jävla Tilbury. Sviker teamet igen.

"Hur är det med mordvapnet?" frågade han, förhoppningsfull, trots att han visste att det var lönlöst med tanke på hur samtalet redan hade gått. "Hittades något på platsen?"

Chey skakade på huvudet och sa därmed allt Tomek behövde veta. Han kunde inte förneka det: han var besviken på den unge killen. I stället för att skälla ut honom, som Nick skulle ha gjort med honom, bestämde sig Tomek för att bryta mönstret och ge honom en chans att revanschera sig.

"Åk till Chalkwell Hall och se vad du kan ta reda på om Miranda

Hartwells dotter," sa han. "Hör vad hennes lärare har att säga om henne. Sannolikt är flickan i den röda kappan blyg och timid bland jämnåriga, men van vid vuxna."

"Javisst, chefen."

"Faktiskt följer jag med. Håller ett öga på dig."

Därifrån tog Tony över diskussionen och styrde uppmärksamheten mot Jimmy Hunter. Det fanns fortfarande inget besked om var den svårfångade mannen befann sig, eftersom de inte lyckades få fram hans ursprungliga namn. Men de var nära. Tony kände det. Det var för tidigt att gå ut med huvudmisstänktens namn i media eller lägga ut honom på nätet. De behövde vänta tills de var helt säkra.

När mötet var slut skyndade sig Tomek till köket i jakt på vattenkokaren, där han fann Rachel redan hängande över den.

"Skulle du kunna fixa en åt oss också?" frågade han artigt.

"Visst."

Fortfarande samma kyliga, korta svar som hon hade gett honom tidigare.

"Allt okej?"

Rachel vände sig mot honom. Pannan var rynkad och färgen hade lämnat hennes kinder. Hon såg mer sjuk ut än frustrerad.

"Ska det alltid vara så här?" frågade hon långsamt.

"Nej... jag kan faktiskt göra mitt eget kaffe."

"Det var inte så jag menade. Jag menade... utredningen. Den är så... långsam. Det tar oss alldeles för lång tid att komma någonstans. Vi har inga spår, vi har ingen aning om vem vi letar efter."

"Tony verkar tycka att vi är ute efter Jimmy Hunter," sa Tomek.

"Han har fått dille på fel kille. Jag vet det, du vet det."

"Jag tror att det kommer uppifrån. Du vet vad man säger, skiten rinner nedåt."

"Och det gör pengar och en enhörning också om man puttar tillräckligt hårt, men jag ser inte röken av något av dem just nu."

Tomek visste inte vad han skulle säga; han kunde definitivt inte säga det hon ville höra, för han visste inte vad det var. "Minns du när du började och jag sa att saker går lite långsammare här?"

"Jag trodde du menade vanlig racerbil i stället för Formel 1. Inte förbannat glacialt. Jag skulle förvänta mig det här från någonstans uppe i norr, där de bara ägnar sig åt att mota bort får och kor."

"Vi gör samma sak här," sa han. "De kallas folket i Essex. De har samma temperament och envishet som får, och några av dem kan vara rena kor."

Hon log. För första gången i dag log hon.

"Skoja inte," sa hon. "Det är bara frustrerande."

"Jag fattar. Det är det för mig också. För oss alla. Vi är bara mer vana än du."

"Jag är orolig för ett tredje offer," fortsatte hon och sänkte rösten.

"Vad menar du?"

"Gärningspersonen har varit tyst. Jag tror att hen antingen har gått under jorden eller förbereder nästa mord. Det har gått för lång tid sedan de tog någon sist."

"Kanske har vi skrämt dem. Så fort de hörde att vi skulle ta in en av Londons finaste stack de."

"Snarare *Tesco's Finest*."

Utan att mena att vara nedlåtande sa Tomek att hon gjorde ett bra jobb och att hon behövde hålla i. Svaren fanns där ute, de behövde bara hitta dem.

Som tur var för Tomek kunde varken något hon sa, eller hennes pessimism, sudda bort leendet från hans läppar.

KAPITEL
TRETTIOÅTTA

Två timmar senare satt de på Harvey Princes kontor. Rektorn för Chalkwell Hall Primary School var en smal man med ett adamsäpple stort som Tomeks knytnäve. Näs hårstrån stack ut ur näsborrarna som små fladdermöss, och hans tänder hade färgats svagt gula, antingen av ett liv av rökning eller citronkarameller. Av alla rektorer Tomek hade sett såg han utan tvekan minst professionell ut, minst lämpad för jobbet. Men han var inte den som dömde på förhand. För allt Tomek visste kunde Harveys meriter vara bättre än alla de andra rektorernas tillsammans.

Det var något vagt bekant med Harvey Prince. Den tunna kransen av begynnande flint. Den glesa skäggstubben, fläckvis på ena sidan och jämn på den andra. De insjunkna kinderna och den kantiga käklinjen. Ändå kunde Tomek inte placera det, eller honom.

Ändå hade även Harvey sett det; när de först möttes hade Harveys ögon vidgats, nästan till skräckens gräns. Visst var det ovanligt att se en polis på en grundskola, men det var något annat. Något som dolde sig bakom ögonens gardiner.

Chey hade tvingats kliva in och presentera dem innan det hann bli obekvämt. Nu satt de på hans kontor och väntade på att Harveys assistent skulle komma in med en bricka te. Hon kom efter några ögonblick.

Harvey tackade henne och väntade tills hon lämnat rummet innan han började.

"Jag måste säga, det här är ganska ovanligt." Hans röst överrumplade

Tomek. Den var förvånansvärt djup, och han talade vårdat. Alltför vårdat för att ha vuxit upp och bott i Essex. Hur mycket man än ansträngde sig fanns det alltid lite glidning, ett återfall i det vanliga sättet att prata.

"Vi hoppas att du kan hjälpa oss med våra frågor", sa Chey.

"Självklart. Allt jag kan göra för att hjälpa."

"Var kommer du ifrån?" sköt Tomek in. Han hade tänkt låta Chey ta de viktiga delarna. Men först behövde han få sina egna frågor ur vägen.

"Jag är född här men flyttade till Kent när jag var femton", svarade Harvey.

"Du är från andra sidan vattnet. Modigt att komma tillbaka hit."

Harvey skrattade till och sänkte blicken. "Inget märkvärdigt egentligen. Husen är billigare och det fanns fler jobb."

"Ibland måste man följa pengarna", sa Tomek kort.

"Tyvärr, ja."

Chey förde dem snabbt tillbaka till ämnet. Medan han förklarade skälet till deras besök iakttog Tomek Harveys reaktion. Mannens ansikte förblev helt orörligt medan han tog in orden. Han avslöjade ingenting. Då och då fladdrade blicken över mot Tomek och dröjde där ett ögonblick innan den återvände till Chey.

"Jag kan försäkra att jag aldrig har lagt märke till något olämpligt med Diana", sa Harvey när Chey var klar. "Visst kan hon verka lite timid och blyg ibland – blygare jämfört med några av de andra barnen – men jag kan inte komma på något ovanligt eller misstänkt beteende. Sedan de här morden började har vi pratat med eleverna och påmint dem om att inte prata med främlingar eller sätta sig i främlingars bilar. Det är sorgligt att vi måste påminna dem om det i dagens samhälle. Om de ser något konstigt eller något som skrämmer dem ber vi dem att komma till oss direkt."

Tomek tyckte att det var över små barns förmåga, de under sju, att veta skillnaden mellan vad som var konstigt och vad som var potentiellt farligt. Men vad visste han? Han tyckte också att det var bedrövligt att risken för bortförande och skada på vägen hem från skolan bestod än i dag. Men å andra sidan tvingades barnen i Amerika öva på att springa ifrån kulor i skolans korridorer dag ut och dag in. Så vem vann egentligen?

"Har du någonsin pratat med Dianas föräldrar, Mr Prince?"

"Bara hennes mamma. Pappan är inte med i bilden, tror jag. Jag och Miranda träffar regelbundet andra rektorer i området för att diskutera budgetar, föreskrifter, tips."

"Har ni en egen liten WhatsApp-grupp och allt?" Cheys tonfall gav samtalet en lättare ton, förhoppningsvis för att få Harvey att slappna av.

"Herregud, så många. Alla behöver en WhatsApp-grupp för allt nuförtiden. Jag tappar räkningen ibland."

"Det gör vi väl alla." Chey tog en liten klunk te, men lät det ta tid. "Så skulle du säga att du står Miranda ganska nära?"

Skruva åt. Tomek gillade det.

"Jag menar, visst, vi kommer överens. Men det betyder inte att vi har något på gång eller så."

"Nej, självklart inte. Men hon litar på dig? Och hennes dotter litar på dig?"

"Vad är det du vill komma fram till?"

"Vi försöker bara hitta en mördare, sir. Personen bakom Timothy och Garys mord använde en liten flicka som bete för att locka offren i döden. Säger de namnen dig något?"

"Nej."

"Jag talade inte om deras fullständiga namn ...", sa Chey.

Mer åtdragning. Nu hårdare. Men om han vred för hårt kunde träramen spricka.

"Jag känner igen namnen från tv. Det är allt. Jag känner dem inte personligen."

"Och du kan tänka dig att sätta det på pränt?"

Harveys rygg blev stel. "Absolut. Jag har aldrig haft något att göra med de där två männen. Eller med mördaren."

Chey nickade eftertänksamt. Tomek var imponerad.

"Avslutningsvis", sa han med en antydan till upprymdhet, som om tanken just slagit honom, "du sa att ni har pratat med eleverna om allt som verkar misstänkt – är det faktiskt någon som har kommit fram och tagit upp något med er?"

Harvey skakade på huvudet. "Inget som lett någon vart. Vi har fått ett par frågor från några av föräldrarna om Abdul."

"Abdul?"

"Ja. Han driver den lokala fritidsklubben. För barn vars föräldrar jobbar sent och inte kan hämta dem direkt efter skolan."

"Därav namnet."

"Så klart."

"Och går Diana på den här fritidsklubben?"

Harvey nickade. "Nästan varje dag. Eftersom hennes mamma är rektor på en annan skola har hon svårt att sluta i tid. Jag har själv samma problem. "The struggle is real", som ungarna säger nuförtiden."

Men inte barnen på din skola, tänkte Tomek. *De är för unga för att förstå bekymmer över huvud taget.*

Innan de gick tackade Tomek och Chey mannen för hans tid, sa att de skulle höra av sig och antecknade uppgifterna om Abduls fritidsklubb. Utanför sjöng fåglarna sin eftermiddagskör, och i fjärran, i den orange- och rosa-färgade himlen, flög ett plan förbi. Det fanns inga moln, och allting låg stilla, tyst.

Det såg ut att bli en behaglig kväll.

"Så", sa Tomek när de kom fram till bilen. "Vad tyckte du?"

"Jag tror att om han inte hade slutat ögonknulla dig hade jag blivit tvungen att haka på. Fick mig att känna mig lite utanför."

Tomek log snett. "Kanske är det mitt råbarkade snygga yttre och min oemotståndliga charm."

"Nej, det är för att du är fyrtio och ditt babyface får dig att se tio år yngre ut. Och skäggfärgen ..."

"Något mer?"

"Vill du att jag ska blåsa mer rök upp i röven på dig?"

"Nej. Jag menade om Mr Prince."

"Förutom att jag tror att han hade ett och annat vid sidan om med den där Miranda-kvinnan tror jag inte att han är mördaren, nej. Däremot tror jag att vår fritidsklubbs riddare i skinande rustning kan veta ett och annat till."

Tomek instämde.

"Nå väl då", fortsatte Chey medan han körde ut från skolans parkering. "Hur skötte jag mig? Har jag revanscherat mig?"

Han gav Tomek ett fräckt pojkleende. Ett sådant som påminde honom om dem han brukade använda för att ta sig ur trubbel förr.

"Inte illa", sa han blygt. "Lite rörig i din frågelinje, men jag tror att det fungerade till din fördel den här gången. Jag tror att du skulle få ett C i betyget. Fortfarande utrymme för förbättring."

KAPITEL
TRETTIONIO

D often av chicken tikka masala och pilauris svävade genom vardagsrummet. Den väckte Tomeks sinnen och fick magen att kurra. Katie var i hans kök och värmde färdigmaten, eftersom de var för lata för att laga mat. På soffan bredvid honom låg hennes övernattningsväska. Allt hon behövde för sin vistelse på Hotel Bowen. Fast det höll snabbt på att bli Casa Bowen. Och snart nog undrade han hur länge det skulle dröja innan han till slut gav upp och räckte henne en nyckel. Det fick han fundera på en annan gång. Just nu vände och vred han på dagens händelser. Funderade, bearbetade. Han brukade tycka att det hjälpte att glo på de jävla dokusåpor som numera verkade breda ut sig över kanalerna som klamydia. De bedövade hjärnan och gjorde att han kunde stänga av och fokusera på det viktiga. För att inte tala om att de stod på för Katies skull. Hon var en hängiven anhängare av sånt som *Made in Chelsea* och, även om han hatade att ens erkänna att det existerade, *The Only Way Is Essex*. Den serien hade, tyvärr, satt Essex på kartan. Och inte av rätt skäl. Den målade upp en urusel bild av Essex, full av tomma hjärnor som lät som om deras röstlådor var nedskruvade till femtio procent och vars enda bekymmer i livet var att se bra ut, ha perfekt hår och se till att de inte åt några kolhydrater innan de drog iväg till Marbella. No carbs before Marbs kallade de det. Och varje gång han hörde det ville han skjuta sig.

Nej, inte ens det var en tillräckligt snabb flykt från de bländvita tänderna och plasttuttarna som han ständigt såg på skärmen. Han skulle behöva hitta ett mer omedelbart sätt att ta livet av sig. Eller kanske byta identitet. Varje gång han sa att han var från Essex antog folk genast att han bodde i Brentwood, där serien spelades in, och att han hoppade i säng med deltagarna. Att han kände dem bättre än han kände sig själv.

Vid närmare eftertanke lät pistolen som en rätt bra idé.

Innan han hann återvända till tankarna i huvudet igen kom Katie med hans tallrik.

"Åh, härligt", sa han till henne. "Tack."

"Snart tjänar jag ihop min Michelinstjärna."

"Ja, jag har hört att de delar ut dem som extrapris nuförtiden. Sätt ugnen på etthundraåttio grader, ställ timern på trettio minuter så har du ett pris."

Katie gav honom en lekfull dask på armen och tillsammans gav de sig på middagen i soffan. Tack och lov pratade de om sin dag under tiden. Katies hade varit lugn. Ingen förändring från det vanliga. Några kunder här och där. Några som bara slösade tid, medan en enda kund hade nog med pengar för en helt ny outfit varje dag i veckan.

"Man såg att hon hade pengar", fortsatte Katie. "Och ungen såg ut som hej kom och hjälp mig. Han hade lera över hela ansiktet, händerna och manschetterna."

"Jag antar att vissa ungar gillar att leka i smutsen." Tomek skopade in en hög ris i munnen. "På tal om ungar ... det konstigaste hände mig i går."

"Jaså?"

"En tonåring raggade på mig."

Katie brast ut i skratt, nästan sprutade ut maten ur munnen och över mattan. Hon slog honom på armen medan hon kämpade för att samla sig. "Tro inte att du är så märkvärdig, Tom."

"Vadå? Det hände faktiskt."

"Javisst, säkert."

"Det gjorde det! Någon tjej som hette Elizabeth frågade om jag fanns på sociala medier och sa att jag kunde ha glidit in i hennes DM, vad fan det nu betyder."

"Direktmeddelanden, farfar."

"Ja. Nå, där har du det."

"Så du gillar yngre kvinnor alltså?" frågade hon skämtsamt.

"Skärp dig. Jag har redan satt alla i riskzonen att hamna i registret med alla skolor de var tvungna att åka till. Mig själv inräknad."

Katie torkade sig om munnen och petade honom på benet. "Det var det jag tänkte säga dig."

"Är du pedofil?"

"Dra åt helvete." Hon rullade med ögonen och ställde tallriken på glasbordet framför dem. "Jag menade att säga att det kom in en annan snubbe i dag. Han letade efter skoluniform. Han sa att det var till sin dotter."

"Jaha ..."

"Nå, jag tyckte att jag skulle säga till dig. Du vet, efter förra gången."

"Hur gammal var han?"

Hon ryckte på axlarna. "Vet inte. Kanske runt trettiofem."

"Inte helt osannolikt", svarade Tomek.

"Jag vet, men han betedde sig skumt. Han ... log åt allt. Det var superskumt. Det gjorde mig lite obekväm."

"Har du ett foto på honom? Några CCTV-bilder?"

Hennes ögon blev stora när hon nickade ivrigt. Hon flög upp ur soffan utan förvarning, skyndade till köket efter sin telefon och kom tillbaka med bilden redan på skärmen. Om det hade varit Tomek som visat henne något hade han fortfarande varit kvar på låsskärmen.

Hon räckte över apparaten och Tomek granskade bilden noggrant. Försiktigt.

Insikten var omedelbar. Rädslan och skräcken kom några ögonblick senare.

Jimmy Hunter stirrade tillbaka på honom från skärmen, flinande som ett barn i en leksaksaffär.

KAPITEL
FYRTIO

J ag springer och jag springer. Skolan. Butiken. Ungarna. Cyklarna. De
finns där allihop. Men inte tydliga. I stället är de suddiga, gryniga, som
om någon smetat ut dem med en tunn pensel. Men den här gången bryr
jag mig inte, för något känns annorlunda. Jag känner mig annorlunda. Som
om jag kan höra blodet bubbla kring öronen, andetagen bryta genom
tänderna, spränga ut i fria luften, förvandlas till vattenånga precis framför
mig.

Jag känner saker jag aldrig har känt förut. Allt det här är nytt för mig.
Så jag springer och jag springer och jag springer.

Tills jag kommer fram till lekplatsen.

Hör alla ljuden.

Slagen, gråten, kvidandet, mumlandet mellan tänderna, skrockandet
när de sparkar livet ur min bror. Jag hör allt. I 4K.

Ingenting kan stoppa mig den här gången. Så fort jag ser dem kastar jag
mig mot dem. De får inte syn på mig förrän jag är ungefär tio meter bort, en
tiger som kastar sig över sitt byte i nattens mörker. När de väl ser mig är det
redan för sent. Jag har sett deras ansikten. Nathan Burrows. Den till höger. I
blå puffjacka, mjukisbyxor och kritvita skor. Han syns mest, och är dummast,
för han åkte fast först.

Men den andre ... han är där. I all sin dimmiga prakt. Längre än den
första. Blond. Klädd i svart rakt igenom. Rock, byxor, skor. Till och med
handskar.

Det går inte att ta miste: de är två nu. Alldeles för länge har jag dömt mig själv, ifrågasatt mitt minne. Alldeles för länge har jag lyssnat på vad polisen sa. De ville att det bara skulle finnas en, för det var vad bevisen pekade på och de var för lata för att leta efter den andre.

Men jag har vetat så länge, djupt där inne, att det fanns en till.

Och nu har jag honom.

"Charlie!"

Ett namn att sätta på det. Svagt, som ett eko.

Nathan ropar efter sin vän medan han springer efter honom. "Vänta!"

När jag kommer fram till Michals kropp lägger jag märke till nya saker. Fasansfulla saker. Som tråden de har tryckt in i hans öron och upp i näsborrarna. Men dem bryr jag mig inte om.

Allt jag bryr mig om är ansiktet.

Och namnet.

Charlie.

KAPITEL
FYRTIOETT

Tomek tog trappan i språng och stormade in i sovrummet. Han fann Katie liggande där, i bara underkläderna, med armar och ben slängda utanför täcket, vriden som en trasdocka. Hennes ansikte var ihoptryckt djupt i kudden.

Han skyndade fram till henne och skakade henne vaken.

"Katie! Katie! Katie!"

Hon mumlade när hon rörde sig ur sömnens djup.

"Vaaaad?"

"Jag har gjort det. Jag har sett honom. Jag har hittat honom."

"Vem? Mördaren?"

"Ja! Fast nej!"

Tomek kunde inte hålla tillbaka sin iver. Han kände sig som ett litet barn på Disneyland. Han ville springa iväg, bli kompis med alla superhjältar och Disneyprinsessor och hamna högst upp i berg- och dalbanorna med dem.

Han ville ha med Katie.

"Vad pratar du om?" frågade hon, medan hon drog sig upp i en bekvämare ställning.

"Mördaren. Min brors mördare. Jag *såg* honom. I mina drömmar."

Hon gnuggade sömnen ur ögonen. Och när insikten till slut sjönk in strålade hennes ansikte. Hon visade tänderna och kramade honom, drog in honom tätt intill.

"Det är lysande! Det är fantastiskt! Vad ska du göra nu?"

"Hitta den jäveln," sa han.

"Hur?"

"Jag vet inte. Men nu har jag en utgångspunkt, jag vet var jag ska börja."

Tomek hade för länge sedan förlikat sig med att han kanske aldrig skulle hitta identiteten på sin brors andre mördare. Och nu när han kände till den visste han att det skulle bli en lång och mödosam process att hitta honom i verkligheten. Och det skulle bli en ännu längre process att få till någon form av fällande dom.

Men han hade en utgångspunkt. En utgångspunkt som tagit trettio år att nå fram till.

"Allt är tack vare dig." Han lade båda händerna om hennes armar och kramade till.

"Vad— Vad har jag gjort?"

"Du hjälpte mig att se. Sedan du kom in i mitt liv har allt varit klarare, skarpare. Saker har börjat bli mer begripliga. Och allt är tack vare dig. Utan dig tror jag inte att något av det här hade varit möjligt."

Katie tittade ner på täcket. "Jag... jag har inte gjort någonting. Jag har—"

"Var inte dum. Allt det här är tack vare dig. Och jag kunde inte vara lyckligare över att du finns i mitt liv. Jag älskar dig."

Orden lämnade hans läppar innan hans hjärna hade hunnit bearbeta dem. Men nu var de där ute, nu hade de lämnat hans mun och kommit ut i världen, påtagliga, inom räckhåll, och de gick inte att ta tillbaka.

Inte för att han ville det.

Hon tillbringade så mycket tid hemma hos honom att hon i praktiken hade flyttat in. Golvet var en enda röra av hennes kläder, hennes tandborste hade lämnat fläckar i handfatet, och hennes hår fanns överallt i duschen. Men han brydde sig inte. Han älskade henne.

Han *älskade* henne...

När orden registrerades i Katies ansikte ljusnade hennes hy, hon kisade med ögonen, kinderna blossade. Sedan lutade hon sig fram, grep tag om hans bakhuvud och kysste honom.

"Jag älskar dig också", sa hon när hon drog sig undan.

Tomek kastade en snabb blick på klockan. 07.50. Han behövde lämna huset om tjugo minuter.

Men den här morgonen brydde han sig inte om han blev sen.

KAPITEL
FYRTIOTVÅ

D et var ett surr i insatsrummet. Ett surr som hade saknats de senaste veckorna. Men inte helt. I stället hade det legat i dvala, vilat. Väntat på genombrottet de behövde.

Ett team uniformerade poliser hade skickats till Jimmy Hunters hus.

Och de hade hittat honom.

Han skulle komma tillbaka snart. Det gav Tomek, som ledde förhöret (han var ju trots allt den som grävde fram honom ur hans håla), lite tid att förbereda sig.

Efter Katies avslöjande kvällen före hade Tomek instruerat DC Anna Kaczmarek att gå igenom dennes skoluniformsbutiks bokföring, hitta kortuppgifterna som tillhörde Jimmy Hunter och sedan använda den informationen för att spåra hans adress. Det hade tagit dem drygt två timmar att genomföra. Skrattretande, med tanke på att det hade tagit dem knappt tre veckor från utredningens början att hitta honom.

Jimmy Hunter var en alias han använde för att posta om sig själv på nätet. Egentligt namn Richard Williams (vilket Tomek tyckte var ett otroligt trist och intetsägande namn), han bodde några dörrar ner från Gary Kershaws hus, i bostadsområdet i Basildon. Tomek hade försökt flera gånger att föreställa sig mannen på brottsplatsen häromdagen, men hade inte lyckats. Antingen var han ute och jagade andra rovdjur eller så höll han sig gömd. Tomek var fast besluten att ta reda på vilket.

Strax efter fyra på eftermiddagen hade Richard Williams skrivits in på stationen. Dörren till insatsrummet öppnades och där stod Sean, flämtande, oförmögen att dölja upphetsningen i ansiktet.

"Du kan aldrig gissa vad?"

"Du har fått i dig för mycket Red Bull igen?"

Sean himlade med ögonen. "Det var *en* gång, okej! En gång!" Han skyndade fram till Tomek och snurrade runt honom på stolen så de hamnade ansikte mot ansikte. "Ännu bättre än alla Red Bull i världen. Det är Richard..."

"Ja...? Vad är det med honom?"

"Hans dna. När vi skrev in honom nyss gav hans dna träff för kvällen du var hos Rosenthal."

"Den jäveln är Salladsnävar? Den där jäveln som slog mig?"

"Det verkar som att han gjorde långt mer än så. Hans dna hittades i huset, minns du. Det var han som smög omkring."

"Den där tursamma spagettiarmade tönten."

⸻

Richard Williams var precis som Tomek mindes honom. Lång, smal, nästan nördig. Fast nu var det skönt att se honom i all sin prakt. Upplyst av det artificiella ljuset ovanför. Och utan masken.

"Du är svår att hitta," började Tomek.

Bredvid honom satt Rachel, och mittemot henne satt Williams advokat.

"Kanske är du bara kass på ditt jobb," svarade Richard snabbt.

"Jag kan förstå att du kan tro det."

"Jag har fått fler rovdjur och pedofiler bakom lås och bom än er allihop tillsammans."

"Och ändå får du inte betalt för det. Om du hade kommit till oss tidigare är jag säker på att vi hade kunnat ge dig ett jobb. Vi letar alltid efter nya talanger. Men nu har du bara sett till att bli gripen. Saboterat det för dig själv."

"Jag har inte saboterat någonting."

"Det får vi se." Tomek log snett när han öppnade mappen framför sig. "Du har blivit gripen misstänkt för mordet på Timothy Rosenthal. Har du något du vill säga till oss nu?"

Svaret var ett resolut och tyst, "nej".

"Utmärkt." Tomek frågade honom sedan var han befann sig natten då Timothy Rosenthal mördades.

"Inga kommentarer."

"Vi har bevis som placerar dig på brottsplatsen. Timothy Rosenthals hus. Dina fingeravtryck togs i huset och ditt dna hittades på mig där du hade överfallit mig. Något att säga om det?"

Om Richard kände igen Tomek från deras tidigare sammanstötning syntes det inte i ansiktet.

"Inga kommentarer."

"Vilken relation hade du till Timothy Rosenthal?"

"Inga kommentarer."

"Gary Kershaw?"

"Inga kommentarer."

Tomek såg åt vilket håll förhöret barkade. Ett ändlöst och monotont "inga kommentarer", vilket för honom signalerade att mannen hade något att dölja. De hade tagit honom på bar gärning för att ha varit inne i Timothy Rosenthals hus mitt i natten och för att ha misshandlat en polis, så det fanns ingen anledning för honom att förneka sin närvaro, sitt ansvar. Tomek anade att det fanns mer.

Varför han var där, smygande inne på en brottsplats. Och det ville han till botten med.

"Våra bevis placerar dig där, Richard. Det finns ingen poäng med att förneka det. Det vi vill veta är varför du var där. Dödade du Timothy Rosenthal, Richard?"

"Nej."

"Vad sägs om Gary Kershaw?"

"Nej."

Två av två. Helt oväntat. Svaren överrumplade Tomek, och det dröjde innan han formulerade nästa fråga. "Kan du bevisa det?"

"Ja."

"Så vad gjorde du hos Timothy Rosenthal natten efter att han dog? Vad letade du efter?"

"Bevis."

"Bevis på vad?"

"Att han var död."

"Struntprat. Du gick igenom hans filer. Vad fanns i dem som du behövde förstöra?"

Tomek hade inte hunnit läsa rapporten om vad som funnits i de där filerna (det hade legat sist på att göra-listan innan Sean avbröt och distraherade honom), och han gjorde en anteckning om att kolla dem i pausen.

"Jag ville inte förstöra något. Som jag sa, jag letade efter bevis."

"Var inte polisbandet och skylten på dörren nog?"

Richard tvekade, drog djupt efter andan genom näsan medan han klurade på ett svar. "Det var för mina följare."

"Dina följare?"

"Ja. Mina *följare*. De tusentals som gillar min Facebook-sida och de många *hundratusentals* som tittar på alla mina videor."

"Och de här videorna är från dina stingoperationer, eller hur?"

"Ja."

"Jag har sett några. De är ganska välgjorda, måste jag säga."

"Tack?" Intonationen i Richards röst antydde att han inte visste hur han skulle svara.

"Och som det ser ut har du fått bort en handfull potentiella rovdjur från gatan. Som du sa, du tar fler än vi gör, och det är lovvärt. Men hur går en man som du från att hitta dem, rigga dem och se till att de hamnar i fängelse, till att ge sig in i den skumma mordvärlden? Var det något som puttade dig över kanten?"

"Jag mördade dem inte!"

"Vem gjorde det då?"

"Jag—" Richard hejdade sig. Sa sedan: "Jag vet inte."

Tomek lät den lilla godbiten hänga i luften och gick vidare. "Har du några barn, Richard?"

"Nej."

"Har någon i din familj barn?"

Richard tvekade. "Nej. Ingen i min familj har det. Varför? Vad spelar det för roll?"

När det gällde deras bevis mot Richard Williams var det som bäst indicier. Ja, de hade bevis för misshandeln av Tomek, men de hade inga bevis som placerade honom på brottsplatsen för varken Timothy Rosenthals eller Gary Kershaws mord. För den delen hade de inga bevis som implicerade *någon*. Inga vittnen. Inget dna (hade de haft det hade det dykt upp när de grep honom). Och inget mordvapen. Men de behövde hitta något.

Vad som helst.

"Vi tror att mördaren har använt en minderårig för att locka offren i döden."

"Det visste jag inget om."

"Berätta vad du *vet*."

Richard sänkte blicken mot bordet, stirrade rakt ut i tomma intet. Han masserade tummarna flera gånger i handflatorna, gnuggade dem över huden tills den blev röd. Tomek och Rachel väntade tålmodigt. De hade ingen brådska.

"Det finns en grupp," började han, och Tomek gjorde sig redo för vad som skulle komma, tuggade på tandköttet som om det vore påhittad popcorn. "På Facebook. En grupp människor som jag."

"Människor som du?"

"Ja. Pedofiljägare. Fast de är inte alla riktigt som jag. Det är en grupp människor med olika bakgrund. Vi är över tvåhundra, och varje person bidrar med en annan kompetens."

Kompetens? Vad var det här? Ett superhjältegäng av självtillsatta pedofiljägare?

"I gruppen får jag mina idéer och min inspiration. Någon lägger upp uppgifter om någon de misstänker är ett rovdjur, och jag använder det för att rigga min sting. Ibland postar de observationer av folk på gatan som de har konfronterat. Det är som grannsamverkan, fast för pedofiljägare."

"Diskuterar ni att döda dem?"

Richard skakade på huvudet. "Jag kollar upp varje medlem noga, och jag har aldrig stött på någon som har nämnt att döda ett rovdjur. Vi vill bara skicka dem i fängelse och ta bort dem från samhället så att de inte kan skada någon igen."

"Någon dödar dem i alla fall," sa Rachel och tog till orda för första gången. "Är det möjligt att någon i gruppen har gått överstyr?"

Richard ryckte på axlarna. "Möjligt."

Tomek tyckte inte att det var något "möjligt" med det; det var högst sannolikt att personen de letade efter lurade någonstans i den där nätgemenskapen. Det frikände dock inte Richard helt, och Tomek ville påminna honom om just det.

"Så hur fungerade det?" frågade han. "Skickade du dem informationen och så tog de hand om dem? Eller var det tvärtom – någon skickade *dig* offrets uppgifter och så såg du till att de aldrig skadade någon igen? Jag gissar att det är den perfekta täckmanteln."

"Varför skulle jag göra det? Det gör mig till det uppenbara offret. Jag kanske lämnade skolan utan betyg, men jag är inte dum, detektiv. Jag sa att jag inte hade något med deras mord att göra, och jag vet inte vem som dödade dem."

Richard ljög. Det kände Tomek på sig. Problemet var bara att han inte visste hur han skulle bevisa det.

"Vad heter gruppen?" frågade han.

"The Royal Society of Extreme Ironing."

Tomek höll på att brista i skratt.

"Är det ett skämt?" frågade Rachel.

"Nej," svarade Richard strängt.

"Är 'ironing' möjligen ett eufemism för att döda?"

"Nej. Det är ett riktigt sällskap som finns, fast under ett annat namn."

När han samlat sig igen anslöt sig Tomek till samtalet. "Och du tyckte det var unikt och obskyrt nog för att inte vem som helst skulle kunna gå med."

"Precis. Vi var tvungna att hålla det tyst, sinsemellan. Vi ville inte att några rovdjur som flugit under radarn skulle komma in och kanske avslöja vad vi gjorde för sina små pedovänner. Och vi ville definitivt inte att någon polis skulle komma in."

"Men att låta en mördare infiltrera era led är okej?"

"Och att låta en pedo komma in hos er är lika acceptabelt, eller?"

Tomeks andning stannade upp. Det var andra gången han hörde sådant skitsnack, och hans tolerans för det började ta slut.

"Vad pratar du om?"

"Läs meddelandena och se själv. En av era egna... en sexualförbrytare. Vidrigt."

På det hade Tomek inget att säga. Innan Richard hann få övertaget, och innan Tomek kastade sig över bordet och krävde upprättelse för blåmärket i pannan och den dunkande huvudvärk som följt honom i tjugofyra timmar, pausade Tomek förhöret och lämnade Richard med sin advokat för att diskutera nästa drag.

När Tomek återvände till sitt skrivbord låg ett kuvert med hans namn på och väntade. Han rev upp det och drog ut kortet. Tillbaka stirrade en illustration av ett spöke som talade till en publik av pumpor. Bredvid spökets ögon stod det "Du är *ghoul*-inbjuden". Tomek öppnade kortet och läste:

Till: Tomek och Katie,
     Ni är härmed inbjudna till min årliga halloweenfest. Vi bjuder på smarriga godsaker, djävulskt god middag och en bettastisk kväll.
När: 31:a oktober, kl. 19.00
Kram, Nadia

Tomek tittade tvärs över rummet mot den gravida kvinnan som satt vid sitt skrivbord och stirrade på sin skärm. *Gulliga hon*, tänkte han. Som teamets modersgestalt älskade hon att ordna fester och tog varje chans att befästa sin roll i gruppen som bästa värd. Födelsedagar, arbetsjubileer, och ingen kunde glömma hennes legendariska julfester som höll på långt in på småtimmarna. Till de mer udda och egensinniga firandena av partners födelsedagar och årsdagen av utredningar de avslutat (till minne av offren, förstås). Hon hade till och med en gång firat årsdagen av sin huskatts kastrering. Det hade varit ett år utan hans kulor, sa hon, och hon ville göra honom stolt över att ha överlevt utan dem så länge. Hon lade sedan till att de flesta män hon kände, hennes man och Tomek inräknade, inte skulle klara en minut utan sina, än mindre ett helt år.

Han gav kortet en blick till innan han lade tillbaka det på skrivbordet. Han skulle fundera på det senare. Nu var inte rätt tillfälle. I stället letade han efter promemoriorna från Richard Williams lilla utflykt inne i Timothy Rosenthals hus. Men innan han hann läsa igenom dem ringde telefonen. Det var Harriet Montgomery, ett av Gary Kershaws offer. En knut bildades i magen när han såg namnet; han hade tänkt följa upp med henne och hennes svårfångade bror, men hade blivit distraherad av andra delar av utredningen.

"Han är försvunnen," sa hon. "Ingen har sett eller pratat med honom på tre dagar. Vi börjar bli oroliga. Tror du att det kan ha något med er utredning att göra?"

"Inte om han inte var en sexualförbrytare," sa Tomek, utan minsta tillstymmelse till finess. "Jag menar, jag är säker på att han dyker upp så småningom."

"Kan du hjälpa oss?" Om hon tog illa upp av hans tidigare kommentar visade hon det inte.

Tomek tittade ner på halloweenkortet framför sig, blicken förlorad i pumpans orange. "Jag kan komma över i kväll om du vill? Jag måste bara avsluta något här och sen tittar jag förbi."

Det verkade lugna henne, och när han lagt på skyndade han bort mot andra sidan rummet till DC Oscar Perez. Han fann mannen sitta spikrak i stolen, kroppen förkroppsligad perfekt kontorshållning.

"Herr Perez," började Tomek och släppte ner akterna på Oscars skrivbord. "Du tittade igenom de här, eller hur?"

"Faktiskt var det jag och DS Campbell, chefen."

"Så det var *du*, då?"

"Och DS Campbell."

Tomek gav snabbt upp försöket att vinna den lilla ordstriden och fortsatte. "Hittade ni något misstänkt i dem? Någon anledning till varför Richard Williams skulle ha gått igenom dem mitt i natten?"

"Faktiskt inte. Men nu när du säger det..." Oscar vände blicken mot skärmen. Några sekunder senare laddade han upp ett dokument i HOLMES 2. Det var en sammanställning av bevisen i Timothy Rosenthals laptop och telefon. "Jag tänkte inte så mycket på det först, men nu när vi vet att Jimmy Hunter egentligen är en Mr Richard Williams..." När han gjorde paus var Tomek säker på att han gjorde det med flit i ännu en uppvisning av sin dryghet.

Tomek lutade sig fram och såg sin kollega markera ett särskilt textstycke. Och sedan förlät Tomek honom för alla små irriterande vanor han haft genom åren.

Beväpnad med den nya informationen klappade han Oscar på ryggen och gick sedan ner till förhörsrummet.

⊏⊐

Den korta pausen hade gett Richard Williams och hans advokat tid att diskutera sin strategi. Och när Tomek kom tillbaka till förhörsrummet möttes han av en mur av tystnad. Som om Richards advokat hade tvingat honom att limma igen munnen med Gorilla Glue.

Men det bekymrade inte Tomek. Han var säker på att han hade bevisen för att öppna den igen.

Han lade ett utskrivet dokument på bordet och sköt det över till Richard. Han gav honom tid att läsa igenom. All tid han behövde.

När ögonen svepte över texten gapade Richard mycket riktigt, och ögonen blev stora som mattallrikar.

"Vill du förklara det här?" frågade Tomek.

Det ville inte Richard. Munnen må ha varit öppen, men orden kom inte. Inte än.

"Ser du, jag tror att det här var vad du letade efter." Tomek stack ner handen i mappen och tog fram ett foto. Han sköt över det. "Och jag tror att du letade efter det här också."

Richard vågade inte titta på fotot av sig själv när han satt på en parkbänk med en liten, minderårig flicka.

"Jag trodde du sa att du inte hade några barn, Richard?"

"Jag... jag har inte."

"Inte heller någon i din vänkrets eller familj, sa du."

"De... det har de inte."

"Så vem är flickan på bilden? Det kan inte vara en av tjejerna du låtsas vara i dina stingoperationer för, som jag förstått, det där sköter du själv." Tomek lutade sig fram på stolen, petade med fingret på den lilla flickans ansikte. "Så vem är hon?"

"Hon är... en vän."

"Har du många små barn som vänner, Richard? Vad sägs om den här? Är hon också din vän?"

Tomek tog fram ännu ett fotografi och sköt över det på bordet, lade det snyggt bredvid det första. Den här gången visade fotot Richard promenerande hand i hand över en park med en flicka i liknande ålder som den första. Tyvärr stämde ingen av flickorna med beskrivningen av flickan i den röda kappan.

"Var det därför du var hemma hos Timothy Rosenthal den där natten?" frågade Tomek. "För att du inte ville att vi skulle hitta de här fotona? Var det därför du dödade Timothy Rosenthal? För att han utpressade dig? Är det därför du riggar alla de här stingoperationerna – för att maskera skulden över vad du har gjort och vem du är? Eller är det för att det, utan konkurrens, finns mer byte där ute bara för dig?"

Tårar samlades i Richards ögon, och ansiktet började skrumpna ihop. Underläppen darrade och hakan skakade. Gråten fortsatte medan Tomek förklarade att han var gripen för grooming av minderåriga, mordet på Timothy Rosenthal, mordet på Gary Kershaw, olaga intrång och misshandel av en polis.

KAPITEL
FYRTIOTRE

Tomek hade lyckats smita ut från kontoret innan solnedgången. Även om han hade gjort det dumma misstaget att ge sig iväg under rusningstid. Resan som borde ha tagit tio minuter till Shoeburyness hade blivit trettio, och när han väl kom fram var gatorna upplysta av gatlyktorna och temperaturen hade sjunkit drastiskt.

Harriet Montgomery öppnade för honom i träningskläder, med tröjan hängande över ena axeln så att BH-bandet syntes. Mörka ringar hängde under ögonen och huden såg blekare ut än sist han såg henne. För att inte tala om att hon såg smalare, mer avmagrad, ut. Det tog henne några sekunder att förstå att han stod vid hennes dörr.

"Åh, det är du," sa hon till slut.

"Väntade du någon annan?"

"Nej..."

"Har du något emot att jag kommer in?" var hans artiga sätt att be om att få komma in från kylan.

Med tankarna på annat håll (så långt från nuet som möjligt) steg Harriet åt sidan för att släppa in honom. Den här gången, när han klev in, såg han sig omkring i huset mer noggrant. Skorna som låg huller om buller på golvet, kläderna som hade släppts i en hög på trappan, dammlagret som täckte räckena. Redan i hallen var det långt ifrån hur det varit för bara några veckor sedan. Huset var kusligt tyst. Inget fräs eller klirr hördes från köket. Inget trippande av små fötter på golvbrädorna däruppe.

Och när han gick in i vardagsrummet förstod han varför.

Fyra förtvivlade, chockslagna och uppgivna ansikten stirrade upp på honom. Var och en såg värre ut än den förra. Det kändes som att kliva in på ett traumacentrum mitt under en naturkatastrof. Framför honom fanns två ansikten han kände igen och två som han inte gjorde.

De två han inte kände igen tillhörde båda män. Han antog att det var familjens män: Harriets bror och far.

"Tack för att du kom," sa hennes mamma och reste sig för att skaka hans hand. "Vi uppskattar verkligen att du tar dig tid att träffa oss."

Tomek skakade hennes hand långsamt, trevande, medan han lät blicken svepa genom rummet. Ju längre han stod där, desto mer kändes det som att han klev rakt in i en Manson-sekt. Tyst förberedde han sig mentalt på slakten.

"Var så god, slå dig ner."

Försiktigt gjorde Tomek som han blev tillsagd och höll ena ögat på dörren, det andra på den lilla flickan som satt bredvid Harriets mamma. Sedan Tomek sist sett henne hade Harriets dotter vuxit så mycket att hon knappt var sig lik. Harriet, som följt efter honom, slog sig ner bredvid sin pappa och lade händerna på knäna, blicken i mattan. Hennes mamma lade en tröstande hand på hennes axel.

"Som du ser, detektiv," började hon och pekade på sin son. "Vår Donovan är inte försvunnen. Men vi behöver din hjälp."

"Okej..."

"Sedan du var här, och sedan nyheten kom att Gary Kershaw var ett av offren för den här hämnaren ni har att göra med, har vår Harriet mått dåligt. Riktigt illa."

Det syntes. Hon var en skugga av sitt forna jag.

"Det spelar ingen roll hur hon fick tag i det, vi måste bara få henne att sluta med skiten."

"Vad för något, exakt?"

"Heroin."

Tomek kände sig inte bekväm med att Harriets dotter var där. Att någon så ung hörde ett så vuxet och potentiellt ärrande samtal.

"Förlåt," sa han, "men vad är det ni faktiskt vill att jag ska göra?"

"Det var du som fick henne in i den här röran. Vi vill att du tar henne ur den."

"Jag?"

"Ja. Med ditt foto och dina frågor."

"Det skulle ha kommit fram hur som helst att Kershaw var död. Jag kom bara för att varna er innan ni fick höra det."

"Ja, och se var vi är nu."

Tomek tog ett ögonblick för att samla sig. Han kunde inte tro vad han hörde.

"Jag är ledsen, men jag förstår inte hur det kan vara mitt fel. Jag känner all sympati, men jag tycker inte att skulden ska läggas på mig."

"Så du är inte villig att hjälpa?"

"Självklart vill jag hjälpa. Men jag är inte säker på hur, exakt. Det enda jag kan föreslå är att ni pratar med en av våra kuratorer som hjälper offer för våldtäkter och våldsbrott. De har ett team som kan erbjuda er mer vägledning än jag kan, tyvärr. Har Harriet haft problem med missbruk tidigare?"

Hennes mamma nickade långsamt och vände sig sedan mot sin dotter, som fortfarande såg uppgiven och frånvarande ut. "Ja, men inte riktigt så här allvarligt. Då kunde vi hålla det i schack. Men det var sju år sedan."

Sju år. Ungefär vid den ålder då hon utsattes för våldtäkten. Han kunde inte föreställa sig hur livet måste ha varit för henne i den åldern. Lägg till att hon just hade kommit in i puberteten. Hormonerna, de kemiska obalanserna, lidandet, förändringarna i kroppen, förändringarna i livet. Och att hon hade utvecklat ett missbruk redan så tidigt... Det hade Gary Kershaw orsakat. Gary Kershaw bar ansvar för allt. Och det var motbjudande hur snabbt allt vändes. Hur hon bara veckor tidigare hade varit bubblig, sprudlande, själfull, och nu såg ut som om den sista resten av hennes själ förberedde sig på att lämna kroppen.

"Jag ska hjälpa på alla sätt jag kan," sa han plötsligt. "Ni har mitt mobilnummer, och jag ska sätta er i kontakt med några personer. Jag ska prata med min chef och se om det finns något mer vi kan göra för att hjälpa."

"Tack," sa Harriets pappa. Hans röst var djup och respektfull. Tomek blev överraskad av honom; han hade inte skrikit, han hade inte hotat eller försökt skrämma Tomek. Ingen av dem hade gjort det. Kanske hade de med åren insett att det där inte ledde någonstans. Att det inte åstadkom någonting. Att medkänsla och självbehärskning var de enda sätten att ta sig vidare i livet.

Tomek respekterade dem djupt.

Han vände sig mot Harriets bror.

"Så du är alltså inte saknad, då?"

Hans ansikte ljusnade när han skrattade stelt. "Nej, inte alls. Förlåt att jag missade dig häromveckan. Bara ett missförstånd. Natten när Gary Kershaw mördades tog jag lilla Gracey i bilen. Hon ville köra race, så vi åkte ner till Canvey Island. Vi kom inte hem förrän tidigt på morgonen."

"Ja," lade Harriets mamma till. "Och vi har pratat med honom om det där. Lita på att det inte blir några fler nattliga utflykter förrän allt är tillbaka till det normala."

Vad som nu "normalt" var för den här familjen, tänkte Tomek, när han sa farväl och gick tillbaka till bilen.

KAPITEL
FYRTIOFYRA

Det hade gått två dagar sedan Richard Williams hade gripits och åtalats för sin långa lista över brott. Och gruppen var fortfarande inte närmare att hitta de bevis som behövdes för att placera honom vid mordet på Timothy Rosenthal. Visst hade de DNA-bevis som visade att han varit i huset när Tomek kom, men inget som tydde på att det var han som hade skurit av Timothys penis och tryckt in den i hans mun. Inga fibrer, inga fingeravtryck, inga hårsäckar. Ingenting. Ett forensiskt team hade skickats för att analysera Richards hus, där de tagit hans laptop och tandborstprover samt tagit några fler prov på hans kläder. Allt de kunde komma över medan de hade tillgång. Nu var det bara ett väntans spel för att se vilka resultat it-forensikerna kunde få fram från Richards elektroniska enheter.

Sedan dess hade brådskan inom gruppen lagt sig. De hade sin man. Allt de behövde göra nu var att se till att de kunde bevisa det inom det givna tidsfönstret.

Men Tomek var inte övertygad.

"Jag säger inte att han är helt oskyldig", började han och vände sig till rummet under morgonbriefingen. "Självklart är bilderna på honom och tjejerna, och att han slog mig runt hjärnkontoret, oemotsägliga, men jag tror bara inte att Richard dödade Timothy. Eller ens Gary Kershaw."

"Utveckla." Nick, som hade varit upptagen med byråkratiskt dravel de senaste dagarna, hade äntligen behagat dyka upp.

"Ett par skäl. De laminerade utskrifterna för—"

"Du och din jävla lamineringsfixering", avbröt Tony och rullade med ögonen. "Du får stånd av det här och du tänker inte släppa det."

"Och du får stånd av Richard Williams." Deras blickar möttes, ingen ville vika undan. "Ska vi se vem som har störst stånd i slutänden, va?"

"En hederlig gammal stånduell. Spännande!" sa Nadia, till allas förvåning. När hon märkte att rummet stirrade på henne gick det ytterligare upp för henne vad hon hade sagt. "Förlåt, det är hormonerna. De jävlas med min hjärnkemi och får mig att tycka att allt ni säger är skitkul. Gravidhjärna får en att göra de knäppaste sakerna."

Gruppen fnissade tyst. Tomek och Tony fortsatte att stirra på varandra.

"För det andra", fortsatte Tomek, "tror jag inte att Richard dödade Timothy, för han skulle inte ha åkt till mannens hus nästan tjugofyra timmar efter att han dödat honom – *efter* att vi och resten av Essex poliskår hade genomsökt huset. Jag tror att han fick reda på morden *efter* att de hänt, såg sin enda chans att få tag på filerna som Rosenthal hade på honom, och tog den. Han riskerade att åka fast för att se till att han inte åkte fast."

"Tror du att mördaren kommunicerade med honom?" frågade Nick.

Tomek ryckte på axlarna. "Jag antar att vi får veta det när it-forensikerna är klara med hans enheter."

En kort tystnad, sedan höjdes en hand i luften. DC Perez. "Faktiskt", sa Kaptenen. "Det har de redan."

Nick slog ihop händerna högt. Ljudet ekade i rummet. "Fantastiska nyheter, Kapten! Och?"

Oscar flyttade sig till en bekvämare ställning i stolen och lade några anteckningar på bordet framför sig. "Tyvärr är det lite både gott och ont. På den positiva sidan har de kunnat hitta bevis på att Richard groomade tjejer på nätet. Han skrev till dem på Facebook, TikTok och Instagram och låtsades vara deras föräldrars vän eller kollega. Ganska harmlöst till en början, tills han bad att få träffa dem. Han sa till sina offer att han behövde diskutera deras föräldrars relation. Att de gick igenom en svår period och att de alltid kunde lita på honom för stöd. Naturligtvis tog det en mer skabrös vändning, men slutresultatet var detsamma. Vi vet inte om någon sexuell aktivitet förekom mellan Williams och tjejerna."

"Vet vi vilka de är?" frågade Nick.

"Ja. Deras namn och kontaktuppgifter finns på deras profilsidor."

"Bra. Då vill jag att du och Anna pratar med familjerna. Låt dem få veta vad som har hänt."

Tony harklade sig innan han talade. "Ser någon av tjejerna ut som flickan i den röda kappan?" Hoppet och ivern i hans röst var tydliga.

Det dröjde innan Oscar svarade. "Jag tror inte det. Richard ville ha dem... äldre. Den yngsta flickan, enligt uppgifterna, är tolv. Vilket placerar henne utanför vårt åldersspann."

"Jävel."

"Oavsett, prata med dem, erbjud dem det stöd de behöver", tillade Nick lugnt. Sedan: "Var snäll och fortsätt, Oscar."

"Javisst, chefen. Nu till de dåliga nyheterna... De har gått igenom hans filer och inte hittat något som nämner eller meddelanden mellan honom och någon annan kopplat till morden. Det finns ingenting som tyder på att han har planerat det ensam eller med någon annan. Ingenting."

"Och du är säker?" frågade Tony.

"Jag är säker på att det är vad informationen framför mig säger, *ja.*"

Hade han kunnat klämma in ett "faktiskt" där, hade han gjort det. Men något höll honom tillbaka, och resten av rummet kände av det.

Nick sköt in sig innan Tony hann börja snurra runt i cirklar. Det som hade verkat så enkelt, så solklart, verkade nu vidöppet igen. Och den mannen klarade inte av det.

Oscar fortsatte. "Det är dock inte *bara* nattsvart. Det finns över tvåhundra medlemmar i Royal Society for Extreme Ironing. It-forensikerna har inte haft tid att gå igenom varenda en – det är faktiskt vårt ansvar – men det de har gjort är att exportera namnen och korsköra dem mot geografisk hemvist. Enligt den här rapporten är de säkra på att det finns inte färre än tjugofyra personer från Essex i den gruppen. Tolv procent. En av de största grupperna."

"Herregud, vi hatar verkligen våldtäktsmän och barnskändare här nere, eller hur?" anmärkte Tomek lättvindigt.

"Men inte lika mycket som jag hatar de där kräken nere vid strandpromenaden", sa Chey. "De där jävlarna tog överpris för en påse pommes. Och de hade hällt på för mycket vinäger!"

Rummet stirrade på honom i en stum tystnad som inte gick att mäta. "Ja, för det är ju precis den *exakt* samma sak", sa Nick med lätt ton. Till Tomeks förvåning såg kommissarien det roliga i kommentaren. Höll han på att mjukna för tanken på att vara mer... rolig? Eller var det bara när Chey sa något kul?

"Något mer att tillägga?" frågade Nick Oscar och styrde tillbaka samtalet.

"En sak till. I förhöret sa Richard att han kollar alla medlemmar för att skydda gruppen från undercover-pedofiler och ditten och datten. Och det stämmer. Alla går att identifiera. Utom en. En Charlie Hampton."

Tomeks öron spetsades. Namnet slog larm i hans huvud. Charlie. Charlie. Samma namn som pojken i hans drömmar. Samma namn som personen som hade dödat hans bror. Det kunde väl inte vara samma person, eller? Han visste att chanserna var astronomiska, och själva tanken var löjeväckande... men han hade hållit fast vid hoppet i trettio år. Han tänkte inte låta det blekna nu.

"Enda problemet är", fortsatte Oscar, "att enligt det tekniska trolleri som it-forensikerna lyckades med är Charlie Hamptons position spårad till långt härifrån. Längre ner, i Exeter."

"Exeter?"

"Stället vid havet, chefen", lade Sean till oskyldigt.

"Ja, tack för det, Sean. Så de är inte kontrollerade och de är från Exeter. Om det inte finns någon för oss att förhöra, då tror jag att vi får släppa det tills vidare. Under tiden måste var och en av de där tjugofyra personerna höras. Vi behöver veta vad de vet, och vi behöver veta det snabbt."

KAPITEL
FYRTIOFEM

Tomek fick namnen på de två Extreme Ironers, som de kallades, som han skulle prata med strax efter mötet. Rachel hade kommit över till hans skrivbord och gett honom detaljerna – förstås direkt efter att de pratat om Halloweenfesten. Den låg fortfarande längst bak i Tomeks medvetande. Men längst fram hos alla andra. Även hos Rachel, som redan hade blivit upplyst om utsvävningarna som brukar utspela sig på det där efterlängtade evenemanget.

"Vet du vad du ska ha på dig?" hade hon frågat honom.

Han hade svarat att det visste han inte. Att han förmodligen skulle gå i samma kostym som han brukade. Hålslagar-Tomek. En utklädnad som bestod av tre blodiga hål längs höger sida av kroppen. En utklädnad inspirerad av ett avsnitt av *The Office*, och en som möttes med himlande blickar och rop om att han skulle försöka lite hårdare nästa år.

"Tydligen är temat din värsta mardröm", hade hon tillagt.

Tomek tyckte inte att komma som en död bror skulle vara ett lämpligt val av utstyrsel. Däremot tyckte han att dyka upp som antingen Timothy Rosenthal eller Gary Kershaw var mer passande.

———

Första namnet på hans lista var Kenny O'Malley. Vad Tomek hade förväntat sig var raka motsatsen: en vresig sextioåring som inte hade något bättre för sig än att sitta på nätet och ösa glåpord över främlingar utan att någonsin göra något praktiskt åt saken.

Verkligheten var något helt annat. För det första bar Kenny kostym när han öppnade dörren för Tomek. Det var redan ett steg upp från den fläckiga träningsoverall som Tomek hade föreställt sig att han skulle bära.

Och när Tomek hade presenterat sig svarade Kenny lugnt, mjukt. En förbättring jämfört med den missnöjda stridslystnad han hade förberett sig på.

Kenny O'Malley var dataanalytiker på ett FinTech-bolag i stan, och hade pluggat vid University of Bristol fram till tjugosju års ålder, tagit en kandidatexamen i företagsekonomi och en master i affärsanalys. Kort sagt var han en intelligent man. Men exakt vilken roll han hade i Extreme Ironing-gruppen visste Tomek inte. Det tänkte han ta reda på.

"Te? Kaffe?" frågade Kenny när han ledde Tomek in i vardagsrummet.

"Ett glas vatten går bra, tack."

Kenny kom tillbaka efter ett ögonblick, knappt så att Tomek hann ta in den påkostade inredningen i vardagsrummet.

"Jag hoppas att allt är okej", sa Kenny när han slog sig ner i soffan mittemot. "Fast av att döma av ert tålamod är inget allvarligt fel."

"Både ja och nej, herr O'Malley."

"Okej då. Låt mig höra."

"Säger namnen Timothy Rosenthal och Gary Kershaw er något?"

"Namnen ringer ingen klocka, kommissarie. Har ni möjligen foton på dem? Jag är bättre på ansikten."

"Bra att ni frågar."

Tomek stack handen i fickan och visade de mugshots som tagits vid deras ursprungliga gripanden. Gnistan av igenkänning var tydlig i Kennys ansikte, som om han just hade fått syn på en tjugopundssedel som låg på marken. Och sedan hade han spelat cool, nonchalant, medan han försökte plocka upp tjugan diskret och stoppa den i fickan utan att någon märkte det. Dessvärre för honom var Tomek tillräckligt uppmärksam för att lägga märke till det. Det var inte hans starkaste gren, men med åren hade han insett att det var en färdighet man kunde slipa på, inte något man föddes med.

"Nä, de ser inte bekanta ut", sa Kenny O'Malley.

"Är ni säker?"

"Borde jag känna till dem?"

"Tja, deras ansikten har synts på nätet och på tv de senaste veckorna. Om ni inte har bott under en sten."

"Jag har haft mycket på jobbet."

"Och vad är det, exakt?"

"Jag är dataanalytiker."

"Ja, och vad är det *exakt*?"

"Jag tittar på data."

"Jaha."

"Och analyserar dem."

"Strålande."

"Och sen för jag vidare min analys."

"Jaha, så inte bara dataanalys alltså? Ni skulle kunna kalla er en dataanalytisk informationsvidarebefordrare."

"Det finns ingen anledning att vara spydig." Kennys ansikte blev uttryckslöst, stelt.

"Och det finns ingen anledning att vara trög. Jag försöker bara ställa några frågor med anledning av en mordutredning."

"Har jag gjort något fel?"

"Det är det jag hoppas att ni kan berätta." Tomek lät blicken vandra genom vardagsrummet. Till den utsirade spegeln ovanför en vedeldad eldstad. Till tegelväggen runt omkring. Till den dyra bokhyllan i mahogny på andra sidan rummet, full av böcker i alla tänkbara former, färger och storlekar. Sedan vände sig Tomek tillbaka mot Kenny; mannens ansikte var fortfarande orört lugnt. "Ni vet, för att vara en Extreme Ironer hade jag väntat mig att se åtminstone ett strykjärn på spiselkransen."

Vid nämnandet av de där två orden vidgades Kennys pupiller och pannan började bulta.

"Jag är inte säker på att jag vet vad ni talar om, kommissarie."

"Intressant. Men ni vet att det kan vara brottsligt att ljuga för en polis, särskilt om det har att göra med en utredning av ett dubbelmord?"

Att döma av den tunna svettfilm som började lägga sig över Kennys panna visste han plötsligt precis vad Tomek talade om.

"Det jag har svårt att få ihop är hur en dataanalytiker kan göra en praktisk insats i en grupp som är till för att jaga och rikta in sig på pedofiler och våldtäktsmän. Kanske kan ni hjälpa mig?"

Kenny O'Malley satt kvar i bedövad tystnad. Bröstkorgen rörde sig inte längre och näsborrarna hade slutat fladdra.

"Som jag ser det – och rätta mig om jag har fel – är att ni, som ni själv säger, analyserar data och för vidare era slutsatser. I sammanhanget Royal Society of Extreme Ironing betyder det att ni analyserar underlaget kring ett potentiellt mål och bedömer sannolikheten för att Jimmy Hunter ska lyckas locka honom i en fälla. Låter det ungefär rätt?"

Även om Kenny O'Malley hade velat svara kunde han inte, för synapserna i hans hjärna jobbade övertid bara för att få honom att andas igen.

Tomek stack handen i fickan och tog upp sin telefon. Han låste upp den och scrollade till sina anteckningar. "Här är en som ni sa häromveckan. "Givet att han bor inom sexhundra yards från närmaste skola skulle jag uppskatta sannolikheten att han går i fällan till nittiofem procent." Varför saknas de fem?" frågade Tomek. "Jag menar, ni pluggade i nästan tio år, jobbade er upp i hierarkin på ert företag, tog en kandidat och en master, bara för att landa i slutsatsen att en före detta pedofil som bor inom sexhundra yards från en skola sannolikt kommer att attackera igen. Inget raketforskande precis, eller hur?"

"Är jag gripen här?"

Tomek valde att inte besvara frågan. Bäst att låta honom gå och grubbla och be till Gud att han inte var det.

"Vad har ni att vinna på gruppen?" frågade Tomek.

"Vi städar upp på gatorna. Och vi—"

"Ja, och ni gör det tydligen bättre än vi. Det hör jag hela tiden. Men vad får ni ut av ert engagemang? Stolthet? Tillfredsställelse? Eller finns det även en ekonomisk vinning? Jag har sett intäkterna som Jimmy Hunter drar in på sina videor på olika plattformar, och jag har sett skithålet han bor i. Så något stämmer inte. Delar han lika mellan er alla, eller baseras det på er individuella insats i själva fällan? Jag kan ta reda på det ganska enkelt, jag undrade bara om ni kunde vara vänlig nog att spara mig tiden."

"Inte direkt." Kennys rädsla och ångest började lätta. Det faktum att Tomek inte hade gripit honom ännu betydde att han inte tänkte göra det, och retligt nog hade det inte tagit Kenny lång tid att räkna ut det.

Men Tomek var inte ute ur matchen än.

"Har ni någon aning om vem som kan ha dödat Timothy Rosenthal och Gary Kershaw? Av vad jag har kunnat hitta i gruppen och i era meddelanden på plattformen verkar det som att ni uppskattade deras återfallsrisk till hundra procent. De är de enda två som fått en sådan prestigefylld utmärkelse. Varför just de två?"

Tomeks fråga möttes av tystnad.

"Ni råkade inte ha något med deras mord att göra, eller hur?"

"Jag analyserar data..."

"Och för vidare era slutsatser, ja." Tomek himlade med ögonen inombords. "Efter det tvättar ni händerna och lämnar över åt någon annan att göra skitgörat?"

Inget svar.

Tomek hade fått nog. Han tackade mannen för tiden, räckte över sitt visitkort och sa att han skulle höra av sig snart.

Tomek hade inga planer på att gripa mannen. Han var inte mördaren. Han var bara dataanalytikern. Men det betydde inte att han inte skulle överväga att skruva åt honom då och då. Pressa ur mannen så mycket analys som möjligt tills han kunde föra informationen vidare.

KAPITEL
FYRTIOSEX

En knut stor som en fotboll hade svällt i Tomeks mage. I dag skulle bli en dag med många första.

Första gången han någonsin presenterade en flickvän för sina föräldrar. Och första gången han hedrade årsdagen av sin brors död tillsammans med dem, på plats. Varje år fick han sin inbjudan. Varje år tackade han nej. I stället gick han till brottsplatsen där hans bror dödats och satte sig på gungorna, gungade tyst i vinden. Tänkte, grubblade, pratade ibland med sin bror. Aldrig fick han något svar. Än i dag klarade han inte av att besöka sin brors grav.

I kväll visste han vad han gav sig in på. En kväll av delande – minnen, ögonblick, skratt, skämt. Alla de delar han inte ville ha. Inget av det skulle få Michał tillbaka. Ingenting. Alla de tankarna bar han redan på i huvudet. Han behövde inte höra dem om och om igen, samma historier som maldes tio varv till bara för att stilla hans mammas behov.

Men i kväll hade Katie insisterat. Hon hade kallat det demoniskt och osmakligt av honom att ha avstått från inbjudan så länge. Hon hade sagt att det kunde hjälpa honom att läka såren, bygga upp broarna igen.

Han hyste inte några större förhoppningar.

De stannade vid huset, insvept i mörker, och hoppade ur bilen. Båda var uppklädda. Tomek i en ljusblå skjorta och jeans som satt åt över arslet tajtare än en virveltrumma. Och Katie i en mörkblå-men-inte-riktigt-svart klänning som framhävde allt det rätta. Hon hade inte velat se ut som att hon var på väg till en begravning, men så nära var det att Tomek nästan övervägde att svänga förbi bårhuset på vägen.

Hon knackade på dörren. Några sekunder senare öppnades den av Dawid, Tomeks äldre bror. Trots fem års åldersskillnad såg Dawid lika ung ut – om inte yngre – än Tomek. Det var som om de alla bar på en Benjamin Button-gen som bromsade åldrandet. Och Tomek hatade honom för det. När de växte upp hade Dawid alltid varit den mer atletiske, den snyggare, den mer intellektuelle, den mer framgångsrike. Den som alla såg upp till, satte högst på piedestalen. Och det hade lämnat Tomek på läktaren medan Dawid bockade av alla milstolpar som Tomek aldrig klarade.

En framgångsrik karriär som hans föräldrar var stolta över. Gift med en vacker och lika framgångsrik fru. En familj med tre trillingpojkar.

Dawid, helgonet.

Dawid, den jävla hjälten.

"God kväll", sa Dawid och klev ner för att möta Tomek och krama om honom. "Har du gått upp i vikt?" frågade han. "Definitivt mer runt kärlekshandtagen än sist jag såg dig."

"Japp", svarade Tomek. "Förmodligen det du har tappat. Du ser sjuk ut, kompis."

"Aneta har satt mig på någon dietgrej."

"En sån där där man inte äter någonting alls och sedan undrar varför kroppen lägger av? Väldigt inne nuförtiden, tydligen."

Dawid vände uppmärksamheten mot Katie och log sprudlande. "Och vem har vi här?"

"Hon är från Home Office", sa Tomek. "Hon har kommit för att deportera ditt beniga arsle och skicka tillbaka dig dit du kom ifrån."

"Åh, jag kan knappt vänta!"

Dawid och Katie presenterade sig, sedan kramades de. Lite väl länge för Tomeks smak, men han valde att inte säga något. Dawid gestikulerade att de skulle gå in först och ledde dem till köket längst in där resten av sällskapet var. Tomek hade knappt kommit innanför dörren förrän han överfölls av en salva Nerf-skott. De små skumgummipilarna pepprade bröstet, låret och skrevet så att han vek sig av smärta. Gärningsmännen bakom den förödande attacken var hans brorsöner: Kristian, Patryk och Jakub, tio år gamla.

"Vad i helvete är det som pågår?" skrek Tomek när han dunsade in i väggen.

"Språket!" dånade hans mammas röst från andra sidan rummet.

"Jag blev skjuten i pungen!"

"Jag ska skjuta dig i pungen om en minut om du inte skärper dig. Be dem om ursäkt nu."

Motvilligt, med känslan av att precis ha förflyttats trettiofem år tillbaka i tiden, gjorde han som han blev tillsagd. Sedan uppmärksammade han familjen med en kort, stel kram vardera till sin svägerska, brorsönerna och till sist sin mamma. När det blev pappans tur höll han om honom längst och gav honom en rejäl klapp i ryggen. Av dem alla var det alltid honom han gladde sig mest åt att träffa.

"Allihop, det här är Katie. Katie, det här är allihop."

Barnen var först med att presentera sig. De gjorde det genom att sikta mot hennes mage med pilar och hota att öppna eld.

"Nej!" skrek hon. "Ta alla pengar och stick! Bara skjut inte!" Och sedan drog hon fram en låtsaspistol och avlossade skott mot dem alla.

Till hans förvåning föll offren ihop på golvet och tog sig om magen och de ädlare delarna. Det var första gången han såg det. Vanligtvis, när han öppnade eld mot dem (ibland med ett arsenal av sura och oimponerade blickar), fortsatte de att hugga och skjuta mot honom tills han till slut spelade död i fem minuter. Men inte mot henne – på några ögonblick hade Katie redan vunnit dem över. Förvånansvärt effektivt för någon som inte gillade barn, noterade han.

"Maten är klar om tio minuter", ropade Tomeks mamma. "Ni kom precis i tid."

Lagom tid, tänkte Tomek. Tillräckligt nära middagen för att de skulle få småpratet ur vägen innan munnarna fylldes med mat. Han skulle säkert komma på någon ursäkt för att de skulle kunna smita tidigt.

På kvällens meny hade hans mamma gjort några polska fat: ett urval av kallskuret rullat till rör, ostar skurna i tärningar och skivor, samt stavar av kielbasa delade på längden, allt på en bädd av sallad. Hon hade gjort sammanlagt tre, med vetskapen att inget skulle bli kvar när måltiden var över. Och hon fick rätt: det var fritt fram. Händer dök in från alla håll och ryckte åt sig från de olika faten. Och Tomek var, till Katies uppenbara förtret, värst av alla. Utan att tänka på det hade han ignorerat henne och tagit för sig av så mycket han kom åt. Medan hans tallrik var full, var hennes fortfarande tom. Och det fanns inte mycket kvar på bordet för henne att välja bland.

"Din självviske jävel", ropade Dawid från andra sidan. Sedan höjde han sin tallrik mot henne och bad henne ta för sig. "Min bror har alltid varit så där. Tänker alltid på sig själv, aldrig på någon annan."

"Särskilt när det gäller mat", lade hans mamma till. "Det verkar som att han tar för sig av allt hemma också."

"Japp. Tack, mamma."

Katie avböjde Dawids erbjudande om tallriken och tog i stället från Tomeks.

"Får Tomek dig att stå för matlagningen hemma, Katie?" frågade hans mamma.

Knuten i Tomeks mage drog ihop sig. Det var dags. Den del av kvällen han fruktat. Förhöret från familjen. Från alla håll. Skott som träffade mycket hårdare och sved mer än någon Nerf-pil.

"Vi delar på ansvaret", sa hon med en liten ton av tvekan. Som om för mycket prat skulle kunna sätta dem båda i klistret på något vis. "Men Tomek är en duktig kock."

"När han vill, det är jag säker på."

Tomek sa ingenting. Han hade inget att säga. Han fortsatte att äta och njuta av maten. Genom åren hade han lärt sig att stänga ute pikarna och ignorera kommentarerna. Under nästa halvtimme vändes fokus mot Dawid och hur bra det gick för honom i livet. Som försäkringsmäklare fick han mer och mer framgång för varje år. Gott för honom. Tomek brydde sig inte ett skit.

Och så snart samtalet gled över till honom och hans karriär började han koppla bort igen.

"Hur går den där utredningen din, Tom?" frågade hans pappa.

Han var den ende av dem alla som kunde få fram ett svar ur honom. Han kände sig tvungen att svara.

"Sakta", svarade han. "Vi har gripit vår huvudmisstänkte, men jag är fortfarande övertygad om att det finns en till där ute som vi inte har tänkt på än."

"Tror du att ni har tagit fel man?"

"Det skulle jag inte säga. Jag har bara en känsla av att de är fler än en, det är allt. Någon, någonstans, hjälper honom."

"Släpp det, Tomek", lade hans mamma till.

"Förlåt?"

"Du och det där med två gärningsmän. Du tror alltid att någon annan är inblandad. Först var det din bror, och nu—"

Tomek kastade servetten på tallriken och sköt ifrån bordet med sådan kraft att stolen välte.

"Vart ska du?"

"Hem."

"Du går ingenstans", började hon, men det var redan för sent. Tomek hade lyft upp Katie ur stolen och börjat röra sig mot dörren. "Du får inte lämna bordet! Om du går nu är du inte bara respektlös mot oss, du vanhedrar din bror." Hans mamma vände blicken mot taket.

Tomek stannade i dörröppningen. Vredens dammluckor höll på att öppnas. Han behövde gå innan han sa något han skulle ångra, men när han öppnade munnen hann någon före.

"Förlåt", sa Katie, med en röst som var myndig och sträng. "Jag vet att det inte är min sak att säga, men sättet ni behandlar er son på är avskyvärt, och ni borde skämmas. Allihop. Han är inget annat än snäll, mjuk, omtänksam, och han är mer av en vuxen än ni någonsin ger honom erkännande för. Det krävdes mycket mod av honom att komma hit i kväll. Visste ni att han fortfarande skuldbelägger sig själv för det som hände hans bror? Att det inte går en dag utan att han tänker på honom. Jag är säker på att det är likadant för er andra; ni var inte de enda som förlorade en anhörig den dagen. Det gjorde han också. Och det var han som fann honom. Har ni någonsin stannat upp och satt er i *hans* skor, sett vad *han* ser, känt vad *han* känner, tänkt vad *han* tänker? Självklart har ni inte det, för ni klamrar er fortfarande fast vid skulden ni lägger på honom. Det har gått trettio år. Jag tycker det är dags att ni går vidare."

Tystnad. Djup, vacker tystnad. Tomek höll tillbaka leendet och drog ut henne ur rummet innan någon hann svara. Hon hade satt dem på plats, sagt dem precis hur hon kände, och i den stunden blev han bara mer och mer förälskad i henne. Att åka till sina föräldrar hade inte varit det bästa beslutet, men det hade onekligen varit det rätta.

KAPITEL
FYRTIOSJU

M er spring. Mer skrik. Mer av samma.
Den här gången inget nytt. Vilket förvånar mig. Mum och Dad och Dawid lyckades i slutänden inte sabba mina tankar. De påverkar inte mina minnen, mina mardrömmar, det jag minns. Jag skulle kunna lämna dem allihop bakom mig och ändå minnas de vaga konturerna av ansiktet. Och namnet.

Charlie.

Char-Leigh.

Men en konstant består. Den enda personen som gör mig lycklig och som har gett mig energi och fokus att utforska drömmarna mer. Vi har inte pratat så mycket om det oss emellan. Hon vet att det är ett svårt samtal för mig att ta, men hon har varit så förstående. Jag är så glad att hon har kommit in i mitt liv. Utan henne hade Michals mördare kunnat gå förlorad för alltid. Och nu har vi ett visst hopp.

Jag har ett visst hopp.

Och må det fortsätta länge.

Katie, du kommer aldrig att läsa det här, men jag älskar dig. Jag älskar dig, jag älskar dig och jag älskar dig.

Nu ska jag gå och titta på lite fotboll eller ett våldsamt tv-program som en karl.

KAPITEL
FYRTIOÅTTA

L unchtid. Ljudet av Tomeks kurrande mage dränkte resten av ljuden på kontoret. Tangentknattret, de diskreta samtalen i telefon, det ständiga klickandet från datormössen.

Men han hade för mycket att göra för att hinna äta. Upptäckten av nätgruppen hade slukat teamets varje vaken tanke, handling och andetag. De var alla fast beslutna att hitta mördaren. Och Tomek hade tillbringat de senaste timmarna med att finkamma anslagstavlan, läsa varenda rad, varje mening, varje saknat skiljetecken och varje grammatikfel. Mördaren låg och lurade någonstans i gruppen och, som en skadedjursbekämpare, behövde han locka fram råttan.

Det visade sig dock vara svårt. Trots att gruppen låg i en avskild vrå av Facebooks ekosystem, där väldigt få (om ens några) ögon såg den, var medlemmarna förvånansvärt fåordiga. En blandning av enordssvar och instämmande fraser. Någon enstaka fråga här och där. En mening som kastade ur sig namnet på ett potentiellt mål. Men inget konkret. Inget som antydde att en mördare fanns bland dem.

Det var svårt att inte känna sig besegrad, så Tomek försökte muntra upp sig med en macka från Subway på huvudgatan. En BLT, hans favorit. Med extra ost, majonnäs och jalapeños.

När han kom tillbaka till skrivbordet fastnade blicken på något som fick aptiten att försvinna.

Ett meddelande hade lagts upp på forumet medan han varit borta från kontoret.

Strykarna. Harrison Coady. Nyligen frigiven från HMP Winchester. Flyttas till Leigh-on-Sea för en tryggare framtid. En att hålla ögonen på. Någon som tänker göra ett besök?

Tomek läste inlägget två, tre gånger. Han letade i minnet efter en liknande formulering som den sista. *Någon som tänker göra ett besök?* I alla meddelanden, kommentarer och inlägg han hade slukat hade han aldrig stött på de orden förut. Vände de sig till mördaren? Bad de honom att göra sig av med Harrison Coady för gott?

Tomek kastade sig upp ur stolen och rusade till Tonys kontor. Han gick in utan att knacka och såg Tony klia sig i en minst sagt avslöjande pose.

"Herregud, Tomek", sa mannen och drog ut handen ur röven. "Hade du aldrig dörrar som unge?"

"Inte i det postkommunistiska Polens ödemarker, chefen."

Tony suckade och himlade med ögonen. "Vad vill du?"

"Jag vill aldrig mer ta i din hand, om det är okej med dig."

"Håll tyst. Vad är så viktigt att du inte hinner knacka?"

"Jag tror att det finns ett till offer i sikte."

Utan att vänta stormade Tomek runt till andra sidan skrivbordet och sträckte sig efter Tonys datormus. Som tur var hejdade han sig innan han rörde den.

"Du gör det. Jag rör inte den där efter att ha sett var din hand har varit."

"Det var utanpå byxorna", sa Tony och väckte skärmen med en liten rörelse med musen.

"Det gör det inte bättre", svarade Tomek och visade sedan Tony till Facebookinlägget.

Han lät mannen få några ögonblick att läsa och ta in informationen. När han gjort det tappade han hakan, och de stirrade på varandra.

"Vad tänker du, chefen?"

"Att Harrison Coadys liv är i fara."

Tony gjorde en ansats att resa sig, men Tomek höll honom tillbaka. "Vart ska du?"

"Vi måste skicka ett team till hans hus för att varna honom."

Tomek hoppade runt till andra sidan skrivbordet och blockerade Tonys väg ut. "Vi pausar en sekund", sa han. "Jag har fått en idé. Men innan du går någonstans måste du tvätta händerna först."

"Kom igen då, låt oss höra."

Tony, Sean och Rachel hade kallats in till DCI Cleaves kontor för att höra Tomeks idé.

Han svalde innan han började. "Om det är något jag vet om pedofiler, och det är visserligen något jag nyss lärt mig, så är det att oavsett hur gärna man vill varna dem för den potentiella fara de befinner sig i, så är de inte beredda att göra något åt det. Gary Kershaw till exempel... han försökte ändå träffa flickan i den röda kappan trots att han visste vad som hänt Timothy Rosenthal. Samma sak kan hända här med Harrison Coady."

"Så vad är ditt förslag?" frågade Nick.

"Att vi lägger span på honom. Bara ett par av oss som håller koll, ser till att ingen kommer för att skada honom."

"Du föreslår att vi använder honom som bete?"

"Jag kanaliserar min inre Jimmy Hunter", svarade han sarkastiskt.

"Förhoppningsvis inte den mörkare, pedofila sidan", kommenterade Sean och gav honom en vänskaplig knuff på armen.

"Bra sagt."

Men Tomek tyckte inte att det var särskilt roligt. Under hela sin genomgång av Facebookgruppen Extreme Ironing hade han sett flera antydningar om att någon inom polisen påstods stå på fel sida av lekplatsstaketet. Och varje sådan antydan fick blodet att koka i honom.

"Tror du att vi är gjorda av pengar?" frågade Nick med en tung suck.

"Du, kanske inte. Men polisen är det."

"Inte med den budget vi redan bränt på den ståtliga summan av inte ett jävla skit hittills i den här utredningen. Det du föreslår innebär en jävla massa övertid."

"Någons liv kan vara i fara, chefen. Vill du inte göra allt du kan för att förhindra det?"

Nick funderade ett ögonblick. Gnuggade händerna. Suckade. Han visste att Tomek hade honom i ett skruvstäd. En trovärdig hotbild mot någons liv räckte för att motivera en spaningsinsats. Oavsett vem den gällde.

"Okej", sa han till slut. "Men ni får turas om. Vi bevakar Harrison Coady i ett par dagar och ser hur det utvecklar sig. Om inget händer då plockar jag av er allihop."

KAPITEL
FYRTIONIO

D et hade gått lång tid sedan Tomek senast lade ögonen på Southend Football Club. Över tjugo år, faktiskt. Eller kanske mer, men han ville inte tänka på det exakta antalet. Det hade varit en unik skolresa med skolans fotbollslag och han hade varit en av bollpojkarna under matchen Southend–Doncaster. Han mindes publikens vrål, stämningen, adrenalinet han kände varje gång bollen kom mot honom. Den där förhöjda känslan när bollen satt i nätet. Matchen hade slutat 3–1 till Doncaster, men det var en kväll han aldrig skulle glömma.

Och han hoppades att det skulle bli likadant i kväll.

Southend mot Woking.

Tio tusen fotbollsfans från Surrey och Essex samlades i National League, den lägsta professionella nivån i engelsk fotboll. Höjdpunkten i Southends senare framgångar kom i mitten av 2000-talet, när de var uppe i Championship och slog Manchester United med 1–0 en kall novemberkväll. Sedan dess hade deras fall varit inget mindre än katastrofalt. På grund av en rad ekonomiska problem och transferförbud var arenan, Roots Hall, nedgången, personal och spelare hade inte fått lön på månader och som följd hade laget snabbt halkat ned genom fotbollens pyramid och orsakat hjärtesorg för sina tusentals supportrar.

Tomek visste hur det kändes att se sitt lag åka ur. Det hade hänt West Ham fler gånger än han ville räkna, men de hade alltid studsat tillbaka till högsta serien. Han kunde inte föreställa sig hur det måste kännas att sjunka genom stegen i engelsk fotboll.

Sporten hade varit en passion genom hela hans liv. Sedan han kunde gå hade han sparkat boll med sina bröder på baksidan eller på fältet mitt emot huset. De fick sig en rejäl utskällning när de krossade grannarnas växthus och dundrade bollen in i deras bilar. Visst, han var inte tillräckligt bra för att bli proffs (vilket någon gång hade varit hans dröm, som för de flesta pojkar i ett skede av deras utveckling) men passionen och *en del* teknik fanns där. Så pass att han bar med sig den in i medelåldern. På helgerna, när jobbet tillät, brukade han och Sean spela för Southend Police Football Club. De hade egna matchställ, och hans position var mittfältet. Ankaret på planen. Befälhavaren. Kaptenen. Han hade frågat om Katie ville se honom spela, men på grund av butikens öppettider kunde hon aldrig, vilket var synd, för han hade älskat att ha henne där, få glänsa inför henne, visa fjädrarna som en påfågel.

Tätt ihop för att hålla kylan ute tog de sig genom vändkorsen vid grindarna och hittade till sina platser bland hundratals upprymda fans. Tomek hade köpt en pint cola och en varmkorv var. Det var inte mycket, men allt bidrog till den äkta fotbollsupplevelse han ville att hon skulle få.

"Har du roligt än?"

Det som syntes av hennes ansikte – bakom halsduken, mössan och luvan – sa honom att svaret var nej. Hon var för domnad för att röra sig ordentligt. Han drog henne intill, lade armen om henne, gnuggade hennes armar och kysste henne i pannan.

Kylan på vintern var det verkliga provet på en supportes lojalitet. Ibland blev vädret bedrövligt – stormvindar, snö, minusgrader, regn – men han höll i och gick på West Hams hemmamatcher när han kunde. Och människorna han delade kärleken till sporten med, främlingarna i baren, de fulla, odrägliga men ändå älskvärda rövhålen på tåget hem – de var som en knäpp och alldeles egen familj för honom. Fotbollen var hans flykt. Och han älskade varenda sekund. Vinst eller förlust.

Katies kylslagenhet var dock inte långvarig. Strax efter avspark såg han hur hon kom in i det, skrek och hejade på spelarna varje gång någon satte in en stenhård tackling eller sköt på mål. De flesta reglerna och taktiken gick henne förbi, och hon bad honom förklara nästan hela tiden, men det verkade han inte ha något emot. Hon såg ut att ha roligt, och det var allt han kunde begära.

När paus kom hade rynkan på hennes panna slätats ut. Och vid slutet av matchen hade den blivit till ett leende av värme och förväntan. Slutresultat: 3–1 till Southend.

"De vinner inte jämt", sa han till henne när de började ta sig ut ur arenan.

"Kanske var det bara för min skull då."

"Jag sa till dem att du skulle komma. Det var därför de lade in en extra växel."

Strax därefter befann de sig mitt i en jublande och berusad Southend-klunga som böljade genom arenan. Tomek drogs med och började sjunga med dem. En man bredvid honom, arenans modigaste man som hade blivit av med sin T-shirt, stirrade på Tomek och sjöng en ramsa. Ölen i hand. Tomek lade armen om honom och tillsammans pressade de fram en fasansfull falsett.

Två främlingar, som snackade skit och sjöng.

Två främlingar, arm i arm, som svor att de älskade varandra.

Två främlingar, som aldrig skulle mötas igen, men i den stunden hade de delat något särskilt.

Det där var det vackra med sporten. Det var därför Tomek älskade den.

När de lämnade arenan skingrades de tusentals fansen genom Southends gator, tillbaka till sina liv. Vissa gick mot stationen, andra mot taxikön på huvudgatan, medan Tomek och Katie begav sig mot parkeringsplatsen.

Till hans förvåning var den tom. Förutom en kvinna som stod vid sin bil bredvid Tomeks.

Han kände inte igen henne först, men när hennes drag trädde fram önskade han att han inte hade gjort det.

"Tom!" sa hon. "Vad gör du här?"

"Har bara varit på matchen." Tomek drog Katie närmare. Han kände hur hennes kropp spändes. "Vad gör du här?"

"Samma som du."

"Har de satt dig på sport nu, eller?"

Abigail log snett, gav honom en flirtig blick. "Man måste ju försörja sig på något. Vi är bara ett team på fem. Vi är Southends ögon och öron, som man säger. Vi måste kunna se och höra allt."

"Det kan jag tänka mig." Ett ögonblick av pinsam tystnad lade sig mellan dem som ett stenblock, oförflyttbart. Abigail gjorde inga miner till att gå, och Tomek kunde inte känna fötterna längre. Så de stod där. "Förlåt", började han, "var är mina manér? Abigail, det här är Katie, min bättre hälft. Katie, det här är Abigail, reportern som kastade mig under bussen i sin artikel om Operation Highlander."

Abigail ignorerade den sista kommentaren och skakade Katies hand. Allt mycket formellt. "Så det här är den lyckliga damen", sa hon. "Sean har berättat så mycket om dig."

"Och om fallet, antar jag", sa Tomek innan Katie hann svara.

"Han delar det han kan."

"Men du hänger inte ut honom i dina texter?"

"Det är för att jag inte behöver."

"Och det hjälper när ni ligger med varandra..."

Abigails ögon blossade upp, och Tomek visste direkt vad hennes svar skulle bli. Men det var för sent. Skottet var redan avlossat och gick inte att stoppa från den oundvikliga förödelsen. "Du hade din chans för länge sedan", sa hon.

Tomeks hud knottrade sig. Han visste att det inte fanns någon chans – absolut ingen – att Katie inte hade hört allt det där. Att leendet på hennes läppar var på låtsas och att hon väntade tills de satte sig i bilen för att släppa lös hela vreden. Om den skulle riktas mot honom eller Abigail återstod att se.

⊏══⊐

Det fick han veta strax efter att han hade kört ut från parkeringen.

"Du försökte ligga med henne, eller hur?"

Nu kommer det, tänkte han.

"Nej. Det var inte så."

"Vad var det då?"

"En idiotisk fyllekyss en gång på någon prisgrej. Hon ville mer. Det ville inte jag."

"Och inget har hänt sedan dess?"

Tomek tvekade. "Hon har försökt, men jag har alltid sagt nej. För att hålla det... professionellt." Han råkade ge henne ett stelt leende som sa snälla-skäll-inte-på-mig.

"Nu är inte läge att smeka ditt jävla ego, Tomek. Och vem tror hon att hon är som kallar dig *Tom*? Ingen har någonsin kallat dig det. Möjligen din pappa. Men inte jag. Inte din mamma, din bror. Tror hon att hon är speciell?"

Du får fråga henne.

Vid närmare eftertanke var det nog ingen bra idé.

"Hon försöker bara sätta igång skitsnack", sa han. "Hon är journalist, det är vad hon gör. Hon tränger sig in mellan dig och något annat för att få det hon vill. Som härom veckan när hon bad mig om ett uttalande. Hon pressade mig praktiskt taget upp i ett hörn."

"Åh, det gillade du väl, va?"

"Vad?"

"Att vara så nära henne igen." Katie tittade ut genom fönstret, oförmögen att möta hans blick. "Du ska fan inte ljuga för mig", fortsatte hon, "för då hugger jag av dig kulorna. Jag gillar inte lögnare och jag gillar inte otrogna. Om jag får reda på att du har..."

"Jag har inte gjort något, jag lovar. Du är bara löjlig. Det var länge sedan, och jag satte stopp så fort jag kunde. Dessutom är hon ihop med Sean nu..."

Tomek visste inte vad mer han skulle säga; han hoppades att det skulle räcka för att stilla hennes farhågor något. När de kom hem till honom gick hon direkt och lade sig och lämnade honom ensam att komma ikapp med lite tv. Deras första riktiga gräl. *Hans* första riktiga gräl på länge. Och han visste inte hur han skulle hantera det.

Så han bestämde sig för att låta det vara, trycka undan det längst bak i huvudet och glömma bort det. Precis som han hade gjort med allt annat i sitt liv.

KAPITEL
FEMTIO

B acon, med sin salta och feta godhet, botade allt. Baksmällor, depp, hunger.

Till och med gräl.

Men inte, som han strax skulle få erfara, det här.

När han svängde in på uppfarten tog han 12-pack rökt bacon från passagerarsätet och stängde av motorn. När han tryckte in nyckeln till ytterdörren i låset kände han hur magen kurrade. Den anade redan baconet, ägget, det rostade brödet.

När han öppnade dörren satt Katie i soffan, armarna korslagda över bröstet, det ena benet över det andra, studsande upp och ner. Ansiktet förvridet av raseri.

"Varför är du vaken?" frågade han henne. "Jag försökte att inte väcka dig innan jag—"

Bredvid henne, gömt bakom hennes ben, låg ett par damtrosor. Rosa. Spets. Med en liten rosett framtill. Hon höll upp dem i luften och förväntade sig att han skulle förstå vad det var.

"Du vill...? Jag hade tänkt laga frukost åt oss först, men jag antar att jag—"

"Jag hittade de här i soffan, din jävel."

Oj då.

"Och de är inte dina?"

"Självklart är de inte mina. Jag skulle aldrig ha på mig något så här slampigt! Titta på dem, det är ju ingenting där!"

Dubbelt ojdå. Riktigt jävla ojdå.

"Vem ligger du med? Vem har du knullat bakom min rygg?"

Trots svordomarna och aggressiviteten i rösten var Katie märkligt lugn. Det skrämde honom mer än om hon hade kastat tallrikar på honom eller skrikit honom i ansiktet. Han anade att hennes fulla vrede strax skulle brisera.

"Nej... ingen," sa han långsamt, medan hans hjärna febrilt försökte komma på var de hade kommit ifrån och vem de tillhörde.

Och då insåg han. Molly. Tjejen från natten då Timothy Rosenthal mördades.

Hade han legat med henne den natten? Han mindes inte. Hade hon varit fullt påklädd när han satte henne i taxin? Det tyckte han i alla fall. Han hade åkt därifrån så brådstörtat att han inte hade haft tid att kolla.

"Vem är hon? Svara."

"Det är ett misstag," sa han, medveten om att inget svar i världen skulle räcka för att ta sig upp ur det väldigt djupa hål han befann sig i. "De har blivit kvar av misstag. Någon från länge sen. Någon Molly..."

"Så du har inte bara kysst varenda tjej i Essex, du har knullat dem också!"

"Absolut inte."

"Det ser ta mig fan ut så, om du frågar mig."

"Japp." Han nickade, försökte komma på ett svar. "Kan förstå att du tänker så. Men så är det definitivt inte. Definitivt inte."

"Det verkar som om någon har fått definitivt-sjukan," sa hon, ansiktet orubbligt. "De kommer inte att rädda dig nu. Ingenting gör det om du inte förklarar dig."

Och så gjorde han det. Han berättade allt. Detaljerna om vad som hade hänt den natten. Hur det hade skett strax efter mordet på Timothy Rosenthal och hur han hade varit tvungen att få iväg henne i all hast.

"Har du ingen jävla respekt?"

"Klart jag har."

"Skitsnack. Du är ett svin. En typisk snubbe, precis som alla andra."

"Katie..."

"Jag visste att du var precis som de andra. Jag trodde väl att jag kunde ändra dig på något sätt..."

"Katie, snälla."

Hon ignorerade honom och, när hon reste sig ur soffan, kastade hon trosorna i ansiktet på honom och dundrade uppför trappan. Några minuter senare kom hon ner igen, fullt påklädd med väskan i handen. Hon sa inte hej då när hon lämnade honom åt de tolv skivorna bacon.

KAPITEL
FEMTIOETT

Nu hade det blivit Tomeks och Seans tur att sitta i en civil polisbil, mitt på en trafikerad bostadsgata i hjärtat av Leigh-on-Sea, de kommande tolv timmarna. För att förbereda sig hade de tagit med en picknick av det mer frestande slaget. Ett sexpack Coke-burkar, tomflaskor att kissa i, ett multipack Walkers-chips och en Cadbury-ask med blandade praliner. Det låg också ett par pastasallader och några Tesco-kombomenyer där inne med dem, men dem var de inte så noga med. De hade bara ögon för det goda (eller det dåliga, beroende på hur man såg det).

"Dricka?"

"Gärna."

Tomek sträckte sig in i baksätet och rev upp förpackningen med Coca-Cola-burkar. Sedan räckte han en till Sean. Fräset när burken öppnades ekade i kupén, och han tog en klunk. Så fort den kalla, uppfriskande smaken nådde läpparna önskade han att han var någon annanstans, på en pub med uteservering, fotbollen på i bakgrunden och en pint Peroni i handen. Låta solen gassa mot huden.

I stället satt han i en femton år gammal Volvo, på ett säte som hade känt fler arslen än bilen hade mil på mätaren, omgiven av stanken av svett och cigarettrök som gnidits in i tyget.

Sean höjde burken i luften. Tomek behövde inte bli tillsagd.

Kling.

"Det var ett tag sedan vi gjorde det här," sa Sean.

"Jag tror inte att vi någonsin har gjort *det här*."

"Nej, jag menade bara vi två. Ett par burkar i näven, några till där bak. Jag har inte varit på puben på veckor."

"Inte jag heller," sa Tomek och kände hur en våg av skuld sköljde över honom. Sedan hans relation med Katie hade utvecklats till det den var nu, hade han försummat sin bästa vän. De senaste veckorna hade de sett väldigt lite av varandra – varken på jobbet eller privat. Kanske var det nu de skulle ta igen förlorad tid.

Inte för att de hade något annat att göra.

"Kanske är det så här vi ska göra nuförtiden," fortsatte Sean. "Sippa på Coke i stället för öl resten av livet."

"Kanske börjar vi bli för gamla för allt det där," svarade Tomek.

"Puben?"

"Ja. Kanske. Jag vet inte."

Sean fnös. "Oj, det är verkligen allvar nu, va? Trodde aldrig jag skulle höra de orden ur din mun."

"Dra åt helvete."

"Har du träffat familjen än?"

"Räknas hennes rumskompis och rumskompisens dotter? För dem har jag träffat ett par gånger."

"Oj. Den utökade familjen. Då *måste* det gå bra för er två."

Det var just det. Det gjorde det inte. Långt därifrån. Motsatsen, faktiskt. Och Tomek visste inte vad han skulle göra åt det. Han visste inte hur han skulle bearbeta det. Ännu värre, han visste inte ens hur han skulle prata om det. Sean var hans närmaste vän, hade varit det i över femton år, och om han inte kunde prata med honom, med vem då?

I stället förväntades han internalisera och hantera det själv. Prata med ingen, hålla allt låst inom sig. Det var problemet som han, och miljoner andra män, stod inför. Han mer än någon annan; det var allt han var van vid i hela sitt liv. Att aldrig kunna diskutera sina tankar och känslor med familj, med vänner. För de skulle inte förstå. Hur skulle hans trettonåriga polare (den ålder då han på riktigt lärde känna dem) någonsin ha kunnat förstå vad som hade hänt hans bror och hur han mådde över det när inte ens en betald professionell kunde? Hur skulle hans föräldrar, som skyllde på honom varje dag för hålet som uppstått i deras liv över en natt, någonsin kunna förstå när de inte hade visat honom en gnutta omtanke eller medkänsla?

Då hade han tvingats hantera sina tankar, känslor och affekter ensam.

Och nu skulle det inte bli annorlunda.

"Ja," sa han. "Det går ganska bra."

Ännu en lögn. Inte bara för Sean utan även för sig själv. Men den värsta han sa till sig själv var kanske att det var vad han förtjänade. Att det var hans fel att relationen var på väg att spåra ur. Hans fel att han gjort alla de där misstagen förr – med Abigail, med Molly. Hans fel att han aldrig hade kunnat hålla en stadigare relation längre än en helg.

För det var vad han förtjänade.

Universum som straffade honom för Michał.

"Hur är det med dig och Abigail?" frågade Tomek, i hopp om att byta samtalsämne.

Sean ryckte på axlarna. "Äh."

"Åh, tråkigt att höra, kompis."

"Ja. Hon har varit frånvarande de senaste dagarna. Kan inte skylla på henne. Jag har haft fullt upp, och det har hon med. Men... om jag ska vara ärlig så tror jag att det beror på dig."

Det fanns ingen anklagelse eller ilska i rösten, bara en ton av förtvivlan.

"*Jag*?" frågade Tomek, som om han inte redan visste varför.

Sean ställde Coke-burken i mugghållaren i mittkonsolen. "Hon berättade om kyssen..."

"Ah..."

"Jag vet att det var länge sen, och jag är inte arg på dig eller något – du får göra vad du vill som singel – men hon verkar fortfarande fast i det. Hon pratar alltid om dig, frågar efter dig. Tydligen såg hon dig häromdagen på matchen."

"Ja."

"Av hur hon lät hade man kunnat tro att du hade knullat henne med blicken och gjort det på riktigt i baksätet."

"Förlåt, kompis..." Tomek tystnade. Han övervägde att berätta om Katies reaktion. För om Sean var modig nog att vara öppen mot honom, borde han göra detsamma. Men sedan tänkte han om. Kanske en annan gång. "Ärligt talat, det var ett misstag den kvällen. Jag borde inte ha gjort det, och bara så du vet har jag aldrig försökt något sen dess. Och det skulle jag aldrig göra."

Sean log, men smärtan fanns kvar i blicken. "Jag vet, kompis. Och jag uppskattar det. Du är en bra vän."

"Så vart tar ni vägen härifrån? Är du fortfarande sugen på den där dubbeldejten?"

"Det kanske vi ska," sa Sean med ett skratt. "Låta de två hålla på medan vi smiter till baren."

"Och skaffar oss ett par burkar Coke."

Sean höjde burken i luften och de *skål*ade för idén.

━━━

Kort därefter tappade de tidsuppfattningen. De följande timmarna gick åt till att ta igen, minnas och prata rent strunt tills de brast ut i skratt.

Först när klockan på instrumentbrädan slog över till klockan 19 vaknade gatan till liv. Pendlare som kom hem från sina trista och monotona jobb i stan; ungar som kom hem efter att ha lekt ute på fälten med kompisarna. Och att Harrison Coady lämnade huset i en tjock dunjacka.

"Rörelse," sa Tomek så fort han såg en skugga röra sig genom konen av ljus från gatlyktan utanför hans hus.

"Undrar vart den lille slyngeln är på väg?" sa Sean och startade motorn.

Fram till dess hade det varit helt stilla vid Coadys hus, och Tomek hade undrat om han hade gjort rätt som drev igenom spaningsinsatsen. Men eftersom de tidigare morden hade skett i mörker verkade hans övertygelse vara på väg att besannas.

"Alla monster kommer ut och leker om natten," sa han.

De såg hur Harrison Coady hoppade ner från trottoarkanten och skyndade mot sin bil på andra sidan vägen. Lyckligtvis stod den parkerad åt samma håll som deras, så när han körde ut på gatan kunde de följa efter utan risk att tappa honom medan de manövrerade.

Det slog inte Tomek att Coady kunde vara på väg mot sin död förrän de kom fram till Chalkwell Park tio minuter senare.

Svetten kröp längs Tomeks hud när han såg Coady kliva ur bilen och, skyddad av mörkret, ta sig in genom entrén och sätta sig på en bänk nära en stor ek.

"Vad ska vi göra? Stanna eller gå?"

"Nu är inte läge att citera The Clash," sa Tomek, medan han öppnade bildörren och gick mot parkens ingång.

Han stannade precis utanför grindarna. En gestalt, något mindre än Harrison, hade satt sig bredvid honom på bänken. Tomek kisade för att se bättre. Det svaga ljuset gjorde det nästan omöjligt. Var det här tjejen i den röda kappan, eller någon annan? Låg mördaren och lurade vid sidan, redo att kasta sig över Coady?

Och då gick det upp för honom att det här inte stämde med något av de tidigare morden. Det var för öppet, för uppenbart. För tidigt. Visst, Timothy Rosenthal hade dött i ett koloniområde, men det var mitt i natten, och ett ställe som mest frekventerades av doggare och voyeurer. Chalkwell Park, däremot, var en populär plats för tonåringar, hund*rastare* och sena joggare. För att inte tala om att klockan bara var sju och att trafiken runt parken var betydligt livligare än vid koloniområdet.

Nej, det här var inget mord som väntade runt hörnet.

Det här var Harrison Coady som försökte få sina kickar.

Tomek satte av mot bänken, rörde sig raskt men så tyst som möjligt. Med Sean i släptåg.

När han kom närmare blev den unga flickans drag tydligare. Hon var ung, ja, men inte lika ung som tjejen i den röda kappan. Han uppskattade åldern till tretton, kanske något år yngre. Hon hade långt blont hår uppsatt i en hästsvans och var klädd för sommar snarare än för den höstkyla som svepte genom träden.

"Du ser väldigt söt ut i kväll," sa Coady på avstånd. "Frågade din mamma något innan du gick?"

Innan flickan hann svara stannade Tomek och Sean framför dem.

"Harrison Coady?" började Tomek.

"Åh, fan."

"Åh, fan, ja." Tomek blixtrade med polisbrickan framför Coadys ansikte, men i det svaga ljuset var det svårt att se. Oavsett vilket visste Coady vem Tomek var, och han visste varför han var där.

"Jag..."

"Jag tycker att vi tar med dig in till stationen, eller hur?"

Tomek vände sig till tonåringen. "Är du okej?"

Hon nickade.

"Du är säker nu, okej? Min kollega följer dig till bilen och så ringer vi dina föräldrar. Sedan tar vi med dig till stationen och ser till att allt är i sin ordning."

Utan att säga något mer reste sig flickan och följde med Sean till fordonet. När de gick hörde Tomek hur Sean kallade in förstärkning.

"Du kunde bara inte låta bli, eller hur?" frågade Tomek.

"Du vet inte hur det är..."

Det stämde. Tomek visste inte. Och han ville aldrig veta hur det var att ha samma slags sjukdom som Coady, Rosenthal och Kershaw. De var alla mycket sjuka män som inte verkade bli bättre, oavsett hur lång tid de hade suttit i fängelse.

När Tomek lotsade in Coady i polisfordonet som kom fem minuter senare undrade han om någon någonsin kan bli botad från sin sjukdom.

KAPITEL
FEMTIOTVÅ

A nnalise Keesing hade blivit erbjuden att välja mellan en varm choklad, vatten eller en burk Fanta. Hon valde den varma chokladen. Den trettonåriga flickan satt i ett av stationens två särskilda samtalsrum. Inne fanns två soffor, en tv och en sminkspegel. Med henne satt hennes föräldrar, en på var sida, och skyddade sin älskade dotter. Rummet var utformat för offer för sexuella övergrepp, specialbyggt för att få dem att känna sig trygga och avslappnade innan de tvingades återuppleva skräcken av det som hade hänt dem.

Med tanke på offrets ålder och kön tvingades Tomek följa förhöret på en skärm i insatsrummet. Det innebar också att DC Chakrabarti och DC Kaczmarek, som familjekontaktpoliser, var de enda som fick förhöra henne.

De gick in i rummet tillsammans, otvunget, och hälsade familjen varmt välkommen.

"Kan vi hämta något mer åt er?" frågade Nadia. "Te till mamma? Pappa?"

Ingen ville ha något; de ville bara få det här överstökat och komma hem så fort som möjligt.

"Nu, Annalise, vill vi ställa några frågor, om det är okej?" fortsatte Nadia när hon hade sjunkit ner i stolen. Hon satt med ena handen på magen och den andra på armstödet.

"Det går bra," svarade Annalise självsäkert, utan minsta spår av ängslan eller rädsla i rösten.

"Vet du vad mannen du skulle träffa i kväll heter?" frågade Nadia.

"Han sa att han hette Harrison... Harrison Coady."

"Just det. Och hur kom det sig att ni skulle träffas i parken?"

"Han frågade om jag ville gå dit. Vi hade pratat i ett par dagar innan dess."

"Hur kommunicerade ni?"

"Via Snapchat."

Snapchat. Appen för sociala medier där meddelanden och bilder raderas strax efter att de öppnats och lästs. Appen som kan göra det svårt att få fram något belastande.

"Och vad för slags saker sa Coady till dig?"

"Han sa att jag var söt."

"Just det."

"Och att han tyckte att jag borde bli modell. Han sa att han jobbade för en modellagentur."

"Var det därför han ville träffas?"

"Ja. Men han sa att det var topphemligt och att jag inte fick berätta för någon."

Annalises föräldrar spände sig på varsin sida om henne. Tomek såg hur hennes pappa skruvade på sig i soffan, obekvämt kämpande mot impulsen att säga något.

"Och jag måste ställa den här frågan, men ta den tid du behöver för att svara... bad Coady dig någonsin att skicka bilder till honom?"

Annalise behövde ingen betänketid; hon nickade genast. Ett litet flämt hördes från någon av föräldrarna. Hennes pappas ansikte förvreds av smärta, och hennes mammas ansiktsdrag slaknade av chock.

"Var du naken på någon av de här bilderna?" Den här gången var det Anna som ställde frågan.

"Nästan. Jag hade bara underkläder. Jag kände mig inte bekväm med att ta av mig något."

"Bad han om det?"

"Han bad att få se min vagina."

Ännu en flämtning. Mer förvridna miner.

Tomek mådde illa och svalde hårt för att pressa ner känslan igen. Han visste inte hur mycket mer av detta han orkade höra.

Samtalet fortsatte i ytterligare trettio minuter. Varje minut som gick förde med sig fler avslöjanden om Harrison Coadys vidrighet. Och varje minut ökade Tomeks respekt och beundran för flickan. Hon uppträdde starkt och självsäkert, och svarade på alla Annas och Nadias frågor utan att tveka.

Tills de kom till den sista.

Om det fanns något mer hon ville tillägga.

"Egentligen..." började hon, och tvekade sedan i vad som kändes som onormalt lång tid.

"Polisen som kom till parken..." fortsatte hon.

Tomek kände hur temperaturen i insatsrummet sjönk. Vilken av dem syftade hon på? Och vad tänkte hon säga härnäst?

"Mannen som stannade kvar hos Harrison Coady..."

Helvete.

"Vad var det med honom?" frågade Nadia långsamt.

"Vad hette han?"

"DS Tomek Bowen, tror jag att du menar."

"Ja. Det är han," sa hon. "Jag kände igen honom."

"Okej..."

Vart var det här på väg?

"Han kom till min skola häromdagen. Southend High School for Girls. Han pratade om farorna med att prata med folk på nätet."

Tomek drog en lång lättnadens suck – en sådan som Nasty Nick själv hade varit stolt över.

"Vänta lite," avbröt Annalises pappa. "En polis kom till din skola och berättade om riskerna med att prata med främlingar i sociala medier, och du gjorde det ändå? Annalise – hur kunde du vara så dum?"

"Jag... jag... jag försökte hjälpa till..."

"Hjälpa till med vad?"

"Så att polisen skulle kunna fånga de farliga människorna där ute."

"Men tänk om de inte hade hittat dig?" frågade hennes pappa. "Tänk om de inte hade varit där? Det är ett under att de var det. Något allvarligt och farligt kunde ha hänt dig. Din dumma, dumma flicka!"

Då brast Annalise i gråt och snyftade mot sin mammas bröst. Hennes mamma drog henne närmare och strök henne över håret. När de anade att familjen behövde lite tid för sig själva, lämnade Anna och Nadia rummet. De gick tillbaka till insatsrummet några ögonblick senare.

När de kom in fann de Tomek stirra på tv-skärmen. Försökte bearbeta det han hade hört. Ett av de barn han hade tänkt informera och lära hade fullständigt struntat i honom och utsatt sig för fara. Han hade av misstag satt ett barns liv i fara. Och han hade aldrig kunnat förlåta sig själv om något hade hänt henne.

KAPITEL
FEMTIOTRE

"Hennes pappa hade rätt", började Nick. "Det var ett mirakel att ni båda var där."

Tomek såg inte den sidan av saken. Kunde inte.

Hur han än vände och vred på det, hade han satt det där barnets liv i fara.

"Struntprat", sa Nick till honom. "Du räddade henne."

"Från en situation som hon aldrig hade hamnat i om det inte hade varit för mig."

Nick gick runt skrivbordet och lade handen på Tomeks axel. "Skyll inte på dig själv, kompis. Hon mår bra, hon är i säkerhet – det är huvudsaken. Och vad gäller Harrison Coady, kommer han snart tillbaka dit han hör hemma."

"Vad gör vi nu då, chefen?" frågade Sean bredvid honom.

De två hade blivit inkallade till Nicks kontor tidigt morgonen därpå. Det hade varit en orolig natt för dem båda; de hade hanterat Coadys gripande och förhört honom långt in på småtimmarna. De hade övervägt att åka hem för att sova ett par timmar, men stannade i stället på kontoret. Tomek hade hittat en hyfsat bekväm fläck på sitt skrivbord att slå igen ögonen på, medan Sean hade haft den smarta idén att sova på soffan i förhörsrummet där Annalise hade förhörts.

Det knackade på dörren innan Nick hann svara.

"Jag har precis hört vad som hände", sa Tepid Tony när han kom in och dröjde kvar bakom Tomeks axel. "Tur att ni var där just då."

"Jo", svarade Tomek, drabbad av både modlöshet och trötthet. "Kan inte föreställa mig vad som hade kunnat hända om ni inte varit där." Han tvekade. "Inga tecken på att vår mördare låg och lurade i bakgrunden då?"

Tomek skakade på huvudet. "Det var inte den typen av möte. De är fortfarande där ute. Någonstans."

"Och nu måste vi växla upp för att ta reda på var", sa Nick och slog fast det uppenbara.

"Några idéer, chefen?" frågade Sean.

En idé slog honom.

"Skolan", sa han innan någon annan hann säga något. "Rektorn. Hennes dotter. Cathy Sharpe..."

Det hängde ihop på något sätt.

"Vad pratar du om?"

"Cathy Sharpe var Timothy Rosenthals och Gary Kershaws frivårdsinspektör. Båda dog medan de stod under hennes uppsikt. Jag kollade i går kväll och Harrison Coady har precis hamnat på hennes ärendelista."

"Tror du att det är hon som dödar dem?"

"Kanske, kanske inte. Men hon vet mer om dem än någon annan. Och hon har en pojkvän som är före detta intagen. Charlie Hampton. Låter det bekant? Det är samma namn som det mystiska kontot i Royal Society of Extreme Ironing. Häromdagen gjorde Chey en djupdykning i Cathy Sharpes liv. Fick fram att hon har träffat den här Charlie Hampton i åratal. Han greps för grov misshandel för inte så länge sedan. Chey fick också fram att Miranda Hartwell, rektor på Southend High, är släkt med Cathy. De är kusiner. För att inte tala om att Miranda har en dotter. En sjuåring. Går på Chalkwell. Och jag tycker inte det är alltför långsökt att tänka sig att hon kan ha lockat in Annalise Keesing som bete för Harrison Coady. För att leda oss på villospår. Varför skulle vi leta efter en trettonårig flicka när allt vi har att gå på är en flicka i röd kappa?"

"Har vi tagit Annalise Keesings DNA?"

Tomek nickade. "Och vi hittade ingenting som matchar DNA:t från håret som hittats på någon av de tidigare brottsplatserna."

"Så hon är bara en avvikelse."

"För att leda oss på villospår, ja. Det är vad jag tror."

Nick funderade på det en stund med en lång suck. Sedan vände han sig till Tony för att få hans syn på saken. "Vad säger du, Hunt?"

"Jag tycker att det är rimligt", svarade han. "Men var börjar vi – rektorn eller Cathy Sharpe?"

"Vi tar in dem allihop", sa Nick.

"Och glöm inte pojkvännen", lade Tomek till. "Någon måste hitta honom."

KAPITEL
FEMTIOFYRA

C athy Sharpes pojkvän hette Charlie Hampton.
Och snygg var han inte. Han såg ut som om han, under sina trettio år på jorden, hade injicerat heroin i ådrorna fler dagar än han varit vid liv. Han var en tunn, urholkad skugga av en man. Ett team uniformerade poliser hade skickats till hans adress samtidigt som Cathy och hennes kusin, Miranda Hartwell, hade hämtats in. Ingen av dem var gripen än, men medan teamet hade förhört dem (man hade beslutat att förhöra Charlie Hampton sist) hade flera beslut om husrannsakan godkänts för att genomsöka deras fastigheter. Jakten på bevis som knöt dem till någon av brottsplatserna var igång.

Och hittills såg det inte lovande ut.

Båda kvinnorna hade förnekat all inblandning i morden. Visst var det oturligt att Cathy kände båda offren, men hon förnekade bestämt alla felsteg. Och vad gällde Miranda Hartwell, rektor på Southend High School for Girls, påstod hon att hon hade haft fullt upp med sin dotter, som hade känt sig krasslig. Medan Tomek hade väntat på klartecken att förhöra Charlie Hampton hade teamet kollat Mirandas och Cathys alibi. Så långt var allt i sin ordning – allt stämde. Och det fanns fortfarande ingenting som band dem till brottet, inklusive DNA:t från hårstrået som hittades på brottsplatsen. Det matchade ingen – inte Miranda, inte Cathy och inte ens Mirandas dotter Diana.

Båda kvinnorna hade släppts i avvaktan på vidare utredning.

Då vilade alla deras förhoppningar på att Charlie Hampton hade en ensam inblandning i morden på Timothy Rosenthal och Gary Kershaw. Och på att kunna bevisa det.

Den bördan föll på Tomek. En som han njöt av.

"Tack för att du kom hit," började han.

Mannen mitt emot honom hade tagit det säkra före det osäkra och skaffat en advokat. Och till Tomeks förvåning hade han inte rått honom att hålla tyst från början. Vilket betydde att han tänkte prata. Och förhoppningsvis hälla ur sig alla sina små hemligheter.

"Ni har ju inte gett mig mycket att välja på, eller hur?" sa Charlie och kliade på ärren i armvecket. "Jag har inte gjort nåt fel."

"Det är vårt jobb att avgöra," svarade Tomek. "Du kan göra det enklare genom att berätta vad du vet."

"Jag vet hur det här funkar. Jag har varit här förut, kom ihåg det."

Det hade Charlie Hampton. För lite drygt tio år sedan. För grov misshandel. Överfall på en man som sedan låg i koma i sex månader innan han till slut återhämtade sig. Hampton dömdes till fyra års fängelse och avtjänade tre av dem på HMP Chelmsford, resten på HMP The Mount i Hertfordshire.

"När började ditt förhållande med Cathy Sharpe?" frågade Tomek.

"Typ två månader efter att jag kom ut."

"Och hon var din frivårdsinspektör, eller hur?"

"Ja."

"Och ni har varit tillsammans sedan dess?"

"Ja."

"Och hur skulle du säga att ditt förhållande med Sharpe funkar?"

En kort tvekan medan han räknade ut ett svar. "Bra. Jag har inga invändningar. Varför, har ni pratat med henne också?"

"Jag är bara nyfiken, det är allt. Och hur är det med hennes jobb? Delar hon några detaljer med dig?"

"Nej. Det får hon inte. Och hon är inte så dum att hon kastar bort sin karriär. Det finns inte så många såna längre nuförtiden."

"Absolut." Tomek gjorde en paus och såg växelvis på Charlie och hans advokat. "Har hon nånsin tagit hem något av det?"

"Hela tiden. Hon slutar aldrig."

"Och du har aldrig känt dig frestad att kika i hennes ärenden, se vilka som står på hennes lista?"

"Varför skulle jag vilja göra det?"

Tomek ignorerade frågan och tittade ner i sina anteckningar igen.

"Säger namnen Timothy Rosenthal och Gary Kershaw dig något?" frågade han.

Svaret kom omedelbart. "Visste att ni skulle fråga om dem. Ja, jag känner till namnen. Men inte för att jag dödade dem. Cathy har nämnt dem ett par gånger. Sa att hon hatade att träffa dem, för de fick henne att må illa varje gång hon åkte dit. Även om hon var långt utanför deras åldersspann kände hon ändå att de klädde av henne med blicken och ögonknullade henne varje gång hon hälsade på dem."

"Och hur fick det dig att känna?"

Charlie ryckte på axlarna, nonchalant. "Hon kan ta hand om sig själv."

"Hur kändes det att hon arbetade med den sortens människor?"

"Alltså, missförstå mig inte, jag gillade det inte. Vi hade ett par såna när jag satt inne. De fick stryk ofta, blev jävlade med, men jag ville inte ha något med det att göra. Jag försökte bara hålla ner huvudet och göra min tid så jag kunde komma ut därifrån så fort som möjligt."

Det stämde. Enligt Charlies fängelserapporter hade han rekommenderats för villkorlig frigivning på grund av gott uppförande.

"Det var en snubbe däremot som hade ett horn i sidan till Timothy Rosenthal när vi satt där samtidigt."

"Du var i fängelse samtidigt som Rosenthal?"

"En kort tid, ja. Precis mot slutet av min tid, innan jag blev förflyttad. Tiny Tim kallade de honom. Inte för att han var liten, utan för att hans kuk var stor som en ekollon, och de brukade alltid skämta om att det var logiskt att han brukade knulla småungar och så. Men en av vakterna hatade honom, tålde inte ens att se honom. Han sa till och med till mig att han fantiserade om att spöa honom i cellen när ingen såg. Så många där var köpta att han till och med hade fått erbjudanden från några intagna att göra det åt honom. Men han sa nej, han ville göra det själv."

"Vad hände med honom?"

"Tror att höjdarna fick nys om det och då blev han flyttad till nåt fängelse uppe i Newcastle."

"Vet du vad han heter?"

"Darryl Peters."

Tomek antecknade namnet och lät det passera genom sitt mentala kartotek. Inget dök upp. Men han sparade det till senare.

"Är det något mer du minns om Darryl Peters?" frågade Tomek långsamt, med uppriktighet som sipprade fram i rösten.

"Inte just nu, men jag ska fundera på det."

Tomek gick vidare till nästa ämne i förhöret. The Royal Society of Extreme Ironing och den anonyma profil som hade skapats i hans namn. Det hade inte slagit Tomek direkt att det rörde sig om samma person förrän han kände igen namnet. Men när han fick frågor om det, förnekade Charlie all kännedom. Han hade aldrig ens hört talas om Extreme Ironing och sa att det lät som en grupp för gymnördar. Hur hans namn hade hamnat i gruppen hade han inget svar på. Bara att någon hade skapat den i hans namn.

Tomek nickade eftertänksamt och fortsatte. Han tog fram fotot på flickan i den röda kappan och sköt det över skrivbordet.

"Känner du igen flickan på det här fotot?"

Charlie granskade bilden kort. "Inte direkt", sa han och sköt tillbaka den till Tomek. "Rätt kass kvalitet, va?"

"Det är det bästa vi har. Och du är säker på att du inte känner igen vare sig håret eller kappan?"

"Säker. Fast, nu när jag tänker efter..." Han tog tillbaka fotot och tittade på det igen från en annan vinkel. "Hur gammal är hon på den här bilden?"

"Vi misstänker mellan sex och åtta."

Charlies blick blev tom när han gjorde några ytterligare överslag i huvudet. "Tja, och ta mig inte på orden, men jag satt inne i ungefär fyra år. När jag lämnade, för typ sju år sen, precis när jag skulle ut, minns jag att Darryl sa att han hade fått en dotter. Hans fru hade precis fött för ett par veckor sen. Nu vet jag inte var hon är eller hur hon ser ut nu, men det är nåt för er att fundera på."

Tomek hade svårt att tro det. Mannen gjorde deras jobb åt dem. Antingen det, eller så försökte han styra över all misstanke från sig själv och lägga den på Darryl Peters.

Men Tomek var nyfiken på hur han skulle hantera nästa fråga. Han tog fram ytterligare ett foto ur akten och lät det ligga med bilden nedåt tills vidare. Det här hade tagits tidigare på eftermiddagen, under kriminalteknikernas genomsökning av Charlie Hamptons bostad.

Han vände på det och sköt över det.

Först visade Charlies ansikte chock, sedan förvirring och kort därpå ilska.

"Jag har aldrig sett det där i hela mitt liv."

"Föremålet hittades i din trädgård," sa Tomek. "Gömt bakom ditt skjul."

"Jag har aldrig sett det där i hela mitt liv. Aldrig. Ni sätter dit mig. Jag visste att jag aldrig borde ha kommit hit, asså."

"På bladet har man hittat både Timothy Rosenthals och Gary Kershaws blod. Har du något att säga om det?"

"Dra åt helvete", fräste Charlie.

Och där var förhöret över. Tomek kände sig lite skyldig när han delgav mannen åtalspunkterna och läste upp hans rättigheter. Han hade varit öppen, ärlig och, uppriktigt sagt, oerhört hjälpsam. Men det gick inte att komma ifrån att mordvapnet hade hittats i hans trädgård. Skulle han på något sätt krångla sig ur den knipan behövde han mer än en tyst advokat som inte sade ett ord.

Han skulle behöva ett mirakel.

Och av allt att döma gällde detsamma för Darryl Peters.

KAPITEL
FEMTIOFEM

Lägenheten började kännas tom utan Katie. Det hade bara gått några dagar och han saknade redan hennes närvaro. Det gjorde huset också. Köket var i ett bedrövligt skick. Tallrikar odiskade, lämnade i diskhon. Kaffekoppar med slattar på botten, där mögel och andra skadliga bakterier frodades.

Det var inte mycket bättre ställt med resten heller. Det låg högar med tvätt och väntade på ryggarna av matstolarnas stolsryggar; lager av damm som skyddade möblerna från hans beröring.

Det var inte så att hon städade lägenheten åt honom, eller ens sa åt honom att göra det. Det var att han hade känt sig inspirerad att städa och ta hand om sig själv när hon hade varit där. Att han hade haft en anledning. Nu, utan att hon sov över, hade han fallit tillbaka i gamla vanor och levde i sin egen skit. Och när han stirrade på kartongen från färdigmaten som stod i ugnen, visste han exakt vad han skulle göra med den.

Lämna den på bänken och vänta på att de magiska städalverna skulle plocka undan efter honom och lägga den i soporna.

De magiska städalverna som aldrig skulle komma.

Precis när han ställde kartongen på köksbänken, ljöd dörrklockan genom lägenheten. Det plötsliga ljudet fick honom att rycka till, och pulsen sköt i höjden. Någon stod vid dörren. Någon han inte hade väntat sig. Katie?

Antingen det eller så var det mördaren som kom för honom.

Svaret var inget av det. Där på andra sidan dörren, klädd i ungefär lika lite som sist han såg henne, stod Molly. Håret var färgat i en ännu vitare nyans och tänderna likaså. Hon log ivrigt mot honom.

"Molly..." sa han. "Vad är det du...?"

"Jag fick ditt meddelande", sa hon, gällt.

"Mitt meddelande? Jag minns inte..."

"På Insta. Om mina underkläder."

Vad pågick? Drömde han? Fick möglet i hans kaffekoppar honom att hallucinera fram en klar och tydlig syn av tjejen han inte ville se?

"Jag skrev inte till dig på Insta", svarade han. "Jag har det inte ens."

"Bra där", sa hon och köpte det inte.

"Vad sa du att du var här för?"

Hon blixtrade till med ett fräckt leende och lade diskret en hand på höften. "För trosorna jag lämnade", sa hon och fnittrade. "Jag tänkte att jag kanske kunde komma in och prova dem... se till att de verkligen är mina."

Tja, om de inte var det, så var det här ett stort missförstånd.

"Nej..." sa han, utan att mena att låta tvär.

Men det bet inte. Mollys ansikte sjönk ihop, och hon såg modfälld ut, som ett barn som fått höra att det måste sitta kvar vid bordet.

"Förlåt", sa han och backade. Men skadan var redan skedd. "Det är komplicerat. Här, vänta här."

Han vände henne ryggen och rusade in i lägenheten. De kommande två minuterna ägnade han åt att frenetiskt leta efter de underkläder som Katie hade hittat nedstoppade vid soffans sida. Han var medveten om att han lät henne vänta ute i kylan. Men alternativet var mycket värre: att bjuda in henne, och *sedan* försöka bli av med henne.

Till slut hittade han underplagget bland högen med tvätt på ryggen av en stol och sprang ner för trappan. Han höll trosorna i luften som vore de en pokal.

"Är det de här?"

"Hur många andra har du där uppe?"

Åh för i helvete, tänkte han. *Börja inte du också.*

"Tack...", viskade hon.

Smärtan i hennes röst fick honom att må dåligt, och i ett ögonblick tänkte han släppa in henne. Men han tänkte om. Konsekvenserna skulle inte vara värda belöningen.

Ändå var det något som störde honom.

"Kan du visa mig meddelandena jag skickade till dig på Instagram, är du snäll?"

"Öh..."

"Jag vill bara titta. Oroa dig inte, jag ska inte titta på dina andra meddelanden."

Efter att ha famlat i sin väska i en evighet fick hon fram sin telefon och räckte den till honom. Mycket riktigt, där, uppe till vänster i chatten, fanns en bild på honom, med hans användarnamn bredvid: TomekBowen_DS.

Det gick inte att bestrida att det såg ut som han, lät som han och i allt väsentligt var han. Men var hade det kommit ifrån? Någon måste ha skapat det i hans namn. Och då föll polletten ner.

Katie. Hon var den enda som hade känt till trosorna. Hon måste ha skrivit till Molly och utgett sig för att vara han.

Men varför? Vad var syftet med det? Var det någon sorts test, eller var hon bara tillräckligt tokig för att utge sig för att vara en polis utan att tänka på konsekvenserna?

Innan han hann tänka mer på det blev han medveten om den lättklädda tjejen framför honom, som ivrigt ville ha tillbaka sin telefon.

"Förlåt", sa han och skrattade stelt. "Hur hittade du mig?"

"Du dök upp som föreslagen vän."

"Just det."

"Så jag skrev till dig och... tja, här är jag."

"Toppen. Jag tror att jag får byta användarnamn när jag blir kommissarie. Kan man göra det?"

"Ja", sa hon, som om det var allmän kunskap. Som om det var lika självklart som att två kommer efter ett.

Tomek tackade henne för att hon hämtat trosorna och vinkade bort henne. Han stängde dörren innan hon hunnit till slutet av uppfarten. Ugnen pep i köket. Hans middag var klar.

Men just när han skulle sticka gaffeln i sin Tesco Finest spaghetti carbonara ringde det på dörren igen.

Vad har hon glömt nu? tänkte han för sig själv medan han tog sig nerför trappan. Långsammare den här gången.

Han öppnade dörren. Stelnade. Där stod en annan kvinna. Fullt påklädd och med mörkbrunt hår och lätt missfärgade tänder.

"Katie... vad är det du...?"

"Får jag komma in?"

Självklart fick hon det. Hon kunde få vad hon ville. Inklusive den kopp te hon bad om när hon slog sig ner i soffan.

"Varsågod", sa han när han räckte den till henne.

Han skakade med benet upp och ner medan han väntade på att hon skulle prata, förklara vad hon gjorde här. Alla tankar på Molly och Instagramkontot och meddelandena hade flugit ur hans huvud och hamnat någonstans i solen med resten av Instagrammodellerna.

"Jag hoppas att jag inte stör", sa hon.

"Nej då, inte alls. Bara världens sorgligaste middag och världens sorgligaste man. Fast helt öppet: Molly tittade precis förbi – men bara för att hämta sina trosor."

"Jag vet."

"Vad sa du?"

"Jag vet. Jag skrev till henne. Jag testade dig."

"Testade mig?"

Av alla prov han gjort i sitt liv – GCSE, A-levels, sergeantprovet, till och med formuläret han hade fått fylla i när han skrev in sig hos sin nya husläkare – hade de aldrig varit så bisarra och surrealistiska som det här. Vad skulle han säga?

Som tur var svarade hon åt honom.

"Snälla, överreagera inte", sa hon. "Jag ville bara se hur du skulle bete dig. Hur ärlig du var. Jag ville se om du skulle göra det jag trodde att du kanske skulle göra."

"Och det var?" Även om han redan visste svaret; han ville bara höra henne säga det.

"Jag trodde att du kanske hade legat med henne."

Han lade handen på hennes lår och kramade. "Självklart inte. Jag har ju sagt... jag har aldrig varit otrogen mot dig."

Hennes ansikte ljusnade när hon lutade sig fram för att kyssa honom.

"Och nu vet jag att du aldrig kommer att göra det."

KAPITEL
FEMTIOSEX

J ag vet inte vad som händer.
Ingenting är tydligt den här gången, förutom de små jävla runkarna som hänger vid off-licensen. De är glasklara från andra sidan gatan. Jag kan till och med urskilja Adidas- och Nike-overallerna de har på sig, och fläckarna nedför framsidan på tröjorna. Slödder.

Bortsett från det är inget annat klart.

Konstigt nog går jag. Som om ingenting är fel. Som om jag inte alls är sen. Som om min bror inte är på väg att dö.

Och så klipper det.

Blodet är överallt. Allt jag ser är rött som glänser på gruset, som om någon lyste med infrarött ljus över det. Och det är över hela händerna också. Som om det var jag som hade slagit och misshandlat honom till döds.

Tystnad. Det finns ingen i närheten. Jag är inte ens säker på om min bror är där eller om jag stirrar på mitt eget blod.

Och så klipper det.

Jag är i bilen och kör. Pappa sitter där bak med mig. Mamma är någon annanstans, så mycket kan jag räkna ut. Det är ingen musik i bilen, ingen radio. Bara tystnaden när vi alla låter tankarna gå. Men blodet är fortfarande där.

Jag tittar ut genom fönstret, men jag ser ingenting. Ansiktet är borta – och dess drag. Jag tror inte ens att jag skulle kunna minnas det om det stirrade mig rakt i ansiktet.

Och så klipper det.

Till polisstationen, där jag sitter mitt emot polismannen. Han ställer frågor till mig. Säger att det bara fanns en angripare. Att det inte kan ha varit två. Att jag måste ha sett i syne.

Det är ironiskt. För om han var i mitt huvud under min dröm, då skulle han ha fel.

För just nu ser jag inte ett jävla skit.

KAPITEL
FEMTIOSJU

Tåget till Newcastle hade tagit tre timmar längre än nödvändigt. Det hade funnits ett hinder på spåret på sträckan från King's Cross vid Peterborough. En femtimmarsresa som hade blivit åtta. Nästan ett helt arbetspass, sittande där på tåget, uttråkad till vansinne. Han hade tagit med sig lite arbete, men upptäckte att det var näst intill omöjligt att få något gjort när han satt tryckt mot personen bredvid honom, med knäskålarna som gradvis filades ner varje gång tåget skakade från sida till sida. För att inte tala om att de anteckningar han hade med sig var känsliga och konfidentiella, och han hade inte råd att låta några nyfikna ögon luta sig över och tjuvkika på vad han läste.

Så Darryl Peters profil hade fått vänta.

Och Darryl själv också.

Kriminalvårdaren hade hämtats in och förts till polisstationen i Northumbria strax före Tomek skulle anlända. Stackaren undrade säkert varför han hade tagits in.

Och Tomek kunde knappt vänta med att tala om det för honom. Tomeks uppgift var att resa norrut, förhöra honom och sedan ta med honom ner till Southend för vidare förhör om han ansåg det befogat. Och efter att Charlie Hampton hade avslöjat allt om Darryls åsikter, var han nästan säker på att Essexbon skulle få åka hem en sista gång.

Polisstationen i Northumbria låg bara några minuters promenad från tågstationen och låg i hörnet vid en trafikerad korsning. Den stora röda tegelbyggnaden glödde djupt orange när solen började gå ner i norr. Han möttes av en kvinna med eldrött lockigt hår som såg mer irriterad ut än han över förseningen.

"DS Bowen?" frågade hon, rakt på sak. Inget trams.

"Det är jag."

"Du är sen. Han har väntat på dig. Kom."

Han kände sig som en elev som lotsades in längst bak i en skrivsal, och Tomek följde henne genom myllret av dörröppningar och korridorer tills de till sist kom fram till förhörsrummet. Där inne satt Darryl Peters, ensam.

"Perfekt", sa Tomek när han gick in i rummet. Han tackade kvinnan för att hon visat honom vägen, och stängde sedan dörren bakom sig. "Ursäkta förseningen. Hoppas att de tar hand om dig här uppe."

"Jag har mitt vatten", sa han.

Darryl Peters var en man en bra bit över fyrtio, men såg nästan dubbelt så gammal ut. Halvcirkeln av hår på sidorna av hans huvud grånade, magen var stor som en badboll och hans hals var... ja, nästan obefintlig. Bröstkorgen höjdes och sänktes långsamt men tungt. Som om varje andetag var en prövning. Vid första intrycket tyckte Tomek inte att han såg en mördare. Inte heller kunde han föreställa sig att mannen styrde fångarna inne på ett fängelse. Men han hade tidigare gjort misstaget att underskatta någon. Och han lät sig gärna överraskas.

"Vet du varför du är här?" frågade Tomek. "Har någon förklarat det för dig?"

Darryl Peters rörde på huvudet. Var det en nick eller ett skakande på huvudet? Tomek kunde inte avgöra. I stället för att fråga, för att rädda ansiktet, förklarade han det ändå.

"Du är gripen misstänkt för morden på Timothy Rosenthal och Gary Kershaw. Du är också gripen misstänkt för att ha läckt konfidentiell information till allmänheten. Har du något att säga?"

"Jag vill ha en advokat."

⊏⊐

Jäveln. Jäveln hade fått Tomek att vänta ytterligare en timme på att en advokat skulle komma, och på att de två skulle diskutera förhöret. Under den tiden hade Tomek skaffat sig några bekanta. Folk han stoppat i stationen som inte såg alltför upptagna ut. En var en kvinna som han hittade i matsalen, där hon hällde fyra sockerbitar i sin kopp te. Den andre var en man som tryckte i sig en Kit Kat medan han tog sig nerför en av de många korridorerna. Fyra Sockerbitar hade blivit förvånad över att se en "utlänning", som hon kallat honom, och de hade pratat kort om syftet med hans besök; medan Kit Kat-mannen (vilket väl motsvarade fyra sockerbitar, om inte mer) hade svarat enstavigt och fortsatt trycka i sig medan han pratade med Tomek. Nu mindes Tomek varför han hellre pratade med kvinnor än män. Inte bara drogs han mer till dem, han upptäckte också att de var trevligare. Så länge han inte framstod som en obehaglig typ, insåg han, var de mer mottagliga för honom. Särskilt när de såg honom som en exotisk främling.

En exotisk *utlänning*.

När Tomek återvände till förhörsrummet kände han sig inte längre lika missnöjd över att vara sen som när han först kom.

"Nå, var var vi?" frågade han när han lade sin mapp på bordet. "Just det. Timothy Rosenthal och Gary Kershaw. Jag tycker att det är bästa stället att börja. Känner du någon av dem?"

"Inga kommentarer."

"Vad säger du om att vi tar dem en i taget? Det blir enklare för dig." Tomek gjorde en paus för att se mannens reaktion; om det fanns någon känsla där inne, försvann den bakom de många hudvecken. Tomek sköt över Timothy Rosenthals polisfoto över bordet. "Känner du igen det här ansiktet?"

"Inga kommentarer."

Sedan Gary Kershaws.

"Inga kommentarer."

"Våra uppgifter visar att Mr Rosenthal en gång stod under din tillsyn under sin tid på HMP Chelmsford. Säger det dig något?"

"Jag ser många människor."

En spricka, en spricka som fick Tomek att le inombords. Och Tomek tänkte trycka in så mycket av handen han kunde och bända upp den på vid gavel.

"Det gör du säkert. Men du håller nog med om att det finns vissa personer, vissa ansikten, som man alltid minns. Det är speciella människor. Var Timothy en sådan för dig?"

"Inga kommentarer."

Och så var han borta igen. Det gjorde inget, Tomek var beredd att vänta hur länge som helst. Han hade redan accepterat att han med all sannolikhet skulle bli tvungen att tillbringa natten ute på stan i Newcastle.

"Vi har en *ganska* pålitlig källa som säger att du kände Mr Rosenthal mycket väl", fortsatte Tomek. "Så väl att du visste hur du skulle mörda honom."

Tomek väntade på ett svar. Han fick inget. Inte så förvånande egentligen, med tanke på att Darryl var van vid att hantera ilsknare hundar med större och mer skrämmande bett än Tomek. Så kanske han behövde byta strategi. I stället för att bli en aggressiv rottweiler behövde han bli en gyllene labradorvalp och spela på Darryls känslosträngar.

Som tur var hade han precis rätt sak. Men det skulle få vänta.

"Vi har också mer bevis som tyder på att du kände båda männen oerhört väl." Tomek visade Darryl flera skärmdumpar från de tillfällen då Darryl hade postat i gruppen Royal Society of Extreme Ironing. Eftersom hans ort på sin Facebooksida hade ändrats till Newcastle, dök han inte upp i listan över de tjugofyra personer som hade varit baserade i Essex och hamnade utanför ramarna för vår utredning. Han stod med på listan över personer att prata med, bara längre ner i prioriteringen, och ingen hade kommit på att kontrollera tidigare boende som kan ha flyttat från länet.

"Det här är hemadresserna till Mr Rosenthal och Mr Kershaw. Känner du igen dem?"

"Inga kommentarer."

Tomek tog fram brottsplatsfoton. Särskilt närbilderna på offrens penisar i deras munnar.

"Det här är samma personer, hittade döda strax efter att den här informationen postades. Råkar du veta något om de här morden? Darryl?"

Inget svar.

Och när han fick frågan var han var nätterna då båda männen dog, hade han fortfarande inget att säga.

Tomek knackade på skärmdumparna med ett svettigt finger.

"Kan du läsa upp namnet på de där skärmdumparna, Darryl? Nej? Vill du att jag gör det?" Tomek harklade sig som en missnöjd lärare som just ertappat två barn med att viska längst bak i klassrummet. "Namnet på profilen är *Darryl Peters*. Och om du öppnar profilen kommer följande sida upp." En ny skärmdump. Den här gången från Darryls personliga profil. "Det där ser väldigt mycket ut som du, eller hur?"

Inget svar.

"Du tänker säkert att någon har lagt upp den profilen i ditt namn, och det kan du ha rätt i. Men när vi tittade djupare i profilen fanns det definitivt mycket hat där. Du tycker verkligen inte om pedofiler eller sexualförbrytare, eller hur?"

Fortfarande inget svar.

"Men kanske det mest intressanta där var bilderna på din dotter..."

Den här gången kom det en reaktion. En min. Tomek var inte övertygad om att det var förvåning. Snarare... rädsla. Rädsla för antydningen i kommentaren.

Han sköt över fotot på flickan i den röda kappan över bordet. Darryl tog upp det och synade det.

"Känner du igen flickan på det här fotot?"

Darryl kunde inte slita blicken från flickan. "Inga kommentarer."

"Är det din dotter?" frågade Tomek.

"Inga kommentarer."

"De är nästan identiska. Men vi behövde vara säkra. Så mina kollegor hemma i Essex gjorde ett besök hos lilla Patricia, och när de var där tog de ett par prover. Vet du vad som är det riktigt intressanta, Darryl?"

Blodet rusade till Darryls kinder, och en svettdroppe bildades över hans panna. Hans andning hade blivit ansträngd, hörbar och obehaglig att se. Tomek var delvis orolig att mannen kunde få en hjärtinfarkt när som helst, och han var mån om att få det här utrett innan det hände.

När Darryl inte svarade fortsatte han.

"Vi tog med oss några prover. Inget stort, bara några hårstrån från din dotters hårborste, och det blev en träff. Hennes DNA hittades på brottsplatsen vid både Timothy Rosenthals och Gary Kershaws mord. Råkar du veta något om det?"

Andning. Ännu tyngre, mer ansträngd andning.

"Och ännu viktigare än allt det där är att när vi pratade med din fru, sa hon att du var nere i Essex hela veckan före och efter deras död, för att hälsa på din dotter. Det låter, om du frågar mig, som att du vet lite mer om vad som hände dem än du har berättat i kväll. Så jag vill veta: är det något mer du vill tillägga eller säga just nu?"

"Inga kommentarer."

KAPITEL
FEMTIOÅTTA

E tt väl utfört jobb var skäl att fira.

Firandet ifråga var en drink med Four Sugars på en lokal bar.

Efter att ha avslutat förhöret och gjort klart allt pappersarbete till klockan tio hade Tomek sprungit på henne på väg ut från stationen.

"Du råkar inte känna till några hyfsade ställen där jag kan bo?" hade han frågat.

"Det finns ett gulligt litet ställe på andra sidan stationen. Så länge du inte har något emot att stå ut med ljudet av tåg som kommer och går varannan minut?"

Tomek hade inget emot det. Och efter att hon visat honom till hotellet, där han bokade ett rum för natten, lämnade han väskorna på rummet och mötte henne i lobbyn.

"Du var alltså inte sugen på att åka tillbaka till Essex med din kompis?" frågade hon när de lämnade hotellet.

Om kompisen hon syftade på var Darryl Peters, så var svaret nej. Efter att han åtalats hade han placerats i en polisbuss och var just nu på väg tillbaka till Essex. Enligt Tomeks beräkningar skulle han anlända tidigt på morgonen efter en förhoppningsvis lång, seg och sömnberövad färd. Inte mer än han förtjänade.

"Det här är skäl att fira", sa Tomek till henne. "Jag tänker inte slumma hos fienden."

"Klokt drag."

Baren hon tog honom till låg några kvarter från hotellet. Och medan han gick, bet kylan från norr allt djupare in i hans hud, ända in i märgen. Andedräkten stod som dimma framför hans ansikte, och han drog igen dragkedjan i kappan hela vägen upp till halsen.

"Nu fattar jag varför man kallar er söderbor för mesar", sa hon skämtsamt.

"Och nu fattar jag varför man kallar er norrbor för ohyfsade små jävlar."

"Det krävs en för att känna igen en", sa hon när de korsade gatan.

När han till sist kom ikapp henne, sa han: "Jag fick aldrig ditt namn..."

"Freya. Freya Nightingale."

Tomek skakade hennes hand och presenterade sig. "Med ett namn som Freya tror jag att du skulle passa in bland överklassarna där nere i syd, särskilt i London."

"Och du känner några sådana, va? Tror du att du kan introducera mig? Jag har hört att en del av sexfesterna där nere är vilda."

Tomek ville gärna tro att han var en bra människokännare, särskilt när det gällde kvinnor. Men den här var lika svår att läsa som Katie hade varit när han först träffade henne.

Kanske var det just det han gillade med henne...

Stället ingick i en rikstäckande kedja och kryllade av folk. Till vänster låg baren, där köer av människor stod uppställda för att få sina drinkar, och till höger fanns sittplatserna. Inredningen gick i djungeltema. Bambukäppar klädde väggarna, med floder av gröna blad och lianer som slingrade sig genom dem. Små palmträd stod i rummets hörn, och fejkade djungeldjur hängde från taket. I bakgrunden spelade en DJ det senaste house-spåret någonstans i byggnaden.

De hittade ett tvåmannabord undangömt i ett hörn, och efter en snabb blick på menyn gick Tomek och beställde drinkarna. En Cosmopolitan till henne, en JD och cola till honom. Han var tillbaka nästan fem minuter senare.

"De här drinkarna får allt vara värda väntan", sa han.

"Å, jodå. Det är de. Sällskapet är inte fy skam det heller."

"Det återstår att se."

Det flirtiga gnabbet var uppenbart för honom, men han var noga med att inte gå över gränsen. Såvitt han visste var han och Katie fortfarande ett par. Ett trasigt och skadat par, visst, men ändå ett par. Och han ville inte riskera det.

Dessutom skadade det inte att lära känna nya människor...

"Så, berätta om dig själv, Tomek. Varifrån är du och vilket lag håller du på? Om du säger något annat än mäktiga Toon, är jag rädd att vi får avsluta kvällen i förtid."

"Jag är West Ham rakt igenom."

"Lycka till i Championship", sa hon.

"Det är långt kvar än. Skärp dig."

Fotbollssnacket var uppfriskande. Något han inte kunde ha med Katie. Något han inte kunde ha med många av kvinnorna han träffade heller. Men Freya var annorlunda. Hon hade till och med Newcastle Uniteds emblem tatuerat på axeln.

"Hur full var du när du gjorde den?"

"Inte alls så full som jag borde ha varit", svarade hon. "Hur länge har du varit inom kåren?"

"Tillräckligt länge. Jag jagar fortfarande den där inspektörstjänsten, dock."

"Det kommer, oroa dig inte. Du måste bara ha tålamod. Jag fick min först i fjol efter nästan femton år."

Tomek försökte räkna ut hennes ålder i huvudet, men kombinationen av alkohol, Freya mittemot och upphetsningen över att utredningen började gå mot sitt slut gjorde att han snabbt tappade intresset. Innan han visste ordet av var första drinken redan urdrucken. Nästa var det Freyas runda. Samma igen. Medan han väntade smygtittade han på mobilen. Då insåg han att han inte hade sms:at Katie och sagt att han skulle stanna över natten. Han hade inte haft tid.

Hon svarade nästan direkt.

Och du kommer på att säga till först nu? Helt otroligt. Jag var orolig för dig.

Hennes oro hade resulterat i sammanlagt femton meddelanden och sex missade samtal. Bristen på förtroende i deras relation blev allt tydligare för varje dag. Först hade han trott att det var hans eget fel, en följd av hans historia med andra kvinnor. Men nu började han inse att det kanske inte alls var hans problem.

Var är du?

Så snart meddelandet kom, himlade han med ögonen. Det följdes av ett till.

Vem är du med? Du är inte med någon, eller hur?

Han visste hur han skulle hantera det: stänga av telefonen och ignorera det. Eftersom han inte hade packat för att stanna över natten, insåg han att han hade den perfekta ursäkten: ingen laddare till mobilen.

Sug på den, Katie.

Allteftersom kvällen fortskred, och alkoholhalten i blodet steg rejält, kom Tomek på sig med att sörpla på något. Han visste inte vad det var, men hade fått höra att det var den bästa cocktailen i Newcastle. Och när det gällde cocktails höll han med om att det var den bästa han druckit i just det här postnumret.

När han nästa gång tittade på klockan var den nästan midnatt. På något sätt hade han lyckats tillbringa två timmar i sällskap med en total främling utan att dela en enda stel stund med henne. Det kändes skönt att vara ute igen, trevligt, uppfriskande. Och inte en enda gång hade han tänkt på Katie, inte sedan han stängt av telefonen och lämnat henne ifred.

Det var tills Freya tog upp ämnet relationer.

"Jag går väl alltid på rövhål, du vet", sa hon.

"Ja. Jag hatar dem. Säg det."

"Först är de hur snygga som helst och allt. De tar ut dig, behandlar dig väl. Och sen *boom*, de ser dig morgonen efter och så var det, *hej då*."

Tomek sög hårt på sugröret.

"Det finns inga bra killar där ute längre", fortsatte hon. Sedan insåg hon att hon pratade mer med sig själv än med Tomek. "Har du någon i ditt liv?"

Då berättade Tomek om Katie. Om hur de hade börjat, hur de hade träffats. Och hur det hade utvecklats.

"Grannflickan visar sig vara en psykopat. Den har man hört", sa Freya hånfullt. "Men som det låter är du inte särskilt lycklig."

"Vad menar du?"

"Nyss. När du pratade om henne såg jag dig inte le en enda gång. Kanske i början när du först nämnde henne, men inte mot slutet."

Det sade en del. Och han hade inte ens märkt att han gjort det.

Freya ställde glaset på bordet och flyttade närmare honom.

"Ska vi sätta det på prov..."

Tomeks kropp spände sig när hon kom närmare. Han visste vart det här var på väg...

Och, värre, han visste vart han själv var på väg...

Hon lade en hand i hans knä.

"Om du verkligen älskar henne och bryr dig", började hon, "då låter du mig inte göra det här..."

Och så lutade hon sig fram och kysste honom. Hennes läppar mot hans. Hennes kropp mot hans.

Hennes tunga i hans mun.

Sedan hans tunga i hennes.

Innan han visste ordet av satt de och hånglade på stolen längst bak i lokalen. Händer som trevade och strök, kände kropparnas konturer. Oförmögna att behärska sig.

Han visste inte om det var den berusande blandningen av alkohol och upphetsningen över utredningen, eller om det var hans egen avsky för relationen, som lett in honom på den här oåterkalleliga vägen, men han visste att det var en han måste fullfölja.

Det som förvånade honom mest var dock hur litet dåligt samvete han kände efteråt.

Det skulle säkert komma när alkoholen gått ur kroppen.

"Jag antar att vi har vårt svar..." sa Freya när hon drog sig undan och torkade läpparna.

"Jag trodde att du sa att det inte finns några bra män kvar i världen."

"Och jag antar att du bekräftade min poäng", svarade hon. "Men världen styrs inte av er, vet du. Vi har lika mycket att säga till om. Och vi får vara rövhål ibland om vi vill, vi med."

Tomek kände sig utnyttjad. Som en bricka. En barnleksak. Hon hade sett ett lätt byte, färdigt att plockas, och kastat sig över honom. Men var det egentligen annorlunda än något han själv gjort förr? Nu fick han bara känna hur det var när skon satt på andra foten.

KAPITEL
FEMTIONIO

D et var kvällen för Halloweenfesten, och Tomek hade knappt haft tid att reda ut händelserna från kvällen innan i Newcastle. Det hade varit i ett kör sedan han kommit tillbaka till hemmaplan. Genomgångar, möten med Tony och Nick, skriva rent sina anteckningar, lämna in rapporter.

I ett kör.

Men allt hade varit värt det.

De hade sin mördare. Eller, som han hade misstänkt, *mördare*.

På eftermiddagen hade Darryl Peters och Charlie Hampton åtalats för morden på Timothy Rosenthal och Gary Kershaw. De hade mordvapnet som hittats i Hamptons trädgård, och DNA som kopplade Darryl Peters dotter till flickan i den röda kappan. Och bevisningen var klappad och klar och överlämnad till CPS så att de kunde förbereda nästa steg i processen. Dessutom hade de upptäckt att Darryl Peters dotter gick i samma skola som Miranda Hartwells, Chalkwell Hall Primary, vilket ytterligare stärkte kopplingen mellan de två männen. Teamet var säkra på ett gott resultat, och med lite tur skulle hela landet vid klockan tio veta vilka som mördat Timothy Rosenthal och Gary Kershaw.

Och Tomek var både glad och lättad.

"Om inte det där är något att fira, så vet jag inte vad som är det!" ropade Nick i slutet av sitt tal. Han hade ägnat de senaste fem minuterna åt att gratulera dem, tacka dem för allt hårt arbete och lyfta fram Tomek för hans avgörande insatser. Tyvärr fanns det ingen ekonomisk belöning eller ens erbjudande om en extra ledig dag; bara stoltheten och hedern i att veta att han spelat en viktig roll. Båda delar tog Tomek gärna emot.

Stolthet och heder var det ont om just nu.

När han kommit tillbaka till hotellet, efter kyssen, hade Tomek blockerat den stunden ur huvudet. Det hade funnits viktigare saker att fokusera på. Men när de väl var ur vägen vällde bilderna, tankarna, känslorna av kyssen tillbaka. Och då tänkte han på Katie för första gången. Hur han hatade sig själv för det han gjort. Hur han hade svikit hennes förtroende. Hur han hade ljugit för henne, gjort precis det han hade lovat att inte göra.

Och han hade ingen ursäkt.

Men innan han hann tänka mer på det, tog Nadia Nicks plats längst fram i vardagsrummet och tog genast kommandot över kvällen.

"Jag hoppas att ni är redo för lite lekar", sa hon, ivrig att flytta kvällen bort från jobbet och över till sin idé om nöje. "Kvällen är fortfarande ung och vi har massor att ta itu med!"

Nadias hus hade piffats för tillfället. Hon hade överträffat sig själv, tagit det till en ny nivå. Spindelväv hängde från taklisten och dörrkarmarna; skelett dinglade över dörrarna; gelégodis med skräcktema var utstrött över golv och möbler; och i framträdgården hade hon återskapat en scen ur *Beetlejuice* som nästan skrämt skiten ur Tomek när han först kom dit.

Kvällens första lek var "Gissa vad som finns i lådan". En fantasilös titel men en rolig och underhållande lek ändå. Fem plastlådor hade täckts med svarta lakan och fyllts med vidriga och spöklika kroppsdelar, och varje spelare skulle skriva ned vad de trodde fanns inuti. Vinnaren var den med flest rätt.

"Det är väl inga riktiga kroppsdelar där i, eller?" frågade Nick med en svag ton av oro i rösten. "Vi kommer väl inte hitta Timothy Rosenthals penis, va?"

"Förloraren får offra sin egen", sa Tomek, till en kör av skratt.

Han var sist ut. När det blev hans tur hade han haft nöjet av att se alla skrika och vrida sig när deras händer kom i kontakt med innehållet i lådorna. Och han hade redan räknat ut vad som fanns i dem. Men, showman som alltid, spelade han med och skrek varje gång han stack ner handen. Till slut lämnade han in sina gissningar och väntade på slutdom.

Resultaten var inne.

Låda 1: spagetti ghoulonese, utformad för att likna tarmar.

Låda 2: köttfärs, som hjärna (fast när Tomek väl kom dit kändes det mer som spya).

Låda 3: ett avhugget finger i plast, med ben och blod som droppade från det (inte att förväxla med Timothy Rosenthals eller Gary Kershaws penis).

Låda 4: kulor som smorts in med glidmedel för att likna ögon (igen, inte att förväxla med resten av de avlidnas genitalier).

Och till sist, låda 5: ett par elfenbenshättor som var på pricken lika två bröstvårtor.

Den sista hade förbryllat alla andra i teamet, men inte Tomek. För mödan tog han hem respektabla tio poäng, vilket gav honom äran att koras till mästare.

"Så klart att just du tog bröstvårtorna", sa Nadia när hon räckte över hans pokal av godis. En besviken min spred sig över hennes ansikte. "Det tog mig så lång tid att komma på. Jag trodde jag skulle finta er allihop."

"Kanske nästa år, Nads." Tomek lutade sig fram och gav henne en puss på kinden. När han drog sig tillbaka fastnade den långa, mörkgröna peruken från hennes sjöjungfrudräkt i Tomeks mun och han spottade ut den.

Kostymerna som visades upp var kanske de bästa och mest genomtänkta han någonsin hade sett. Trots pressen de senaste veckorna hade alla lyckats hitta tid att lägga ner lite arbete. Utom Tomek, som redan hade förvarnat teamet om sin fortsatta brist på insats.

Nadia var utklädd till en mordisk sjöjungfru, med sin långa gröna peruk, sin åtsittande, blodstänkta jumpsuit som framhävde gravidmagen, och sin yxa som var täckt av hjärnsubstans.

Elake Nick hade valt en särskilt elak kombination. Han hade kommit utklädd till Jimmy Savile, komplett med käpp, glasögon och cigarr. Ett passande val, med tanke på fallet de just hade avslutat.

Oscar hade, som alltid, burit sin vanliga utstyrsel. Samma som de senaste fem åren. En superhjältedräkt med bokstaven "A" på bröstet. Captain Actually till namnet, Captain Actually till sin natur.

Sean, med sina sex fot och fyra tum och axlar stora som rivningskulor, hade klätt ut sig till en sexig Terminator. Det var den vanliga Terminatorutstyrseln, med smink och pistol, men eftersom den var så liten på honom – trots att det var den största storlek de hade – visade den lite för mycket hud över magen och armarna.

Ljumme Tony hade valt att omfamna smeknamnet Tomek gett honom (och som Tomek inte visste att han kände till), och hade klätt ut sig till Slender Man. En enkel outfit bestående av en svart kostym med överdimensionerade ärmar och en vit morphsuit under som täckte ansiktet. Morphsuiten var en heldräkt i tunt material som gjorde att bäraren kunde se och andas genom den. Enda problemet var att äta... och att gå och pissa. Tomek skämdes inte för att erkänna att utstyrseln skrämde skiten ur honom.

Chey, som yngst i teamet, hade kommit i en röd overall med en svart, nätad ansiktsmask. På masken fanns symbolen av en vit triangel. När han fick frågan om inspirationen hänvisade han till Netflix-succén *Squid Game*. Eftersom han var den enda som hade sett serien var det bara Chey som verkligen kunde uppskatta den.

Sist var Rachel som, inför sin första Halloweenfest med teamet, föga förvånande hade spelat säkert. Hon höll det enkelt med en häxhatt och kvast, lite fejkat blod här och där, och en svart kappa som fullbordade helheten. Det var inte mycket, men mer ansträngning än Tomek.

Allt eftersom kvällen gick klarade de av fler av lekarna som hade snickrats ihop åt dem: Mumieloppet, där deltagarna, med benen ihopbundna med toalettpapper, tvingades springa mot mållinjen i andra änden av hallen; Spök- och pumpabowling, en lek som inte krävde någon som helst skicklighet, bara råstyrka, eftersom man skulle kasta en pumpa längs bowlingbanan och slå omkull så många toalettrullar som möjligt; Sätt spindeln på nätet, en lek där de, ju längre kvällen led, inte längre tyckte att de behövde ögonbindlarna, eftersom de ändå såg dubbelt överallt; och till sist en intressant omgång Pumpa-Twister, en kuslig twist på den älskade leken.

Givetvis, som vuxna, hade de gjort dem till dryckeslekar, och förlorarna i omgången tvingades halsa två Blood Shots, vilket var ett kreativt namn på en osund dos Campari.

När det var över hade Tomek vunnit två lekar och låg lika med Tony i toppen. Utslagsomgången blev en duell i Pann-detektiven. Varje spelare skulle skriva namnet på någon på en Post-it-lapp – levande eller död, eller någon de kände – och smacka fast den i den andres panna. Tomek fick stor tillfredsställelse när han klappade till Tony i huvudet. Det var knappast någon publikfriare, så för att krydda det hade Nadia infört två nya regler: de fick ställa fem frågor var för att leda fram till gissningen, och de skulle göra det medan de joggade på stället.

Leken krävde ingen särskild skicklighet, bara förmågan att tolka och dra slutsatser av en serie frågor. Som kriminalare var det deras vardagsmat. Av en anledning var det deras dagliga jobb. Och Tomek kunde inte vänta på att få slå Tony i det.

Han skulle börja att svara på frågorna.

"Är jag känd?" frågade Tony.

Tomek höll blicken fäst vid namnet han satt på Tonys panna. "Du kan ju hoppas... Men ja. Du är känd."

"Är jag... en sångare?"

"Nej."

"En skådespelare?"

"Nej."

"En politiker?"

Tomek tittade mot platsen där Tonys ögon borde ha varit. "Känn din publik, kompis. Vad vet jag om politiker?"

"Du har rätt. Får jag en fråga till?"

"Nej!" ekade det från resten av rummet bakom dem.

"Det räcker, din tid är ute", sa Nadia och klev mellan dem. "Tony, du måste gissa."

"Va? Varför! Det där var bara fyra frågor."

"Nej, det var det inte." Sedan höll hon upp fingrarna medan hon räknade. "Är du känd? Nej. Är du en sångare? Nej. Är du en skådespelare? Nej. Är du en politiker? Nej. Får du ställa en fråga till? Det är fem. Och nej. Så nu måste du gissa."

"Det här är riggat!"

Nadia drog efter andan på ett överdrivet sätt. Tomek skyndade till hennes försvar. "Ifågasätter du vår värds och lekledares integritet, Tony? Det är väl direkt diskning, eller hur?"

En kör av burop och rop ekade från rummets bakkant. Skriken på att hon skulle kasta ut spelaren var överväldigande.

Nadia tystade dem med en handviftning. Och för ett ögonblick var rummet trollbundet, väntade med andan i halsen på hennes dom.

"Låt spelen fortsätta!"

Tomek suckade och stönade när hans motståndare höjde näven i luften och firade som om han redan hade vunnit.

"Du måste fortfarande säga ett namn", påminde Tomek honom.

"Det skulle bokstavligen kunna vara vem som helst."

"Ja, det är *bokstavligen* poängen."

Tony funderade ett ögonblick medan dussintals namn forsade genom hans huvud. "Madonna?"

Tomek kunde inte hejda sig. Han låg på golvet, rullade runt av skratt och höll sig för magen innan han visste ordet av.

"Madonna? Vilken del av att inte vara sångare var det du inte fattade?"

"Jag fick panik! Jag kunde inte komma på någon annan."

"Det säger en del. Väldigt avslöjande."

Men sedan var det Tomeks tur. Och situationens tyngd landade tungt på hans axlar. Mycket stod på spel. Äran att bli kallad mästare i ett helt år. Stoltheten i att slå Tony, på en arguably viktigare nivå än något de haft tidigare.

"Är jag vid liv?" frågade Tomek.

"Ja", svarade Tony.

"Är jag man?"

"Nej."

"Känner jag den här personen?"

Genom den vita morphsuiten rynkade Tony pannan.

"Ja."

Han var på rätt spår.

"Är den här personen med i vårt team?"

"Nej."

Sista frågan. *Just det, Tomek. Tänk. Ta din tid.*

I bakgrunden ringde det på dörren. Någon bakom honom lämnade rummet för att öppna, men Tomek var omedveten om det. Han hörde inte när de kom in i rummet.

"Är jag..."

"Tomek?"

"... Katie?"

Han sa hennes namn utan att se henne. Sedan snurrade han runt på stället och såg henne sväva i dörröppningen till vardagsrummet.

"Vad i helvete?" frågade Tony, men Tomek lyssnade inte på honom. "Hur kunde du gissa henne?"

Tomek tog bort Post-it-lappen från huvudet och såg Katies namn. Han knycklade ihop den i handen och lät den falla till golvet.

"Vad gör du... vad gör du här?"

"Jag var väl bjuden?"

"Ja... Självklart var du det. Det är bara..."

Hon var utklädd till Rödluvan, täckt av blod. I munnen hade hon satt ett par vampyrtänder, och hennes ögon var blodröda tack vare ett par skämtlinser.

"*Bara* vad då?" sa hon.

Och sedan kom allt tillbaka som en kulsprutesalva. Den kvällen. Baren. Freya. Kyssen. Erektionen han hade känt. Lusten att fortsätta på hotellet. Allt bröt fram.

"Jag tror att vi behöver prata..."

"Jag visste det."

"Vad?"

"Jag vet vad du tänker säga."

"Nej, det vet du inte."

"Förklara varför du inte svarade i telefonen i går kväll då?"

"Jag hade inte laddaren med mig. Min mobil dog." Inte ens han trodde på sig själv när han sa det.

"Skitsnack. Enligt Hitta mina vänner var din mobil avstängd. Varför var den avstängd, Tomek?"

Han svarade inte. Det bekräftade i stort sett hennes misstankar.

"Vem var hon, va? Var hon ett bra knull? Var det värt det?"

Tomek blev plötsligt medveten om alla i rummet. Deras blickar som stirrade på dem. Deras tankar som dömde dem – dömde *honom*.

"Lyssna, jag kan—"

"Det är ingen idé", sa hon till honom. "Vet du, när jag träffade dig ville jag tro att du var annorlunda. Jag ville tro att du inte var som andra män. Att jag kanske skulle kunna förändra dig på något sätt. Men du har precis bevisat att jag hade helt rätt. Du är precis som alla andra. En jävla *gris*! Du kan behålla min tandborste hos dig – och allt det andra. Jag vill aldrig se dig igen!"

KAPITEL
SEXTIO

D aniel Heathcliff plågades i kväll av ett rasande anfall av vidrigheterna. Drifterna som han hade kämpat så hårt för att trycka tillbaka steg överväldigande till ytan. Han hade redan försökt stå emot dem genom att onanera fyra gånger, men de avtog inte. Vidrigheterna gick bara inte att stå emot.

Ända tills han fick den briljanta idén att anlita en prostituerad. Någon som han kunde tömma sig i. Någon han kunde... kuva.

Någon vars hals han kunde sluta sina händer om och pressa... pressa... pressa...

Så mycket kunde hårdporr trots allt inte framkalla. Det han behövde var det äkta. Och det var just det äkta han tänkte skaffa.

Efter att ha lagt på med hallicken, sedan han hade beställt den söta unga dam som snart skulle vara på väg hem till honom, ändrade han sig tvärt. Att ligga med en prostituerad var inte på riktigt. Det var inte ens i närheten. Det var hon som gav honom makten att göra saker med henne; det var inget han hade kämpat för, inget han hade förtjänat. Hennes själva yrke och existens krävde att hon överlät makten till honom.

Nej, det han ville ha var en utmaning, en motståndare, någon han kunde övermanna. Han ville se rädslan i någons ögon när han övermannade och klädde av henne. När han drog ner sina byxor och trängde in sig i henne.

Innan han lämnade huset ringde han hallicken och avbokade beställningen. Som om det vore lika oskyldigt som en matleverans.

I kväll var det halloween. Årets mest upphetsande och skrämmande natt.

Kvinnor i alla åldrar skulle ha nästan inget på sig och irra omkring på gatorna. Fulla. På väg hem efter en utekväll på klubben. Kanske ensamma, kanske med vänner.

Det spelade ingen roll. Han gillade en utmaning, och ju tuffare, desto mer kittlande.

Det var strax efter midnatt när han lämnade huset och styrde stegen mot Chalkwell Park. Platsen brukade vimla av fulla tonåringar som tillbringat natten med att dricka med kompisarna, flirta, knulla. Den var dessutom dåligt upplyst, vilket gjorde den till den perfekta jaktmarken.

Det dröjde inte länge förrän han hittade ett tänkbart offer. En ung kvinna i en kort, avslöjande klänning, som snubblade fånigt i sina löjliga högklackade och höll väskan hårt tryckt mot kroppen som om det var den delen av henne som behövde skyddas.

Daniel fick syn på henne från andra sidan parken och vek av mot henne. Hon höll sig i parkens utkanter, ytterkanterna, de platser som låg närmast huvudvägen – och civilisationen. Om något skulle hända henne fanns det en möjlighet att någon kunde se.

Kanske, men inte om vidrigheterna fick något att säga till om. Det pirrade av förtjusning i kroppen när han korsade parken och minskade avståndet mellan dem drastiskt. Han studerade konturen av hennes kropp, hur den rörde sig när hon försökte gå som om allt var under kontroll.

Och så kände han det. Från ingenstans.

Pirret försvann när känslan ersattes av rädsla. Den spred sig genom hela kroppen. Den vassa knivseggen trycktes mot hans strupe. Handen på ryggen.

Han vågade inte röra sig, skrika, andas. Inte om han ville leva.

"Du ska få vad du förtjänar, din värdelösa skithög."

Och sedan skar bladet över hans hals. När blodet vällde ur hans hals hann han få en sista skymt av den unga tjejen, som fortsatt gick mot parkens utgång. Ovetande om att han stod där och om personen bakom honom.

Den sista tanke som passerade hans huvud handlade inte om vidrigheterna, eller om de vidriga saker han skulle ha gjort med den intet ont anande tjejen. Den gällde i stället om han hade blivit ditsatt, om det här hade varit en del av tjejens upplägg. Han mindes att han hade sett på nyheterna att Timothy Rosenthal och Gary Kershaws mördare hade hittats. Han hade trott att det var tryggt att lämna huset. Han hade trott att det var tryggt att ge efter för vidrigheterna.

Men nu började han ana att polisen kanske hade tagit fel män.

KAPITEL
SEXTIOETT

K ort efter att dammet hade lagt sig, fann sig Tomek sitta i soffan, omgiven av sina kollegor. Till sin förvåning tröstade de honom. Honom, boven. De sa åt honom att inte oroa sig, att det skulle ordna sig. Att de skulle kunna lösa det.

De sa det han ville höra.

Nadia till vänster om honom, Rachel till höger. Som mamman och systern han aldrig haft.

"Det har känts fel de senaste dagarna, veckorna", förklarade han, i hopp om att rättfärdiga sina handlingar.

"Hur då?"

Och sedan berättade han för dem om händelsen med Molly och underkläderna. Om grälen och bristen på tillit som hade spridit sig genom deras relation som ett gift.

"Hon har drivit dig hit, Tom", sa Nadia. "Hon har pressat in dig i ett hörn. Och om det aldrig fanns någon tillit från början, skulle det aldrig fungera."

"Jag antar det."

"Du har inget att ha dåligt samvete för."

"Jag antar det."

"Om jag får säga mitt, för vad det nu är värt." Tomek lyfte inte blicken för att möta Tonys blick. Mannen var full, och han ville inte veta vad han hade att säga. Men han skulle få höra det ändå. "Jag tror att du duckade för en kula där, kompis."

"Jaså?"

"Jag vet inte mycket om kvinnor – men de är som gåtor... Omöjliga att förstå vad de tänker... Jag försöker fortfarande lista ut min efter tjugo år... Men jag tror att jag äntligen har kommit närmare..." Tony hejdade sig när han försökte minnas vart han var på väg med den här viktiga visdomen. "Hur som helst, det jag säger är att du duckade för en kula. Det finns fler fiskar i sjön, som man säger."

Tomek höll inte riktigt med. Det kunde ha funnits en miljard fiskar – eller *småfisk* – som stod på rad för hans skull, men han skulle inte ha jagat efter dem, för han trodde fortfarande att det fanns något i deras relation som gick att rädda. Något värt att hålla fast vid, hur sprucket och söndertrasat det än var.

Vardagsrumsdörren flög upp och klöv tystnaden itu. Oscar, med mobilen mot örat, stormade in i rummet.

"Det är Anna", började han. "Hon har hållit koll på Royal Society of Extreme Ironing-gruppen..." Han gjorde en paus för att hämta andan. "Hon tror att det har skett ett till mord. Någon har lagt upp ett inlägg om en man som heter Daniel Heathcliff."

I det ögonblicket, medan orden sjönk in hos alla i rummet, började Nasty Nicks telefon ringa. Han lämnade dem för att svara, och spänningen flyttades genast från Tomek och hans relationsbekymmer till den mycket verkliga möjligheten att mördaren fortfarande var där ute.

Nick kom tillbaka några plågsamma sekunder senare.

Bekräftade deras värsta farhågor.

"En kropp har hittats i Chalkwell Park."

KAPITEL
SEXTIOTVÅ

D et omedelbara problemet de alla stod inför var mängden alkohol som just nu simmade runt i blodomloppet. De var inte i skick att vistas på brottsplatsen och kunde inte gå i närheten av den förrän de hade nyktrat till. Det gick inte att veta vilka misstag de kunde göra, vilken bevisning de kunde förstöra. Det räckte att en person ramlade och förstörde varje chans de hade att hitta mördaren.

För att inte tala om att det inte hjälpte – och inte såg särskilt professionellt ut – att de alla var klädda som mördare och psykopater. Den enda presentabla i teamet (och också den enda nyktra) var höggravida Nadia, som försökte tvätta bort den gröna ansiktsfärgen och kämpade med att få peruken ur håret.

Innan han släppte dem i närheten av brottsplatsen hade Nick beordrat dem alla att åka hem, tvätta sig, duscha, fräscha till sig och trycka i sig en osund dos Berocca. När Tomek kände sig tillräckligt redo att komma till platsen var klockan strax efter fyra på morgonen, och hjärnan var mos. Alkoholen hade mosat hjärncellerna, och känsloblandningen som drog i tankarna gjorde honom till ett vrak. Oförmögen att tänka ordentligt och klart.

Om han hade fått välja skulle han ha väntat till eftermiddagen, när han hade haft en chans att sova bort det värsta av den annalkande baksmällan. Men som det var hade någon dött – blivit *mördad* – och mördaren var fortfarande där ute. Bara ett par timmar före dem.

När Tomek gick in i parken mitt i natten antog han sin professionella min. Fördelen med att komma till brottsplatsen under de tidiga morgontimmarna var att den var tom. Det fanns knappt något liv alls, förutom någon enstaka taxichaufför som körde hem folk. I övrigt sov Chalkwell Park med omnejd.

En avspärrning hade satts upp runt hela parken, och mitt på fältet stod ett massivt vitt tält som skyddade kroppen mot vädret och mot de mobilkameror som utan tvekan skulle riktas rakt mot den om några timmar. Skockar av personer i vita kriminaltekniska overaller rörde sig omkring tältet, medan blåljusens blinkande dansade över klätterställningen och träden ute i kanterna.

Tomek duckade under avspärrningen och hasade mot tältet. Han mötte Nick, Rachel och Sean utanför. Resten höll fortfarande på att göra sig i ordning; de som inte var där hade haft turen att få sova lite.

"Alltid sist, va, Tom?" kommenterade Nick. Märkligt att tänka att Nick bara några timmar tidigare hade varit så medgörlig.

"Förlåt, chefen. Var tvungen att samla mig."

"Ja, det kommer vi behöva."

När Nick ledde in dem i tältet manade han undan ett gäng kriminaltekniker för att ge dem lite utrymme.

Kroppen såg, som förutspått, fortfarande varm ut. Nästan levande. Han var naken, hade styckats, och dödsorsaken var det djupt gapande snittet som skar genom halsen. Bredvid hans huvud låg ett körkort som berättade att offret hette Daniel Heathcliff, samt en kopia av hans straffregisterutdrag.

Det syntes tydligt att Heathcliff hade mördats på samma sätt som Timothy Rosenthal och Gary Kershaw, det rådde inget tvivel om det. Men det antydde också något mörkare, mer oroande. Under hela utredningen hade det mesta av informationen om morden – de laminerade papperen, utskrifterna ur straffregistret, körkorten, de stulna plånböckerna och kläderna – stannat inom väggarna på Southend Station. Inget hade släppts till pressen och inget hade letat sig ut i sociala medier. Vilket innebar att det var omöjligt för en copycat-mördare att känna till detaljerna i morden.

Vilket betydde att det var omöjligt att Darryl Peters och Charlie Hampton var gärningsmännen.

För att inte tala om att de båda satt i en cell i väntan på ytterligare åtal.

Alla i teamet var tysta – och plågsamt – medvetna om det. Det syntes inristat i var och ens ansikte.

"Mördaren måste ha gjort det här mitt i natten," sa Tomek. "Det är inget snabbt jobb att klä av någon, skära av hans könsorgan och arrangera brottsplatsen så här. Det tar minst en halvtimme, kanske till och med en timme. Det är gott om tid att riskera att någon går förbi och ser."

"Vi går ut och efterlyser vittnen i morgon bitti," sa Nick. "Den här gången erbjuder vi en belöning."

Det brukade hjälpa. Folk var betydligt mer benägna att agera när de fick en morot.

Tomek hasade sig fram till Daniel Heathcliffs huvud och hukade sig bredvid kopian av straffregistret. När han granskade den noga märkte han att ytterligare ett dokument låg under. Också laminerat.

"Vad är det här då?" sa han, och ropade sedan över en kriminaltekniker för att plocka bort beviset från platsen, logga det och sedan räcka över det till Tomek i en bevispåse.

Dokumentet var en kort text utskriven på ett A4-ark. Och laminerat. Tomek kunde inte låta bli att notera att det var laminerat.

Han läste upp det för kollegornas skull.

"Ytterligare en kommer att dö. Ytterligare en kommer att betala för sina synder. Någon ni känner, någon ni litar på, någon ni arbetar med. En av era egna. Det finns ingen tid att skydda hen, eller förändra hen, hen måste befrias från sin sjukdom. Och det här är det enda sättet."

KAPITEL
SEXTIOTRE

När solen gick upp hade nyheten om mordet i Chalkwell Park spridit sig på nätet, helt organiskt, tack vare att hela världen och hans moster ägde en smartphone med kamera och en social plattform att dela på. I vanliga fall skulle Tomek ha beklagat att folk spred nyheten om någons död för några tusen likes och retweets på Twitter, men den här gången hade de fått ett inflöde av potentiella vittnen. De flesta hade kollats upp som en del av sållningen och visat sig antingen slösa deras tid eller inte ha något av verkligt värde att tillföra (kort sagt, de bodde i närheten och trodde att det, på något sätt, innebar att de visste vad som hade hänt). Med ett undantag.

En ung kvinna, arton år, hade trätt fram. Enligt telefonsamtalet hon ringt till tipstelefonnumret som satts upp hade hon gått genom parken vid samma tidpunkt som polisen uppskattade dödstiden. Ett sätt de verifierade hennes berättelse, och hennes tyngd som nyckelvittne, var just tajmingen av döden. Den hade inte släppts till allmänheten, och när majoriteten av de som ringde fick frågan hade de antingen haft det rejält fel, eller så var det uppenbart att de chansade.

Naomi Jones var varken det ena eller det andra. Hon *hade varit* i parken efter midnatt, och hon hade bevis.

Det inspelade telefonsamtalet mellan henne och hennes pojkvän bevisade att hon hade varit där, att hon kanske hade sett vad som hänt.

Eller kanske gjort det själv.

Tomek och Rachel hade valts ut för att ta vittnesmålet.

"Minns du exakt vilken tid du gick genom parken?" frågade Tomek.

"Det var ungefär två minuter efter att jag ringde min pojkvän, så halv ett. Jag klev ur en taxi längst ner vid parken med mina vänner, och sen gick jag hem därifrån."

"Ensam?"

"Ja. Mina vänner bor på ena sidan av parken. Jag bor på den andra. Det är ingen idé att taxichauffören släpper av mig när jag kan gå."

Tomek trodde inte att hon skulle ta de riskerna igen.

"Och det har du alltid gjort?"

Hon nickade. "Min pojkvän får mig att ringa honom när jag går ut med vännerna. Han vill försäkra sig om att jag är trygg."

Tomek tyckte att det var en god idé i teorin, men om något hade hänt Naomi tvivlade han på att det hade funnits tid att skydda henne eller ens försvara henne. Enligt hans brottsregister var Daniel Heathcliff en serievåldtäktsman och blottare. Under trettio års tid hade han åkt in och ut i fängelse för tre våldtäkter och åtalats för flera fall av förargelseväckande beteende. Han valde att inte berätta det för henne.

"Vart gick ni i går kväll?" frågade Rachel. Hennes röst var mycket mjukare än Tomeks, och så fort hon talade märktes det tydligt att hon fick Naomi mer avslappnad än han kunde. Med det beslutade han att låta henne fortsätta med frågorna.

"Vi var på en klubb. I Southend. Mayhem."

"Var det någon som följde efter dig? Såg du någon kliva ur en bil samtidigt?"

"Nej. Det tror jag inte. Det var mörkt..."

"Jag förstår. Och när du gick genom parken, lade du märke till någon annan där, såg du någon som liknade den här mannen?" Hon sköt ett foto över bordet och lät Naomi få en stund att studera det.

"Som jag sa, det var mörkt... Jag minns inte att jag såg någon. Jag höll bara blicken i marken och gick så fort jag kunde."

Naomi Jones visade sig vara en återvändsgränd. Liksom alla andra som slösade med deras tid.

Efter att ha lämnat henne i Rachels trygga händer återvände Tomek till insatsrummet där han fann Sean, Tony och Nick djupt försjunkna i samtal. De stod och hängde vid whiteboarden. Ett foto av det senaste tillskottet i utredningen hade satts upp i en ny sektion.

"Så vitt vi vet finns det ingen anledning att tro att flickan i den röda kappan dök upp," sa Tony.

"Hur kan vi vara säkra?" frågade Sean.

"Med tanke på Daniel Heathcliffs historik skulle jag säga att det var osannolikt att han skulle låta sig luras in i fällan att ha sex med en minderårig. Det yngsta registrerade offret han våldtagit är nitton."

"Bara för att det inte finns i registret betyder det inte att det inte har hänt," sa Tomek och klev in i rummet.

"Sant, men jag tycker att vi ska rikta insatserna bort från den unga tjejen. Hon förekommer inte i det här mordet, och det är betydelsefullt."

"Det jag tycker är *mer* betydelsefullt," började Tomek, "är lappen som gärningsmannen lämnade efter sig."

"Vad då med den?"

"Att någon i teamet tydligen spelar för fel lag – i ordets alla bemärkelser."

"Åh, det?" sa Nick. "Jag skulle inte oroa mig för det. Det har surrats om det där på nätet de senaste veckorna. Inget har hänt."

Som om det borde ha gjort det. Som om det ruttna äpplet, om det nu fanns ett, borde ha avslöjats vid det här laget.

"Men det här är första gången vi ser det från gärningsmannen..."

Ibland var det som att prata med en tegelvägg när det gällde Nasty Nick. En tegelvägg som var flintskallig och hade mjuka, degiga kanter. Men det var också en tegelvägg som hade sista ordet. Och Tomek visste alltför väl att han inte skulle ifrågasätta det. Skulle han göra det med minsta chans till framgång, måste han välja sitt tillfälle.

Vad dolde han?

Vem skyddade han?

Sig själv?

Det tålde inte att tänka på. Innan Tomek hann tänka mer på det, störde en knackning på dörren tystnaden i rummet.

DC Oscar Perez stack in huvudet genom dörren. "Ursäkta att jag stör," började han, "men jag tänkte att ni borde veta att vi har lokaliserat kontot som lade upp Daniel Heathcliffs uppgifter i Royal Society."

"Var?" frågade Nick och suckade.

"Han håller till i Kent, sir."

"Jag paxar att inte åka," sa Tomek genast. "Jag har redan gjort mer än min beskärda del av resandet i den här utredningen. Om någon annan vill vara otrogen mot frugan får den gärna ta det."

"Det blir inte nödvändigt, Tomek," svarade Nick. "Jag hade tänkt skicka Sean i alla fall." Nick vände sig mot mannen som var nästan dubbelt så lång som han. "Campbell, din tur. Åk dit och ta med honom tillbaka. Jag vill att vi förhör honom här och på våra villkor. Jag vill inte att de där förbannade typerna från Kent blandar sig i."

En blandning av rädsla och förvåning tecknade sig i vecken i Seans ansikte. "Absolut, sir. Jag sätter igång direkt."

"Och ta med Rachel."

"Någon särskild anledning?"

"För att jag sa det, det är den jävla anledningen. Stick härifrån och gör som du blir tillsagd."

KAPITEL
SEXTIOFYRA

Den eftermiddagen återvände Sean och Rachel till stationen med det mystiska Facebook-kontot. Dennis Argyle. En femtiofyraårig man som hade jobbat som hantverkare hela sitt liv. Hans händer var förhårdnade, axlarna breda och magen ett bevis på ett helt liv av öl på puben och en god curry vid sidan av efter långa dagar ute på bygget. Tomek såg mannen på en datorskärm. Sean och Rachel satt i förhörsrummet med Dennis, medan han och de andra på kontoret tvingades titta på. Tyvärr var Tomek inte på humör för popcorn den här gången. Motivation och entusiasm hade bankats ur honom som ur en sandsäck.

"Herr Argyle", började Sean, rösten lät burkig i laptopens högtalare, "du förhörs med anledning av Daniel Heathcliffs död. Det här är ett frivilligt förhör, men var medveten om att vi kan gripa dig när som helst om vi har rimlig misstanke. Förstår du?"

Argyle nickade. Huvudets rörelse var nästan omärklig för Tomek. "Ja. Jag förstår."

"Bra då", började Rachel. "Vad kan du berätta om Royal Society of Extreme Ironing?"

"Om ni redan har hittat gruppen, behöver jag väl inte svara på det, eller hur?"

"Hur hittade *du* gruppen?"

"En vän."

"Vilken vän?"

"Jimmy Hunter."

"Den beryktade pedofiljägaren?"

"Just det."

"Kände du till att herr Hunter greps häromdagen, misstänkt för att ha groomat barn och utnyttjat dem sexuellt?"

Tomek lutade sig fram i stolen och fäste blicken på Argyles min.

"Det var... nytt för mig."

"Du visste inte att din vän träffade unga flickor?"

"När jag säger vän menar jag inte 'vän-vän'. Jag menar bara... du vet?"

"Som en vän?" frågade Sean.

"Nej... den andra?"

"Bästa vän?"

"Nej!"

"Bekant..." sa Rachel tvärt.

"Om du visste att det var ordet jag letade efter, varför sa du det inte tidigare?"

Rachel ignorerade kommentaren och fortsatte förhöret. "Hur länge har du varit medlem i Royal Society of Extreme Ironing?"

"Ett par år. Minst tre."

"Och varför gick du med?"

"Är det inte uppenbart?"

Rachel och Sean sa ingenting. Som om de behövde få allt bokstaverat för sig.

"För att jag inte står ut med våldtäktsmän och pedofiler. Jag fattar inte varför det är ett så stort problem eller så svårt för er att greppa. Pedofiler och våldtäktsmän är jordens avskum. De tog min Emma ifrån mig. Timothy Rosenthal tog min Emma ifrån mig. Han krossade våra liv, och de andra är likadana allihop. För det tycker jag att de ska få vad de förtjänar."

"Och vad skulle det vara?" frågade Rachel. "En olyckshändelse med dödlig utgång? En olycka som slutar på sjukhus?"

"Om det var jag som gjorde det, ja. Men jag har sett vad den här mördaren har gjort på nyheterna och i gruppen. De gör det som vi andra är rädda för att göra."

Rachel och Sean stannade upp och utbytte en blick. Förhöret hade plötsligt tagit en annan vändning, och de hade hoppat några steg fram till dit de ville.

"Vet du vem som kan ligga bakom de här morden?" frågade Sean och tog över de närmaste minuterna.

"Nej. Tyvärr. Men jag hade inget med Timothy Rosenthals död att göra... fast jag klagar inte."

"Men det var du som la upp Daniel Heathcliffs uppgifter i gruppen i går."

"Det stämmer."

"Vill du berätta varför?"

"För att jag såg vad han hade gjort och tyckte att någon borde göra något åt det, på samma sätt som det där jävla aset Rosenthal fick sitt."

"Döda honom, menar du?"

"Om det var det som hände, så var det det som hände."

"Du inser att det är brottsligt, va? Det gör dig skyldig till medhjälp till mord."

"Jag... jag..." Argyle började vifta med armarna, masserade hakan, kliade sig på kinderna.

"Var fick du Heathcliffs uppgifter ifrån?" sa Sean och skruvade åt. "De uppgifterna är sekretessbelagda och bara tillgängliga för ett fåtal personer."

"Jag... jag..."

"Om du berättar det nu blir livet lättare för dig längre fram, herr Argyle. Om domaren noterar din hjälp i vår utredning är han mer benägen att se mildare på ditt straff."

Den stora klunk som Argyle svalde var synlig på skärmen när adamsäpplet åkte upp och ned, men tyvärr fångades inte ljudet av mikrofonen. De hade honom. Precis där de ville ha honom. Svetten rann, paniken steg.

Men Tomek var inte nöjd. Argyle var inte deras man.

"Vem delade uppgifterna med dig?"

"En vän, okej! Det var en vän!"

"Vem?"

"En kille jag känner nere på puben. Han... han jobbar på ett av fängelserna i Kent. Efter att vi snackat en kväll berättade jag om gruppen. Men han sa att han inte ville gå med ifall han åkte dit och förlorade jobbet."

Lite sent för det nu, tänkte Tomek. När de hittade honom och kunde bevisa att han delat Daniel Heathcliffs uppgifter med Argyle skulle han nästan säkert inte ha något jobb att gå tillbaka till. Det skulle de se till.

"När pratade du senast med din "vän"?" frågade Sean och markerade citationstecknen med fingrarna.

Skruvade åt.

"I går kväll. På puben. Han berättade om Heathcliff, så jag la upp det i gruppen. Sen kollade vi om någon gillade eller kommenterade. Jag berättade om mördaren, men jag vet fortfarande inte vem det är. Jag lovar."

"När gick du från puben?"

"Vid midnatt, typ. Sen åkte jag direkt hem. Jag lovar."

En snabb ANPR-koll på hans bil skulle bekräfta om han hade använt Dartfordtunneln eller inte. Och därifrån skulle de se att Argyle hade stannat hemma, att han inte hade gett sig av förrän han hämtades av Sean och Rachel. Att han inte var deras mördare.

Och inte heller var kriminalvårdaren som hade läckt Daniel Heathcliffs uppgifter till honom mördaren, av precis samma skäl.

Tomek hade sett det han behövde. När han lämnade rummet, på väg mot Nicks kontor, stötte han ihop med den lille mannen. Deras axlar slog ihop, och Tomek var rätt säker på att hans hand råkade ta Nick på ett olämpligt ställe. Om det nu hade hänt syntes varken förvåning eller genans i Nicks ansikte.

"Bråttom, chefen?" frågade Tomek.

"Försökte hitta dig, faktiskt."

"Nu vet jag hur det känns när en lycklig slump inträffar."

"Och hur funkar det för dig?"

Tomek grymtade. "Jag ger det en stadig sexa av tio."

"Magiskt. Följ med mig nu."

Det vore fel att tro att Tomek inte var nervös. När han hade kallats in till Nicks kontor – för allt från de mest triviala ärendena till de största – hade han aldrig känt rädsla. Han hade alltid känt en stilla tillförsikt, att han skulle kunna prata sig ur den situation han stod inför.

Men den här gången var det något, något med sättet Nick gick långsamt på (som om han behövde extra tid för att finputsa talet i huvudet), som oroade Tomek. Nick betedde sig på ett sätt som han aldrig hade sett förut.

Han höll till och med upp dörren så att Tomek gick in först på hans kontor.

När han stängde den låste han dörren för att vara säker på att ingen skulle störa.

"Slå dig ner, sergeant."

Sergeant? Åh fan, det här *var* allvar.

Tveksamt, som om han hölls under pistolhot, satte sig Tomek på stolen närmast dörren. För säkerhets skull, ifall han skulle behöva en snabb reträtt.

"Tomek", började Nick och sjönk ner i sin stol. "Jag är rädd att det inte finns något enkelt sätt att säga det här..."

"Låt bli då. Vad det än är, gör det inte. Du behöver inte, chefen."

Vad i helvete pågick? Skulle han bli gripen? Trodde de att *han* var polisen som hade nämnts i lappen på Heathcliffs brottsplats? Trodde de att han hade våldtagit någon, eller ännu värre, haft sex med en minderårig?

Bara tanken gjorde honom illamående.

Nick, för första gången sedan Tomek hade lärt känna honom, andades lugnt genom näsan. Samlade mod för att säga det. Men kampen i hans ansikte tydde på att orden inte ville komma. De ville inte rulla av tungan.

"Tomek..."

Var det en stockning i halsen?

"Tomek", försökte han igen. "Vi har... vi har fått in ett klagomål."

"Ett klagomål?"

"Ja. Säger namnet Elizabeth Wheeler dig något?"

Tomek bläddrade igenom rolodexen av namn i huvudet. De flesta posterna var suddiga, bara ett utsmetat foto med bokstäver under i läkarstil.

Elizabeth... Elizabeth...

Wheeler... Wheeler...

Han kände en Elizabeth, och han kände en Wheeler, men ingen Elizabeth Wheeler.

"Nej, chefen. Det ringer ingen klocka. Borde det det?"

"För kännedom: hon är en av tjejerna från Southend High School. Hon säger att hon ropade på dig i aulan när du gick runt. Hon säger också att du flirtade tillbaka. Och att ni kort efter samlingen började skriva med varandra på nätet..."

Skriva på nätet? Vad var det som pågick?

"Hon har delat meddelandena med Anna, och de verkar rätt harmlösa till en början... men du kan inte skicka nakenbilder på dig själv till skolelever, Tomek."

"Vad–i–helvete–pratar–du–om?"

Nick vände uppmärksamheten mot datorn och tog fram några skärmdumpar på skärmen. Sedan vred han monitorn och visade den för Tomek. Där stirrade en bild av en chatt med Elizabeth Wheeler tillbaka på honom. Tomeks Instagram-namn stod högst upp; på vänster sida låg en rad miniatyrbilder. Nick klickade med musen och förstorade en.

"Är det där din penis, Tomek?"

"Ja... men..." Han kunde inte tro att han såg det här. Kunde inte fatta att han blev ombedd att bekräfta om det där var hans penis. Kunde inte tro att det här hände honom.

"Fröken Wheeler säger att du har missbrukat din ställning och att du sexuellt trakasserar henne med de här explicita, oombedda bilderna. Jag hoppas att du inser att det här är allvarligt, sergeant. Och från och med nu måste jag stänga av dig i väntan på vidare utredning. Jag hör av mig om det blir några uppdateringar i utredningen, men just nu behöver jag att du samlar ihop dina saker och lämnar lokalerna."

KAPITEL
SEXTIOFEM

Tomeks huvud snurrade. Uppslukad av illamående och svindlande tankar. Och när han var på väg till bilen kräktes han under bakhjulet. Han körde hem som i blindo, okänslig för omvärlden, och litade enbart på instinkt och muskelminne för att inte krocka eller skada bilen på något sätt.

Hur kunde det här hända honom?

Hur kunde någon göra något så sjukt?

Svaret slog honom så fort han öppnade ytterdörren. En påminnelse om... henne. Ett angrepp mot sinnena. Doften av hennes parfym fick honom att må ännu mer illa.

Sedan förvandlades den känslan till raseri, oförfalskad vrede, när han fick ihop allt i huvudet.

Innan han satte foten i sin lägenhet vände han ryggen åt dörren och hoppade in i bilen. Det var en kort bilfärd till huvudgatan. När han tog sig längs raden av butiker trängde han sig förbi fotgängarna, stötte in i dem och ägnade dem knappt en blick. De stod i vägen, och han var på krigsstigen.

När han kom fram till Katies skoluniformsbutik kastade han upp dörren så att den lilla klockan ovanför nästan flög av sin krok. Framför honom var det ett kaos. Ett antal klädställningar höll på att flyttas från ena sidan av butiken till den andra; lösa slipsar och kjolar hade fallit till golvet; skyltar som annonserade kampanjer och tillfälliga erbjudanden hängde från inredningen i färgglada laminerade papper.

Kläder överallt. Men hon syntes inte till.

Tills: "Ett ögonblick bara!" ropade hon där bak.

Tomek väntade, pulsen rusade, handen höll fortfarande i dörrhandtaget.

Sedan dök hon upp, tagen mitt i ett bestyr. Stannade.

"Åh", började hon, "det är du."

"Vem fan tror du att du är?" frågade Tomek. Han var angelägen om att hålla sig på andra sidan butiken, så att han inte kom så nära att hon kunde anklaga honom för ännu något han inte hade gjort. "Vad är det för fel på dig? Du har kostat mig mitt jävla jobb. Fattar du det?"

"Jag vet inte vad du pratar om."

"Åh, dra åt helvete. Du vet mycket väl vad du har gjort. Elizabeth Wheeler. Mitt fejkade Instagramkonto. Du har förstört mitt liv."

"Ja, och du förstörde mitt!"

Tomek kunde inte hejda ett uppgivet skratt som bröt fram från läpparna. "Hur får du ihop det där?"

"För att jag höll på att falla för dig. Jag älskade dig. Jag litade på dig. Och så gjorde du det du gjorde..."

"Sluta spela dum", sa Tomek, raseriet kokade inom honom. "Jag såg tidsstämplarna på meddelandena du skickade till henne. De var från *innan* jag åkte till Newcastle. Du har planerat allt det här i evigheter. Hur hittade du henne ens?"

"Internet är en stor och skrämmande plats, Tomek. Och om man vet var man ska leta kan man hitta vad som helst utan problem. Dessutom gav du mig redan hennes förnamn när du berättade om det – resten var lätt."

"Du är helt jävla verklighetsfrånvänd."

"Jag var svartsjuk. Jag tänkte avslöja henne för hennes föräldrar, se till att hon fick utegångsförbud för att hon pratade med äldre män... Men så gjorde du det du gjorde."

"Du planerade att förstöra hennes liv men tyckte att du kunde sabba mitt i stället?"

"Som du sabbade *mitt*?"

Tomek skrattade oförstående. "Du är galen, vet du det?" Han knackade sig vid tinningen. "Helt jävla knäpp i huvudet. En psykopat. Du behöver hjälp."

"Jag försökte bara testa dig", sa hon.

Sedan tog hon ett steg närmare. Tomek höll upp handen för att få henne att stanna. Han ville att de båda skulle vara tydligt inom räckhåll för övervakningskameran som hängde i rummets hörn och fånga hela samtalet på video.

"Du är den mest verklighetsfrånvända människa jag någonsin har träffat", sa han. "Du måste komma till polisstationen och berätta för dem vad du har gjort. Jag kan inte förlora min karriär på det här. Jag kan inte förlora allt jag har på... på dig. Om du gör så här har jag ingenting kvar."

"Jo, det kommer du..." Hon tog ännu ett steg närmare. Men det fanns ingenstans för Tomek att backa. "Du kommer att ha mig. Nu vet du vad som händer om du någonsin ljuger för mig igen, om du någonsin sviker mig igen – vi kan vara lyckliga efter det här. Du kommer att ha lärt dig en läxa. Du kommer att ha förändrats!"

"Jag vill inte förändras! Jag tyckte om saker precis som de var. Inga krav, inga förpliktelser, inga band. Det var enkelt. Det var kul. Det *funkade*. Men det här... det här är sjukare än något jag trodde var möjligt. Du har till slutet av dagen på dig att träda fram och förklara för Nick vad du har gjort, annars gör jag det åt dig. Och då kommer jag inte kunna hjälpa dig efteråt."

KAPITEL
SEXTIOSEX

V ädret var en perfekt spegling av hans sinnesstämning och platsen han befann sig på. Eländigt och deprimerande. Ett grått täcke låg över himlen, och vindbyar piskade honom från vänster, hotet om regn var ständigt närvarande.

Tomek skämdes över att erkänna att han inte hade vetat vart han skulle ta vägen. Att han hade tvingats ringa Dawid och få svaret av sin bror. När han fick frågan varför hade Tomek svarat att han behövde någon att prata med.

"Vill du prata med mig?" hade Dawid frågat. "Jag kanske kan hjälpa till."

Tomek hade tackat för informationen och sedan lagt på.

Det fanns inget i den här situationen som Tomek ville att storebror skulle känna till. I stället var det förbehållet Michał. Den han saknade varje dag. Den han just nu satt på en bänk och tittade på.

Southend Cemetery var enorm, tre gånger så stor som han mindes den – och då hade han bara varit tio. Det hade tagit honom fem minuter att hitta sin brors gravsten. Själva stenen var liten, ungefär i storlek med ett A3-ark. Med åren hade mossa och lav börjat växa längs kanterna, och inskriptionerna hade börjat vittra.

Tomek läste på gravstenen.

Michał Bowen. 1980–1991. Alltid den högljuddaste. Ge dem vad de tål, grabben.

Meddelandet hade skrivits av hans pappa, efter att ingen annan i familjen hade varit stark nog att formulera det. Han var säker på att hans föräldrar besökte graven regelbundet, särskilt på hans födelsedag. Nere vid foten av gravstenen stod en liten lykta. I Polen är de vanliga och syns ofta på gravar som ett tecken på respekt, ett sätt att hedra de döda. Den här hade stått där ett tag, och vaktade hans bror tills det var dags att byta ut den.

En vindby for förbi honom och bar med sig de dödas viskningar. Han lyssnade efter sin brors röst, men hörde ingenting. Kanske behövde han vara den som pratade först, så att Michał skulle veta att han var där.

Problemet var bara att han inte visste var han skulle börja.

"Vi har en hel del att ta igen," sa Tomek. Tafatt, långsamt till en början. Ljudet av hans egen röst fick honom att rygga till. Som om han hörde sig själv på en inspelning för första gången. "Förlåt att det har dröjt så länge. *Alldeles* för länge. Jag skulle ljuga om jag sa att jag har varit upptagen hela tiden, men sanningen är att jag har varit rädd. Jag har aldrig haft samma mod som du och Dawid. Jag har aldrig kunnat göra det ni gjorde. Jag har aldrig förmått mig att komma. Men här är jag, och jag hoppas att du förlåter mig för min frånvaro. Gud vet att jag behöver någon som förlåter mig nu."

"Jag är säker på att när mamma har varit nere har du hört allt om hur jag mår. Hur besviken och upprörd hon är på mig. Hon har alltid haft något att säga. Och jag vet inte hur jag ska fixa det. Jag vet inte hur jag ska göra rätt mot henne, hur jag ska gottgöra henne. Och jag är rädd att det kan förbli så här för alltid. Vi hade ett gräl häromdagen och jag har inte pratat med henne sedan dess. Jag skulle inte ens veta var jag skulle börja."

En ny vindby. Den här gången var han säker på att han hörde något. En viskning som bars med brisen.

"Jag vet att jag måste ta första steget. Jag måste berätta för henne hur jag känner. Jag antar... att jag bara är för rädd. Tänk om det går åt fel håll? Tänk om hon aldrig vill prata med mig igen efteråt?" Han gjorde en paus. Funderade. "Jag antar att det är risken jag får ta.

"Alla andra verkar klara sig riktigt bra. Dawid flyger högt i försäkringsbranschen. Han har fru och tre ungar. Men vi visste ju alla att han skulle bli den som lyckades av oss, den fräcka jäveln. Jag? Jag är inom polisen. Men det visste du säkert. Jag vet att mamma och pappa är stolta över Dawid och hans familj, men jag tror inte att de är stolta över mig. Jag tror inte att de någonsin har varit det. Och det verkar som att de snart inte behöver låtsas längre.

"Det finns ett fall. Det har varit tufft. Och vi är inte ett dugg närmare att hitta mördaren. Lite som ditt, faktiskt. Men där gjorde jag faktiskt vissa framsteg. Jag jobbar fortfarande på det, brorsan. Även om ingen annan gör det. Men om den här anmälan går igenom och jag förlorar jobbet, då är jag körd. Och du också. Vi kommer aldrig att få veta vem som gjorde det här mot dig. Vi kommer aldrig att få veta vem som kom undan med det." Tomek svalde bort tårarna. Han skulle inte gråta. Det skulle han *absolut* inte. "Jag ska se till att det inte händer, brorsan. Aldrig. Jag ska fortsätta kämpa, jag ska fortsätta leta, jag ska fortsätta be för dig. Och du måste börja be för mig också. Tillsammans fixar vi det här. Och vem vet, förhoppningsvis har jag nästa gång jag ser dig något mer att berätta."

"Förhoppningsvis kommer jag nästa gång med mamma och pappa och Dawid. Det skulle jag gilla. Alla vi här tillsammans igen för första gången på trettio år. Det skulle jag gilla väldigt mycket. Men du ger dig ingenstans, hör du! Vi vill inte ha dig borta som den där gången du gick över till grannen och vi inte kunde hitta dig på en dag." Tomek kom på sig själv med att skratta okontrollerat. "Jag kommer alltid att minnas uttrycket i mammas ansikte när hon insåg att du hade försvunnit. Hon var lugn, nästan i chock, som om hon inte trodde det."

Det var kusligt likt sättet hon ofta såg på honom.

Som om han var vilse.

Hade klivit ur flocken.

Och, precis som när Michał hade varit försvunnen, hade han till slut hittat hem.

Kanske hoppades hans mamma på samma sak med honom.

Att han skulle hitta tillbaka hem till familjens trygghet.

Där han kunde bli älskad igen.

KAPITEL
SEXTIOSJU

Tjusningen med föräldrar som gått i pension var att de fanns tillgängliga när som helst på dygnet, vilken dag i veckan som helst. Så när han överraskade dem med ett besök hade de ingen ursäkt för att säga att han kom olägligt.

Ändå hindrade det honom inte från att fråga om han hade stört dem.

"Jag var precis i garaget och din mamma var i trädgården," sa hans pappa till honom medan de gick genom köket. "Det är fint att se dig, grabben."

"Ja."

"Fast om jag vore du skulle jag ta det lite lugnt med din mamma. Hon har fortfarande inte kommit över det som hände häromkvällen."

"Oroa dig inte. Inte jag heller. Det är därför jag är här. Jag tycker att det är hög tid att vi pratar..."

Hans pappa log och grep tag i hans arm. "Jag håller helt med."

Tomek väntade i vardagsrummet medan hans pappa gick för att hämta hans mamma i trädgården. När de till slut kom in stannade hon i dörröppningen, och så snart hon fick syn på honom började hon vända på klacken. Hans pappa stoppade henne och lotsade henne in.

"Jag tror att du vill höra det här," viskade han i hennes öra.

Av hennes min att döma ville hon inte det. Men hon var åtminstone beredd att ge honom en chans. Det tänkte Tomek inte ta lätt på.

"Hej, mamma," sa han, blyg som ett litet barn.

"*Dzień dobry*", blev det kyliga svaret.

"Jag stannar inte länge. Jag vet att ni båda har saker att sköta, och jag har en utredning att hjälpa till att avsluta. Så jag börjar med att säga att jag är ledsen. Ledsen för häromkvällen. Ledsen för hur Katie och jag talade till er och familjen. Ledsen att jag tog in henne i våra liv. Ni blir nog glada att höra att vi inte träffas längre."

"Varför skulle jag vara glad att höra det?" frågade hon. "Jag såg hur ni var tillsammans. Jag har inte sett dig så lycklig på årtal. Varför skulle jag vara glad över att det inte längre är fallet?"

Tomek hejdade sig ett ögonblick innan han svarade. Hennes ord fyllde honom med värme. Hon hade velat att han skulle vara lycklig. Hon hade erkänt hans närvaro, hans relation. Hon brydde sig faktiskt om honom.

"För att jag kommer att vara lyckligare utan henne," sa han. "Lita på mig. Livet blir mycket bättre för alla utan henne i bilden."

"Nå... det är bra. Jag är *glad* att höra det."

Han lade märke till uppriktigheten i hennes röst och fortsatte. "Och jag ville också säga att jag är ledsen för de senaste trettio åren. Jag vet inte vad som har hänt. Jag vet inte varför. Men jag hoppas att vi kan gå vidare från allt det här."

"För att gå vidare måste du först förstå varför saker var som de var," började hans pappa. "Du måste gå tillbaka till början. Du kan inte laga en bilmotor utan att först veta hur den såg ut och hur den fungerade."

Tomek nickade. Men han lyssnade inte. I stället snurrade kuggarna i hans hjärna. Beräknade. Bearbetade.

"Början... du har rätt, pappa. Början. Jag måste gå tillbaka till början."

Han flög upp ur stolen och log mot dem, nästan demoniskt. Sedan tackade han dem för att de hade fått honom att tänka klart, gav dem varsin kram och lämnade huset och lämnade dem i vantro.

Hans relation till sina föräldrar kunde vänta.

Att avslöja mördarens identitet, däremot, kunde inte vänta.

En polis liv stod på spel.

Och nedräkningen hade redan börjat.

KAPITEL
SEXTIOÅTTA

B örjan.
Det hade varit så enkelt i teorin. Men huvudfrågan återstod: början på vad?

På Timothy Rosenthals liv? Början på natten då han dog? Eller början på utredningen?

Till slut bestämde sig Tomek för att börja vid början av Timothy Rosenthals liv. Ända sedan han hade sett den första kroppen hade det varit något med inristningen i Rosenthals bröstkorg som i hemlighet hade oroat honom, bekymrat honom, sått tvivel i hans huvud. Det var inte förrän hans pappa hade gett honom rådet som han mindes det.

Timothy Rosenthal var det enda offret som hade inristningen i huden. Han var också den ende som hade femton stickskador i kroppen. Den som hade dödat honom hade vräkt ur sig åratal av ilska, frustration och hat på hans livlösa kropp. Han visste tillräckligt om seriemördare för att veta att deras första mord brukar vara kaotiska, oplanerade och osamordnade. Men allt kring Timothy Rosenthals död hade varit minutiöst planerat. De hade förberett kroppen på ett visst sätt; de hade fört honom till en avskild och isolerad plats där ingen kunde överhöra dem; de hade till och med styrt och vilselett polisen med hans försvunna betalkort och bil. Inget av det var osamordnat eller oplanerat.

Ändå sade de femton hålen i kroppen något annat.

För Tomek skrek de att det här var personligt.

Hämnd, kanske. År i görningen.

När han kom hem tänkte han ta reda på varför.

Men först hade han ett problem. Anteckningarna han hade tagit med hem från jobbet räckte inte. De byggde bara på utredningen, inte på vad som hade hänt Timothy Rosenthal under tiden som ledde fram till att han hamnade i fängelse.

För det behövde han HOLMES 2. När han öppnade sin laptop för att starta det stötte han på ett problem. Hans inloggningsuppgifter fungerade inte längre. Jävlarna på HR hade redan spärrat hans åtkomst till portalen.

"Bra jobbat, gänget", sa han. De var effektiva, om inte annat.

Men det hjälpte honom inte. Om han inte kunde komma online, kunde han inte hitta mördaren.

Och som han kände sig litade han inte heller på att kollegorna skulle göra det åt honom.

Förutom en.

"Sean", sa Tomek efter att ha ringt sin vän. "Kan du prata?"

"Ja, chefen", svarade han. "Vad behöver du?"

"Dina HOLMES-inloggningsuppgifter."

"Till vad?"

"Så att jag kan göra ditt jobb åt dig."

"Tycker du att det är en bra idé?"

"Någon måste göra det."

"Nej, jag menar, tycker du att det är en bra idé? Nick berättade vad som har hänt. Om du använder mina inloggningsuppgifter spär du bara på elden. Ge inte IOPC ännu en anledning att sparka ditt dumma arsle."

"Du är skyldig mig en tjänst", sa Tomek utan att tänka. Han for fram på motorvägen i hundra miles i timmen med skygglapparna på. Han såg bara det som fanns rakt framför honom, och han hade inga planer på att stanna.

"Hur får du det att gå ihop?"

"Abigail. Jag täckte upp för dig när artikeln kom ut. Minns du?"

Tystnaden talade om för Tomek att han gjorde det, och att han försökte hitta ett svar.

"Kom igen, kompis. Hjälp mig. Du vet att jag inte skulle be om det här om jag inte hade en anledning."

"Jag vet, kompis. Det är bara..."

Tvekan i Seans röst sade också Tomek något. Något mycket mer nedslående.

"Åh för helvete, Sean. Du tror faktiskt på det, eller hur? Du tror att jag skickade de där meddelandena och bilderna till den där tjejen? Du tycker att jag är den där snuten de snackar om i den där gruppen, han som de kallar pedo?"

"Nej... jag... det är bara... Varför sa du inte att du har Instagram?"

"*Vad*?"

"Varför nämnde du inte att du hade det? Jag hade kunnat följa dig. Då hade jag..."

"Vadå? Kunnat tro mig? Skönt att det är allt som behövs, kompis. Att du följer mig på sociala medier. I stället för mitt *faktiska ord*." Tomek drog djupt efter andan för att försöka lugna sig. Det fungerade inte. "Jag–gjorde–det–inte."

"Var kom de där meddelandena ifrån då?"

"Katie. Hon försökte bara ge igen för det som hände i Newcastle. Hon hade redan gjort det tidigare. Med tjejen jag var med natten då Timothy dog. Om du inte tror mig, fråga henne. Hon heter Molly Chaplain. Hon kan bekräfta vad som hände."

━━

Tomek fick ge honom det. Sean hade varit grundlig i sin genomgång, och flera timmar senare hade han till slut gett Tomek åtkomst till sitt HOLMES 2-konto. Tomek gillade inte att hans bäste vän inte tog honom på orden, men i slutändan gjorde han bara sitt jobb, och han hade sin egen karriär att tänka på. Det kunde Tomek inte klandra honom för. Inte alla skulle ha fallit på eget svärd så som han hade gjort.

Nu när Tomek hade åtkomst till systemet kunde han börja. Han ägnade de följande timmarna åt att skapa ett uppslagsverk över Timothy Rosenthals liv fram till hans död. Timothy hade, före gripandet, varit en förmögen fastighetsutvecklare och ansvarat för byggandet av flera nya bostadsområden i Maldon och Chelmsford, nära Tomeks föräldrars hus. Han hade också varit gift. Med en kvinna vid namn Charlotte Hanton. Efter en snabb sökning på hennes namn hittade han ett födelsebevis för en Megan Rosenthal. Vilket betydde att Timothy Rosenthal hade en dotter. Hon hade fötts strax efter Timothys rättegång och var, enligt Tomeks bedömning, lite drygt sju år gammal. Samma ålder som flickan i den röda kappan.

KAPITEL
SEXTIONIO

A dventure Island, en av Southends mest populära turistmål. I genomsnitt lockade nöjesparken nästan två miljoner besökare varje år och hyste några av landets mest omtyckta åkattraktioner. Det var dock första gången han någonsin hade varit där. Det var knappast hans grej – det var på tok för mycket folk, och alldeles för många skrikande barn för hans smak – men det var där hon hade bestämt att träffa honom.

Nöjesparken hade bara haft öppet i en timme, och redan var den fylld till bristningsgränsen av familjer vars barn rimligen borde ha varit i skolan, som sprang från den ena attraktionen till den andra för att hålla sina ungar nöjda, med sockervadd i munnarna och iskalla, sockerstinna drycker i händerna. Mitt i parken tronade berg- och dalbanan Rage. Den öppnade ursprungligen i slutet av 2000-talet och hade en gång haft titeln landets bästa åkattraktion, men passerades snabbt av större och mer hisnande åk från bland andra Thorpe Park och Alton Towers.

Han stod bredvid den träffande namngivna Kiddie Koasta. En liten berg- och dalbana byggd för småbarn, som kastade dem runt banan i gruvvagnar. Skrik bröt ut ovanför när den senaste gruppen slungades omkring. Han höjde blicken mot dem, och när han tittade ner igen stod hon framför honom.

Flickan från fotot. Flickan i den röda kappan, utom att hon inte bar någon röd kappa den här gången. Hon hade bytt till grönt, men det lyste lika starkt.

"Hej", sa han.

Hon såg upp på honom, nervös. Hennes kinder hade en anstrykning av orange, och hennes ögonfransar verkade mörkare än de borde vara. Som om någon hade sminkat henne.

"Vet du varför du är här?" frågade han.

Hon nickade långsamt. Hon sa inte mycket för att vara en tjej som hade varit ganska öppenhjärtig mot honom på nätet.

"Vill du följa med mig?"

"Ja. Det vill jag väldigt gärna."

Och så ledde han henne ut från nöjesparken, med hennes hand i sin, mot sin bil. När de gick genom parken ägnade ingen dem en andra blick, ingen anade oråd. De var bara en far och hans dotter som njöt av en förmiddag på Adventure Island. Inget alarmerande eller oroande med det.

Allt var fullständigt normalt.

Och allt gick alldeles utmärkt tills han öppnade passagerardörren och kände kniven i ryggen.

KAPITEL
SJUTTIO

Dagen därpå, med bara några timmars sömn i kroppen, gjorde Tomek ännu ett besök hos Cathy Sharpe.

"Jag har redan sagt att jag inte vet något mer", sa hon. "Låt mig vara."

Tomek ställde sig framför dörren och kilade sig in mellan henne och utgången. "Jag är inte här för att prata om det", sa han och log medan han ljög. "Det gäller Timothy Rosenthal. Jag förstår att du hade en relation med honom när han först sattes i fängelse."

Hon mätte honom med en misstänksam blick. "Bara i ett par veckor."

"Bra. Jag behöver bara ställa några frågor om honom... och hans fru och dotter. Snälla. Det är brådskande."

Hon svävade på gränsen till att ge med sig. Till slut, efter några plågsamma sekunder av väntan, klev hon åt sidan och släppte in honom. Hon tog med honom till vardagsrummet, där han väntade på teet som hon insisterat på att göra. Hon kom in med det några ögonblick senare. Ingen mjölk, två sockerbitar. Precis som han ville ha det. När han förde koppen till läpparna började hon.

"Du har tur som får tag i mig på min lediga dag", sa hon. "Och du har tur att Charlie inte kommer förbi i dag. Jag tror inte du är hans favoritperson just nu."

Tomek småskrattade. "Det kan jag förstå. Som jag sa, tack för att du tar dig tid att prata med mig."

"Du gav mig inte mycket val", sa hon och sippade på sitt te. "Vad behöver du veta?"

Innan han fortsatte lät Tomek blicken svepa över vardagsrummet. Det hade allt som hör till någon med ett fint familjeliv, med foton av nära och kära på fönsterbrädorna, och det såg ut som om varenda slant Cathy Sharpe haft hade gått till att renovera och göra det så hemtrevligt som möjligt.

"Jag vill veta mer om Timothy Rosenthals fru. Den han var gift med innan han hamnade i fängelse."

"Och... hur kan jag hjälpa till med det?" Hon höll tätt av en anledning. Han ville veta vilken.

"Hade du mycket kontakt med henne?"

"Bara under rättegången."

"Såvitt jag förstår var hon gravid. Pratade ni någonsin om barnet?"

"Jag tror det, ja."

Tomek suckade och ställde ner sitt te på fåtöljens armstöd. "Cathy, om du vill bli av med mig så fort som möjligt, föreslår jag att du svarar så kort och rakt som möjligt på mina frågor. Ju mer du går som katten kring het gröt, desto längre tvingas jag stanna."

Det verkade ta skruv. Hon lade det ena benet över det andra och korsade armarna över bröstet.

"Hon var ungefär sex månader gången under rättegången. Hon ville inte behålla barnet, men efter all stressen kring utredningen hade hon inget val. Hon hade tur som inte fick missfall."

Tomek nickade medan han antecknade i sitt block.

"Jag tror att hon blev gravid ett par veckor innan han greps och förhördes med anledning av våldtäkten på en annan kvinna..."

"Sophia Wainwright?"

"Henne och Emma Argyle, ja."

"Och visste Timothy Rosenthal att han skulle bli pappa?"

"Han fattade det så småningom. Det var rätt uppenbart när det började synas på henne."

"Hans namn stod inte på födelsebeviset. Vet du varför det kan vara så?"

Hon skakade på huvudet. "Inte den blekaste. Kanske ville hon inte att hennes våldtäktsman till make skulle förknippas med hennes dotter."

Det var logiskt. Och var kanske det enda logiska någon hade sagt på länge.

"Vet du vad som har hänt med familjen sedan dess?"

Hon skakade på huvudet igen. Den här gången var hennes röst mer känslosam, uppriktig. "Ingen aning, men jag hade inte klandrat henne om hon velat komma så långt härifrån som möjligt. Varför? Tänker du att hon kan ha dödat honom?"

"Möjligen. Antingen är det hon eller någon av hans offer. Vi förhörde Emma Argyles pappa häromdagen. Vi har gripit honom för medhjälp till mord."

"Toppen", sa hon. "Ytterligare en som jag utan tvekan kommer att behöva ta hand om."

"Inte den här gången", svarade han med ett leende. "Han bor numera i Kent, så med lite tur blir det deras problem nu."

"Ju fler, desto bättre."

Tomek tackade henne för tiden och gick sedan ut ur vardagsrummet. När han steg ut genom ytterdörren tackade han henne igen och sa: "Finns det något mer du tycker att jag borde veta? Vad som helst?"

Hon tvekade. Det var något inuti henne som malde. Först när han tryckte på för tredje gången gav hon till slut med sig.

"Darryl Peters", började hon.

"Sitter häktad, ja..."

"Hans dotter. Skolan. Jag tror att du hittar det du söker där..."

KAPITEL
SJUTTIOETT

T omek skyndade tillbaka till bilen, uppeldad av spåret.
Allt rasade när han svarade i telefonen.

"Tomek?"

"Här är jag", sa han, utan att titta på nummerpresentationen.

"Det är jag... Nick..."

"Chefen", sa han, gled in i bilen och slog igen dörren bakom sig, och stängde ute världen utanför.

"Vi har ett problem."

"Åh, tråkigt att höra, chefen."

"Det gäller Tony", sa Nick.

"Har han glömt sin soppa till lunch igen?"

"Nej. Han har försvunnit."

Tomeks sinnen saktade in, blev stumma. Andningen, hörseln, rumsuppfattningen. Han var bara vagt medveten om var han befann sig och vad som hände, som om han drabbades av en existentiell kris.

Tony. Försvunnen.

Brevet som hade lämnats bredvid Daniel Heathcliff blixtrade förbi framför Tomeks ögon. Var Tony den pedofil/våldtäktsman som polisen påstods ha skyddat? Tja, på vissa sätt var det logiskt. Mannen *var* udda, men det gjorde honom inte till en sexualförbrytare.

"När sågs han senast?" frågade Tomek.

"I morse när han gick hemifrån till jobbet. Han har inte dykt upp sedan dess."

"Och ingen har någon aning om var han är?"

"Hans mobil är avstängd. Sista gången den pingade var vid strandpromenaden, nära Adventure Island."

Pedofilens lekplats. En plats full av barn. Det bådade inte gott för Tony.

"Vad vill du att jag ska göra, chefen?"

"Kom tillbaka. Hjälp gruppen. Vi måste hitta honom, Tomek."

"Betyder det att jag är tillbaka på riktigt nu?" Tomeks hopp for i höjden.

"Gå inte händelserna i förväg. Tills vi hittar honom är du tillbaka i gruppen. Sedan återupptas din avstängning. Tänk på det som att trycka på paus i ett tv-spel."

Och under tiden förväntades han döda slutbossen och återvända som segrare, för att sedan knuffas längst bak i folkmassan medan alla andra njöt av firandet. Tomek visste inte hur många tv-spel Nick hade spelat, men så fungerar de sannerligen inte.

KAPITEL
SJUTTIOTVÅ

Att hitta Tony var nu prio ett, högsta prioritet. Alla andra
utredningsspår, inklusive att tala med Darryl Peters dotter, fick läggas
på is tills vidare.

Om de hittade Tony, så hittade de mördaren.

Det enda problemet var att hitta en startpunkt för sökandet.

När Tomek kom till insatsrummet hade teamet redan lyckats få fram
övervakningsbilderna från Adventure Island och satt febrilt och tittade,
ropade till så fort de såg någon gestalt eller man som påminde om Tony,
med hans långa, smala kropp.

"Han är den längsta jävla typen jag någonsin har träffat," sa Sean, och
det ville inte säga lite när det kom från honom. "Hur kan han vara så svår
att hitta?"

"För att han inte vill bli hittad, pucko," sa Oscar bredvid honom. "Om
han har lyckats hålla sig undan så här länge tänker han inte sluta nu, eller
hur?"

Tomeks ankomst i rummet möttes av en kort blick och ett grymtande
tillkännagivande innan alla åter riktade uppmärksamheten mot problemet
för handen. Han ställde sig längst bak i klungan och började titta på
övervakningsbilderna tillsammans med dem.

Tjugo minuter senare hittade de honom. Han stod bredvid en av
åkattraktionerna, med huvudet som snurrade som ett kanontorn, iklädd
en tjock parkas som dolde hans längd och en basebollkeps som skyddade

ansiktet från insyn. Enligt tidsstämpeln i materialet hade han varit där sedan parken öppnade klockan 11.00. Den sista signalen från hans mobiltelefon vid närmaste mobilmast hade kommit 12.27, vilket innebar att han hade varit där i över en timme. Han stod på samma plats. Väntade.

Först när klockan slog över till 12.15 såg de honom röra sig. Den här gången var han i sällskap med en ung flicka i grön kappa, med långt, flödande rödbrunt hår. Trots den uppenbara förändringen i utseende rådde det ingen tvekan om att de tittade på samma person.

Flickan i den röda kappan.

Hon drog ut honom från nöjesparken och bort till parkeringen längre ner på strandpromenaden. Där tog kamerabilderna slut.

"Vart tog han vägen?" frågade Nick och gick av och an längst fram i insatsrummet.

"Det är allt vi har," svarade Chey. "Kamerorna i den delen av parkeringen har varit ur funktion i veckor."

"Jävla helvete!" Nick drog handen över sitt rakade huvud. "Vad sägs om ANPR? Vi vet hans regnummer och vi vet när han åkte."

"Sist den snappades upp var på A130 norrut mot Chelmsford, chefen," svarade Rachel. "Sen tappade vi den."

ANPR var bra på att följa bilar över långa avstånd, men inte korta. Inte från Southend till Chelmsford. Särskilt inte i de mer lantliga delarna av grevskapet.

"Varför ska han till Chelmsford? Det har inte dykt upp i någon av våra utredningar, eller hur?"

En oroande känsla började ta form i Tomeks maggrop. Han grep tag i Chey och drog honom åt sidan.

"Kan du skriva ut en bild på flickans ansikte från klippet?" frågade han.

Chey bekräftade att han kunde och försvann bort till sitt skrivbord ute på stora kontoret. Under tiden loggade Tomek in på sin dator. Tacksamt nog hade hans behörigheter återställts. De var kanske inte allas favoriter, men det gick inte att förneka att kretinerna nere på HR var bra på sitt jobb.

När han väl var inne hittade Tomek numret till Tonys närmaste anhörig, hans fru Susan, i den interna databasen och ringde henne.

Telefonen ringde och ringde. Ringde och ringde.

Tills hon till slut svarade.

"Hallå?"

"Hej, Susan, det här är detektivsergeant Tomek Bowen, en av din mans kollegor. Hur mår du i dag?"

"Bra... tack."

Tomek hade bara träffat henne en gång, på ett polisevenemang i somras, där hon hade blivit lite för full och närgången och gjort bort sig. Men av det lilla de pratat den kvällen mindes han henne som lättsam och rolig, raka motsatsen till hur hon lät nu.

Rädd och skrämd.

Utan tvekan för att hon fick *samtalet*. Det som antydde att något hemskt hade hänt.

"Jag undrade om du har hört något från Tony i morse?"

"Är han inte på jobbet? Han gick hemifrån tidigare i dag. Sa att han hade lite grejer att ta tag i."

"Tyvärr kan vi inte hitta honom. Jag undrade om han sa att han skulle någonstans i förväg?"

Tomek visste svaret redan innan han ställde frågan. Men det hjälpte att lugna henne lite. Om Tony verkligen skulle träffa en minderårig för sex, var det osannolikt att han hade sagt något annat till sin fru än att han skulle till jobbet.

Susan bekräftade Tomeks misstankar. Tony hade inte sagt något utöver det vanliga.

"Har Tony en bärbar dator hemma?" frågade han. "Jag vet att han är lite av en dinosaurie på kontoret, så jag skulle inte bli förvånad om han inte har det!"

Tomek försökte hålla tonen så avslappnad och lättsam som möjligt för att få henne att känna sig trygg. Som om hennes man inte var på väg att dö för en seriemördares hand.

"Han har en dator som han ibland använder till jobbet. Men jag brukar inte röra den."

"Kan du titta på den åt mig?" bad Tomek. Det fanns ingen tid för honom att åka dit och göra det själv.

En stund senare hade Susan tagit sig in i sitt arbetsrum och satt vid Tonys skrivbord. "Vad vill du att jag ska göra?"

"Kan du logga in?"

Det kunde hon. Sedan lotsade Tomek henne till Google Chrome. Han ville se om det fanns några flikar som Tony kunde ha glömt att stänga.

Det gjorde det.

Två stycken.

Den ena gällde öppettiderna på Adventure Island. Den andra var ett Facebook Messenger-fönster som stod öppet på den senaste chatten.

"Står den andra personens namn längst upp på skärmen?" frågade Tomek. Att hjälpa henne att navigera i Facebook Messengers gränssnitt var en plågsam och segdragen upplevelse, och något han var tacksam över att han aldrig hade behövt göra med sina föräldrar.

"Ja..." sa hon. Han kunde nästan höra hur hon kisade för att se. "Det står att han pratade med en person som heter Megan Rosenthal."

KAPITEL
SJUTTIOTRE

M egan Rosenthal. Timothy Rosenthals dotter.
   Flickan i den röda kappan. Ända från första början.
   Och de hade aldrig vetat om henne, inte ens kommit på tanken att följa upp henne som ett spår i utredningen. Det hade stirrat dem rakt i ansiktet. Det enda problemet nu var att hitta henne. Och att hitta Tony.

Efter att ha tackat Susan för informationen bad Tomek en polis på stationen att åka dit och stilla hennes oro tills de hade mer att gå på. Nu lade han all sin energi och sitt fokus på att hitta Megan Rosenthal. Det var gott och väl att han kände till hennes namn, men det hjälpte honom inte att hitta henne. Han började på det enda ställe han kunde komma på.

PNC. Det nationella datasystemet rymde miljontals poster och personuppgifter. Om hon någonsin hade gått genom systemet skulle det dyka upp. Han skrev in hennes namn i sökfältet.

Ingenting.

Hon fanns inte.

Och så fick han en annan idé. Ett annat ställe där han kunde hitta henne.

Under hela utredningen hade kriminalassistenten Anna Kaczmarek sammanställt en databas över alla skolelever i östra Essex. En lista på över fyrtio tusen namn, filtrerad efter ålder och skola. Om de hade bytt skola eller flyttat utomlands fanns deras namn med. Om de nyligen hade blivit relegerade eller avstängda fanns deras namn med.

Ingen kom undan Triple Word Scores sinne för detaljer.

Och det var Tomeks sista hopp.

Han skrev in Megan Rosenthals namn i sökfältet igen.

Väntade... väntade... medan databasen gick igenom tusentals dataposter.

Den hittade inget.

"Jävla helvete!" ropade Tomek.

Den här gången höll han inte igen, utan slog näven i bordet flera gånger tills handflatan och knogarna värkte.

En återvändsgränd.

Återvändsgränd efter återvändsgränd.

Inget de försökte fungerade. Inget de försökte gjorde någon skillnad.

Han satt kvar en stund, hasade ner långt i stolen så att arslet hängde utanför sitsen, och stirrade upp i taket. Han hoppades att den släta vita ytan skulle väcka någon smula till tanke, tända en gnutta kreativitet. I stället hånade den honom, skrattade åt honom. Han hörde det, hörde rösten från barnet och mördaren. Som ropade ner till honom. Retades.

Det kunde väl inte vara så här, eller? Slutet. Ögonblicket av tröghet då de inte kunde göra annat än att vänta tills Tonys kropp hittades mitt ute i ingenstans?

Han ville inte tänka på det.

Han satt kvar i några minuter till, tills huvudet till slut blev tomt.

Och just då kom det till honom.

Högt. Och tydligt.

Cathy Sharpes ord spelade i hans huvud som en symfoni. Som mynnade ut i ett crescendo.

Darryl Peters.

"Hans dotter. Skolan. Jag tror att du hittar det du letar efter där..."

KAPITEL
SJUTTIOFYRA

Så snart Tony kunde öppna ögonen, försökte han ta in omgivningen, men det var lönlöst. Den svarta huvan över ansiktet hindrade honom från att se något. Det viktigaste sinnet hade slagits ut. Allt han hade att lita på var de andra.

Men de fungerade inte heller.

Det sista han mindes var känslan av kniven i ryggen. Sedan blev han slagen i huvudet.

Som på given signal flammade smärtan upp i hans högra tinning, och stjärnor, klara som solen, gnistrade i synfältet. När han grimaserade av smärta började kroppen gunga. Då förstod han vad som höll på att hända honom.

Händerna var bundna över huvudet, repet skar in i huden. Han hängde och dinglade från något, men kunde inte avgöra var.

Då kände han en vindpust mot kroppen.

Hans nakna kropp.

Varför i hela världen var han naken?

Och då förstod han varför. Och han förstod vad som skulle hända.

Han skulle gå samma öde till mötes som de andra. Som Timothy Rosenthal. Som Gary Kershaw. Som Daniel Heathcliff.

Han skulle stympas och hängas ut på tork, och hans hemligheter skulle blottas för världen.

Hemligheten som aldrig hade varit någon hemlighet från början.

Tony stelnade ett ögonblick och höll andan. Han ansträngde hörseln och lyssnade efter tecken som kunde avslöja var han befann sig. Det enda han hörde var vinden som smet genom springorna i byggnaden och ljudet av fåglar på avstånd. Eller så var det korparna, som kretsade ovanför och väntade på sitt rov.

Då hörde han fotsteg. Lätta. Varsamma.

Han anade kroppen komma närmare innan han kände fingret nudda honom.

"Du är vaken," sa rösten. Kvinnlig. Mjuk, mild. Men lågmält förförisk. "Alla de andra var döda när det var min tur att göra det jag behövde. Det var över alldeles för snabbt. Nu får jag ha lite roligt med det. Med dig."

Innan han hann svara kupade hennes hand hans testiklar och kramade till. Smärtan flammade upp i buken och nådde snabbt halsen. Illamåendet var våldsamt och plötsligt och fick honom att vilja kräkas. Men innan han hann tänka mer kände han stinget från bladet bränna mot låret.

Det löpte upp och ner längs benet.

Han hoppades att snittet skulle gå fort. Som att rycka av plåstret.

Fast det skulle inte alls vara så.

I stället skulle hon slita av hans testiklar.

Han hoppades att det hela skulle bli kort. En snabb sorti från världen.

Han ville inte känna det. Han ville inte veta vad som hände.

Så snart bladet skar av hans testiklar svimmade Tony innan skriet hade hunnit lämna hans läppar.

KAPITEL
SJUTTIOFEM

Tomek hade suttit i telefonkö i fem minuter.

Fem minuter hade de inte råd att slösa bort.

Han var ensam på kontoret, medan resten av gruppen var kvar i insatsrummet och febrilt försökte hitta sin försvunna kollega. Tomek var tacksam för tystnaden som hade gett honom ett kort ögonblicks klarsyn. Det var allt han hade behövt. Ett kort ögonblick.

Någon svarade, och i andra änden fanns Harvey Prince, rektor på Chalkwell Hall.

"Hallå, inspektör," började Harvey. "Jag förstår att du vill veta något om några i personalen på min skola?"

"Ja, tack."

"Först måste jag veta om några av mina elever kommer att fara illa."

"Inte, såvida de inte är pedofiler eller våldtäktsmän," svarade han.

"Ursäkta?"

"Nej," sa han tvärt. "De kommer inte att fara illa. Kan du säga mig om det var några elever som inte dök upp i skolan i morse? Kanske sjukanmälda? Och om någon i personalen har gjort samma sak?"

För att ta reda på det var han tvungen att prata med sina kollegor, så han satte honom i väntläge. Tomek hade inget att säga till om och avstod från att skrika rakt in i luren när han tvingades lyssna till tystnaden i andra änden.

När Harvey till slut kom tillbaka i luren var Tomeks kropp spänd av frustration, knogarna vita där han höll luren alldeles för hårt.

"Förlåt att du fick vänta," sa Harvey. "Nu när du säger det hade vi faktiskt ett par elever som sjukanmälde sig i dag."

"Bra ..."

Harvey läste upp listan med namn för honom.

Tomek kände igen ett av dem.

Sedan läste han upp namnen på de i personalen som också hade sjukanmält sig. Det fanns bara ett namn.

Det namnet kände Tomek också igen.

KAPITEL
SJUTTIOSEX

N är Tony vaknade nästa gång, var det första han lade märke till den överväldigande smaken av metall i munnen.

Följt av känslan av att munnen var fylld av något. Och sedan insåg han vad det var.

Hans penis. Intryckt i käften.

Håren på pungen kittlade hans hals och fick honom att kväljas, men han kunde inte spotta ut den. Hela grejen var för stor och hade pressats in där hårt. Han kunde inte svälja, och snart började det kännas som om han kvävdes av sitt eget blod och sitt saliv. Han hostade våldsamt bakom maskens mörker tills han tvingade sig att andas lugnt genom näsan.

Så lugnt han nu kunde, i alla fall.

När han hängde där, desperat efter luft, övervägde han att tugga sönder sin egen penis. Tugga den i mindre bitar så att han kunde andas ordentligt. Men det fanns inte den viljestyrka i världen som hade kunnat övertyga honom om att det var rätt.

I stället fann han sig i sitt öde och väntade, balanserande på dödens brant.

Smärtan i skrevet hade fått benen att domna bort, medan smärtan i armarna hade bedövat den övre halvan av kroppen. Trots att han kände allt – varje kämpande och ansträngt andetag, varje obekväm ryckning och rörelse i repet – kände han ändå ingenting. Hjärnan hade gått ner i nödläge och fokuserade på de vitala funktionerna.

Syn, andning, hörsel.

Men han önskade att de alla skulle stängas av. Han önskade att dödens tröstande famn skulle omsluta honom och föra bort honom.

Han önskade att han aldrig hade svarat tjejen.

Han önskade att han aldrig hade hållit det hemligt för resten av teamet.

Han önskade att han aldrig hade använt sig själv som bete.

Tony var ingen läkare. Han var inte medicinskt skolad. Han förstod inte skillnaden mellan hemoglobin och hematos. Det enda han hade var en grundläggande förståelse för första hjälpen.

En förståelse som sträckte sig så långt som till insikten att en jävla massa blod redan hade lämnat kroppen.

En förståelse för att, om det fortsatte i den här takten, skulle han snart förblöda och äntligen dras ut ur sitt levande helvete.

Med lite tur skulle allt vara över innan nästa gång han vaknade.

KAPITEL
SJUTTIOSJU

Tomek sladdade in och tvärbromsade, och han var redan halvvägs över uppfarten innan bildörren hade hunnit slå igen. Han rusade längs husets gavel och tog ett språng upp på farstutrappan. Han knackade hårt med knogarna mot dörren, ljudet ekade upp och ner längs gatan.

En del av honom väntade sig inte att de skulle svara. Att de vid det här laget redan hade lämnat huset och lämnat grevskapet.

Det hade varit det smarta. Att sticka medan de kunde.

Men till hans förvåning öppnades dörren några ögonblick senare. Och där, med ett uttryck av förvirring som liksom slog mot honom, stod Sophie. Katies huskamrat och närmaste vän.

Så snart hon kände igen Tomek där framför sig försökte hon smälla igen dörren. Men han var för snabb och kilade in sig i glipan.

"Jag måste prata med dig, Sophie – eller ska jag säga *Sophia* Wainwright?" sade han och trängde sig in i huset. "Var är hon?"

"Vem?"

"Caitlin. Var är hon?"

"I skolan." Sophia lade en hand mot hans bröst och hindrade honom från att komma längre in.

"Nej, det är hon inte. Jag har precis pratat med skolan. Ni båda sjukanmälde er i dag. Var är hon och var är Tony?"

Innan lärarassistenten hann svara hördes ett ljud från vardagsrummet längst fram i huset. Omedelbart smet Tomek förbi Sophia och kastade sig in i rummet. Hon försökte stoppa honom, grep lojt efter hans armar, men hennes försvar var för svagt.

Där, i vardagsrummet, satt Caitlin i soffan med sin iPad i handen. Lilla sjuåriga Caitlin. Flickan han bara hade sett ett fåtal gånger. Flickan han knappt ägnat någon uppmärksamhet. Flickan han hade ignorerat medan han försökte föra sin relation med Katie framåt.

Flickan i den röda kappan.

Och där, slängd över fåtöljens armstöd bredvid henne, låg den gröna kappan som hon hade haft på sig på Adventure Island samma morgon.

"Hej, Caitlin..."

"Tomek, nej." Sophias röst hördes bakom honom, men han ignorerade henne.

"Hej, Caitlin ..." fortsatte Tomek, men den lilla flickan ignorerade honom. Hon fortsatte att stirra på skärmen. Uppslukad av vad hon än hade blivit tillsagd att titta på.

"Tomek, låt henne vara utanför det här. Snälla. Kom till köket så kan vi diskutera det här."

"Nej", svarade Tomek lugnt, för att inte uppröra eller skrämma Caitlin. "Vi kan göra det här. Jag släpper inte någon av er ur sikte."

Motvilligt gav Sophia med sig och hasade runt till Caitlins sida. Hon slog sig ner på kanten av soffan bredvid henne och slog armarna om den lilla flickan, och började sedan stryka Caitlin över håret.

"Snälla ... skrik inte", sade hon till honom. "Vi höjer inte rösten i det här huset."

Nej, men ni dödar folk.

"Du har en del att förklara", började han, oförmögen att behärska sig. "Var är Tony? Var är Katie?" Han tog ett steg framåt när hon inte svarade. "Var är hon, Sophia? Var är hon?"

"Du kommer inte att hitta dem."

Tomek fnös. "Det kommer jag visst. Jag hittade ju er, gjorde jag inte?"

"Till slut. Men när du väl kommer fram till dem är det för sent. Det finns inget sätt att rädda honom, Tomek. Han får den rättvisa han förtjänar."

"Samma rättvisa som Timothy Rosenthal, Gary Kershaw och Daniel Heathcliff förtjänade?"

"Du har ingen aning."

Sophias ögon hårdnade, mörknade, blev nästan demoniska, och han såg en sida av henne som han aldrig tidigare hade sett under de få gånger de kort hade träffats. Han tänkte att det var den verkliga hon han stirrade på, den hon höll dold för allmänheten och borta från skolan.

När han stod där och såg hennes själ långsamt surna gick en plötslig tanke upp för Tomek. Att han var ensam. Och att ingen visste var han befann sig.

För att rätta till situationen stack han handen i fickan och tog fram sin mobiltelefon. Han låste upp skärmen, bläddrade till sin adressbok och ringde 999.

"Hallå, det här är kriminalsergeant Tomek Bowen. Jag begär omedelbart stöd av uniformerad polis till 57 Battle Square Drive, Leigh-on-Sea. Vänligen larma även kriminalavdelningen."

"Uppfattat. Någon är hos dig om fem minuter."

Fem minuter var lång tid. Kanske för lång. Men han hade inget val. Han kunde inte riskera att lämna dem utan uppsikt och med enkel tillgång till en bil. De hade undkommit honom så länge att han inte tänkte tappa dem nu.

"Var är hon, Sophia?" frågade han igen, medan han köpte sig tid.

"Hon är borta", sade Caitlin, medan hon fortsatte att titta på iPaden, vilket överrumplade Tomek.

"Tyst, Caitlin. Kom ihåg, vi ska inte berätta för någon om mamma, eller hur?"

"Förlåt, mamma."

Tomek hajade till.

Och då började det gå upp för honom.

"Sophia", började han, "polisen är på väg. När de kommer hit kommer de att gripa dig, och du kommer aldrig att få se din dotter igen. Om du vill se henne, om du vill få några minuter till med henne, måste du säga var Tony och Katie är. Låt inte det här bli sista gången du ser din dotter ..."

Sophia övervägde ett ögonblick. Sedan sänkte hon huvudet och vände sig mot Caitlin, medan hon fortsatte att stryka sin dotter över håret. "Du vet redan var hon är. Hon tog dig dit av en anledning."

KAPITEL
SJUTTIOÅTTA

Polisen hade anlänt nästan tio minuter efter att han fått höra att de skulle komma. De hade stormat in, gripit Sophia, och när han gick därifrån hade Tomek hållit sitt ord och sagt åt de gripande poliserna att ge henne och Caitlin några minuter till för att ta farväl.

När han var säker på att de var i lagens trygga händer hoppade Tomek in i bilen och styrde mot Tollesbury Marina. När han kom fram, tjugo minuter senare, lade han märke till Tonys bil klumpigt parkerad i viken, med hjulen kilade i sanden. I slutet av gångvägen som ledde ner till vattnet låg kajakbutiken som han och Katie hade använt för att hyra utrustningen på deras dejt. Tomek sprang dit, rusade in och hyrde en av varje. Han hade inte tid att förklara – eller för den delen betala – så han blottade sin tjänstelegitimation och förklarade att det var brådskande.

Sedan hoppade han, för bara andra gången i sitt liv, ner i kajaken och gled ut på vattnet. Adrenalin rusade genom honom när han slingrade sig fram genom gångarna och återvändsgränderna, kämpade mot vattnets kraft och letade efter huset mitt i våtmarkerna. Efter tio långa, plågsamma minuter värkte överkroppen, och det kändes som om någon höll honom under vattnet.

Klockan tickade, och han hade ingen aning om hur lång tid som återstod för att rädda sin kollega.

För allt han visste kunde hans vän redan vara död. Men han trängde undan tanken och fortsatte paddla.

Till slut, genom den låga dimma som lagt sig över vattnet från ingenstans, trädde det förfallna båthuset långsamt fram. Mindre än han mindes. Mer avskilt. Vid pontonen utanför låg två kajaker, ihopbundna med ett rep. En för Katie, den andra för Tonys medvetslösa kropp. Han mindes hur lätt hon hade slagit honom på vattnet tidigare, och hur hon skulle ha haft styrkan i överkroppen att frakta en man i Tonys storlek på vattnet med samma relativa lätthet. Han tvivlade på att han själv skulle ha klarat det. Men om hon kunde... vad mer var hon då kapabel till?

Försiktigt, noga med att låta så lite som möjligt, lät Tomek kajaken glida till stopp och klev i vattnet. Han tappade balansen och åstadkom ett ljudligt plask när han klev upp på banken. Svärande inombords, i hopp om att ljudet inte hade hörts, smög han på tå mot skjulet. I fjärran flög korpar skrikande över honom. Som ett förvarsel om vad han kunde hitta där inne. När han stannade framför dörren hejdade han sig och lyssnade. På ljudet av kvidanden från andra sidan.

Då kastade han sig igenom.

Och önskade att han inte hade gjort det.

Där, i centrum, som Mona Lisa mitt i Louvren, hängde Tony, upphängd i taket, händerna ihopbundna ovanför huvudet, spritt språngande naken, blodfontäner som sprutade från skrevet nedför benen.

Bredvid honom stod Katie, med kniven tryckt mot Tonys hals.

Det plötsliga intrånget skrämde dem och fick henne i sin förvåning att rispa Tonys hals. Snittet var litet, men blodflödet som sprutade ur hans hals var det inte.

"Lägg ner kniven, Katie!"

Hon vände sig mot honom och ställde sig mellan honom och Tony. "Du kom till slut", sa hon, ett demoniskt leende som spred sig över ansiktet.

"Du sa att det var här", sa han till henne. "Du förde mig hit av en anledning. Jag borde ha hittat hit tidigare."

"Bättre sent än aldrig. Men jag är glad att du äntligen får bevittna det jag har försökt lära dig de senaste veckorna."

"Lära mig?"

"Ja. Det ultimata provet. Kan du låta din vän dö, nu när du vet att han är pedofil?"

"Vad i helvete pratar du om?"

"Ser du inte? Allt det här har varit för *dig*. För att få dig att *se*. De här människorna är sjuka. De är från vettet. De går aldrig att rädda. Det enda sättet att bota dem är att döda dem."

"Är det det du gör? Rensar ut i befolkningen? Var det det du gjorde med din man?"

Katies ansikte stelnade. "Hur kan du—?"

"Jag räknade ut det. Inskriften du valde att lämna på hans bröst sa en hel del. Men det finns saker jag fortfarande inte vet."

"Jag kan berätta allt om du låter den här mannen dö."

Enligt Tomeks uppskattning hade Tony bara minuter kvar att leva. Och de satt fast mitt ute i ingenstans, med räddningen över tjugo minuters kajakfärd bort. Med det som grund trodde han inte att chanserna att överleva var goda, ens om han själv släpade mannen tillbaka till land – vilket han på allvar tvivlade på att han skulle klara.

Dessutom hade hon en poäng. Under utredningens gång hade han lärt sig att de här människorna *var* sjuka, att de inte gick att rädda. Att skadan de orsakade sina offer var livslång. För det, höll han med, behövde de möta en annan sorts rättvisa. Den som rättssystemet inte kunde skipa.

"Berätta allt", sa han.

I bakgrunden höjde Tony huvudet och deras blickar möttes. Hans ögon var ihåliga, tomma, och de skimrade i det svaga ljuset. Munnen öppnades och slöts, men penisen som tryckts in i den hindrade honom från att tala.

"Var ska jag börja?"

"Från början", sa han till henne.

Och det gjorde hon.

"Timothy var min man. Då hette jag Charlotte Hanton. Lyckligt gift med mannen jag trodde att jag skulle tillbringa resten av livet med. Men sedan förändrades han. Han började gå ut sent om nätterna, försvinna. Varje gång vi hade sex var det annorlunda... mer våldsamt. Till slut började jag vägra om det inte skedde på mina villkor. Men det gillade han inte. Och en natt tvingade han sig på mig. Våldtog mig. Min egen man... höll fast mig och knullade mig tills han kom i mig."

"Och Caitlin blev resultatet?"

"Ja. Jag ville inte att hon skulle veta vem hennes far var. Jag ville inte att hon skulle ha någon som helst koppling till honom. Och det har hon inte. Hon har alltid vuxit upp med två mammor. Hon har alltid trott att det var det normala. Sophia och jag träffades under rättegången. Vi delade ett band, en gemensam avsky mot män som missbrukade sin makt över kvinnor.

Efteråt bodde vi ihop och uppfostrade Caitlin tillsammans. Så snart rättegången var över bytte jag våra namn. Megan Rosenthal blev Caitlin Wainwright och Sophia blev Sophie."

"Katie Norton-Downs..." sa han högt, mer för sin egen skull än för hennes. Hans hjärna hade svårt att hänga med.

"Bara en smart liten finess", sa hon. "Mördaren i huset bredvid. KND. Så snart vi fick veta var Timothy skulle bo efter frigivningen började vi hyra huset intill honom för några veckor sedan. Vi hade några nära sammanstötningar med honom, men han höll alltid en låg profil. Dessutom var vi ändå alltid borta på jobbet. Vad er beträffar räknade vi med att ingen skulle misstänka de två kvinnorna med ett litet barn i huset bredvid. Vissa skulle kalla det en lycklig slump; jag skulle säga att det är universum som hjälper oss att få rättvisa."

"Du använde din egen dotter som bete..." sa han, fortfarande kämpande med det.

"Vi var tvungna. De här männen skulle aldrig träffa oss, två vuxna kvinnor, eller hur? De hade en typ, och vi hade en dotter som passade perfekt. Hon visste inte bättre. Hon gjorde som vi sa, och vi såg alltid till att inget hände henne och att hon inte såg något."

"Men Royal Society då? Jimmy Hunter? Darryl Peters? Charlie Hampton? Hur passar de in i det här?"

Hon tog ett steg fram, och leendet på hennes läppar växte. "Sophia arbetade med Darryls dotter, Patricia, på skolan. Hon hjälpte henne i några av hennes lektioner. Hon talade alltid om att hennes pappa var den modigaste mannen hon kände, som arbetade inom kriminalvården. Så fort vi visste det, visste vi att vi hade någon vi kunde sätta dit. Det dröjde inte länge innan vi tog reda på Miranda Hartwell och hennes kopplingar till Cathy Sharpe och Charlie Hampton. Och vad gäller *honom*... han var en lycklig slump. Våra namn var inte alltför olika, och han råkade vara en före detta fånge. Där har du den lyckliga slumpen igen."

"Var fick ni all information om offren ifrån?"

"Royal Society. Människor som delade våra åsikter var väldigt angelägna och glada att dela med sig av alla uppgifter utan att vi ens behövde be om dem. Inklusive Darryl Peters. Vi använde informationen som han och Jimmy Hunter delade med sig av till oss för att hjälpa oss planera morden. Vi skrev ut den i min butik och på Sophias skola och laminerade den..."

Det laminerade pappret. Så klart. Det var så uppenbart när det stod rakt framför honom.

"Jag undrade om du någonsin skulle koppla de två. Skolan och min butik..."

Tomek valde att bortse från den del av samtalet som blottlade hans inkompetens och gick vidare.

"Timothy Rosenthal..." började han. "Hur gjorde du?"

"Sophia körde upp till Wales som lockbete, eftersom vi visste att någon i teamet skulle kontakta henne. Lyckligtvis har hon fortfarande alla sina kort och adresser registrerade på sina föräldrar. Men sedan tog hon tåget tillbaka i tid till mötet."

"Så du stal Timothys bil?"

Ett flin blixtrade över hennes ansikte. "Såg du mig sitta utanför ditt hus?"

Tomek nickade långsamt, medan bilder av bilen dök upp i hans huvud.

"Tänkte att du skulle gilla det", sa hon. "Ville bara få din uppmärksamhet."

"Varför? Varför just mig?" frågade han, med rösten på väg upp. "Vad behövde du mig till?"

Katie lutade huvudet lite åt sidan. "Kom igen, Tomek", sa hon. "Jag tror att du vet svaret på den frågan."

"Du utnyttjade mig?"

Tomek tog ett ögonblick för att ta in det han hörde. Ett myller av frågor fortsatte att snurra i hans huvud och trängas om att komma först. Han kunde inte tro det. Att hon hade varit rakt framför honom hela tiden. Att deras slumpartade möte utanför Timothy Rosenthals hus hade varit iscensatt. Att hela deras relation hade varit konstruerad. Att hon hade manipulerat honom för att komma nära utredningen. Att hon alltid hade lyckats ligga ett steg före.

"Min kärlek till dig var äkta", sa hon. "Jag... Mot bättre vetande märkte jag att jag föll för dig. Men sedan gick du och förstörde allt..."

"Jag tror, med det jag vet nu, att jag är glad att jag fattade de beslut jag gjorde."

"Vi får se om du kan leva med det här..."

Katie vände honom ryggen och i en enda snabb rörelse stack hon Tony i magen, innan hon rusade förbi honom och ut genom båthusets baksida.

Tomek rusade mot sin vän, sin kollega. Blod forsade ur Tonys kropp, vilket betydde att han fortfarande levde, att hjärtat fortsatte pumpa runt blodet. Men hur länge till? Tomek kände efter en puls... Svag, tunn. Minuter, det var allt Tony hade. Om ens det.

Det fanns ingenting han kunde göra för honom.

Då hörde han en viskning. Ännu svagare än pulsen.

Tomek hade svårt att uppfatta den och insåg sedan att det var penisen som kvävde orden. Han tog bort det blodindränkta könet ur Tonys mun och lutade sig närmare.

"Snälla..." var allt han hörde. "Snälla... Förlåt..."

Men det var för sent för ursäkter. Tony hade gått dit för att träffa Caitlin. Han hade missbrukat sin makt, sin förtroendeställning. Han hade gått dit för att begå ett sexuellt övergrepp mot ett barn. Det kunde Tomek aldrig förlåta.

Han gav honom en sista blick innan han vände sin kollega ryggen och började gå ut ur byggnaden. Genast riktade han uppmärksamheten mot Katie och vattnet.

Han hade en mördare att fånga.

När han kom ut i det öppna möttes han av en vägg av vitt. Den låga, olycksbådande dimman hade tjocknat och omslöt nu hela våtmarksområdet. Om han tyckt att det var svårt att hitta henne och hinna ikapp henne först, var det nu omöjligt.

Men det skulle inte hindra honom från att försöka.

Han sprang över banken och ner till vattenbrynet. Där, guppande i vattnet, låg de två kajakerna som Katie kommit i, kapsejsade och vattenfyllda. För att försena honom hade hon stulit hans och vänt sin upp och ned. När han gick ut i vattnet grep han tag i Katies kajak under vattenlinjen och hivade upp den rätt, varpå vattnet rann tillbaka ut i våtmarkerna. Sedan lossade han den andra kajaken och gav sig av.

Adrenalinet fortsatte att rusa genom kroppen medan han drog sig fram genom inloppen. Hans rörelser var febriga och ryckiga, han piskade upp vatten i luften och in i kajaken. Det var som första gången. Överallt och ingenstans. Bambi på förbannat hal is. Paniken hade tagit över och satt nu vid ratten. Fördröjde honom ytterligare.

Så fortsatte han i tio minuter, letade sig fram genom dimbankarna, genom bankarna och de oändliga återvändsgränderna.

Tills marinan dök upp. Som genom ett mirakel hade han tagit sig dit.

Hur långt efter henne han låg, visste han inte.

När marinan gradvis trädde fram tydligare kände han igen sin bil parkerad vid kanten av banken, bredvid Tonys. Men den här gången stod där en till. En han inte kände igen. Lite längre bak, suddig bakom dimman.

Med de sista krafterna paddlade han in till marinan. När han lade till stötte han i träbryggan och, skakad av smällen, kravlade sig upp på fast mark. Sedan sprang han mot bilarna. Längre bort hördes ljudet av tumult.

Han hittade källan längst bort på marinan.

Ovanpå Katie brottades Rachel, höll henne tryckt mot marken, med knät pressat mot Katies hals.

Tomek skyndade fram och satte sig gränsle över hennes ben, så att hon inte hade någonstans att ta vägen.

"Hur hittade du mig?" frågade han Rachel, flämtande, andfådd. Han var glad att se henne.

"Din telefon", sa hon. "Vi spårade dig på kartan. Tur att HR återaktiverade ditt arbetskonto."

"Var är de andra?"

Ett litet snett leende drog i ena mungipan. "Jag är från London, minns du? Jag kör bättre än er andra. De är inte långt efter."

En paus medan Katie fortsatte att sprattla under deras grepp.

"Var är Tony?" frågade Rachel.

Tomek ignorerade frågan och riktade fokus mot Katie.

"Charlotte Hanton, jag arresterar dig för morden på Timothy Rosenthal, Gary Kershaw, Daniel Heathcliff och för mordet på Tony Hunt. Du behöver inte säga någonting, men det kan skada ditt försvar om du, när du förhörs, inte nämner något som du senare åberopar i domstol. Allt du säger kan komma att användas som bevis."

KAPITEL
SJUTTIONIO

Nyheten om gripandet vid Tollesbury Marina hade spridit sig som en pandemi, och följande morgon trendade hashtagen EssexKiller på Twitter, med över fyrtio tusen tweetar kopplade till den. Utanför polisstationen i Southend låg horder av nyhetsreportrar i läger och väntade på att Katie skulle föras ut och lastas in i en fångtransport.

Med tanke på Tomeks nära koppling till fallet hade han sluppit förhöra Katie. Ett beslut han var tacksam för.

Han stod inte ut med att se henne, stod inte ens ut med att tänka på henne, än mindre att vara i samma rum som henne. Sömnen uteblev natten innan, och på morgonen satt han och stirrade planlöst in i datorskärmen. En tung, dyster stämning hade lagt sig över kontoret, och det var dödstyst, bortsett från det sporadiska knattret från tangentbord och klickandet från datormöss när de låtsades arbeta och på sitt sätt försökte förlika sig med Tonys död.

Tomek var schemalagd att lämna ett centralt vittnesmål vid lunchtid. Han skulle berätta vad som hade hänt, vad han hade sett, vad han hade fått höra. Därefter skulle DCI Cleaves och den högsta ledningen inom Essexpolisen avgöra vad de skulle göra med honom. Om hans berättelse stämde med Katies eller inte.

Han gick igenom händelserna i huvudet flera gånger och försökte varje gång hårdare rättfärdiga beslutet att låta Tony dö. Han funderade på hur han skulle kunna övertyga kollegorna om att det hade varit det rätta att göra. Att Tony i praktiken redan var på randen till döden. Att det inte fanns något han hade kunnat göra. Och om de hotade honom med ytterligare åtgärder, var han beredd att slå tillbaka. Försvara sin ståndpunkt. Ställa frågan om någon annan skulle ha agerat annorlunda. Med tanke på vad de visste om Tony, att han var där för att träffa flickan i den röda kappan av vidriga skäl, att han var pedofil – skulle någon annan verkligen ha gjort något annorlunda? Han trodde inte det. Inte när flera i teamet gång på gång hade gett uttryck för sitt förakt för offren, med antydningar om att de i smyg höll med om mördarens motiv.

Förhöret varade hela eftermiddagen, och när han var klar erbjöd Sean och Nadia honom en pint på puben.

"Det kanske hjälper dig att glömma bort alltihop", sa Sean.

"Jag kommer att behöva fler än en."

"Du kan ta min", sa Nadia och krokade sin arm i hans när de lämnade byggnaden och började den korta promenaden till puben Last Post i närheten.

Det var tystare än vanligt, och de hittade sin vanliga plats i hörnet, avskilt och bortom resten av gästerna. Sean beställde första rundan medan Nadia och Tomek gjorde sig bekväma.

"Hur gick det i eftermiddag?" sa Sean när han ställde ner två öl och ett glas vatten på bordet.

"Som väntat. Jag berättade för Nick vad som hände. Han lyssnade, gav inget till känna, och här sitter jag."

"Sa han inget om vad som händer härnäst?"

Tomek skakade på huvudet. "Jag måste vänta. Min avstängning gäller fortfarande på grund av meddelandena mellan Katie och tjejen från Southend High. Så vem vet hur länge jag kan bli borta?"

"IOPC är kända för att agera snabbt och effektivt", sa Nadia och rörde vid hans arm. Hon lät honom inte vara ifred, men det gjorde honom inget. Han uppskattade trösten. Faktiskt behövde han den.

"Och hur mådde du i går kväll?" frågade hon.

"Jag kunde inte sova. Jag kunde inte äta. Jag har inte druckit något förrän nu. Men jag klarar mig."

"Där har vi den där klassiska felriktade maskuliniteten jag har hört om", sa hon. "Du vet, det är okej att säga att du inte är okej, Tomek. Det är okej att erkänna att du inte hanterar det här som du borde. Ingen skulle klandra dig för det. Ingen. Och om de gör det, kan de dra åt helvete – de och deras familj. Vi är dina vänner. Du kan säga vad som helst inför oss."

Hon såg upp på honom förväntansfullt.

Men han var inte beredd att säga det hon ville höra. Inte än.

"Vet du vad jag tänker på hela tiden?" sa han och stirrade på en liten flisa i träbordet.

"Berätta", sa Sean.

"Att jag låg med en seriemördare och inte ens visste om det."

"Sämsta låttiteln någonsin."

Nadia gav Sean en smäll på armen för att han skämtade bort situationen.

"Nu är jag orolig att Netflix kommer att vilja göra en dokumentär om mig."

Nu var det hans tur att få en smäll på armen för den kommentaren.

"Om de behöver någon som spelar dig", började Sean, "tar jag gärna huvudrollen."

Tomek såg oförstående på honom och brast sedan ut i skratt. "Jag tror inte att det är så dokumentärer funkar, kompis."

"Det gör de när jag regisserar den!"

De tre brast ut i ett ljudligt gapskratt. Och för ett ögonblick glömde Tomek allt om pedofiler, våldtäktsmän, seriemördande exflickvänner, barn vars liv hade manipulerats och fabricerats av lögner och hämnd. I stället tänkte han på vänskap, gemenskap, familj. Om han hade kunnat stanna i den bubblan resten av sitt liv, hade det inte varit någon dålig plats att leva på.

Men strax efteråt kom tankarna farande tillbaka. Och han visste att det skulle dröja mycket länge innan de försvann.

Om de någonsin försvann.

KAPITEL
ÅTTIO

I nte ett jävla skit.
Ingenting. Som om det aldrig hade hänt. Ingenting annat än mörker. Jag ser inte ens skolan när jag går därifrån. Jag ser inte ens ungarna på andra sidan gatan, eller bilarna som kör förbi. Det är bara vitt brus fyllt av mörker. Lekplatsen finns inte. Och allt jag kan se av Michał är blodet. Blodet och det sönderslagna ansiktet. Det sönderslagna ansiktet och benet som sticker ut genom huden.

Och så klipper det.

Till bilfärden hem. Sitter i bilen. Med människor jag inte känner. Deras ansikten går inte att känna igen. Nästan som att titta på människor som bär halloweenmasker.

Och så klipper det.

Till skrik. Mamma, som skriker halsen av sig. Okontrollerbar. Hon måste hållas fast. Fast hon ser inte ut som min mamma.

Hon har en annan hårfärg. Blond, i stället för brunhårig.

Hon har en annan kroppsbyggnad. Lång, i stället för kort. Med smalare, smäckrare axlar.

Allt med henne är annorlunda.

Och så fokuserar jag.

Och precis innan det klipper, inser jag vem det är. Katie. Som flinar åt mig. Som hemsöker mig i mina drömmar. Som jävlas med mig i efterlivet.

Som jävlas med min familj i efterlivet. Som skiter på alla framsteg jag har gjort.

Som hindrar mig från att avslöja identiteten på min brors mördare.

Charlie

Charlie Hanton.

Charlotte Hanton.

Kanske hade mördaren aldrig hetat Charlie över huvud taget. Kanske var det en projektion av mitt undermedvetna. Kanske hade jag på något sätt, innerst inne, vetat att Katie hade ljugit för mig hela tiden.

Det vore onekligen skönt att tro det.

Och så klipper det.

KAPITEL
ÅTTIOETT

Tomek kastade pennan på skrivbordet och började vanka runt i huset. Mardrömmarna, sedan den där dagen med Katie och Tony i båthuset, hade varit de värsta han haft på länge. Om inte de allra *värsta*. Och allt kom från en kvinna, en händelse, en person. Katie. Oavsett hur många gånger teamet sa att det var hans sätt att hantera efterdyningarna, chocken över att få veta att hans vän var en sexualförbrytare och att hans flickvän var en seriemördare, vägrade han att tro det. Drömmarna var värre för att hon inte fanns där längre. Hon fanns inte där för att leda honom genom labyrinten i hans undermedvetna.

På den tiden när han hade varit förälskad i henne hade hon hjälpt honom att få mental klarhet. Hon hade hjälpt honom att förstå hur en relation skulle vara – minus seriemördandet och den bräckliga tilliten, förstås – men hon hade också lärt honom hur det var att älska någon. Hur det var att släppa in någon. Men nu skulle hans gard för alltid vara uppe. Smärtan och såren var för djupa.

Han var rädd för de mardrömmar som skulle komma. Mardrömmarna som skulle förfölja honom resten av livet. Hur de nu skulle bli ännu gräsligare än förut, hur de skulle vara sönderhackade manifestationer av ett splittrat och plågat sinne.

Han var rädd för de sömnlösa nätterna som väntade.

Den morgonen klädde sig Tomek och tog sig till sina föräldrars hus. Han var borta nästan hela dagen, satt med dem i vardagsrummet och tog det samtal han borde ha haft med dem häromdagen. Det samtal som de, ärligt talat, borde ha haft långt tidigare.

Tomek förklarade allt för dem i detalj. Katie, mardrömmarna, Tony. Hur han hade känt sig försummad genom åren, hur han tyckte att han hade blivit illa behandlad av sin egen familj, och hur man inte kunde förvänta sig att han skulle respektera och älska dem så lätt som de ville att han skulle. Under hela tiden satt de och lyssnade i tystnad, och de *hörde* faktiskt vad han hade att säga för första gången i hans vuxna liv. Sedan reste sig hans mamma från sin plats i soffan, sa åt honom att stå upp och kramade honom. Hårt, tätt, drog honom närmare mot sitt bröst.

Det hade fått Tomek att gråta. Och det var som om dammluckorna hade öppnats och trettio år av smärta och försummelse hade forsat genom barriärerna. Det var ingen särskilt lång kram, men den var precis lagom. Precis lagom för att markera början på en ny era för dem som familj. Framöver skulle saker bli annorlunda. Och han skulle ha deras stöd, vad som än hände.

När han kom hem den eftermiddagen insåg han nästan omedelbart att han skulle behöva det.

Nu mer än någonsin.

Klockan var tre och han var hungrig. Han hade inte ätit hos sina föräldrar och det hade inte funnits något intressant längs vägen hem. Så han hade beställt något snabbt att äta. Inget överdrivet, bara något som var lite godare – och mer aptitligt – än de färdigrätter i mikron han hade utsatt sig för i Katies frånvaro. En fin BLT-macka från ett av de många kaféerna och frukostställena i Leigh.

Medan han väntade slöt han ögonen och tänkte på Tony. På avstängningen, utredningen. Såvitt honom angick hade han inte gjort något fel. Och Tony var redan död när han kom dit. Nu var det upp till IOPC att avgöra om de tyckte detsamma.

Hur lång tid kunde det ta? Det visste han inte. Allt mellan sex veckor och sex månader. Allt han kunde göra nu var att hitta något som höll honom sysselsatt.

Han öppnade ögonen och lät blicken falla på fönsterbrädan. På bonsaiträden som hade skötts uselt under utredningen. Bortglömda när han hade blivit blind av kärlek. De var i skriande behov av lite kärlek, tid och omsorg, men något sådant hade han helt enkelt inte haft att ge dem. Att väcka liv i dem skulle utan tvekan hålla honom sysselsatt. Och kanske kunde han köpa ett nytt när han var klar, så att de inte såg så ensamma ut på fönsterbrädan.

Kanske kunde han till och med ta tag i trädgården som hade vuxit igen.

Kanske kunde han rensa ogräset på uppfarten, eller foga om kaklet i badrummet.

Kanske kunde han äntligen göra klart alla sysslor han hade skjutit upp i månader, år.

Som att börja med handtaget till ytterdörren, faktiskt.

Det kärvade, föga förvånande, när han försökte öppna den för budet.

"Jävla skit", viskade han för sig själv.

Sedan fick han den äntligen upp och svingade dörren hårdare än han hade tänkt, nästan så att den slog i väggen och fördjupade rispan som redan hade bildats av alla gånger han gjort likadant tidigare.

Framför honom stod inte den person han hade väntat sig. Hon hade inte MC-ställ och hjälm. Hon bar inte på hans matpåse.

I stället var hon mycket yngre än han hade trott. En tonåring, kanske tretton, fjorton, och klädd vardagligt i ett par leggings och en pösig blå sweatshirt. Håret var uppsatt, och sminket var typiskt för hennes generation – perfekt, och såg ut som om det var gjort av ett proffs, eller åtminstone att hon hade lagt hela morgonen på det.

I handen höll hon sin mobil, och bakom henne stod en resväska.

Ett ögonblick undrade Tomek om hon hade kommit till fel hus. Och sedan undrade han om det här var Molly, tjejen han hade kastat ut två gånger, som kom tillbaka för att spela honom ett grymt spratt. Eller som kom tillbaka en tredje gång med ny frisyr och ny identitet.

Verkligheten var mycket värre.

"Hej", började han, nervös. "Allt bra? Kan jag hjälpa dig?"

"Ja", sa hon och tuggade högljutt på ett tuggummi. "Är du Tomek Bowen?"

"Ja..."

"Bra. Då har jag kommit rätt." Hon räckte ut handen mot honom. "Trevligt att träffas. Jag heter Kasia. Jag är din dotter."

SLUTET

Men inte riktigt. Historien fortsätter i *Dödens Grepp*:

Han har just träffat dottern han aldrig visste att han hade. Nu måste han rädda en flicka han kanske aldrig får träffa.

DS Tomek Bowens liv har alltid varit komplicerat, men hans värld vänds upp och ned när han får veta att han har en trettonårig dotter. Avstängd från tjänst och brottandes med tanken på faderskap blir han oväntat kallad tillbaka till jobbet: en skolflicka har blivit bortförd efter att ha satt sig i en främlings bil.

Nu återinsatt i tjänst måste Tomek navigera en laddad utredning samtidigt som han försöker bygga en relation med det barn han aldrig räknat med. Men när sökandet intensifieras plågar en fråga honom: kommer han att vara för sen både för fallet och sin chans till en familj?

Ta reda på vad som händer i *Dödens Grepp* redan nu!

ÄVEN AV JACK PROBYN

Mordmysterieserien om DS Tomek Bowen:

Bok 1: Dödens Rättvisa

Southend-on-Sea, Essex: DS Tomek Bowen — driven, envis och hemsökt av sin brors död — kallas till en av de mest chockerande brottsplatser han någonsin har sett. En man har ritualmördats och dumpats på en kolonilott nära den lokala flygplatsen. De tidiga utredningarna tyder på att det var en man med ett förflutet. Ett förflutet som skaffade honom många fiender.

Bok 2: Dödens Grepp

Annabelle Lake trodde att hon kände igen Ford Fiestan som väntade utanför hennes skola, och föraren i den. Hon hade fel. Hennes kropp hittas en tid senare, hängande från en gunga på en lokal lekplats på Canvey Island.

Bok 3: Dödens Beröring

När dimman lättar en decembermorgon i Essex, upptäcks kroppen av en tonårsflicka liggande med ansiktet nedåt på ett fält. Följaktligen hamnar ärendet snabbt på DS Tomek Bowens bord som, medan han försöker jonglera sin nyfunna tillvaro som ensamstående förälder till en trettonårig dotter, måste kartlägga den dödliga händelsekedjan och föra sanningen i dagen.

Bok 4: Dödens Kyss

De mörkaste hemligheterna förblir sällan hemliga länge...

När kroppen av en hemlös man upptäcks på strandpromenaden i Southend, inkilad mellan strandhytterna i Thorpe Bay, är det ingen i Essex som höjer på ögonbrynen.

Men när obduktionen visar att det rör sig om den lokale parlamentsledamoten Herbert Tucker, börjar staden vakna.

Bok 5: Dödens Smak

Vissa hemligheter går aldrig att skölja bort...

På en blåsig och bitande kall morgon besöker Morgana Usyk, ägare till Morgana's

Café, Mulberry Harbour drygt en och en halv kilometer ut till havs. En kort stund senare hittas hennes kropp i det grunda vattnet, flytande intill hamnen.

Bok 6: Dödens Ängel

När flygvärdinnan Angelica Whitaker anmäls saknad efter en utekväll på en av de populäraste nattklubbarna i Southend, hamnar fallet på kriminalinspektör Tomek Bowens bord – för första gången i hans karriär. Så snart utredningen drar igång riktas misstankarna mot mannen hon dansade med på klubben, men när hennes kropp senare hittas i en kyrka, arrangerad som en ängel, börjar samma fingrar peka mot en beräknande, kontrollerad och sadistisk mördare.

OM FÖRFATTAREN

Jack Probyn är en brittisk kriminalförfattare och har skrivit kriminalthrillerserien om Jake Tanner, som utspelar sig i London.

Han bor numera i Surrey med sin partner och sin katt, och arbetar på en ny mordgåteserie som utspelar sig i hans hemtrakter i Essex.

Vill du inte skriva upp dig på ännu ett nyhetsbrev? Då kan du hålla dig uppdaterad om Jacks nya släpp genom att följa något av kontona nedan. Du får ett meddelande när jag släpper en ny bok, utan krånglet med att behöva prenumerera på mitt nyhetsbrev.

BookBub författarsida "Följ":
    1. Precis som för Amazon ovan, klicka på länken här: https://www.bookbub.com/authors/jack-probyn
    2. Bredvid min profilbild finns en knapp med texten "Följ"
    3. Klicka på den, så meddelar BookBub dig när jag har en ny utgåva.

Vill du ha ännu mer aktuell information om nya släpp, min skrivprocess och allt däremellan, är min Facebook-sida bästa stället för att hålla dig uppdaterad. Där växer det fram en liten gemenskap. Varför inte bli en del av den?